在柠檬黄之前

一切酸涩都只是甜美的前调
关于青春 关于命运
关于一切没一切在酝酿
于是一颗黄柠檬坠下
新的故事开始

eyespear

大鱼
有爱的青春陪伴者

在柠檬黄之前

·yespear / 著·

江苏凤凰文艺出版社

图书在版编目（CIP）数据

在柠檬黄之前 / yespear著. -- 南京：江苏凤凰文艺出版社, 2024.6
ISBN 978-7-5594-8566-3

Ⅰ.①在… Ⅱ.①y… Ⅲ.①长篇小说-中国-当代 Ⅳ.①I247.5

中国国家版本馆CIP数据核字(2024)第065532号

在柠檬黄之前

yespear 著

责任编辑	王昕宁
特约编辑	周丽萍
出版发行	江苏凤凰文艺出版社
	南京市中央路165号，邮编：210009
网　　址	http://www.jswenyi.com
印　　刷	长沙鸿发印务实业有限公司
开　　本	880mm×1230mm 1/32
印　　张	10
字　　数	297千字
版　　次	2024年6月第1版
印　　次	2024年6月第1次印刷
书　　号	ISBN 978-7-5594-8566-3
定　　价	42.80元

江苏凤凰文艺版图书凡印刷、装订错误，可向出版社调换，联系电话025-83280257

目录 Contents

第一章	夏日乌龙	/001
第二章	浪漫手机	/014
第三章	潮湿梅雨	/028
第四章	换季天气	/040
第五章	柠檬红茶	/053
第六章	气泡苏打	/071
第七章	情非得已	/081
第八章	真相是真	/098
第九章	青涩公式	/116
第十章	草稿青春	/130
第十一章	高三纪事	/145
第十二章	甜蜜暗号	/159

目录

第十三章	崭新明日	/172
第十四章	藏头情书	/189
第十五章	相爱对白	/203
第十六章	翩飞心事	/222
第十七章	又一年夏	/241
第十八章	十四行诗	/255
第十九章	恋爱心事	/265
第二十章	夏季阵雨	/284
番外一	春夏之交	/293
番外二	酸酸日记	/303
番外三	爱屋及乌	/308
后　记	清醒梦	/313

/ 第一章 /
夏日乌龙

♥

"喂喂……"

教导主任站在台上拿着麦克风试音,声音经接触不良的音响被放大扩散,化为一片嘈杂不清的噪声。

难得开张的小礼堂灰扑扑一片,只剩台上挂着的灯牌"明才国际高中高二期末表彰大会"在孜孜不倦地闪着红光。

快放假的兴奋与喧闹混杂着青春期狂躁的味道在闷热的夏天迅速发酵,一下便充斥整个小礼堂。

因为来得偏晚,所以位置剩得不多,周绎北皱着眉,寻了一个靠窗边的位置坐下,伸手推开窗。

南城六月末的热浪涌入,还夹杂着一丝一缕的风。

身旁有人坐下,周绎北扭头,刚想开口让他换个位置,但扫了眼发现礼堂里已经挤满了人,便默默往窗边又靠了靠。

周绎北戴上耳机,随身听随机播放着歌曲,她闭上眼。

对于"明才"的普通学生而言,表彰大会只不过是走个过场,跟他们也没什么关系。

明才算得上是淮市最好的中学之一了,为了自己的孩子能进明才,无数的家长挤破了头。学生们也是埋头苦读,都想进明才接受好一点的教育,毕竟他们自小就被灌输这样的观念——进了明才,就相当于一只脚已经迈进了重点大学。

因此,明才的学生在初中时期几乎都是各区各县城的佼佼者。但是进入明才这样一个更开阔的平台后,他们中有人会是第一名,有人会成为倒数。从出类拔萃到泯然于众人,心理上的落差其实是很难捱的,但是为了所谓的光明前程,也只能握紧笔坚持下去。

校长不知疲倦地念着稿,自卖自夸的内容充斥三页稿纸,念得口干舌燥,念得校董们满面春风,这才回归表彰正题。

然后,周绎北在耳机舒缓的间奏中,听见那个被扬声器嚷得刺耳的名字。

"特别表扬应洵同学,他代表明才在这次高二期末市统考中拿下全市第一的成绩!"校长语气激昂地说着,"让我们用热烈的掌声欢迎应洵同学上台领奖!"

在不那么整齐的掌声中,在音响的杂音中,应洵站起身,放下书,然后对着狭窄的过道与闭着眼专心听着歌的周绎北束手无策,只得低低地说:"可以让一下吗?谢谢。"语气是冰冰凉凉的温和。

周绎北心中评价着"假惺惺",但还是摘下耳机站起身。

两人擦肩而过,然后,周绎北面无表情地再次坐下。

聚光灯将少年孤高的身影勾勒出来,明晃晃的光线勾勒出他优越的骨相。

周围有女生小声讨论,粉红气泡漫天飞舞。他总是很受欢迎,而她只是又戴上耳机。

粉红信封塞满抽屉,礼物堆满书桌,这是属于别人的罗曼蒂克故事。

而她只不过想成为一个最普通的高中生。

她的目光移向旁边座位,一本《The Origin of Species》(物种起源),她默默挪开眼。

真装。

而后公布奖学金名单时,大家的反应就平淡多了,毕竟坐在台下的,一定是考得没有台上好的,要做到衷心的祝福实在是太难了。

掌声突然热烈了些,差点就能比得上应洵了,周边女生又开始窃窃私语。

周绎北百无聊赖地抬眼望去。

哦,原来是班里刚转过来半学期的新同学,白净斯文……啊,可能再加上成绩好点。

前排女生脸微红,眼神含蓄而又直白。

周绎北撇撇嘴,真无聊。

全市第一满手拿着奖状与奖品回到座位坐下。周绎北往窗边靠了靠。

小礼堂就几扇窗,空气沉闷,应洵抬手松了松领带,解开一颗扣子,拿起书翻过一页。

不小心瞥见某人露出的锁骨,周绎北侧过脸呼出口气。

窗外是夏天。

草木的气息被烘烤,夹杂着青春期的荷尔蒙在蒸腾。

她调大声音,耳机隔绝了一切,随机播放到下一首歌。她闭上眼,有风吹过。

午后的沉闷催生乏困,周绎北眼皮发沉,在校董冗长的致辞中,伴着耳机中的音乐,一头栽进睡眠里。

肩膀一沉,应洵翻页的手一顿,侧眼望向睡得头发糊了一脸的周绎北,抿唇,抬手,轻轻推开她的头,尝试让她靠着椅子睡,无果。

周绎北可能烦了,还"呜"了声,然后无比自然地在应洵肩上寻了个舒服的位置,自顾自地继续睡。

应洵深呼吸,转过头继续看着书。

手指摩挲书页,却久久没有翻页。

伴随董事长一声"散会"响起的是格外整齐响亮的掌声。

人头攒动,脚步声回响。

周绎北适时地惊醒,摘下耳机,皱着脸,揉揉脖子,怎么那么酸。再望望周围,只剩零零散散的几个人,散会了?

感觉有人注视着自己,她装作不经意地看去,对上应洵沉沉的眼神,顿时一僵。

"睡得舒服吗?"

周绎北后知后觉地将目光移向应洵的肩膀。

流畅的肩颈线条,青春期的生长仿佛就在一瞬,少年的肩膀已变得宽阔。

不知道该说什么,她难得卡壳了,摸摸发酸的脖子,只干巴巴答了句"还好吧"。然后不知目光捕捉住谁,她做贼心虚地抛下句含含混混的"谢谢",以一副急着寻人的样子离开,落荒而逃。

挽住黎蔓的手,周绎北整个人便松软下来。

"你怎么会和应洵坐一起啊?"黎蔓搂着周绎北问道,语气疑惑中夹杂着震惊。

"别说了。"周绎北没好气地回答道,牵着她走进卫生间,"让我先洗把脸,困死了。"

应、周两家是多年的合作伙伴,周绎北和应洵两人从小学开始就同班,本应是青梅竹马两小无猜的关系,却忽然相看两厌。

周绎北把她对应洵的讨厌明晃晃地展露出来,其实应洵对她的讨厌并没有太大反应,依旧维持着他待人有距离的温和,但耐不住周绎北反复宣扬,好像应洵不喜欢周绎北也成了被证实后的事实。

他们的不和关系像潮湿被晾晒在明媚的阳光下,是尽人皆知的秘密,蒸发出八卦与谣言的水汽。

黎蔓适时扯开话题:"北北,你知道吗?我听说林枳和我们班那个特招生有点说不清,道不明!"

微冷的水扑满手心,周绎北俯下身轻轻打湿脸,脑袋稍微清醒了些。她抬头望着镜子里的自己,空洞地眨眨眼,没有反应过来:"谁?"

"就那个江岭。"

"嗯?"周绎北迟钝地反应过来,"哦,刚才领奖那个吧。"

她回忆了一下,然后皱着眉不解地道:"都要高三了,心思还是放在学业上比较好吧。"

周绎北话音刚落,厕所隔间门被打开,话题女主人公林枳走向周绎北,仰着头,一如既往的傲气,不容许任何杂音的存在:"我高三想怎么做就怎么做,跟你有什么关系啊?还轮不上你来评价吧!"

周绎北本就与林枳不对付,周绎北看不起林枳的小白花人设,林枳瞧不上周绎北的大小姐性格。

往常对待林枳的"狗吠",周绎北总是充耳不闻的,可这次她说得实在难听。

周绎北挺直了腰,抽了张纸巾漫不经心地擦着手:"呃,不管怎么样,好像应洵都比那个江什么好一点吧。"

"你!你就是忌妒!"林枳脸涨得通红,口不择言,"你个暴发户又在清高什么,人江岭还看不上你呢!"

周绎北听着笑道:"你那么护着人家,有必要吗?不要把自己搞成跳梁小丑。"

然后,周绎北故意凑近了林枳,弯起唇:"而且是我看不上他才对吧。打个赌,这个暑假我可以赢了你,从各种层面。"

"赌就赌!你以为你是谁?"

周绎北转过身,冷着脸走开。

其实,真没意思。

刚下过一阵太阳雨,但天气并没有变得稍微凉快些,反而更闷热了。

略微老旧的空调嗡嗡地吹出半冷半热的风,冰室里人挤人,满店都是带着汗臭味的吆喝声。

约好的逛街行程被一阵雨打断,她们进到小店躲雨,好不容易等到一个座位,周绎北连忙拉着黎蔓的手快保坐下。

周绎北放下沉甸甸的大提琴琴盒,将路上被塞进手里的传单对折起来扇着风,鬓发轻轻飘动,手腕上戴着的手链也叮当作响。周绎北嫌吵,皱了皱眉,拽下手链收进包里。

周绎北是"半路出家"的大小姐。

一切都感谢她有一个好爹。她爹周进靠破旧的拆迁房发家,脑袋突然接对路,遇上风口,好运地在南城房地产占上一席之地,俗称"暴发户"。

银行账户里的金额噌噌涨,周绎北自然也从掉漆的老旧小区搬到金碧辉煌的中央别墅,从普通邻家女孩变为千金大小姐。

所以她清醒又残酷地认识到,她不过是一个有点幸运的普通人,而且只有一点点而已,这也是她能与黎蔓成为朋友的原因之一。

等了一会儿,服务员才满头大汗地端上甜点。

周绎北随意从半山腰处舀了一勺，柠檬雪山绵绵冰顶上的冰粒一瞬间雪崩般坠下，点缀的奶盖也顺着蜿蜒碗底，她往嘴里塞了一勺冰。

　　柠檬的清香无法掩盖其毫不遮掩的酸涩，冰冷中和不了腾腾暑气，她毫无防备地被冰了个激灵，倒是清醒了些。

　　黎蔓有强迫症，连忙接住顺流至碗底快滴到桌上的沉甸甸的奶盖，然后从底层边缘快融化的冰吃起，随口问道："你打赌的那个事怎么样了？"

　　周绎北挖去最顶上的莓果，慢慢适应了那种直白的冷，却顶不住柠檬汁那刻意的酸涩。她上扬的眼尾刚舒展，眉眼又皱成一团，嘴里含着冰含含混混地道："又不急。"

　　这句话翻译过来就是：没什么进展，她也不想有什么进展。

　　黎蔓皱起眉，一脸担忧："那怎么办？现在都八月了，暑假就剩一个月了。而且江岭看上去也蛮不好搞的，如果输了，林枳尾巴得翘上天去。"

　　周绎北垂眸满不在乎地笑道："我怎么可能会输？"

　　周绎北搅拌着杯中的红茶，冰块碰撞哗啦啦作响。黎蔓的目光在周绎北脸上停留，引得周绎北莫名抬眼。

　　小脸圆眼，眼尾上扬，樱桃唇，猫似的，莫名勾人。确实，就连同样是女生的黎蔓也心服口服的。

　　周绎北真是天生的幸运儿。

　　周绎北撑着下巴，微微皱眉。她也蛮烦的，后悔自己那个时候逞一时之快，被激得接下了话。不然平心而论，江岭完全不在她的好友圈范围。

　　江岭说好听点叫白净，说直白一些就是牛奶般的苍白。而且他应该也就一米八出头，应洵至少还有一米八六呢。江岭瘦瘦高高跟秆儿一样，但应洵身材可好多了……

　　怎么又扯到应洵了呢！

　　周绎北马上甩甩头，赶紧把那讨厌鬼赶出脑海！

　　周绎北其实很后悔打这个赌，一直故意忽视这件事。

　　但她也不想在林枳面前落下脸，周绎北一口喝完她的特调果茶气泡水，只剩半杯冰块慢吞吞地融化着。

一点点的气泡就可以催化情绪，周绎北眨了眨眼："你可以帮我要一下江岭的电话吗？"

黎蔓马上回答道："当然可以啦！"

又随便闲聊了几句话，周围仍是人声鼎沸，周绎北望了下店里的时钟，又望了下窗外忽然放晴的天空，叹了口气，放下勺子，抱歉地跟黎蔓说了声后就站起身背起大提琴，不情不愿地准备去上大提琴课。

说来也是奇怪，其实周绎北自己也没想到，她这样一个做什么事都三分钟热度的人，居然能将学习大提琴坚持下来。起初是陈茵想让周绎北磨炼心性，周绎北刚开始还不情不愿。但她后来慢慢就学会了欣赏与享受这种音乐带来的安静，但也仅限于大提琴。

大提琴老师把家里小洋楼的二楼改为了音乐教室，周绎北一来便占了个窗边的位置，临着小花园，枝叶繁茂，蒸蒸暑气被隔绝，偶尔开几朵花，便能芬芳一个下午。

老师稍微指导了一下周绎北后便去指导其他学生，让她自己练习。

周绎北翻开琴谱，就着几分夏日午后的倦意，随意地拉着琴，昏昏欲睡中，突然听见一声嗤笑。

不轻不重，却刚刚好能让周绎北听到。

于是，她猛地清醒，皱着眉往窗外看去，有麻雀停在一棵黄得正好的柠檬树上。

郁郁葱葱的柠檬树挡住了视线，她伸手拨了拨，麻雀叽叽喳喳地飞走，枝头坠着的柠檬掉落，一阵风吹过，带来酸溜溜的清新空气。而柠檬的运动偏移。

老师在给其他学生示范，教室里琴声回荡，而周绎北却只慌张地探头向下望去，意外地瞧见一个人。

隔壁小洋楼的花园中，应洵正仰躺在躺椅上晒着太阳，斑驳的光影掠过眉眼，勾勒出极佳的骨相，阳光晃眼，看不清神色。他合上手中的书，白色 T 恤上不合时宜地躺着颗黄澄澄的柠檬，他抬起头来。

四目相对，周绎北慌了一瞬，又马上挺直腰板，不甘示弱地望回去。

真是不公,阳光也会偏爱美人,虽然周绎北很不想承认。

薄唇、内双、高鼻梁,本应是疏离无情的长相,可偏又配了对虎牙与一边的酒窝。应洵今天还搭了件宽松的白T恤,实在犯规,少年气如潮般扑涌。

可惜,他实在是太讨厌了,不然周绎北应该会诚心诚意夸赞他一句的。

应洵淡淡看了眼后便平静地又翻开书,垂下眸继续看着。

明晃晃的忽视。

这周绎北怎受得了,那一声嗤笑仿佛又在耳畔响起,未散的酒精蒸腾上脑,她冲他嚷道:"我看见了!"

应洵又翻过一页书,置若罔闻。

"我看到了,"周绎北倾出身子,额头沁出细细的汗珠,刘海微微被打湿,一双眼透出遮不住的恶劣笑意,语调扬起,"你偷柠檬!"

一只得意扬扬的落水小猫。

应洵仰起头看着周绎北,仍是没说话。

他迎着光,眉眼被模糊,T恤松松垮垮,却不掩其流畅挺拔的骨骼肌肉。

周绎北被看得心里发毛,脸颊被晒得红扑扑的,忍不住道:"你看什么!"

应洵又低下头,面对周绎北的故意刁难回了句:"你的琴谱要飞了。"

周绎北回过头,一阵手忙脚乱,好不容易抢救回琴谱却又不小心弄掉搁在窗沿的松香,她惊呼一声,险些引起老师注意。

隔壁花园里躺着的人继续潇洒地看着书,周绎北咬咬牙,扯了个肚子疼的谎,跟老师请了一小会儿的假,跑下楼去捡松香。

毛茸茸的草挠着小腿,痒痒的,脚踝沾染上露珠,她弯下腰捡起松香——浸上了雨后草地的潮湿味。

周绎北直起腰,看见两栋洋楼中间的栏杆旁一颗明亮的柠檬躺在草坪上。

周绎北抬起头,朝隔壁望去,不见人影,一个笔记本抛在躺椅上,风来得巧,吹开了几页,是钢笔的誊写字迹。

因好奇心驱使,她握着松香凑近栏杆,眯着眼睛认真看了看,只勉强认出一句:

柠檬松手，从枝头垂击直中。

终于，麻雀飞回柠檬树，而她转身，再次弯下腰，拾起了那颗柠檬。

包里装着颗柠檬，周绎北打开包，明亮的柠檬与随手摘下的钻石手链依偎在一起，交汇出有香味的闪亮。

周绎北拿出柠檬，放在桌上，随即俯下身趴在桌上，伸手戳了戳那颗柠檬，黄色实心"橄榄球"笨拙地翻滚一圈后停下。

周绎北起身，拿着柠檬下楼，接了半杯水，打开冰箱，用冰块填满杯子。她拿起刀，将柠檬对半切开，一半扔进杯中，另一半随手扔出窗外，在花园的湿润土壤里着陆。

杯壁上留下湿润的指纹，而半颗柠檬在水中惬意地沉浮，与透亮冰块碰撞，摇摇晃晃，在十七岁的夏天。

周绎北拿起杯子，仰头痛快地喝了一大口，然后呼出口气，这颗柠檬果然成熟了。

酸透了。

晚上，黎蔓打来电话邀功："北北，我一个下午就给你要到江岭电话了！"

"嗯？"周绎北郁闷。

"我一打开明才论坛就看到一大堆人匿名投稿，说想要那天下午高二表彰大会上领奖学金的那个帅哥的联系方式！"黎蔓语气夸张，"天啊！好多人评论，消息不知道哪里来的那么齐全，社交软件、联系方式不说，连座机也有，我就全帮你记下来了。"

"嗯。"周绎北硬着头皮只好再一次吃下冲动的亏，"只给我座机电话就好了。"

"好的！"

"还是谢谢你啦，明天请你吃下午茶。"周绎北语气像猫尾巴一样柔软地耷拉下来。

于是一串无序随机排列的数字在手机屏幕上停留。

她咬咬牙，心中无限为自己的冲动而后悔，但是总要面对的，她闭着眼一狠心，拨通电话。

心脏伴随着手机里扬声器播放出的嘟嘟声跳动，然后又随着一段忙音而恢复冷静。

幸好没接电话，周绎北刚放下手机暗自庆幸，手机却又不合时宜地响起。

屏幕亮起，映亮周绎北苦大仇深的脸，她叹了口气，还是接起。

"喂？"

一个男声，莫名熟悉。

对面的夜应该很静，不然怎么还能听到细细碎碎的蝉鸣。

周绎北抿着唇，手心微微湿润，脑袋里疯狂打着草稿，后悔自己的毫无防备，也无能地埋怨耳畔扰乱心绪的聒噪蝉鸣。

男声语气疏离却轻缓，淡淡地问："有事吗？"

她呼气，将乱七八糟的心绪打包丢弃，偷偷在心底埋怨自己还是太冲动了。她张了张嘴刚想扯一个什么理由装作打错电话糊弄过去，胡乱飘来飘去的眼神却恰巧捕捉住一旁摊开的琴谱与安静的大提琴。

她眨眨眼，将手机打开免提放在一旁，起身取过大提琴，拿起琴弦，垂下脸，隔绝蝉鸣声与少年的呼吸声，手指轻按琴弦，手臂拉动柔和的弧度。

肌肉记忆与自然松弛的心绪带来流畅的演奏——

G大调第一大提琴组曲前奏曲。

电话中仍是安静，若不是显示着还在通话中的界面，周绎北都怀疑是不是被挂电话了。

收好大提琴，周绎北抿着唇，心中埋怨自己一时脑热，后知后觉地感觉有点丢脸，耳尖发红。

"好像，最后一小节音准有点不对？"

电话那端终于开口，但没想到却是这种应答，语气毫无波澜，甚至是很客观的冷静。

周绎北耳朵更热了："哦！要你管啊！"仍是嘴硬。

然后，大小姐越想越后悔，越想越气，都拉下面子给你拉琴了怎么还挑三拣四的！于是，她毫无征兆地挂断电话。

手机发烫，脸也发烫，周绎北气恼自己技术不精，也讨厌电话里的那个人，叫什么来着，哦，江岭。

真没礼貌！烦死了！这种人怎么会有人想要和他交朋友啊！

应洵关上纱窗，隔绝纷纷扰扰的蚊虫，起身，顺手拿起窗沿上的杯子，留下一个湿漉漉的圆形水印，像一轮满月。

只留了一盏灯，昏黄的光照不亮许多心绪。

应洵倚在窗边，听着蝉鸣蛙叫，隔壁小楼夫妻的拌嘴声，对街三两小孩嬉笑玩闹声……

钢筋水泥的高楼大厦灯火通明，需要遥望才能瞥见其中悲欢。市井小巷对俗气的烟火气息来者不拒，就连被放逐的他也能被包容。

手机不合时宜地再次响起，应洵接起电话。

张远潮咋咋呼呼道："洵哥！你这次在表彰大会上可又出了名了！"

"怎么了？"一如既往地不甚关心，但他仍是配合道。

张远潮继续热情道："都一个月了，我看论坛上还有好多人前赴后继地要你的联系方式来着，你各种信息都被扒得一干二净了！咱洵哥就是宝刀未老，杀伤力还是百分百啊！"

"不会用成语就不要乱用啦。"应洵又不太放心地吩咐道，"还有，那些联系方式麻烦你帮我删掉吧。"

"那还用你说，我看到就马上让人给删了！咱高岭之花洵哥可不能随随便便被觊觎！"张远潮说得大义凛然。

"去你的。"应洵轻骂一声，脸上却不见严肃的神色。

"洵哥，你怎么一个人搬出去住了？"张远潮好奇地发问，"要不是我今天突然想去你家找你玩，向阿姨告诉我，我还不知道呢！"

"高三了，住这里比较安静，适合学习；而且离学校也近，减少通勤时间。"应洵关上阳台的灯，摸黑走进卧室，情绪隐在夜里。他随手将玻璃杯放在门旁的胡桃木置物架上，没开灯，借着澄澈的月光打开 CD 机，翻找着有些落灰的唱片。

"那你现在吃喝咋办？阿姨过去照顾你吗？"张远潮语气大大咧咧。

"我自己可以解决的。"应洵抽出一张唱片，语气与脸色一样淡，"我妈怀孕了，来回跑不太方便，而且我想要一个比较安静的环境。"

"一个人住，听着就好爽！"张远潮忍不住羡慕，"我明天跟我爸说一下！看能不能也在你旁边找个房子。我也想开启快乐独居生活！"语气是无限向往。

"你可不要白日做梦了，在家就三天两头闯祸了，张叔怎么可能放心你一个人住。"应洵言简意赅地戳破张远潮不切实际的想法。

"明天再过来玩吧！"应洵扯开话题，以免张远潮继续在独居这个事上纠结。

"没问题，保证完成任务！"

应洵安上CD，打开电源，在电话挂断前突然想起："哦，远潮，可以麻烦你顺便帮我带些树苗花卉吗，比如柠檬树？"

周绎北躺在床上好几次忍不住拿起手机想再把电话打过去理论清楚：她明明只是弦按得有点紧，才没有跑调！

就像一杯橘子汁打翻在新买的白衬衫上，有些酸，有些涩，洗不掉的气味与橙色斑点格格不入，也让人难以释怀。

她气鼓鼓地翻了好几个身，抱着个软乎乎的小猫抱枕，捧着手机，皱着眉，看着那七个数字的眼神比看数学题时还认真。她哼了声，发旋处翘起几根不安分的头发，像一只不怀好意的炸毛小猫。

然后奔波了一天的困倦慢一拍地袭来，她眼皮忍不住耷拉下来，手机自动锁屏，浏览器的搜索输入框中还残留着一句"柠檬松手，从枝头垂击直中"。

一大早被陈茵强拽起来吃早饭，周绎北睡眼惺忪地坐在餐桌前，仰头一口气饮完一杯甜牛乳，还想赶紧回卧室再睡个回笼觉。

难得没有出差的周进戴着老花镜看着手机，漫不经心的一句话却效果明显地让周绎北清醒过来。

"老应这都五十多了,怎么突然冒出个二胎了?"

周绎北眼尾扬起,微微疑惑。她眨了眨眼睛,一脸好奇地等着周进讲下去。

而周进完全没有作为一个八卦发起人陈述完整的自觉,他没头没脑地起了个引人好奇的头就下滑点开短视频继续看起来。

幸好陈茵的八卦心适时发动,追问道:"向菀怀的,还是哪里蹦出来的私生子啊?"

"怎么可能是私生子!老应那么正派的一个人根本不可能在外面搞什么的。但老应和向菀都五十多了,怎么会想又生一个呢?应洵多优秀啊!我要是他们一个应洵就够指望的了。"周进也是满脸不理解,然后端起父亲架子语重心长地对周绎北道,"北北,你要是有人家应洵一半优秀就好了!高三了,也得收收心了,多向人家学一学!"

周绎北站起身伸了个懒腰,拖长了音懒懒散散地回道:"想指望我,那你还是和我妈再生个二胎比较保险。"然后便自顾自地上楼了。

周进被气得吹胡子瞪眼。

陈茵只得在旁边劝慰道:"孩子都长大了,不要老是拿她跟别人比!要是我天天拿你跟老应比,你什么想法?"

天天应洵来应洵去,真烦。

就他最优秀是吧。

周绎北叹了口气,心气不顺,直直砸在柔软的床上,还是睡觉吧,梦里什么都有。

/ 第二章 /
浪漫手机

▼

桌面上的冰美式在冷气充足的空调房里还是慢慢升温。

周绎北提前到教室占了个能直接吹到空调的位置，拿了张湿巾拭去脸上的汗，又擦了擦桌上的水印。接着，她掏出一沓资料堆在桌上，招呼刚进门的黎蔓坐下。

"上节课留的卷子好难啊！"周绎北看着写到半夜一点都没搞定的卷子，忍不住抱怨道，"下午还有大提琴课！明天还有雅思课，暑假作业还一堆，天杀的高三啊！"

"真的难，我每题都只能搞定第一小问！果然高三的下马威已经把我打倒了！"黎蔓坐下附和，"北北，你选择还算多，出国和艺考都可以作为备选。我爸妈却只给我留了高考这一条路，我英语不好是一方面，现在经济不景气是另一方面原因。"

黎蔓愁眉苦脸地拿出几近空白的卷子。

"只能熬一熬吧！"周绎北眨眨眼，扯开个笑，"就一年，把自己熬得美味一点！"

说起来明才学习资源确实不错，平台也高，给了学生很多提升空间。在高压环境与优秀教师资源加持下，明才的成绩在市里也是能与一中和实验争个高低的。

加上周进在教育上的慷慨投资，周绎北轻轻松松到高三，虽然没有挤进全市前一两百，但也能稳定在五六百左右。

关于未来的可能很多，她也慢慢懵懂地接触到了自己想要的那一种。

反正就这一次高三，努力一下，也不会太糟。

而黎蔓成绩普通，虽然父母是企业高管，家里也算富裕，但她还有个弟弟，家里在她身上投入的心血难免会少一点。她也明显认识到这一点了，所以才会有压力。

明才补习氛围很浓，各种私教、家教、攻坚班、培优班几乎人手一个，陈茵不知道从哪个贵妇茶话会上听说有这个高三数学突击班，连忙给周绎北抢了个位置。

黎蔓看连如此散漫的周绎北都去补习了，便也缠着她父母给她报了个名。

老师又发了一张新的卷子下来，周绎北愁眉苦脸地写着，一题解出好几个解，越写越烦。她索性放空一下，侧过头与黎蔓咬耳朵："我昨天给江岭打电话了。"然后压着声音，平淡地叙述了昨天的通话内容。

"所以说，你给他打电话就给他拉了首微微有点失误的大提琴曲，然后外加一句'哦！要你管啊！'就挂电话啦？"黎蔓在卷子旁的草稿纸上写着的笔一顿，晕开一片，瞠着大大的眼睛震惊地望着周绎北。

周绎北趴在桌上随意算着题，垂着眸答道："嘘，老师刚走过去。"她对黎蔓的疑惑避而不谈，"可最重要的是！我只是弦没按紧，音有点浮！才没有拉错！"谈到这个，周绎北又提起精神。

黎蔓忙转回头，偷偷打量着大家都在安静地写着题的补习教室，老师正在后排为一个学生讲题。

好奇心像摇晃后的汽水中失控的气泡般肆意地涌动，促使黎蔓再次小声八卦："所以北北，你现在打算怎么办？"

"继续给他打电话啰。"周绎北一脸轻描淡写地分析道，"你有没有发现，我的第一步已经成功了。"

"怎么说啊？"黎蔓给予恰当的追问。

"首先，他已经接了我的电话，那这个就是成功的第一步，已经产生交集，这样后续才能够发展。"周绎北瞎扯道。

周绎北喝了口冰美式，转了转笔，压低了声音继续分析："然后我要立一个文艺少女的人设！通过电话和他保持若有似无的联系，激起他的好奇心！这就叫……以退为进！"

黎蔓点点头，一脸信服。

"最后只要在暑假前得到他几句被我折服或吸引之类的话，那我就成功啦！而且他也不知道我是谁，我又可以成功脱身！"周绎北眯了眯眼，眼尾飞扬，弯了弯唇，勾勒一个不怀好意的笑容。

黎蔓愣住了，虽然知道周绎北是美的，但还是忍不住被此刻的周绎北迷了眼。

怎么形容呢？就像一杯鸡尾酒——

前调是毫不遮掩的蜜意，尾调却是清新的酸涩，一眼又一眼，酒精挥发，醉意绵长地来袭，于是晕乎乎，只能心甘情愿地向她缴械投降。

她是那么坏，那么让你伤心，那么让你晕头转向，但是看见她还是会止不住地摇尾巴。

喜欢上周绎北的人，真可怜。

"周绎北！黎蔓！交头接耳聊啥呢！"补课老师终于忍不住喝止住越聊越投入的两人。

黎蔓忙埋下头，假装认真地圈点题目审着题。

而周绎北噘了噘嘴，被老师又一瞪，她只好收敛表情，愁眉苦脸地继续演算题目。

汗流浃背的张远潮拿起一瓶冰矿泉水狂饮，他气喘吁吁，躬着身看着刚打理好的小花园。

两个人，一个下午，搬了几盆茉莉和蝴蝶兰，种了几棵海棠和梧桐，还种了株柠檬树。

"这样就顺眼多了嘛！"张远潮咧了咧嘴，露出一口大白牙，"别说，叔叔阿姨对你真是好，这房子真不错。交通便利，在市区干啥都比较方便；空间大，这装修……也别有一番风情！在这儿住也不错啊！我可得天天来串门！"张远潮转着圈打量着微微掉漆的墙壁，生锈的窗户护栏，积了灰的门柜，脸不红心不跳地瞎扯道，心想：原来最新流行的装修风格是这种复古风啊。

应洵倚在刚安装好的遮阳伞下，仰头也灌了口水，眯着眼望着悬挂在遥远天边的太阳，莫名说了句："远潮，实在谢谢你了！"

张远潮却不好意思地笑了："洵哥，其实我一直蛮羡慕你的！"

应洵扯了扯嘴角，酒窝浅浅的，半开玩笑道："有什么好羡慕的，我还等着你时不时来接济我一下呢！"

然后赶在张远潮开口表忠心前，应洵扯开话题道："冰箱里有西瓜，吃不吃？"

张远潮眼睛一亮，急忙答道："吃！"

坐在遮阳伞下，被笼进一个圆形的阴影里，城区内小巷纵横，穿堂风掠去花香，街头老伯没有骗人，西瓜汁水饱满，顺着手腕蜿蜒滴至草地上。

张远潮顺了心，好奇地八卦采访道："洵哥，要当哥哥了有什么感想和体验啊？你是想要个弟弟还是想要个妹妹啊？"

"感想是：不想要一个像你这么笨的弟弟。"应洵语气毫无波澜，却是开着玩笑回应。

张远潮挠挠头，刚想就自己不笨这个话题说点什么，却被突然响起的大提琴声吸引了注意力。

隔壁小洋楼又在上课了。

应洵洗干净手，掏出本书，翻到折了的那一页，继续阅读。

而张远潮实在欣赏不来这种阳春白雪，他就喜欢玩玩游戏追追番。于是，他拿出手机坐立难安地熬过了一曲，然后干巴巴道："我就说你这位置好吧！还可以免费听隔壁传来的大提琴曲来陶冶情操！"

不知联想到什么，应洵弯了弯唇，抬眸看着无聊且被晒得蔫蔫的张远潮。应洵站起身，碰碰张远潮的头，扯开话题道："走，晚上请你出去吃一顿！"

一提到吃，张远潮马上就恢复了活力，语气激昂，神情激动："吃啥？火锅还是烧烤啊？我觉得新开的那家干锅鱼不错！要不然椰子鸡？或者那家新开的黑珍珠日料⋯⋯"他又开始絮絮叨叨个不停了。

周绎北上了些松香，翻开谱，正了正神色，垂下眸，深呼吸，轻按琴弦，挥动琴弓。

G 大调第一大提琴组曲前奏曲。

大提琴老师见她露出难得的认真神色，还忍不住赞赏了她几句，又赶在她翘尾巴前止住话。

周绎北心情颇好，眼尾又扬起，哼着小曲儿向窗外一瞥，稍稍愣住。

不过一天，隔壁的小花园却是大变样了。

昨天还枯黄破旧的草坪现已花团锦簇，茉莉清香淡雅，海棠沉甸甸地开着，蝴蝶兰不甘示弱地绽放……浓烈的色彩碰撞，纷纷扰扰，是世俗艳丽的美，又好像带着点后现代的热情。

不过那顶彩虹色的硕大的遮阳伞实在碍眼，土死了，什么眼光……

突然想起早上周进提了一句的八卦，周绎北抿抿嘴，实在想象不到那么讨人厌的应洵当哥哥的样子。

她撑着下巴，盯着窗外遮阳伞下蔓延开来的阴影，放纵地走着神：怎么说呢……应洵对待弟弟妹妹总不会那么讨人厌了吧，应该会笑了吧……

周绎北回神，甩甩脑袋，他的事可不需要她瞎操心！

她现在的任务还是先搞定那个谁……哦，江岭来着。

于是，晚上，落灰的座机准时响起。

"喂……"

没想到电话这次这么快就被接通，周绎北一双圆眼滴溜溜转着，咕噜噜冒着坏水。

"请问有什么事？"

平静的声音，让周绎北联想到浅浅的内陆湖，无风无浪。

"没事就不能打电话吗？"周绎北理直气壮地答道，是一点都不遮掩的骄纵。

"您是……"对面略微迟疑。

"你记性不太好吗？我昨天不是给你打过电话了吗？"她嘴角弯起，趴在象牙白贵妃榻上，懒洋洋地拉长声音，理直气壮，"不是你在明才论坛上发的帖子吗？"

"哦，是吗？"对面浅浅地笑了一下。

一只飞鸟在湖面掠过。

周绎北自认为找了个很好的切入口，尾巴快摇上天了，得意扬扬地继续道："我是不是第一个联系你的？"

"那倒是。"

"我们交个朋友吧！先交流一下兴趣爱好吧！"周绎北眼里是毫不遮掩的搞恶作剧的快乐。

"我先介绍一下我自己吧！"

"我是艺术生，大提琴专业的，今年马上高二啦！"周绎北扯谎都不用打草稿的，语气与唇一起扬起，"你呢？"

"我……"对面顿了一下，然后慢条斯理地回答，"不是都在帖子里介绍过了吗？"

周绎北难得被噎住，没想到居然被反将一军。果然，在表彰大会上匆匆看了他一眼就直觉他不是什么好东西，一聊就藏不住了。

"啊，原来是大提琴艺术生啊，那还是有一定进步空间的，多加练习一定可以的。"极尽委婉且带着热情鼓励的友善语气，"而且我高三，你应该要叫我学长吧，学妹。"只是尾音的笑意还是没藏住。

周绎北差点把牙咬碎，语气僵硬地说："哦，谢谢学长。"一字一句咬牙切齿地感谢，"我会继续努力的。"

"你没有其他兴趣爱好吗？"电话那边语气又刻意浸上冷淡，"我感觉我们的共同话题好像比较少，可能不是很适合做朋友呢。"

周绎北在心中默默冷笑几声，强忍着挂断电话的冲动回答道："我还蛮喜欢阅读的呢。我看你在帖子上也说喜欢看书来着。"

"哦，"电话对面的人迟疑片刻，道，"是吗？那你喜欢阅读什么？"

脑海里突然涌出无数变幻的铅字，周绎北搜寻一圈却答不上来，张了张嘴，一句话停在半空中，大脑超负荷。

"我嘛，没有具体的喜好。"她莫名心虚，干巴巴地回答，"但是最近在读诗，你呢？"

"啊，我最近也在读诗，蛮巧的。"他话里笑意难掩，只是某个笨蛋忙于沾沾自喜丝毫未察觉。

"是吗?"周绎北喘过气来,尝试反客为主地问道,"那你最近有没有什么阅读分享呢?我还是蛮好奇你的审美的呢。"

对面一顿,周绎北脸上得意扬扬的笑刚绽开,就又被湖中泛起的涟漪打断。

窸窸窣窣,是纸页摩擦的声音,然后他慢慢开口。

> 只要想起一生中后悔的事
> 梅花便落了下来
> 比如看她游泳到河的另一岸
> 比如登上一株松木梯子
> ……

清冷男声慢慢诵读,而她心跳莫名一滞。

"张枣的诗,《镜中》,手上刚好翻到这一页,顺便分享给你。"

"哦,"周绎北张了张嘴,有意说些什么,却顿了一下,只匆匆抛下句,"那我也去读读。"便挂断电话。

落荒而逃。

夜风沉静,耳边却是喧闹,有小孩哭闹,母亲温柔安慰;有婆婆坐在街口叫卖冰饮,过往行人驻足;有三两少年勾肩搭背直冲转角二十四小时便利店……

天边浓云堆叠,低气压从街角蔓延到应洵心脏之中。

台风天要到了。

雨季在衍生,空气中有潮湿的味道,水汽碰撞,透明颜料勾勒出"山雨欲来风满楼"。

于是,在灼灼夏日,应洵跌入湿润的梦中,枕巾与眼角一同湿润。

隔天,周绎北又被陈茵早早叫起,顶着横冲直撞翘起的头发坐在餐桌前,毫不在意形象地打了个大大的哈欠,然后刚拿起手机,就看到一连串快递信息,脸一僵,叹了口气。

昨晚不知道怎么想的，她一冲动买了十几本书。

算了，权当阅读积累了吧！

周绎北放下手机，捧着脸，又长叹一声。

陈茵莫名其妙地看她一眼，满脸嫌弃地把一碗燕窝推到她面前，催促道："唉声叹气干吗？赶紧把这个喝完，早上是不是还有一节大提琴课？今天还一堆事呢！"

周绎北更郁闷了，好学生也不是那么好当的啊……

周绎北准时到达小洋楼门口，按响门铃，轻跺着脚，夏日蚊虫多，老师家又堆满了花花草草，偏生周绎北还特别招蚊子咬。

阳光刺眼，空气闷热，大提琴沉重，门久久无人开，鬓边头发湿润，周绎北皱着眉，黑色皮鞋忙碌踢踏避着蚊虫。

可这副狼狈模样还不巧被她最讨厌的人撞见。

应洵骑着单车经过，白色衬衫洗得发亮。他骑得飞快，燥热空气中也生出气流，吹起衣摆。周绎北忙别开眼，不敢再看。

应洵在三四米远处停下，与她的狼狈不同，他慢条斯理地下车，取下挂在车把上的早餐，然后不紧不慢地拿出钥匙开锁进门，一个眼神都没有给一旁等得焦急的周绎北。

周绎北呼出口气，又按了按门铃，仍是无人应答。

空气闷得紧，让人喘不过气。老师家门迟迟未开，周绎北有些不耐烦，拿起手机刚想打个电话，几片云就笼了过来，雨滴砸在手机屏幕上。半个小时前，来自大提琴老师因去旅游而调课的信息这才被她发现。

雨渐大，头发被打湿，狼狈地糊在脸旁，周绎北皱了皱眉，连忙给司机打电话，得到的回复却是车不幸半路爆胎了，暂时还得等人来拖走处理；而周进出差，陈茵则照例去做全身护理了，恐怕都没空来接她。

周绎北烦躁不已，一手护着琴盒，一手将乐谱挡在头顶聊胜于无地遮着雨。她抿起唇，脸色变冷，然后低下头迈腿小跑几步，停在隔壁小洋楼门口，敲响门。

门被打开。

应洵撑着把透明雨伞，站在雨中，眼睑微抬，轻飘飘地看向她。

周绎北赶在应洵说话前开口："那个，可以让我躲一下雨吗？我不知道今天调课了，家里人还需要一些时间才能来接我……我现在没有地方去，又害怕大提琴被淋到……所以，可以让我进去避雨吗？"为了增加说服力，周绎北还放柔了声音，眨巴眨巴眼睛。格纹衬衫被打湿，贴在身上，勾勒出少女姣好的身形。

琴谱被泡皱，五线谱生生不息地纠缠，哆来咪发不知伴着谁的心弦掉落一地。

像只湿漉漉的可怜小猫。

应洵侧开身，移开眼，给她让路："进来。"声音低哑，手中的伞却侧向周绎北。

周绎北难得老实，忙跑进伞下。被柔软的肥皂香气环绕，她下意识屏息，眼神却又开始不安分地打量应洵。

周绎北还没看够，应洵就把伞一收，轻抬下巴，示意她进屋。

见应洵这态度，周绎北莫名松弛了些。但刚迈出几步，她就尴尬地发现，马丁皮鞋在洁白瓷砖上留下一串混乱的印子。她站住身，略微纠结地盯着鞋，又下意识地皱起眉。

应洵顺手将伞倚在门旁，然后递上一双一次性拖鞋："穿上。"嗓音却越发干涩，脸也开始发烫。

周绎北很有自知之明地乖乖穿上，眼睛却滴溜溜地打量着灰扑扑的小楼。

红砖白墙为基底，木质结构为框架，因阴暗雨天而打开的白炽灯闪烁着，墙上洇染开大片水渍，深深浅浅，是回南天的印记。

说好听点是复古，周绎北撇撇嘴，心中默默给定一个评价：旧。

但是，墙角的落地灯是限量版，墙上的挂饰是大师作品，柜子里摆放的各式各样的杯子也是各有来历……

好吧，这或许也是新潮的高级品位？

周绎北慢慢悠悠地晃荡着，左看看右看看，注意力四处飘散，她的脚本就偏小，应洵准备的又是男士尺码的一次性拖鞋，脚在鞋里游移，差点摔倒。

"你不坐下来吗？"应洵咳嗽了声，难得主动开口。

"哦。"周绎北好像这才后知后觉地反应过来自己的好动，小心翼翼地放下琴，然后垂头丧气地看着湿透了的琴谱，无从下手，唉声叹气。

湿透的衣服贴在她身上，应洵起身，不知从哪儿翻出条浴巾，递给周绎北，眼神却黏在窗外零落的茉莉上。

"你先去擦干一下吧，省得感冒了。"他顿了一下，"吹风机在浴室柜子里，你自己拿。至于琴谱……我看一下能不能先用电风扇吹干吧。"

"哦。"周绎北难得收起毫无杀伤力的爪牙，"谢谢你。"

吹风机轰鸣，周绎北随意拨弄着微湿的头发，心情颇好，同时好奇地打量着卫生间里的摆设。

一条毛巾，一个牙杯，一个牙刷。一个人住啊。

虽然是男生的房间，但是应洵把房子收拾得蛮干净的，至少比周绎北那乱七八糟被陈茴嫌弃说是"狗窝"的房间好。

再用吹风机吹了吹衬衫，暖风促使水汽蒸发，周绎北的脸颊也悄悄升温。她望着镜子，刘海凌乱，脸颊红扑扑，眼睛闪亮。她皱了下眉，后悔没有随身带把梳子出门，只能用手指再拨弄梳理了一下潮湿的头发。

热风吹得人也暖洋洋的，窗外雨声滴答，书写着夏日尾声的注脚，她难免有些昏昏欲睡，适时拔下插头，拽拽衣服，稍微整理得自己能接受些后，才翩翩然地走出卫生间。

电风扇呼呼地吹着，扰动湿润的空气。应洵蹲下身，将周绎北的琴谱放在松木凳子上，耐心地将一页页被浸湿的书页分离。

白衬衫吸满了空气中潮湿的水汽，少年流畅的肩颈线条被勾勒出来。柔软的头发携着水汽胡乱堆叠，微微挡住其眉眼，清冷的面容也难得显得柔和，没有了往日意气风发的凌厉，在此刻淅淅沥沥的雨声衬托下反而露出几分幼态的脆弱。

呼吸放缓，吹风机残余在身体上的热气一股脑往脸上涌，贝齿在下唇上留下浅印，周绎北开口道："不用那么麻烦了，我再买一本新的就是了。"声音也带上了点温度。

应洵耐心将琴谱收拾好，再将电风扇固定好一个合适的角度，才不紧不慢地起身，瞥了瞥静不下来四处晃悠的周绎北："那个房间还没有打扫，先不要进去，很脏。"然后望见一旁孤独的大提琴，语气放柔软，"如果可以的话，你愿意拉一曲大提琴吗？"

周绎北讪讪地摸了摸鼻尖，她确实好像在这里待得也太自然了些。

"可以啊。"她折回身，若无其事的语气。

周绎北打开琴盒，随意地拖过一把椅子倚坐着，指尖滑过琴弦，垂眸思考着选曲，难得安静。

应洵拿出两个彩色玻璃杯，倒入些茶叶，热水壶中的水咕噜咕噜沸腾着，他拿起桌上倒扣着的书，继续翻看着，没有再出声。

周绎北深呼吸，挑了首曲子演奏起来，下意识地轻声哼唱着。

终于听见下雨的声音
于是我的世界被吵醒
…………

应洵一愣，没想到她会选择演奏流行乐曲，更没想到她会选《听见下雨的声音》。

但是……也蛮好听的。

壶中的水沸腾，水蒸气肆意缭绕，水倒入杯子，茶叶被冲泡伸展开来，茶香被激活，充盈，是雨前龙井。

沿海小城夏末台风天的雨轰轰烈烈而又延绵冗长，一场暴雨会打落花朵，也会冲刷泥泞，是热带气旋滋生，是云层堆叠，是心绪不宁，是空气中湿润泥土的腥味，亦是烟雨茉莉香与绿茶芬芳纠缠。

雨，混杂大提琴音律，在滚烫热水中沸腾，在闷热夏日蒸发。

周绎北缓缓拉动琴弦，曲子接近尾声，她突然有点后悔，或许，此刻更适合拉一首《安静》。

雨仍在下着，周绎北收好琴，应洵出声："你要不要喝杯热茶呢？暖暖身子,可能会比较舒服一点。"

"好啊!"周绎北脸上溢着笑,落落大方地答应。

她捧起茶杯,玻璃杯中清澈茶汤荡漾,黄绿交织,有夏秋过渡的色彩,暖意自手心蔓延,她低头,怕烫,于是一小口一小口抿着。

应洵翻过一页书,没有再搭话,电风扇风力稳定地翻过一页页琴谱,五线谱得以舒展,纠缠的音符恢复原貌。

周绎北用手捋了捋吹得扬起的鬓发,一杯茶见底,手心沁出细汗,放在兜里的手机无声振动。周绎北放下杯子,一顿,慢吞吞地摸出手机,滑动接听。

"喂,陈叔,哦哦……车修好了是吧,十分钟后到呀……好的好的。"

一通电话打完,雨滴渐小,只剩檐前垂落的水珠用力堕下来怀念一场夏雨压抑的狂欢。

一时,屋中又恢复静谧,风扇嗡嗡声伴着纸张摩擦声,再夹杂着古老摆钟缓慢的指针走动声,格外刺耳。

周绎北捧着又不知不觉被他续满热茶的杯子,吹了吹腾腾的热气。在朦朦胧胧的茶香中,她抬起眼偷瞄。应洵沉静执书翻阅,只让人想起个词:唇红齿白。她莫名有些不好意思地挪开眼,在书上停留,感谢5.0的完好视力,看清书名:《张枣的诗》。

她收回目光,漫不经心地抿一口茶,猝不及防地被烫了个正着,狼狈地咬着舌尖吹着气,皱着眉。她暗自疑惑:现在好学生都那么文艺的吗?大家都有时间看这么多书吗?

屋外车笛鸣响,周绎北背上大提琴,手握着背带,早已构思好的话语在嘴边绕了几个来回,可说出口还是磕绊:"有人来接我啦!还有……谢谢你的款待!"她咬着唇,见应洵抬眼看她,她挪开眼,迈步,"谢谢你啦。"

"没关系的。"应洵的语气被空气中的湿润水汽浸泡得柔和,"路上小心。"

"嗯。"语气扁平,周绎北走出客厅,雨后凉气席卷而来,使她的脸也冷了下来。

伴随着关门的声音,逐渐干燥的琴谱又翻过一页,电风扇虚无地旋转着,应洵放下书站起身,关掉风扇,弯腰拾起那本狼藉的琴谱,是否应该怪某人无情呢?

头微微有点昏昏沉沉,他直起身,按平书页,再顺手将其压在一摞书下,做着聊胜于无的补救。

应洵走进卫生间,接一捧冷水唤醒头脑,水珠自下颌滑落隐入衬衫领子下,他抬头望着镜中,扯了扯唇。

不太舒服。

然后,他瞥见洗手台上那几根突兀的长发。

车窗外景象飞驰退后,雨后空蒙,周绎北将头倚在车窗上。

嘈杂电线上飞过或驻足三两鸟雀,幻化成琴谱的模样;放学归家的学生一步一看,小心躲着不知何时滴落的水珠;孩童骑着自行车飞驰,溅起泥潭中的水珠。

周绎北打了个哈欠,抛却关于阴冷雨天的一切,忘却纠缠不清的台风天,开始渴望一个艳阳天,以及一枚橙黄的太阳。

有人感冒了,不是周绎北,是电话里鼻音浓重的"江岭"。

周绎北按照计划在晚间固定时间打过去电话,她撕开新书的塑封,不耐烦地等了片刻,在手指即将点上挂断键时,电话被接起。

"喂。"浓浓的鼻音,嗓音沙哑。

"你生病了?"周绎北试探问道。

"嗯。"对方言简意赅地回答,藏不住的沉沉倦意。

"哦……"话起了个头,就已不知如何继续,周绎北忙挂断电话,"那你好好休息吧!我不打扰你了!"

有人趁着乱,落荒而逃。

挂断电话前,周绎北清清楚楚听到浅浅一声嗤笑,眨眨眼,不解:这是什么意思呢?嘲笑?开心?真是莫名其妙。

果然,男人的脸,说变就变。

周绎北摇摇脑袋,胡乱的思绪伴随柔顺的头发被甩开,她继续摆弄起新手机,点开一部英剧开始看。

看来是真降温了，那么多人生病了，明天得穿厚一点了，她可不想因为感冒而耽误学习。

又是一节数学补习课，周绎北偷偷地往嘴里塞进两颗糖，又在桌下递过去几颗，分享给黎蔓，被婉拒。黎蔓本质上还是一个乖学生，看着正坐在讲台上的老师，她可不敢在老师眼皮子底下吃东西。

周绎北含着柠檬糖，看着天书般的弯弯绕绕的导数题，叹出口气，手托着下巴皱起眉。

黎蔓忍了片刻，还是管不住蒸腾而上的好奇心，凑近小声询问道："北北，你和江岭，现在进展如何了？"

"普通吧。"周绎北转了下笔，在空白卷面上甩开一片墨点，"有点无聊，还不如应洵呢。"

没料到这种回答，黎蔓顺着她的话往下讲："确实，不过北北，你为什么讨厌应洵啊？"

黎蔓不敢说出口的是"其实感觉他不会讨厌你啊"，说了北北又得炸毛了。

周绎北挑眉："没办法，就是天生看不顺眼，可能八字不合吧。"她扯了扯唇，僵硬地笑了。

"他可能没有那么坏，可是我很坏，一直都很讨人厌。"

/ 第三章 /
潮湿梅雨
▼

"晚上要一起吃吗？"黎蔓满脸溢着笑，望着经历三个小时高强度数学补习课后，一脸劫后余生的周绛北邀请道。

"好呀，吃什么？"周绛北慢吞吞地收拾着东西。

黎蔓拿出手机，低头翻看空间，寻找一些美食打卡推荐。过了一会儿，她手指一停举起手机，展示食物图片："北北，那吃这家日料怎么样？好像是市中心刚开的一家黑珍珠日料店呢！我已经听好多人推荐了！"

周绛北背上包，点点头，随意道："都可以吧。"

"哥！晚上出来吃吧！路逞这小子昨天赛车赢了一大笔，今天嚷嚷着请客！打算去吃日料！最近满空间都是一家新店打卡，还蛮高级的，我们可得好好宰这小子一顿！"张远潮语气永远昂扬，有种让人羡慕的不谙世事的天真。

语音播放完毕，屋内又陷于寂静，只剩雨滴穿林打叶声与莺啼鸟啭。

应泂拎起水壶，热水化开着杯中的感冒颗粒冲剂，只打字回应着张远潮：不了，我突然有个竞赛作业要做，晚上要上传，比较没时间，你们先玩吧。

对面瞬间又回过来一条语音，不无遗憾的语气："啊……好吧。那我打包一些给你当夜宵吃！那家好像来头挺大的！泂哥你真的腾不出时间吗？"

应泂继续打字：你们吃就好了，你也不用打包了，我晚上不知道忙到几点。下次再一起吃，我请客，这次你们先玩尽兴了。

"好吧……"张远潮可怜兮兮地回复，隔着手机都能想象到他那耷拉着脑袋的模样。

应洵吹了吹热气腾腾的感冒冲剂，一口饮尽，闷出一身薄汗，倒也驱散了几分发热后的困倦。

黎蔓眼睛忍不住看向坐在对面的周绎北的脸，瓷白的皮肤，细细的弯眉，眼睛亮晶晶的，很是漂亮。

黎蔓垂下眼。她略微丧气地搅拌着豚骨拉面，忽然就没有什么心情好好吃饭了。

店门口挂着的和风铃铛突然丁零作响，有人推门而入。

张远潮揽着路逞的肩，吊儿郎当地走进来寻了个座位坐下，后面跟着他们一行狐朋狗友，都是明才 A1 班的男生，娇生惯养之辈。

"应洵真不来啊。"路逞翻阅着菜单，随口问道，一头银灰头发彰显着存在感。

"金枪鱼中腩刺身来几份，然后一人一份慢煮鱼肝……"张远潮一边手忙脚乱地翻着菜单点单，想狠宰路逞一顿，一边抽空回答道，"他真不来，洵哥那性格本来就不太喜欢出来玩，现在高三他更没空了……这个鳕鱼西京烧也不错的样子！"

黎蔓的目光停在眼前已经放凉变坨的拉面上，实在生不出什么食欲，但还是提起筷子，囫囵吞枣地吃完。冻柠茶中的那颗黄色柠檬依旧在杯中沉浮。

"走吧，北北。"她的语气明显低沉很多，但她望着周绎北时，还是勉强打起了精神，调动语气。

"你先等我一下，我上个厕所。"周绎北悄悄拿起钱包，站起身，略带歉意地说。

黎蔓自然没有意见，只继续吃着剩下的她并不喜欢的面。

周绎北自背后拍拍黎蔓的肩，示意她可以走了，然后看见了熟悉的一行人。周绎北的视线在路逞张扬万分的头发上停留片刻，忍不住挑了挑眉，但是毕竟没有多熟，也没有必要特意去打招呼，便自顾自挽着黎蔓的手走出店门。

一走出店门，瞬间就被热气席卷，心中的烦闷躁意无端腾腾而起，黎蔓皱着眉。

"我的天，路逞怎么染那个头。"周绎北从书包中掏出个手持小风扇，调最大挡风吹着，手微微侧向黎蔓，与她分享这一份聊胜于无的清凉。

"他本来性格就这样吧。"黎蔓呼出口气。她与路逞他们一行人不太熟，自然也不好评价。

不知想到什么，周绎北狡黠一笑，弯起的眼像猫："他这个造型肯定跟宁绾南脱不了干系！"

"他们……有什么关系吗？"黎蔓回忆着路逞和宁绾南平时针锋相对的样子，迷茫地抬起头，好奇地盯着周绎北求解。

周绎北只含糊其词："我也不知道呢。"

廉价的人造彩色光源照亮了拥堵的车流。

黎蔓低头走着，浑身低气压。

周绎北试探地道："蔓蔓，你最近是有什么烦心事吗？"

有车驶过，车灯明亮，只照得人下意识眨了眨眼。

"北北，"黎蔓张了张唇，不尽犹豫，话在喉间徘徊，还是开口，"我……我和我妈妈吵架了……"

"怎么啦？"周绎北难得温柔。

黎蔓有点不好意思，垂下眼："我妈妈发现你今年送我的生日礼物了，然后很生气，说我心思不在读书上，都给扔了。"声音越说越小。

"哦。"周绎北回忆了一下，她今年送给黎蔓的十八岁成年礼物是一套热门言情小说，那难怪了。

周绎北失笑："傻不傻呀！扔了可以再买，我也还可以再给你送礼物！现在高三啦，我们确实是需要更专注在学习上了。你爸妈也是工作辛苦压力大，我们需要体谅他们望子成龙的心情。"

黎蔓听她这样一讲也有点愧疚了。

但是，周绎北转而又大声继续道："等高考后，我们一起漂漂亮亮开启崭新的大学生活！"

黎蔓忍不住笑了，沉甸甸的一颗心忽然松快，抬头望着周绎北，她眼睛亮亮的，很美。

周绎北熟练地拨通电话，拿着手机趴在床上，脑袋里还在回想着下午数学补习课上的那道错题，还没等她研究清楚，电话就已被接通。

"喂？"沙哑的声音。

最近大家都得流感吗？周绎北疑惑。

不过，她还算有点良心地开口："你这声音还是别说话了吧。好好养病！好好吃药！"

两人静默的呼吸声扑在耳畔，耳朵莫名发痒，周绎北突然醒悟，这样也太蠢了吧！但是一时之间又不知道有什么话可说。

挂掉电话？

可是马上就要开学了，赌约的达成还遥遥无期。

一定要赢吗？

这个赌实在幼稚。

但是为什么……就是不太想挂断电话！

不愿再深思，周绎北手忙脚乱地敲亮电脑屏幕，打开音乐软件，然后音乐缓缓流淌。

就是开不了口
让她知道
…………

好吧，还蛮应景的，反正两个人都开不了口。

头晕乎乎的，热带气旋匆匆而过，没带走多少燥热心绪，却留下后遗症，应洵将那碗放凉的感冒药一饮而尽，舌根残留苦涩，脑中一些干枯记忆返潮，菌类蔓延，湿漉漉一片。

他躺在床上，试着用厚被子紧紧地裹住自己，希望闷出些汗后感冒可以快些好。

生病让人变得脆弱，应洵久违地有点伤感。枕套湿透，沾染上咸涩的气息，而他昏昏沉沉，大梦一场。

这场伴随气旋突如其来的风寒，将一切难堪的思绪暴露在转凉的天气里，却无法晒干。

气温变凉，大暑已过，立秋将至。夏天在潺潺雨滴中沉沉死去。

天光大亮，阳光透过窗户从床尾攀上小腿，周绎北睡眼惺忪，被倔强的闹铃唤醒。

她刷着牙，薄荷味的泡沫充满口腔，让混沌的脑袋稍稍清醒了些。她放空地盯着镜子，几号了？哦，二十号。九月一号开学，三号、四号开学考……

周绎北漱着口，仰起头闭上眼，一次性洗脸巾浸了水冰冰凉地敷在脸上，凌乱思绪渐渐归位，她静默地捋着自己的待办事项：导数专题还没整理；《英语必背3500》才过了一遍；近15年的高考题还没刷完；堆满书桌的书刚撕去塑封等待翻阅。

对了，好像还有一个赌约没有完成？

周绎北扯下湿巾，眼睑耷拉下来，叹了口气。

坐到餐桌前，她慢吞吞地舀着面前的燕窝粥，食之无味。

一旁的陈茵实在受不了周绎北一副哀怨走神的样子，抬眼一横："干吗呢，吃饭还走神？赶紧吃，上午我去练普拉提，你自己在家乖一点，晚上我们和你爸一起参加一个宴会。"

周绎北听完更愁了，忍不住长叹一声，端起碗咕噜噜一口气喝完粥，然后没骨头似的瘫在椅子上，拿出手机，默默在浏览器搜索框内输入"聊天搭讪技巧"。她边看边皱眉，看一页叹三次，最后索性起身上楼，继续去写作业。

陈茵无奈地看着周绎北的背影，轻轻摇头，她这女儿啊。

同周进一样，陈茵也是普通家庭出身，父母目不识丁，并不重视教育，家境也就勉强过得去。陈茵和周进都只读完了义务教育，然后就稀里糊涂地被赶入社会混饭吃。谁知道好运一下就砸到了头上，周进得到了一笔拆迁补偿款,然后又找对了路,投资一下便成功了。于是,钱滚钱,利滚利,短短几年他们家便实现了阶层的跨越。

但无奈,空有钱财,仍是会被看不起,周进夫妇知道,有多少人当面阿谀奉承,就有多少人在背地里不屑地骂句暴发户。因此,两人愿意在周绎北身上投资,只望她能争口气,好好读书,可以挺直腰板。

作为传统教育灌溉下成长起来的普通一代,周进和陈茵都希望周绎北能过好自己的人生,至少要过得比他们好。

不过最近几天,周绎北的情绪波动还是蛮明显的。

陈茵喊来阿姨收拾了一下凌乱的餐桌,仍是不放心地冲楼上大声嘱咐道:"妈妈先去上普拉提课程了,你在家好好学习,好好写作业,中午记得午休一下,晚上爸爸会来接我们去外面吃个饭。"

周绎北打开书房门,懒洋洋地回答道:"知道了。"

周绎北抽了支笔随意将长发盘成发髻,阿姨送来一杯鲜榨果汁和一份鲜切果盘。周绎北用手机连接蓝牙音箱,随机播放一首英文歌。

一堆空白的卷子胡乱摆在桌上,她拨开笔盖,抽出一张卷子,苦着脸埋头开始写。

双参变单参……怎么变来着?

隐零点的题型怎么做啊?

圆锥曲线第三定义是什么啊?

晕!

与一张数学卷子搏斗完,周绎北精疲力竭,实在没心情继续听歌了,关掉音乐,强打起精神拿出红笔开始对答案,这一对,心情更是雪上加霜。看着一片狼藉的卷子,周绎北垮着脸,垂着头,盯着答案,却怎么都看不明白。

还是会伤心的吧。

周绎北趴在桌上,头脑昏昏沉沉,无意识地按动着手里的黑笔,嗒嗒声与心跳同步,一些思绪在脑海翻涌,关于数学,关于学习,关于未来。

怎么办呢?会不甘吧,明明付出了那么多,做了数不清的题,上了无尽的补习班,但是却收效甚微;已经那么努力了,为什么还是考不出像样的成绩啊?

她还是太笨了吧。

周绎北将头埋进臂弯,手中泄力,黑笔掉至地上,滚动,撞到桌脚停下,然后被拾起。

就算难,就算不会,就算错很多,可仍是要继续写的啊。

因为不写永远不会有提升,不去试错就永远不会知道正确答案。

也或许,书写的不仅是题,还是光明的未来。

周绎北拿起杯子,将鲜榨橙汁一饮而尽,默默在心中为自己鼓鼓劲,然后拿出张草稿纸,对着解析,一步一步重新理顺解题思路。

终于,她在正午灼灼日光中恍然大悟,窥见一角正确答案的清楚思路,脸上挂着藏不住的好心情。

她走到衣帽间,精心搭配了一套衣服,照照镜子,臭美地对着镜子挤眉弄眼。

周绎北戴上耳机,随便点开一段高考英语真题听力来磨耳朵,不紧不慢地走下楼。陈茵一瞥,对她这个打扮还算满意,不会太幼稚,也不会太成熟,十八岁,就是随便穿也好看的年纪,青春不需要太多点缀。

坐进车里,周绎北摘下耳机,才想起来问了句:"爸,今天是什么宴会啊?"

周进解开颗西装外套扣子,低头在手机上争分夺秒地审阅方案,随口回答道:"就和你路叔、林叔、应叔他们几家一起吃个饭,刚好你们高三了,一起交流一下,如果要出国留学,那肯定是一起准备比较好,去了国外也算有个照应。然后刚好有个新项目投标,我们顺便探讨一下。"

明明就是要讨论工作,顺便把他们几个小孩带出来互相比较一下,还讲得这么好听。

周绎北撇嘴,又戴上耳机,恰巧赶上那句"衬衫的价格是九磅十五便士",千篇一律的剧情在白开水般的日子里重复上演,但总有人乐此不疲。

这场宴会由三部分构成,周进与应承然他们一群人推杯换盏,夸张的笑浮于皮囊,酒杯碰撞伴随金钱碰撞叮当响;陈茵与向菀她们那帮富太太则是拿着新品手包，兴高采烈地谈论着护肤美容。

周绎北则自顾自低头在手机 App 上背着单词，打完卡，抬头，手揉着僵硬的脖颈，望见一番母慈子孝——向菀一手抚着还不显怀的肚子，一手用公筷夹给应洵一片黑松露鹅肝，而应洵也笑盈盈地吃下，满是温情。

一旁路逞与林枳不嫌烦地日复一日地暗自斗嘴，引得周绎北叉起葱爆海参的手一顿，看好戏似的望着他俩。

一点即燃的局面被应承然一句"这几个小孩关系还真好，聊得还蛮热闹的"，轻轻岔开。

周进趁陈茵不注意又倒了杯酒，嘴里应和道："都还是小孩子呢，天天打打闹闹，感情肯定好啊。"

四个人默契地扯开笑容，对刚才的视而不见与针锋相对选择闭口不谈。

林枳凑近身子，虚挽周绎北的手，笑容甜美亲昵，语气软和："那当然，我和北北一直都是好姐妹呢！"然后侧过头望着周绎北，"是吧，北北？"

周绎北点点头，难得配合一次，她的手一转，将刚叉起的葱爆海参放进林枳碗里，嘴角不吝啬地弯起："我们四个可是好朋友呢。"

陈茵眼神扫过四人，脸上含着笑，带着点欣慰的语气道："四个小朋友感情好真是难得，以后也要互相照顾互相帮助哦。"

路逞点点头，倒是一副仗义至极的模样："那当然！我们可是从小玩到大的交情啊！"

向菀把一盘刚被端上桌的燕窝盅转向他们四人的方向："快吃！凉了就不好吃了。我记得这家店做的燕窝是逞逞最喜欢的。"

路逞忙伸手舀了一碗，乖巧地谢谢向菀的关怀，只是他一头太过亮眼的头发实在与他故作乖巧的语气不符。

周绎北下意识地望了眼应洵，好像又瘦了些的少年则是仍在低头认真吃着那块已经凉了的黑松露鹅肝。她迟钝地反应过来了些什么。

周绎北偷偷瞥一眼一脸温柔笑意的向菀和没心没肺吃得很开心的路逞，再看一眼应洵面前躺着只咬了一口鹅肝的盘子，只觉自己记性不好，好像还有点太敏感了。

这时，倚在她身上的林枳撇开身子，一脸嫌弃地拨开周绎北夹给她的那片海参，默默念叨着："真晦气。"

四个小孩面前摆上了亮晶晶的酒杯，盛满了紫红的葡萄汁。

"大家都干了吧！"路逗一副公子哥的潇洒姿态，举着酒杯。

林枳矜持地举杯，一脸嫌弃，不情不愿，但还是轻轻碰杯。杯中摇晃的液体璀璨，鬼使神差，周绎北也端起酒杯。而应洵无奈地配合举杯。

四人轻轻碰杯，玻璃杯碰撞，叮咚作响，果汁飞溅，在华丽水晶吊灯的冰凉灯光下折射出绚烂色彩。

周绎北仰头大喝一口葡萄汁，酸酸甜甜的滋味自舌尖蔓延。她眯着眼，打量着仍在针锋相对的林枳和路逗，以及静默坐在一旁走着神的应洵，突然觉得他们也没那么讨厌了。

其实并没有深刻的仇与恨，只是莫名反感与排斥，但总归是一路人的。周绎北清晰地知道，他们身上都带着尖锐的气息，带着藐视一切的清高，或许这是通病，小时候柔软的稚嫩褪去，只剩针尖对麦芒的冷漠。

但是，他们仍是亲昵的，在一些场合，在某些方面。

宴席散去，餐桌一片狼藉，周绎北脑袋昏沉，她站起身伸了个腰唤回飘走的思绪。

林枳也起身，看似好心地靠近搀扶她，语气却是毫不遮掩的恶劣，在她耳畔轻轻道："北北呀，你可别忘了那个赌约，进展怎么样了呢？可千万别输啊，那可就不好啦。"

周绎北瞬间清醒了些，后退一步，避开与林枳的肢体接触，脚却发软，不慎撞进恰巧也站起身的应洵怀中，被淡淡的不知名清香环绕。

她在心中默默骂了句"晦气"，侧身，皱起眉。

一小番动静引得大人侧目，周绎北整理表情，先对应洵道了句"对不起"，然后挂上笑，冲着林枳："这个不烦你费心了，到时候你就知道结果了，你还是先照顾好自己吧。"语气甜腻，眼睛不善地眯起。

林枳呼吸一顿，狠狠地瞪了周绎北一眼，拎起包，转身走开，小皮鞋用力跺得哒哒响。

而另一边,应洇掸了掸身上并不存在的灰,一副对周绎北避之不及的样子,对不小心听到的几句对话若有所思。

回到家,意识被困倦蚕食,周绎北泡了个热水澡,脸上红晕不知来自多巴胺还是过热的体温。

周绎北瘫在床上,浑身松弛,轻柔的真丝被包裹身躯,难得的放松时刻,她强忍着睡意,昏昏沉沉间记起每日的"待办事项",捞出手机,在通话记录中找到最近那串熟悉而陌生的数字,点击拨打。"嘟嘟"声伴着睡意沉浮,在一股脑栽入沉沉睡梦的前一秒,电话适时被接起。

"喂——"拉长尾音的开场,周绎北呼吸沉重。

"怎么了吗?"电话那头男声清爽。

醇厚的果香撞上汩汩山泉,一直都是奇怪的搭配。

记忆回溯,理智撞击混沌,一时不慎,话脱口而出,周绎北磕磕绊绊地重复着早上手机屏幕上一闪而过却映入脑中的奇怪文字。

"你知道喝什么酒最容易醉吗?"

电话那头一愣,语气疑惑,小心翼翼试探:"你真喝醉了?"

"你才醉了!"周绎北不满地嘟囔着,忍不住将简单的谜底揭晓,"你不知道吧!是天长地久!"

一时静默,然后有人忍不住"扑哧"笑出声。

周绎北本已红得发烫的脸好像更红更烫了些,她后知后觉地捂住脸,莫名羞耻,挂断电话。

为了赢这个赌约,为了不输给林枳,就是需要做一点牺牲的!

是这样的吧?

周绎北最后还是在沉沉倦意中释怀,结结实实睡了个好觉。

或许是被林枳小小地刺激了一下,或许是那一个胡言乱语的晚上已经丢尽了脸,周绎北在后续的通话时间里更放得开了,在网上胡乱搜索捕捉到的甜言蜜语一股脑地往电话另一头灌。

比如有一次,周绎北一边趴在桌上背着英语单词,一边手机开着外放聊天。她吊儿郎当地回忆着最近积累的一些土味情话，状似随意地开始搭话道："你知道'只许州官放火'的下一句是什么吗？"

电话那端的人一顿，带着几分谨慎，思考了片刻，还是按照书本老老实实回答道："不许百姓点灯。"

虽然很不喜欢这种无营养的对话，但是为了不输给林枳，周绎北还是皱着鼻子忍着羞，磕磕绊绊念了下去："错！是不许你离开我！"

说完，周绎北自己先忍不住捂住了脸——救命，怎么会这么土！

一瞬寂静，在周绎北红着脸忍不住要挂断电话时，那边先开了口。

"不然……你还是好好拉大提琴吧。"对面顿了一下，补充道，"有空还可以多去看看高考必背古诗词……"语气是无尽的关心与悯恸，只是那份埋在底下的笑意还是伴随着微扬的声音而外露。

周绎北猛地挂断电话，咬着唇，脸与耳朵红成一片晚霞，目光在密密麻麻的英文字母中迷了路。

背到哪里了来着？

完蛋，又忘了……

都怪江岭！

于是，她只好随意捕捉住一个顺眼的单词重新开始背诵：

"a-d-o-l-e-s-c-e-n-c-e, adolescence, 青春期……"

开学越发临近，学习压力骤增，因为一个没有意义的赌约而产生的焦躁情绪也慢慢加剧。

周绎北在心情好的时候，偶尔也会练练大提琴，比如终于做对数学压轴题时，英语客观全对时。周绎北努力把自己的情绪在通话时抽离，她不过是在履行一个她并不喜欢的赌约，所以应该不需要太过认真。

每晚九点半成了一个心照不宣的重要时间点，像辛德瑞拉的十二点，有人从公主变成灰姑娘，也有人从憔悴沧桑的高三生变成古灵精怪的高二艺术生学妹。

当然，电话里的"江岭"除了对她的肉麻土味情话唯恐避之不及外，偶尔也会给一些回应，比如在她难得完整无瑕地拉完一首曲子后轻轻鼓掌，

在一个雨天默默播放周杰伦的《七里香》,在电话中轻轻念诵一首诗:

> 有时候我很好奇
> 一个好人
> 要心碎几次
> 才会坏掉
> 一个人的爱
> 要虚掷多少次
> 才会让人终于
> 全都不要

  一切都未言明,周绎北那时仍是不解,只匆匆忙忙奔向自己未知的十八岁,在昏天黑地中,稀里糊涂淋了一场炙热的雨……

  后来的后来,她才迟钝发现,那一首属于九点半的诗名为:《如果没有遇到你那就好了》。

  如果没有遇见你就好了。

  这是一个正确的隐喻。

/ 第四章 /
换季天气

▼

"洵哥,晚上去唱歌不?"张远潮舒舒服服地瘫在应洵摆放在书房的新买的懒人沙发上,仰面刷着手机,忙碌地婉拒了各种乱七八糟的深夜组局邀请,然后突然刷到林柏述的邀约,眼睛一亮,看着应洵期待地发问。

应洵慢慢饮完杯中带着余温的茶,本想答应,毕竟暑假搬来这里后就很少和他们这群人再聚了,都快开学了也该聚一聚了。

应洵放下杯子,刚想点头,目光一遇墙上的壁钟,应答的话语在唇齿边顿住,只开口道:"我最近比较早睡,今晚就算了吧,"然后瞥见张潮远耷拉下来露出遗憾神色的脸,心中无奈,难得愿意哄他几句,"明天中午叫上路逗、林柏述他们一起吃个饭吧,我请客。"

张远潮听到"请客",一下子就又恢复没心没肺的瞎乐状态了,像占了什么大便宜一样:"那我得赶紧通知大家!肯定得狠狠宰你一顿,不然等高三开学了,你肯定就一心一意忙着读书了,哪有时间搭理我们。"

说着说着,张远潮语气又沉了下来,不止张远潮,其实大家都蛮羡慕应洵的。

读书不是最佳选项,也不是唯一选项,但读书一定是锦上添花的一个选项。

且应家目前就应洵这一个宝贝儿子,他并没有太多学习方面的压力,因为不管怎么样,他的人生都不可能太糟。

哦,不对,应洵马上要当哥哥了,但是这有什么影响呢?他的弟弟或者妹妹很难比他优秀不说,应洵也会是一个好哥哥的。

张远潮的父母因商业联姻而毫无感情,以至于从小对其不管不顾,张远潮回忆起那些被应洵照顾的日子,只觉得已经开始嫉妒应洵的弟弟妹妹了!

终于把张远潮送走,应洵倒了杯水润了润嗓子,拿出一份奥赛卷子,拧开笔盖不紧不慢地写着,笔尖摩擦纸页的细碎声音与钟表转动声重合。

而周绎北愁眉苦脸地看着日历上画了红圈的数字一天一天临近,急得额头上都冒了个痘,她将横七竖八写着乱七八糟语句的纸摊开,泡了杯柠檬水,猛闷一口,将那串烂熟于心的数字再一次拨通,心中默默祈祷明天最好就能把这个电话号码删掉!

"喂。"周绎北垂眸,眼神闪烁,深呼吸。

"怎么了?"一如既往的冰冷的声音。

脑袋里有磁带在倒带,短短一个月内的所有通话内容在回溯,有音乐、有诗歌、有低语、有轻笑,周绎北攥紧了手,又想到林枳那张讨厌的脸,做足了心理建设后,开口:"喂,江岭,你要不要考虑和我见一面?"手心有汗,险些握不住手机。

一阵沉默,周绎北心跳跟着停摆,然后有低笑声扑在耳畔。

"不好意思,打错电话了吧,我不是江岭。"

周绎北一愣,血往脸上涌,一张脸红成了苹果,口干舌燥,语言故障,只能吐出无意义的单音节词语:"哦……哦,哦!"然后匆匆忙忙挂掉电话,大脑宕机。

她后知后觉地反应过来,打错电话意味着:丢脸,还有打赌失败。

但是现在对于满脸通红的周绎北而言,输赢已经不重要了,她还是更在意脸面啊!不过幸好没有在电话里暴露自己的身份,不然她现在早就挖个坑把自己埋了!

不对,没有暴露吗?周绎北大脑极速运转,一幕幕自己脸不红心不跳什么假话都可以说出口的样子涌到眼前,她崩溃地找寻着有没有漏洞,然后终于卸下口气,努力安慰自己。

应该没有暴露吧?

周绎北稍微整理了一下打结成团的混轮思绪,握着手机,一个鲤鱼打挺从床上坐起,做贼心虚地把手机通话记录删除,再把备忘录里做的莫名其妙乱七八糟的笔记一股脑全清空,最后把浏览器的搜索记录清空。最后,她跑下床奔进浴室,用冷水打湿毛巾敷在仍通红的脸上降温。

呼……

心跳减速,大脑重新开机,周绎北终于从情绪中抽离出来,突然想到另一个问题:

那……如果电话那边不是江岭……那会是谁啊!

天哪,她刚从被弄糟的毛线团中跑出来,就又陷入另一片狼藉中了。

但好在周绎北是一个很容易就放过自己的人,从不会让情绪过夜,用陈茴的话说就是:没心没肺的。

所以,她就短暂地苦恼了一下,便愉快地把手机丢在一边了。周绎北甩开乱七八糟的心情跑下楼,喝了碗已放凉的燕窝羹,挨了几句陈茴老生常谈的唠叨,然后边满不在乎躺进柔软的被窝里,一边劝慰自己,一边美美地睡了一觉。

本就是这样的,夜很深,总有人沉沉睡去,有人睁眼到天明。

辅导班老师又抱着一沓白花花的卷子走进教室,周绎北一口气还没叹完,老师先开口解释了:"这些卷子是这个补课周期里大家的易错题汇总,我上课的时候都讲过的。现在大家可以互相讨论一下,把记忆捞起来,下半节课我随机抽人上台讲题。"

教室里响起窸窸窣窣的纸页翻动摩擦的声音,习惯了写卷子讲评卷子这样枯燥的流程,突然转变方式,大家都不太适应。

"我这题还是不太会,可以再跟我讲一下吗?"周绎北实在受不了这种突如其来的安静,捧着卷子,拽着看看数学题就头晕的黎蔓转过身,冲着身后几个女生装乖,弯起嘴角,放柔声音,扯出个人畜无害的笑容道。

"哦……哦!好的,我看一下哦!"又有女生被周绎北的外表骗到,突然红了耳朵,略微慌乱地低下头,开始看起题。

周绎北趁着大家都在小声讨论和写题,第一次有心思打量起教室其他人。这个辅导机构主打名牌大学生小班教学素质化针对性补课,但都是噱头,其实就是花最少的力气赚最多的钱。

所以班级里就六七个人,都是女生,除了她和黎蔓,还有一个女生也是明才的。周绎北觉得那个女生有点眼熟,然后后知后觉地发现,哎,这不是路逞嘴里总挂着的宁绾南吗?

至于其他人她就不认识了,明才确实比较少人来上这种针对高考的补习班,倒是市重高的来得比较多。

这几个女生应该都是会读书的,看着都乖得很。

周绎北回想起这个乱七八糟的暑假,难得有不好意思的情绪漫上来,但是很快就被女生一句"你看一下,好像应该是这样写的吧"打断。

周绎北冲对方毫不吝啬地展开个乖巧笑容:"谢谢啦!你们有什么不会的也可以提出来!不过我可能也不太会就是了!"然后接过写满了步骤和思路的草稿纸,递到对着数学一头雾水的黎蔓面前,两个人埋头开始研究。

周绎北看一行就偷偷瞄一眼宁绾南,她们没有同班,所以也很少接触,唯一的了解还都是因为路逞,不过他也很少跟其他人提起她,所以周绎北不由得多看了她几眼。

周绎北凑近黎蔓,偷偷耳语,黎蔓一遇到数学就无精打采的脸一下就容光焕发了,然后两个人就有意在数学交流中扯一些有的没的八卦。

果然,八卦是所有人的天性,那几个市重高的女生也很快就加入进来。

"这题用洛必达吧……哎,我们学校年级第一的男生好像和你们明才的一个女生走得很近哎!"

"应该是用这个吧,求个极限比较快……谁啊!"

"不知道哎,但是我知道我们学校校花之一和明才一个帅哥学霸,那个江啥来着,反正就是两个人很熟。"

"姓江的帅哥,江岭!不会吧!"黎蔓突然想起来,忍不住惊呼,然后马上看向周绎北。

周绎北抿着唇,眼神复杂,真是有苦说不出。

幸好那个女生又开口道:"对!就是他!两个人好像是这个暑假在Q大夏令营认识的。"

"所以,他这个暑假都不在家啰。"黎蔓难得抓住重点。

"嗯,这题圆锥曲线咋做啊?"那个女生又扯回了数学题上了,留黎蔓一个人无措地望着周绎北。

周绎北轻轻叹了口气，拍拍黎蔓的呆脑袋，让她快先看题。

"北北，如果江岭这个暑假不在家，那你在和谁打的座机电话啊？"黎蔓终于熬到了下课，急忙问周绎北。

已受过冲击，周绎北表情管理比昨晚得当得多："我也想问，你不是在论坛上找的吗？"

黎蔓自己也纳闷，慢慢回忆："对啊，她们明明在要表彰大会上那个帅哥的联系方式啊！"然后表情慢慢垮下来，"不会吧，难道那个很帅的男生指的是——应洵？"

周绎北拿着冰美式的手一软，砰的一声，心跳回归，塑料杯与大理石瓷砖接触，苦涩的黑咖啡蜿蜒出一片狼藉。

周绎北指尖发软，深呼吸，放下书包，不敢再想。她弯下身拾起杯子，还算冷静地掏出纸巾擦拭着地上还在肆意流淌的咖啡。

黎蔓慢半拍地蹲下身抽取纸巾帮着一起收拾。

周绎北又掏出张湿纸巾将瓷砖上黏腻的饮料印记用力擦除，随后一脸平静地起身，拿起一堆沾满棕黑污渍的纸巾，对惶惶不安的黎蔓扯开个笑："我先去丢个垃圾，再去洗个手，你可能得稍微等我一下。"

看着周绎北柔和的眉眼，黎蔓稍微将心放回去，应该没事吧，而且不会那么巧吧，可能江岭有个哥哥弟弟之类的。反正，不太可能是应洵，他也不像是会随便和人聊天的人。

光是想象周绎北和应洵亲亲密密打电话的模样，黎蔓都觉得不太可能，但是不管怎么样，她还是让周绎北搞砸了打赌这件事情，一颗心还是无法平平稳稳地放下去，而是像那杯冰美式一样狠狠砸下。

水温微冷，冲得指尖微红，周绎北出神地冲洗着手，思绪不像表面那么宁静，早就随水流不知道冲出去多远了。

虽然她很快就接受了打错电话和打赌失败的事实，有点丢脸是难免的，但是毕竟她也不知道对方是谁，对方也不知道她是谁，一切只不过就像是在换季中打的一个小喷嚏，让你鼻尖痒痒的，让你突如其来地丢脸，但也就一小下。

如果电话那头是应洵,回想一下:那一场换季的感冒,那被她辣评很装的文艺诗句,那一场雨,那一台安静放置在置物架上的还不算破旧的座机,那一摞充满翻阅痕迹的原版书籍……其实一切都有迹可循。

心中的忐忑一下变成难堪的羞愤,周绎北用力一拧水龙头,甩干手,水珠碰到脸颊,有冰冷而柔和的触感。

她算是明白了,不管怎么样,应洵肯定是故意的!

看不出来他表面光风霁月的,背地里就那么记恨她,想看她笑话!

周绎北一脸云淡风轻地走回去,从皱着张脸的黎蔓手中接过书包,出于好胜心与自尊心,以及现在满腔的羞愤,她并没有再深入讨论这件事,只轻飘飘地唤黎蔓一起回家,随口扯了个谎:"其实我一点也不想给江岭打电话,也压根儿不想搞定他,只不过就是不想输,不想在林枳面前落下面子,"她话语一顿,稍微仔细组织了一下语言,"所以……其实我就没打电话……本来是想开学找江岭说清楚,让他配合一下的,谁知道这小子参加夏令营心思还么花!我就说林枳眼光不好吧!"

黎蔓也没多想,只狠狠松了口气:"那现在怎么办?"

周绎北一双圆眼不怀好意地滴溜溜转,嘴上却只轻道一句:"现在是没办法了,开学后再说吧。"

中学时代最后一个暑假不知不觉地过去了,像正午烈日下的彩色肥皂泡泡,随时会破裂,最后只剩下暖烘烘的皂角味。

周绎北在下车前认真整理了一下衬衫、裙摆与领结,再看看后视镜中漂亮的自己,满意地挑挑眉,背上书包,走向她的高三。

教室里乱哄哄的,各种借作业和抄作业的哀号。周绎北坐下,掏出一摞写得满满的作业,难得感谢一次陈茵对她学业的严格要求,让她终于不用那么狠狈地开学了。

耳旁传来刺耳的椅子拖拉的声音,周绎北侧过脸,第一次认真打量江岭,然后开口:"我知道,你的秘密。"

江岭应声回头,不解地盯着周绎北。

教室后门被推开，有人走进来，看见相对而站的周绎北和无措的江岭，直走的脚步一顿，硬生生拐了个弯，从他们两人中间走过，短暂隔离开两人的目光。江岭后知后觉地恢复呼吸；而周绎北抬起头瞥了那个人一眼，哎，应洵！

周绎北深呼吸，避免失态，也不卖关子了，对着江岭说："我知道你在暑期夏令营应该已经明确了自己的学习目标与方向，所以能不能麻烦你去跟隔壁文科班的林枳说一下，让她收收心，顺便劝劝她好好学习。"

江岭呼出口气，脸上漫上了被看穿的羞赧，点点头："我现在只想好好读书，我会跟她说的。高三了，确实都应该将心思放在学习上的。"

周绎北心中叹了口气，但还是开口："要不然还是我帮你跟林枳讲吧？你们还是各自好好学习吧。"

江岭点点头，周绎北转回身，又嘱托道："高三了，不要想七想八的。"

不远处，张远潮不满地嚷嚷着："洵哥，你有没有听我说话啊？中午去吃C区食堂好不好？"

应洵不知从哪处收回眼，只稍带歉意地笑笑："不好意思，刚才有点走神，最近睡得不太好。"

而周绎北得到许诺后，马上拿出手机编辑短信，思来想去，还是认真地输入：林枳，江岭让我转告你，他希望你高三还是好好学习。

PS：虽然不是因为我，但是你也算输了吧。

PPS：你看人的眼光真是不太行……还是好好读书吧。

短信发过去半晌没有回应，周绎北也懒得再管，赶着去交作业，然后听着班主任罗得旺的老生常谈的唠叨，无非是：好好学习，要享受青春的奋斗时期……

周绎北手撑着下巴，阳光笼在身上，先前几天丢失的睡眠突然找回，她听得昏昏欲睡，然后突然被罗得旺喊出的六个字唤醒："好！开始换座位！"

教室里兵荒马乱，然后周绎北就眼睁睁看着应洵背着他的书包站到江岭身边，江岭笨手笨脚地收拾起东西，站起身挪出位置，而应洵面色平淡地坐下。

周绎北皱起眉，看向坐在她斜前方的黎蔓，满脸疑惑，追切地想知道是怎么一回事。

黎蔓忙编辑一条短信，然后指指手机，示意她看。

黎蔓：晕，这老罗真是好心，体谅一些后进生对成绩的看重与进步空间，再加上处于高三这一关键时期，于是把后进生都换到前排坐去了。

而应洵作为尖子生其实一直是被老师优待安排坐在前面"清北桌"的，可不知道怎的，应洵自己却突然主动提出要来后面坐。理由是很扯的"高三更想要一些自习时间"。老罗表示同意，反正应洵只要能读好书，想怎么样都行。

周绎北偷偷瞪了几眼应洵，总感觉应洵故意换到后面来和她有关，又或许是她太自恋了？

好吧，周绎北还是不得不承认，他这种学霸确实相较于上课时间来说或许真的更需要自习时间，而且后面还有他那群狐朋狗友。

但周绎北思来想去，还是不想否认应洵也有故意硌硬她的意图！

手机振动，周绎北点开短信，终于等到林枳的回应：我不信。反正你就是输了。而且江岭就是很好，特别好！

周绎北看着林枳回复的短短几个字，好像都可以感觉到她压抑着即将崩溃的情绪。

但其实她人不坏的，也没那么讨厌的，是吧？

周绎北这么想着，抿抿嘴，感到无奈，只得服输，又输入：好吧，我骗你的，我服输。我欠你个赌注，你定吧。你也不要再东想西想了，高三还是好好读书吧。

这次林枳倒是秒回：你帮我……算了，你给他送点吃的喝的吧，我看他都不怎么去食堂吃饭……

周绎北狠狠翻了个白眼，她算是看出来了，林枳听不进劝了。

周绎北还是替林枳找回了几分理智，深呼吸，耐心输入：他好得很，不用你操心。再说，我无缘无故给人江岭送东西，搞得我像什么人啦。

眼神突然瞥到一旁自顾自拿出奥数教材开始学习的应洵，周绎北咬了咬唇，继续输入：但是我可以借给全班送的名义给他送，比如送点饮料。

林枳：随你吧。

林枳明显情绪不佳，回复的话也莫名透着股有气无力。周绎北识趣地没有再往下聊，只匆匆结尾。

应洵见周绎北一直盯着手机，微微皱了皱眉头，但也没有说什么。她和他并不熟，两人也没有什么关系，应洵这样想着，内心又不太确定。

然后，他拧开笔盖，圈画关键字，开始做题，只是怎么都解不出来。他看着写了满满一页的草稿纸，却寻不到哪一步错了。他放下笔，收敛心绪，垂下眸，只得重看题目。

原来，第一步就看错了啊。

即使是明才这种推崇所谓的"素质教育"的国际学校，高三的学习节奏也明显加快了。开学报到这天下午刚把暑假安排写完的三年高考真题收上去检查，晚上就又发了一套全新的五年高考真题。

罗得旺捧着个不锈钢保温杯站在讲台上，扫视一周，看着一个个愁眉苦脸的学生，又公布了一个雪上加霜的消息："同学们啊，毕竟都高三了，大家也要对学习上点心了。学校为了检测大家的暑期学习情况与基础状况，特意贴心地在本周安排了一场开学考，好确定后续教学方向和进度。"

教室里瞬间哀号一片，罗得旺不紧不慢地抿了口茶，又好心地告诉他们："但是，学校也考虑到刚开学不好太打击你们的自信心，所以考试内容定为三年高考真题。"

这消息一出，班级里那些认真完成了暑假作业的学生明显松了口气，而那些浑水摸鱼的人则是雪上加霜了。

周绎北看着眼前摆着的一摞还散发着新鲜油墨香的材料与试卷，脑袋又在不自觉放空了，罗得旺的话有一句没一句地撞进脑子里。她长长呼出口气，挽起衬衫袖子，将材料分门别类放进抽屉中，只留了本空白的本子和一个贴得花里胡哨且装得满满当当的笔筒在桌面上。

摊开一页，周绎北双手环胸，皱着眉噘着嘴，一脸严肃地盯着空白的页面。

沉思状态持续了四五分钟后，周绎北敏感地觉察到有目光落在她身上，下意识地侧过脸瞪过去，恰巧与好奇打量她的张远潮看了个对眼。莫名地，周绎北的眼神在戴着耳机、埋头在纸上冷静书写着的应洵身上飘了个来回，然后硬邦邦地开口道："看什么？"

张远潮忙移开眼，他可不敢惹这个小魔女，只得打着哈哈："看……看，看你好看呗！一个暑假不见，北姐又变漂亮了啊！"他一边还不忘摆出个看似诚心的大拇指，心中却止不住纳闷：怎么一个暑假过去，这魔女脾气好像变好了点，没有以前一看到洵哥就露出獠牙不咬个几口不罢休的那种劲了，真奇怪！

周绎北翻了个白眼，终于提笔，低下头，开始在空白的纸页上书写起来。

而张远潮伸手摸摸鼻子，环顾四周，见大家不是在伏案奋笔疾书，就是在捧着书沉浸式背着……反正没几个在嘻嘻哈哈了，教室变得安静多了。怎么感觉大家都变得更爱学习了呢？张远潮内心猛地生起一股类似被背叛的不满，也忙从书包里掏出皱皱巴巴的作业开始补。

应洵斜瞥了眼正襟危坐、一笔一画认真落笔的周绎北，垂眸，按下耳机播放键，停滞的音乐继续流淌。

啊！怎么又手抖画歪了！

周绎北深呼吸，尽量让自己忽视或习惯那条略微崎岖的线，拔下荧光笔笔盖，郑重地在页眉处书写下"高三记事"，然后又在被黑色水笔划分开的几个区域内写下"各科目前水平""高考梦想水平""存在问题"，及"提升方向"。

周绎北满意地看着目前的页面布局，挑挑眉，翻过一页写下一些对自己的具体要求：

1. 上课不走神！一定要超级认真地听课！
2. 课后好好写作业，不懂就问！
3. 保持刷题，保持手感，答案不重要，思路最重要！
4.

第四点写什么呀？

周绎北笔一顿，又皱起脸，任笔墨在那一个点上反复加重，越想越纠结，还有什么学习事项要注意啊？

下课铃响起，身旁人起身，轻飘飘扫来一眼，然后周绎北若有似无地听到一句："第四点，不要少女怀春了。"

周绎北敏感地抬起头瞪了一眼，然后便撞见应洵的目光，莫名心虚，但仍是不满地小声嚷嚷："要你管！我不仅要怀春，还要怀夏秋冬呢！"

张远潮莫名其妙地打量着两人，摸不着头脑地跟了上去，真奇怪，洵哥怎么会主动招惹小魔女？

张远潮皱眉痛苦沉思，寻不到答案，只好八卦地向应洵询问："洵哥，你刚才和周绎北聊啥呢？"

"没什么。"应洵语气淡淡，脸上神色也看不出喜怒，"走吧，不是要去C区吃饭吗？"

"对！听说C区出新品了，豚骨拉面好像巨好吃！"张远潮一说到吃的就把什么都抛在脑后了，脑回路一下就拐到其他地方了。

周绎北勉勉强强再添上几笔，合上本子，身子后仰伸了个懒腰。黎蔓见此凑过来，问道："北北，一起吃午饭吗？"

"哦，好啊。"周绎北从书包里掏出饭卡和餐具，起身，突然想起什么，"但是蔓蔓，我下周开始就从家里带便当来吃啦，天气太热了，我不想去挤食堂。"配合话语内容地摆了个哭脸。

其实天气热是一个原因，家里阿姨做的饭比学校食堂好吃是另一个原因，还有一个原因是她想省着点时间来学习。

莫名其妙地，周绎北就有了学习的紧迫感，也不知道未来人生的道路要怎么走，但是不管怎样，不要让明年今日的自己埋怨现在的自己，或许就足够了。

周绎北端着热气腾腾的麻辣拌在黎蔓对面坐下，心中感谢黎蔓速度够快抢了个食堂空调对吹区域的座位，身上的细汗被冷气带走，她终于松了口气。

身旁坐下一个人，周绎北侧过脸，挑了挑眉。黎蔓也顺着周绎北的眼神看去。

宁绾南下意识地侧头，便撞上两双眼睛，脸马上红成番茄，小声打招呼道："你们好啊。"

"你好！"周绎北热情笑道，她还蛮喜欢路逞半句不离的同桌的，乖乖的，挺可爱的。

有了之前在补课班一起讨论数学题和八卦的经历，三人自然而然地聊起来。黎蔓疑惑道："你成绩都那么好了，怎么暑假还需要去补习呀？你应该有入围Q大B大暑期夏令营吧。"

宁绾南夹起面条的手一顿，垂下眸，云淡风轻道："我没有报名夏令营，因为暑假在当家教，补习班是我当家教的那个学生报名的，但是他基础跟不上，就让我帮他去听，听完再跟他讲解一遍。而且我数学没有很好啦。"

周绎北和黎蔓面面相觑，一听就都明白了，宁绾南口中的财大气粗的死心眼笨蛋学生除了路逞好像就没有别的人选了。

联想到路逞一头银发做什么都满不在乎的样子，周绎北已经等不及去取笑他了。

"你怎么会去做家教啊？"周绎北继续八卦，开着玩笑道，"我以为你这种好学生都是假期里足不出户埋头苦学的。"

"因为我妈妈在那位同学家里……工作，"宁绾南偏着头皱着眉斟酌了一下用词，然后没有添加什么情绪地陈述道，"我家家境普通，我想挣点钱补贴家用。"说完不太好意思地笑了一下，是可爱的、唇边会有酒窝的那种笑。

稍微分析了一下，周绎北就把宁绾南与路逞的关系搞懂了，忍耐着继续八卦的冲动，想着可别把可爱的小姑娘吓跑了，到时候路逞来找她算账。她扯开话题道："哎，绾南，你知道吗？这周要开学考哦。"

"嗯，"宁绾南很秀气地慢慢吃着面，"我们班主任也通知啦！"

本还想继续聊下去，路逞却突然在黎蔓身旁坐下，语气恶狠狠的，动作却很轻柔，将一盘堆得很满的菜放在宁绾南桌前："喏，不小心多打了一份,帮我吃掉。"

而宁绾南咬着筷子沉默,躲开路逗的视线。

路逗横一眼周绎北,周绎北本就吃得差不多了,虽然想听八卦,但一扫宁绾南红红的脸,为避免让她难堪,还是将餐具一收,拉起还想偷听的黎蔓,甜甜地对着宁绾南说了声"Byebye(再见)"后就离开了。

慢悠悠晃到教室门口,周绎北突然想起一件事,然后轻飘飘地对黎蔓说了句:"哦,蔓蔓,我这周五体育课后打算请全班喝……嗯,冻柠七,可能需要你帮个忙,可以吗?"

/ 第五章 /
柠檬红茶

▼

周五下午体育课后，女生三三两两手挽着手走进教室，男生在推推搡搡，勾肩搭背，时不时还投个空气三分球——十八岁青春的躁动盈满教室。

张远潮随手将外套披在椅背上，刚坐下想顺手拿起水壶喝口水，目光就扫到桌子上摆放着的那杯突如其来的冷饮。他好奇地拿起来，冰冷的水汽触及手心化为一声解热的舒爽的感叹，抬眼看去，原来是人手一瓶啊，但这是谁送的啊？张远潮很是纳闷。

他抬头一看讲台，只见黑板上用可爱的字体写着"请全班喝秋天的第一杯奶茶啦！大家高三一起加油哦！"落款是"17"和"34"，是周绎北和黎蔓？怎么突然这么好心？

但是无所谓啦，有人请喝奶茶就很不错啦！张远潮大大咧咧地打开喝了，周围的同学见有人喝了，也就都敢喝了。

教室里闷热的气息被冰凉的饮品驱赶，趁着课间十分钟，大家赶紧多喝几口，然后热热闹闹讨论着：

"哎！我这杯是鸳鸯冻奶哎！好喝！"

"我这个是阿萨姆，也不错！"

张远潮喝着自己的最普通的奶茶，突然就嘴馋了，拍拍前座的应洵，故作漫不经心地问道："洵哥，你的是啥啊？好喝吗？"

应洵喝了口饮品，表情一滞，然后轻笑了一声，垂眸，看不清眼中神色："嗯，就普通奶茶。"

"哼！我就知道，那小魔女肯定就针对我们，趁机给我们不好喝的饮料！"张远潮说得理直气壮的。

不知周绎北耳朵怎么那么灵，回头瞪他一眼，嫌弃道："爱喝不喝！

又没求着你喝。"

张远潮赔着笑，没骨气地马上求饶："我就是嘴贱闲着没事瞎抱怨几句！咱周大美女请喝的奶茶肯定是最甜的！是吧，洵哥？"

应洵似笑非笑地放下奶茶，只轻轻"嗯"了声算作应答。

周绎北的眼神在应洵波澜不惊的脸上停留片刻，冷哼了声，一偏头，马尾一甩，心中不住地冒着嘀咕，而面上表情却是不显。

应洵则淡然自若地又喝下一口。

嗯，这杯冻柠七，酸透了。

体育课的下一节课偏偏安排了数学课，教室里四处溢散的青春荷尔蒙在昏昏欲睡的数学课上，幻化为了无处安放的胡乱思绪。

周绎北左手撑着下巴，右手转着笔，咬着唇皱着眉，盯着黑板上密密麻麻的板书公式，认真地走着神。

奇怪，不是明明做好标记了吗？应该就是那杯她亲手特调的冻柠七啊！不会吧，不会放错位置了吧！那是哪个倒霉蛋喝错啦？

周绎北一边思索着，一边一脸纠结地抬头扫视教室，却发现好像大家表情都很正常，桌上的奶茶也都喝得差不多了，看起来应该没什么问题。

那么，周绎北开始怀疑起自己歪主意的落实情况，眼神偷偷飘到隔壁某人身上。

刚上完体育课，应洵大汗淋漓地打了场篮球赛，应该是嫌热，他将衬衫袖子捋到肘关节处，领带被扯松，松松垮垮耷拉在脖子上，领口扣子也解开两颗，锁骨隐约可见，白衬衫被汗水微微沾湿，贴在身上，勾勒出青春期少年的精壮身形。

只一眼，周绎北莫名感觉有点热。

许是因为腿太长，桌子底下放不下，所以应洵懒散地将腿伸到走道上。他倚着椅背，握着本练习题，攥着笔，手指纤长，指节明显，手背上青筋隐约可见。

黑色水笔在指尖转了个圈，顿住，周绎北猝不及防地跟应洵来了个对视。

没料到会被抓包,耳朵攀上一些温度,手里继续转着笔,周绎北故作镇定地注视着他的眼睛,却突然发现应洵戴了眼镜。

黑色半框眼镜遮掩了几分他那双桃花眼的多情,增添了几分书生意气,但是配上应洵这一副略微有点"衣衫不整"的样子,却莫名有几分斯文败类的腹黑感。周绎北不合时宜地联想到一些漫画男主。

没料到周绎北这种硬碰硬的反应,应洵挑了挑眉,用只有两个人听得到的声音说:"说好的'第一点,上课不走神'呢?"

周绎北立刻被气得夯毛,恶狠狠地撑道:"要你管呀!偷看别人东西!"转过头前还不忘横他一眼。

"你还偷看别人呢?"应洵不紧不慢地轻飘飘反驳道。

周绎北有点心虚,但见他丝毫不提冷饮的事,又稍微找回点底气,仍旧嘴硬道:"谁偷看啦,自作多情!"只是眼神飘忽不定。

应洵轻笑一声,没再继续搭话,喝一口放在桌上的"奶茶",神色自若,抬手在练习题上写下一个"A"。

见没人继续搭话,周绎北撇撇嘴,呼出口气,抓住四处乱窜的注意力,慢慢又跟上数学老师的节奏。

许是进入高三了,大家也都安分多了,教室里躁动的隐秘喧嚣渐渐平息,年轻的脊梁挺直,矜贵的头颅抬起,视线是有温度的,加热冰冷的知识,吞咽下肚里,会有满足的快乐。

风扇旋转的咿呀声,不停歇的蝉鸣,老师让人昏昏欲睡的讲解声,与笔尖摩擦纸页的沙沙声,构成了这个十八岁秋天的背景音,而跳跃的音符,正由他们书写。

下课铃响,音乐回荡在校园,下午的课程随着西沉的落日而结束,浅薄的月亮随着紧迫的晚自习而升起。

明才的学校电台在每个中午与傍晚都会进行时事播报、英语新闻播报以及点歌分享。点歌台自然也变成了每个明才学生最爱的环节,有人在歌声里发泄情绪,有人在歌声里安利"爱豆",也有人在歌声里表白心迹……音乐是一切语言。

虽然明才并不要求每个学生都必须上晚自习，但是因为不想去浪费时间的补习班，且决心要在高三好好学习，所以周绎北难得乖巧地选择了留校晚自习。

而黎蔓由于基础太烂，只好报了无数个补习班，以至于一个晚上要赶好几场，所以自然不能陪周绎北一起上晚自习。但周绎北也不在意，在周进频繁出差而陈茵忙于社交与保养总不着家的这种成长环境中，她早已习惯了独处。有时一个人也是一种享受。

周绎北并不急着去吃饭，所以待在教室里，将课上没弄懂的题再埋头梳理一遍。待到再抬起头时，教室里已经散得没几个人了，窗外月亮高悬，校园广播里的歌曲也不知更换了几首。

> 匆匆那年我们
> 一时匆忙撂下
> 难以承受的诺言
> 只有等别人兑现
> 不怪那吻痕还
> 没积累成茧
> …………

在《匆匆那年》中漫不经心晃悠着，周绎北磕磕绊绊回忆着今日要背的英语单词——awkward，尴尬的，嗯，还有什么意思来着。然后在转过一个楼道时，她猝不及防地撞上某人。

她抬手揉揉发酸的鼻尖，眼里漾起些生理性的泪花，下意识说了声"对不起"，只是声音也不自觉地带着点酸涩的气息。

"没关系。"

那人还算有礼貌，周绎北这样想着，然后抬头，愣怔住，眼角和嘴角马上同步不满地下垂。

怎么回事呀？又是应洵，这么晦气！

明明站在低一级的台阶上，但是应洵还是比周绎北高出四五厘米。他微微低下头,还算有点良心地低声问了句:"没事吧?"

"没事。"周绛北硬邦邦地回答,看着应洵仍站在转角处,一副不打算走开的样子,她只好绕开他,不解地嘟囔句"光站着挡路",就径直向下走去。

只是她刚走开一步,手腕就被应洵攥住,天气已经转凉,手腕上传来温热的触感。

"先别下去。"应洵无奈地低声说,还没来得及解释,这小魔女就急性子地向下走了。

但是也不用他解释了,周绛北已经看到了:一个男生和一个女生在下一个转角处拉拉扯扯。她忙捂住嘴,慌乱地向上退一步,所以一不小心就退进了应洵的怀里。

被体温环绕,衬衫上的皂角香扑面而来,她的脸莫名一热。手腕还被他握着,她急忙挣扎。两人本就站在台阶上,她一挣扎,受力不稳,两人双双跌落。应洵伸手护住她的头,背撞在栏杆上,金属的嗡鸣声回荡在楼道间。

动静太大,引得楼下的人张望过来。

周绛北忙往应洵怀里钻,遮住脸,她可不想和这个讨厌鬼传出什么奇怪的绯闻啊!

耳朵发热,额头被应洵用手指推开,周绛北脸也红扑扑的,不敢再看应洵。

"人都走了,"应洵低声道,声音莫名沙哑,"你还不打算起来吗?"

周绛北手忙脚乱地爬起身,垂着眸,睫毛轻颤,耳垂红得像枝上的一颗红樱桃,往日那肆意的成熟与冷漠褪去几分,露出内里青涩的酸甜。

周绛北微弯下腰整理裙摆,遮掩住眸中的几分潋滟春色,但嘴上仍是讨人厌地叽叽喳喳道:"我就知道,遇见你准没好事!真晦气!"

应洵也懒得跟她计较,站起身,揉了揉手腕,整理好刚才混乱中被周绛北攥皱的衬衫,轻轻看了周绛北一眼,也没说什么,自顾自先走开了。

周绛北深呼吸,抿抿唇,跟在应洵身后下楼,犹豫几番,还是小跑几步跟了上去。

衬衫下摆突然被人拽住，应洵停步，目光下移到那双手上，再望向周绎北，好整以暇地等着大小姐先开口。

"那个……谢谢你。"眼神飘忽，周绎北清清嗓子，说出来的话却仍是小声，枝头的樱桃红得摇摇欲坠。

也不等当事人回复，大小姐又马上松手，转身，落荒而逃。

将所有要用到的教材资料全部摞在桌角，写了张"To do list（待办事项）"的小字条贴在笔筒上，周绎北握拳暗暗给自己打气，然后拿起笔开始处理她焦头烂额的学业了。

一旁的应洵将写完的为保持手感的每日奥数练习题随手塞进桌肚里，指尖却触到了——一袋药？

与一堆来路不明的专治跌打损伤的药品对视了片刻，应洵扯了扯嘴角，将那一袋子药丢进书包，拿出一本新的物理题集开始写。

下课铃响，寂静的教室一瞬间变得嘈杂，椅子拖拽起身的声音，讨论题目的声音，聊天放松的声音，各种音潮涌来，而周绎北还沉浸在自己的题海里，咬着唇，皱着眉，与选择题激烈纠缠斗争。

好像选 A？但是 B 也蛮对的，啊，C 也没有错误啊！

正当周绎北焦头烂额地在脑中左右互搏时，有声音在耳畔响起。

"选 D。"

莫名觉得有点丢人，周绎北又羞又恼地抬头望去，却只看见个应洵背着包走出教室的背影。

她垂眸，还是在12题的答题括号里坚定地写下个"A"，然后翻到尾页，一对答案，好吧，选 D。

回到家，周绎北洗了个热水澡，打开空调，美美地躺在床上，脑子里绷着的弦终于放松，一些过往的记忆胶片在回放，所以事情到底是如何发展成现在这样的呢？

故事的起因是她的争强好胜与故意捉弄，然后蝴蝶扇动翅膀，引发气候变暖，夏季延长：一个莫名其妙的赌约，一个阴错阳差的电话号码，一个燥热而短暂的夏天，一颗明亮的柠檬……

所以，他对一切是知晓的吧，是心知肚明的吧，那又是抱着什么样的心态去接起电话的呢？

他现在会如何看待我呢？

一颗柠檬，是夏天的开始，也是一个浓墨重彩的休止符。

气愤，羞耻，紧张……全部化为那杯冻柠七，融化在夏天里，在应洵的纵容中，全部消散。

就当作是一场午后燥热的清醒梦吧，闭上眼，又是一个新的开始。

都怪妈妈硬要她再喝一碗红枣燕窝羹，再加上有点堵车，搞得现在快迟到了，周绎北背着书包狂奔，心中止不住委屈地埋怨，今天可是要开学考啊！

周绎北跑得鬓发微乱，面色潮红，大口大口喘着气，老远就瞥见罗得旺站在教室门口抬手看着表正等着时间到好抓迟到，忙加快脚步。

突然被人从身后撞了一下，周绎北腿一软，跪倒在地，膝盖摩擦青石板，传来刺痛。她惊慌地回头，原来是一个面生的男生也在跑着赶时间，他跑得快，本要超她，没想到她突然加速，两个人就猝不及防地撞一起了。

那男生刚想道歉，伸出手打算扶周绎北起身。周绎北一瞧时间只剩不到一分钟了，也没空跟他纠缠，撑着手自己站起身，都还来不及拍拍裙摆的灰，就迈开腿继续跑。

紧赶慢赶，终于赶在铃声响起前走进教室，周绎北总算松了口气，一瘸一拐地走向座位。短暂消失的痛觉回归，终于感觉到膝盖擦破皮的刺痛了，她"嘶"了一声，吸着气小心翼翼地在座位坐下。

应洵侧脸，目光扫过她歪七扭八的酒红领结，沾着灰的裙摆和玛丽珍鞋，以及膝盖上醒目的血色和湿漉漉的眼，无奈轻轻叹气。

应洵在书包中翻找片刻，拎起一个袋子，沉默着递给她。

视野里突然冒出一双手，周绎北奇怪地看去，红着脸莫名尴尬地接过，这不是她那天买给应洵的药吗，怎么倒是她先用上了？

但是也没有时间纠结什么了，早读时间宝贵，她在袋子中翻翻找找，找出医务室赠送的碘伏和棉签，先小心翼翼地清理伤口。周绎北龇牙咧嘴，终于想起那个把她撞倒的人了,实在忍不住在心里偷偷骂了几句,忍着疼抓紧时间上了一层碘伏,吸着凉气,最后再贴上消菌胶布。

收拾完一切,周绎北盯着那一袋子药不知所措,也不好意思把它还给应洵,只好先塞进桌子里。到时候再看吧,她自暴自弃地想,真是什么脸都在他面前丢过了,晦气!

调整好心情,拿出《高考必背古诗文手册》,周绎北想着第一场考语文,还是先加深印象吧。她清清嗓子,集中注意力,一字一句看过去,注意着字音字形,读过一遍再背过一遍。

教室盈满读书声,窗外有风拂过,枝叶婆娑,明明已入秋,却仍残存着夏的气息。

铃声响,《水边的阿狄丽娜》与窸窸窣窣收拾整理桌面的声音交杂。

由于只是学校自己组织的高三开学考,所以也没有过于正式,为了省事就在自己座位上考。

桌子拉开,清空桌面,下发卷子,目不斜视,考试就可以开始了。

罗得旺拖了把椅子坐在讲台上,还不忘絮絮叨叨几句:"大家要适应这种考试模式,也要提前对高三的学习强度和难度有个心理准备。"

罗得旺端起不离身的不锈钢保温杯,抿了一口,继续道:"随时安排考试在高三是很常见的。一旦学校拿到好的信息卷,那就马上安排。大家要适应,我也希望大家都能好好考出真实水平。"

每个人都在埋头苦写,教室里只有老旧风扇吱吱的转动声、鸟雀叽喳声与同学们笔尖摩擦卷面的沙沙声。

罗得旺摘下眼镜,静静看着座位上认真做题的孩子们,心中莫名怀念,怀念自己汗流浃背的青春,怀念那几届气得他高血压却又给他挣足了脸面的学生,然后默默期待,属于这些孩子的下一个夏天。

周绎北提笔落下作文最后一段,突然想起暑假看的某本书,然后引用了一句"但是又怎样呢?青春有时是件累人的事"作为结尾。

她放下笔,轻轻呼出口气,双手交握活动了一下关节,右手腕关节微响一声,像缺少机油润滑的废旧机器一样滞缓,但是不痛,她已经习惯了。

她抬起头,手向后捏了捏脖颈,长时间低头导致颈椎酸痛、头脑发晕,闭上眼左右转转头放松了一下。

过了一会儿后,她睁开眼,将答题卡翻到背面,低头从默写题开始检查。

下午是数学考试,周绎北奋笔疾书,草稿纸已写满,但她仍在空隙处努力地继续演算着。距考试仅剩十五分钟的提示铃响起,周绎北来不及检查前面的题目,因为她才结束圆锥曲线开始写导数题。

而一旁的应洵则慢慢悠悠地演算着导数题的最后一小问。

收卷铃响,周绎北老老实实地放下笔,恋恋不舍地看着没写完的题,脑中继续分析着,高三题难,她不得不承认。

第十二题没算完选了个大概接近的答案;第十六题多空题只填了前一空后面随便蒙了一个答案;数列、三角函数、立体几何、概率应该都可以拿下;圆锥曲线走了一些套路,步骤可能会被扣几分;导数应该只能拿基准分。

但是没检查,不知道前面会不会出错,周绎北微微有些虚脱地瘫坐在椅子上,抽了张纸巾拭去手心中的汗,然后将纸巾团成一团扔进桌旁挂着的塑料袋里,晃晃脑袋,好累啊。

结束一天的考试已是下午六点,周绎北在教室里随便选了篇英语作文素材背着,等过了人流高峰期,才一个人慢慢悠悠走去食堂随便吃了个饭。

吃完饭后,周绎北走在操场上,深呼吸,仰头远望。一轮明月高挂,很温柔地照亮了葱郁树木、高楼大厦与每个匆忙过路人脸上的神情。

她在塑胶跑道上朝着灯火通明的高三楼慢慢走去,风轻轻吹过,她的青春微起涟漪。

晚读开始,班级座位却空空荡荡,就那几个特招生乖乖地在走廊沉浸式读书,而后知后觉的疲倦与沉默夜色一同袭来,终于有个可以稍微喘息休息的时间了。

虽然明天还有一门英语和理综要考,但是经历过一天高考难度题的高强度沉重打击后,周绎北已经蔫了,无心关注成绩,只想趴在桌上放纵自己小小地放空一下。

只不过她刚趴下，下一秒又眼尖地瞥见窗外罗得旺背着手慢慢踱步来班级巡查的身影，周绛北立马又直起身，还顺手摸出本英语词汇，装模作样地开始驴唇不对马嘴地念起来。动作太快引得膝盖伤口不小心撞到桌角，周绛北龇牙咧嘴地倒吸了口冷气。

应洵在一旁看着，只抛下句"活该，都受伤了还没个稳重"。

"就你最稳重！"周绛北横了他一眼，不开心地小声反驳道，心中有小人抓狂：应洵真讨厌，全世界最讨厌他了！

晚自习背背英语，看看错题，刷题找找手感就这样过去了。很忙，但好像又什么都没做，这或许就是高三学习的常态，在忙忙碌碌中忽略了时间，等待某一天成绩有质的飞跃。

大家像眼前吊着胡萝卜的驴，看着前方不停蹄地奔跑，都在追求一个虚幻的未来，但是也只有努力一下，才知道自己值得更美好的未来吧！

应洵上完学校专门为他提供的奥数一对一攻坚课程后，捧着一摞材料走回教室，撞见垂头丧气的某人。

周绛北撑着下巴看着厚厚一沓错题，越看越晕，还是搞不懂错在哪儿，怎么才能写对。眼角与嘴角一同耷拉下来，她浑身散发着低气压。

整理完材料，应洵背起书包，站起身，遮住日光灯柔和的灯光，投下一片淡淡的阴影。

"错题不是越整理越厚的，而是要整理薄的。不要一味追求量，其实错的点都是一样的，写下的那一整页或许都是错在同一步。所以，归纳题型，发现弱点，针对性查缺补漏，这样才是对的。"应洵低头看着愁眉苦脸的周绛北，轻声道。

周绛北后知后觉地抬起头，对上一双桃花眼，抿抿唇，脸颊温度上升，一声"谢谢"含在唇间迟迟说不出口。

好像也不期待得到什么回应，应洵脸色平淡地转身，走出教室的脚步一顿，还是抛下一句："还有，不懂要问。"

周绛北握紧手里的红色水笔，又低下头，对着满页用彩笔标记了重点的错题笔记，长叹一口气，却是不再纠结，用力合上本子。

不得不承认，应洵的话好像也有点道理吧，学习还是要用对方法的！

收拾书包时，周绎北只打算背着个空空荡荡的书包回家。考了一天累了，回家既不会想学且学习效率又不高，还不如好好放松一下呢。

晚自习复习内容太多，都没有时间喝口水，周绎北疲倦地起身向外走去，拧开水杯，仰头喝上一口，混沌的脑袋稍微清醒了些。

她一边喝着水一边走出教室，门口突然冲出一个身影，忽被一吓，她忙稳住身体，手却一抖，还没拧上的水杯一倾，剩的大半杯水倾洒出去，全落在了那人身上。

周绎北又恼那人的横冲直撞，又因泼到他而略带歉意，抬头望去，却是一愣，这不是早上撞到她的那个人吗，于是一句"对不起"又咽回嘴里。

男生虽然衬衫湿了大半，脸上却没几分不满神色，一副不太在意的样子，伸手挠挠头，倒是先开口说了句发音不太标准的"对不起"。

"没事。"周绎北低头拧紧水杯，虽是不耐烦，但也好声好气地回答，然后微微侧身想绕过他离开。

那男生却又伸手拦住她，一副不太好意思的样子，耳尖红得能滴血："那个，早上撞到你不好意思，但是我想说对不起的时候，你已经跑走了。我觉得过意不去，"他眼神飘忽，磕磕绊绊地讲着，"就买了一些药，问到你是 A1 班的，又害怕过来找你会打扰你，就等到晚自习来找你。结果没想到……好像又吓到你了……抱歉！"然后伸手递出满满一大堆的药。

周绎北见他说得如此诚恳，反而不好意思了，望着他弯弯的笑眼，稍微放柔了声音："没关系，我已经上过药了，这些药你就收回去吧。"

脑子和身子都累得要死，口袋里手机"嗡嗡"振动着，是司机在门口等了，周绎北礼貌一笑，侧身绕过那人离开。

不料她刚走到楼梯口，身后那人突然大喊一声："还有，同学，我是 A2 班的林忱哦！"语调弯弯绕绕的，有点可爱。

又被吓了一跳，幸好晚自习下课已经很久了，教学楼里没剩几个人了，周绎北稍微觉得不是那么丢脸，看见那个林忱一副红着脸却又没心没肺咧着嘴笑得开心的模样，她也不好意思说什么了，只勉强又扯开个笑，然后加快脚步走下楼。

怎么看都有几分落荒而逃的意味。

到家后，周绎北给膝盖处的伤口换了层纱布，又喝了杯温牛奶，与各种题目搏斗一天的疲倦席卷全身，什么难堪郁闷尴尬全都被抛在脑后，只剩倦意。只是，陷入睡眠的前一秒，周绎北又想起那一句"还有，不懂要问"。

是她想的那个意思吗？

广播里清晰地播放着"衬衫的价格是九镑十五便士，所以你选择B项……"，手中拿着黑笔在卷子上圈画，一个个单词灌进耳朵，化为答题卡上小心翼翼的涂画痕迹。

幸而英语对周绎北来说还算是优势科目，日常也就靠这一科目来补补理综和数学拉的后腿了。

写完作文还剩半个小时，周绎北一翻试卷，慢悠悠地检查着前面的阅读，顺便也检查下答题卡。

看着密密麻麻的英文字母，脑子里却眷恋着下一场要考的各种磁场、光合作用、化学元素……

好不容易熬到收卷铃响，周绎北匆匆交上卷子，回座位上翻出错题本，翻到已被翻出细微褶子的一页，深呼吸，转身侧向应洵，扯开个不太自然的笑，小声开口道："那个，可以问你一题吗？"只是眼神慌乱，握着笔的手莫名湿润。

应洵刚拧开矿泉水瓶的手一顿，他挑了下眉，仰头饮下一口，点点头，忙放下水瓶，转而接过她手中的错题本。

"哪一题？"他看向她，眼神是很赤诚的柔软，并没有她想象的任何高高在上或者不乐意的成分。

周绎北松口气，微微凑近他，俯身用黑笔指了指自己实在搞不懂的那一题，语气郁闷地问道："这种类型的磁场相关的题我都不太会做……就是，看不懂答案……看懂了下次做也想不到思路！"

周绎北今天起晚了，出门只随便把头发扎了起来，发丝低垂，俯身瞬间时不时掠过应洵的手臂，微微痒，但是他却没有开口提醒，只点点头，一扫题目，经典压轴题，接过周绎北有眼力见递出的笔，不好意思在她笔记本上随便圈画，只虚虚点出几个关键数据，随便在自己本子上撕下一页作为草稿纸便开始运算。

"你需要将入射速度、位置，以及半径这些最基本的数据先确定，然后运用公式……"应洵不急不慢地讲解着，耳朵有毛茸茸的触感不时掠过，他抿抿唇，垂下眸，耐心演算。

周绎北俯着身睁大眼睛，看他一步步拆解数据，修长的手指握着笔漫不经心地写下过程，字体沉稳，令人赏心悦目。后知后觉发现自己走神，周绎北晃晃脑袋，马尾跟着甩动，赶紧将注意力放在数据本身上，只是某人耳尖又红了几分。

待纸上落下最后的"$n=2$"，周绎北恍然大悟。啊啊啊！她怎么那么笨啊，原来答案可以那么简单啊！

将写满运算过程和图解的草稿纸夹进错题本中，别上黑笔，应洵稍稍仰头将其递给周绎北，一双眼在光下是琥珀的颜色："懂了吗？"

她接过笔记本，两人指尖不小心相触，她胡乱地点点头，倒是难得诚心地说了声："谢谢。"

应洵转回身，不太自然地摸摸耳朵，又丢下一句："思路就是这样的，认真分析一下题目，都是同一种解题套路，记住最经典的一题，以后遇见相关的可以再联系一下两道题。"

考试预备铃响，他接着认真道："考前不要太集中看错题，会混乱的，可以从最基本的公式入手，不追求可以迅速提分，在细节处做好就够了。"

周绎北咬着唇，倒是也认为自己在提分这方面有点操之过急了，呼出口气，点点头，乖巧回应："嗯。"

果然，会读书的人，靠的不只是聪明，还有正确的方法。

"如果……你还有什么不理解的，以后可以……来问我。"应洵垂眸翻着笔记，状似漫不经心地说着。

再翻开那个错题本，拿出那张认真仔细写着解题步骤的草稿纸，周绎北抿唇，一时无措，有些不好意思，只讷讷地又说了声："那……谢谢啦。"

上了个厕所后匆匆回来备考的张远潮，坐回位置，听见两人没头没尾的对话，心中疑惑，俯身凑上前眨眨眼睛，语气是诚恳的好奇："谢谢啥呢？小魔女居然这么有礼貌吗？"

周绎北动作带着些不为人知的心虚，将那张草稿纸又夹回错题本，回头，语气微冲："要、你、管、啊！"

应洵合上没看几页的笔记，无奈地开口扯开话题调解："马上就考试了，赶紧再看一下定义公式。"

恰巧考试入场铃响，罗得旺踩着铃声捧着一摞新试卷走进教室，周绎北和张远潮互瞪了一眼，哼了声，各自转过头。

转着笔的手一顿，应洵摇摇头，只是嘴角上扬的弧度明显。

太阳明晃晃的，树影在风中婆娑，桌上落着细碎光斑。

周绎北做理综卷子做得浑浑噩噩，头脑混乱，丝毫没有心思欣赏，待卷子收上去，已是心力交瘁，但总算告一段落。高三也由此正式开始了。

明才虽然总体成绩一直还算不错，但是这大多归功于理科，文科水平就比较普通。

周绎北不太能适应理科高速思考反应的要求，也蛮喜欢文学历史哲学相关，但当初看着选科表犹豫几天后，还是毅然决然地选择了理科。

有兴趣不一定代表学得好，她的思路与文科弯弯绕绕的题目合不来，成绩反而没有理科好。

虽然理科读得磕磕绊绊，但是幸好不算太糟。

刚刚居然考到了才问过应洵的那个题目的同类型的题！努力还是会有一点点结果的吧。

应该也需要谢谢某人呢！

她拧开水杯，仰头喝了一口，今天泡的是柠檬水，像现在的心情一般酸涩。

应洵，确实也没那么讨厌了。

罗得旺清点完卷子，看大家一副高强度考试后的虚脱模样，大手一挥："去吃饭吧！"

周绎北松了一口气，收拾收拾心情去吃饭。

吃饭时间已经成为高三生难得的可以放松的时刻了。

细嚼慢咽地解决完一顿饭，周绎北肚子饱饱，脑袋空空，坐回教室位置上，又望向隔壁位置。

她抿着唇，拿出张便利贴，皱着眉，思考了一会儿，提笔一笔一画认真写下：谢谢应洵同学的帮助，特赠饮品奖券一张，凭券可随时找作业本同学兑换。

最后头脑一发热，她还画了个可爱小人在上面。

教室里陆陆续续有人吃完饭回来，某不知名"作业本"同学忙把那张字条塞到应洵的桌子里，然后掏出《英语必背3500》，半装模作样半认真地渐渐背起来了。

周绎北目光瞥见旁边有身影坐下，莫名有点不好意思，将手中的背诵资料塞进桌肚，再匆匆拿出枕头和厚外套，趴在桌子上，闭上眼就开始假寐。

应洵将桌上放着的试卷重新浏览了一遍，拿出红笔将考试过程中有犹豫或者解题过程中有卡壳的题目勾出来，开始心平气和地重新解题。

再次抬头时，教室黑板上方的电子时钟已显示13:12了，教室里早已睡倒一片。

他将卷子耐心折好放进专门的文件收纳夹中塞进桌肚，然后，手指触碰到什么东西，疑惑地拿出来一看，愣了一下，眼神一扫隔壁的"作业本"同学，睫毛低垂，桃花眼中融化一抹温柔，只是轻轻一笑，然后将那张小纸片也小心地放进文件夹中。

伴随着高三专属版《追梦赤子心》午休结束铃，同学们睡眼惺忪、迷迷糊糊地接过课代表递过来的答题卡，突如其来地直面鲜红的明晃晃的分数。

教室一片寂静，只有课代表手忙脚乱分发答题卡的细碎声响。有人欢喜有人愁，这就是高三的常态吧。

手里被塞进两张答题卡，周绎北一看就清醒了，语文126分，数学109分。语文还可以吧，这次语文卷子比较难，作文好不容易上50分了！

但是数学就难免有些让人心碎了，可明明她已经在数学上花了好多时间和精力了。这种努力与付出不对等的结果真的让人很难不伤心。

但是卷子是她自己写的，成绩也是自己考的，不管好坏，都得接受，这都是自己高三的一部分。

周绎北深呼吸，胡乱收起外套与枕头，耐心地看每小题的得分，分析每一题的得分点与失分点。

隔壁应洵站起身，拿着水杯向教室外走去，应该是去打水了，就剩两张答题卡孤零零地摆在桌子上，周绎北忍不住望去——

语文，129 分。

数学，148 分。

她忍不住感慨：应洵，真的好厉害啊。

上天实在垂爱他，姣好的容貌、挺拔的身姿、优渥的家境、聪明的头脑和周绎北也不得不承认的良好的性格品格，全部都慷慨地给予了他，让人羡慕得牙痒痒。

他这样的人，天生就是要发光的。

下午第一节课是数学试卷讲评，不出所料，罗得旺走心劝导鼓励的话语说完后，就又到了大家最期待的公布分数环节。

"说一下我们这次数学开学考的前三。第一是——"罗得旺战术性喝水，引得大家"哎"声一片，但其实大家都心知肚明，"应洵同学。他不仅是班级第一，也是年段第一，148 分，嗯，还是有点细节要注意啊。"

应洵宠辱不惊地低着头，接受大家各种情绪的眼神洗礼，睫毛在下眼睑投下一片浓郁的阴影。

即使周绎北已经提前知道了他的成绩，还是忍不住向他投去羡慕忌妒的目光。不料应洵突然侧头，恰巧被他遇了个正着。

"卷子可以给我看一下吗？"应洵说。

她微微愣住，不自觉地把卷子递了过去。

等反应过来后，周绎北有些羞耻地撑住下巴挡住脸，尽力将目光集中在罗得旺身上，不让自己多看多想。

"晚上，要不要我给你讲题？"

卷子被归还，还伴随一句低语。

"好啊，麻烦你了。"语气还算冷静，只是周绎北接过试卷的手心却已湿润，心绪不宁，晕乎乎的，却也不愿探究。

周绎北摊开卷子，抚平卷面，直面所有侥幸与错误，拿起笔努力跟上罗得旺的讲题节奏，在密密麻麻的数学公式中若有似无地窥探到几缕光，脑袋杂乱思绪被清空，腾出空间用来装新知识，渐渐冷静，沉浸。

罗得旺讲得很细也很慢，两节数学课才讲完选择题，能用的解法都有带大家拓展，但也只是说个思路，故意没有把解题过程全部和盘托出。

他说，学数学是学思维，而不是答案。所以，这个答案要能自己从头到尾条理清晰地写出来，才能说明真正懂得了。

下课铃响，教室里马上又变得喧嚣，有人冲上讲台排队等着询问罗得旺问题，有人三三两两聚在一起交流讨论。

周绎北放下红笔，揉揉发酸的手腕，眼睛慢吞吞地扫过笔记，在脑子里稍微重新复盘了一下知识点与易错点，然后抬头，盯着罗得旺留在黑板上的思路，重新翻过一页草稿纸，开始演算。

张远潮站在应洵身旁，难得乖巧地等着应洵给他讲题，又忍不住朝周绎北侧目瞥去。有了这几天被周绎北痛骂的悲催经历，他稍有几分谨慎地凑近应洵小声说："洵哥，你说这小魔女怎么最近突然变得安分多了，以前都佛系学习，现在突然搞得这么认真，有点吓人啊。"

"你先管好你自己吧，你也得认真一点了。"应洵快速看着题目随口回答。

张远潮伸手摸摸下巴，皱着眉，还是不解，然后恍然大悟地自信推理道："洵哥，我知道了！肯定是这小魔女春心萌动了！她看上了一个学霸，然后人家嫌她成绩不好，她努力为爱拼搏！是吧是吧！是这样的吧，我看小说都这么写来着。"

写着"解"的笔一顿，在纸上晕开一个醒目的墨点，应洵把考得乱七八糟的卷子与皱皱巴巴的笔记本兼草稿本塞回张远潮怀里，语气平淡："老师上课都讲过了，自己再认真想一下。上课认真听，高三了，要专心一点了,不要再瞎看什么小说了。"

虽然感觉被骂了,但是好像也有道理,确实,大家都在读书,他也得认真一点了。果然,他的洵哥就是这么关心他呢!嘿嘿!

坐回位置上,张远潮忍不住感慨,然后一副极其专注的模样猛地握起笔,与几乎陌生的题目面面相觑,挠挠头,抖抖腿,就这样"认真"地开始了漫长的思考。

突然,桌上被放下一张纸,张远潮抬头看,是应洵面无表情地转过身,留下一张写满解题思路与细节提醒的作业纸。张远潮抽抽鼻子,好吧,有点感动,就算为了不辜负洵哥的关心,他也得好好读书了。

/ 第六章 /
气泡苏打

▼

　　明才还是比较人性化的,在考完的这个下午,给学生们留了一节体育课进行所谓的素质拓展,其实就是让学生们暂时从考试的高压环境下脱离出来,有一个喘息的机会。
　　乌泱泱的一群学生按照班级顺序站在操场指定位置,周绎北挽着黎蔓,懒懒散散地站着,教导主任站在主席台上重复着运动小游戏规则。
　　秋天还是没有什么实感,满目还是夏天恋恋不舍的绿,大家都还穿着短袖校服,脸上挂着疲倦又倔强的笑。
　　周绎北深呼吸,清凉的空气涌入胸膛,转过头,撞上一道灼热的目光,是林忱。
　　他的脸上先笼上一层淡淡的红色,可目光仍倔强地望着她不移开,露出个毫无保留的热忱的笑。
　　他的目光仿佛也带着温度,盯得周绎北耳根好像也跟着发热,她扯开个拘谨的笑,然后匆匆忙忙移开目光,侧过身子,躲在黎蔓身后,这才偷偷放下心来。
　　黎蔓疑惑地顺着周绎北的眼神望去:"北北,那个林忱怎么好像刚才在看你呢?"
　　"有吗?"周绎北垂着眸看着草地上冒着的稚嫩的花骨朵儿,小声回答,"哎,你怎么认识林忱啊?"
　　"他最近很出名啊,以前在美国生活,这学期因为父母工作的关系,才刚转来明才。他成绩也还不错,这次数学考试,应洵第一,第二就是他了。不过还是应洵厉害些,多出他五六分呢。"黎蔓不知从哪里知道这么多细节,絮絮叨叨跟周绎北介绍起来,"而且林忱长得还可以,所以最近明才论坛里关于他的讨论度可高了呢。"

"哦。"周绎北漫不经心地听着，将耳边被风吹乱的发丝捋到耳后。

"还有，我听说林忱最近很关注一个女生，好像还是我们班的，也不知道是谁。不过也不知道真假啦。"黎蔓兴致勃勃地准备开始分析八卦。

周绎北睁大眼睛，忙止住她的话头，语气微扬却又僵硬："怎么可能啦，都高三了，哪还有时间分神！"

广播突然开始播放起动感音乐，教导主任一声令下："游戏开始！"

周绎北与黎蔓茫然地你看看我，我看看你，在兔子舞的节奏感音乐中匆匆忙忙跟着班级大部队开始跑。

大家围成一个圈，气喘吁吁地坐下，周绎北将跑动中散落的头发重新扎起，然后往身边一瞥。

哎，怎么又是应洵啊？

周绎北说不出是什么心情，呼出口气，脸颊红红的，不知道是被风吹的还是跑的。她双手环着膝盖，脸埋在臂弯中。

天一瞬间就暗了下来，路灯适时亮起，投下暖黄灯光，发丝好像都在发光，像一只毛茸茸的小猫。

追逐版丢手绢游戏开始。由于周绎北一直以来在同学心中的形象都比较清冷，所以大家都不敢主动招惹她，她也乐得清闲，坐在草地上吹着风，脑袋里不由自主地冒出没写完的数学题，走着神。然后，黎蔓突然喊了一声："北北，轮到你啦！"

周绎北迷茫地抬头张望，就看见张远潮嬉皮笑脸地站在不远处做着鬼脸挑衅，她往身后一摸，果然摸到了一块手绢。周绎北咬牙切齿地撑着手站起身，铆足了劲朝张远潮跑去。

这个讨厌鬼！看她不给他点颜色瞧瞧！

毕竟是女生，周绎北鼓足了劲跑也总是离张远潮有一小段距离。还有一圈这一小轮就结束了，周绎北咬咬牙，转身朝另一个方向跑去。

然后，她不加防备地与隔壁A2班正起身要跑的林忱又一次相撞。草地坑坑洼洼，她腿一软，向一旁倒去。

伴随着各种诸如"没事吧""怎么了""小心点"的声音，周绎北撑起身，从应洵怀里狼狈地爬起来。

事发突然，幸好应洵反应快，搂住了她，才避免了她直接砸到地上。

刚刚她倚在他胸前，臀着陆在他腿弯。

他突然乱了节拍的呼吸喷洒在她的后脖颈，引发了她尾椎骨一系列的莫名的酥麻。

腰间残存的温热触感牵连耳朵不受控地发烫，周绎北连声道"没事没事"，谢绝各种客套的关心。然后，她才后知后觉地发现，应洵的手还虚搂着她的腰。

她感觉自己整个人烫得不行，空气中的闷热笼罩了她的每一寸裸露的肌肤。只有她自己知道，她的心跳已经失序。

心率失常这个问题或许得去看一下医生了，周绎北胡乱地想着。

然后，她的脑袋里又不合时宜冒出：应洵身上有柠檬苏打水的味道。

终于熬到素质拓展结束，周绎北肚子空荡荡的，连着手脚也软绵绵的，整个人在昏沉夜色中都显得瘦削了几分。她伸手轻轻揉揉脚踝，撑着黎蔓在奔向食堂的汹涌人潮中站起身。

"蔓蔓，你今晚还是不在学校晚自习？"周绎北问道，"那晚上等我回家后，我们线上交流一下这次考试讲评后还搞不懂的那些题吧。"

"好啊。"黎蔓侧过脸望向周绎北回答着，但是目光不知触到了什么，有点不知所措。

周绎北顺着她的目光回头，然后又看见了林忱。

林忱小喘着气，大大咧咧地笑着，眼神一如既往的直白："那个……又把你撞倒了，实在不好意思！我想着素质拓展那么晚结束，你肯定也饿了，就先跑过去给你打包了一份饭，不过也不知道这些菜你喜不喜欢吃。"说着，他将手里拎着的打包袋递出来，另一只手有些无措和紧张地挠挠头。

他的眼神似乎带着灼热的温度，盯得周绎北耳朵也烧起来，而黎蔓则在一旁不掩好奇地打量着两人。周绎北伸手接过那一袋东西，尽量让自己的声线显得冷一点，再冷一点，就像应洄那样。

"嗯，谢谢了，我也接受你的道歉了，那现在我们之间就没有任何亏欠啦，你也不用再这样啦，好吗？"说完，她也不等林忱答话，转身就扯着黎蔓脚步匆匆地往教学楼奔去，留下一只垂头丧气的"大狗狗"望着她的背影怅然若失。

"他是不是对你有好感啊？"黎蔓压低声音小心翼翼向周绎北八卦求证。

"怎么可能，"周绎北一脸平静地回答，"他就是比较热心。他撞倒了我好几次，我都没找他算账，可能他也不好意思吧。"

黎蔓意味深长地"哦"了声，明晃晃的似信非信。

打开袋子，周绎北看着袋子里塞得满满当当的一堆东西——一盒盖浇饭，一份蔬菜水果沙拉，一瓶鲜榨橙汁，甚至还有一瓶云南白药。

她抿抿唇，心中无奈。

周绎北把那份蔬菜水果沙拉塞给黎蔓，让她先填填肚子再去上补习课。

送别黎蔓之后，周绎北捧着橙汁小口抿着，有点儿柠檬酸涩的清香，原来这瓶橙汁还加了柠檬啊。

于是，她一颗心也如同这瓶果汁一般混乱。

会害怕的吧，这样纯粹而滚烫的好感，她如何承受，她怎么能承受？

应洄从小收各种承载着少女粉红心事的信封收到手软，也总有青涩小姑娘沉迷路逗那种明晃晃的痞帅之中，林枳那副清纯小白花模样也吸引了不少青春少男，就连张远潮也都莫名其妙地被要了几次联系方式。

可偏生就周绎北一人，一棵老树连枝叶都没冒出过几次，更别说开花了。她身上明晃晃的疏离感，那份无所顾忌的清高，那份不顾一切的骄纵，都让人驻足，不敢上前。

只一眼，你都能想象到，她随手接过你失眠三个晚上费尽心思写的冗长信，轻飘飘看一眼，然后随手扔进垃圾桶，留下一句冰冷的"不好意思"，将你心中旺盛攀升的花朵浇得灰头土脸，然后枯萎，零落成泥。

而关于林忱，周绎北是害怕的，害怕他炽热真诚的一切。

胡乱吃完一顿晚饭,周绎北晃晃悠悠赶在晚读铃响起前去丢了个垃圾,也顺便散个步,整理一下心情与思绪。

周绎北把烦恼与一大袋垃圾用力丢向垃圾堆,拍拍手,潇洒转身走回教室开始痛并快乐地读书了。

回到教室,课桌上摆着两张答题卡,周绎北屏住呼吸,心惊胆战一看,好吧,又是悲喜交加。

英语,140分,正常发挥吧,这个分数也还可以。

理综,231分!

周绎北垂着头,咬着唇,握着笔,一颗心与情绪一起沉下来,一步一步重新订正,越写越懊恼,笨蛋周绎北!怎么这都能错啊!

又卡壳在化学实验题上,周绎北转转笔,翻翻笔记,再看看错题,还是做不出来。于是,她自然而然地侧脸望向隔壁那个悠闲地刷着奥数题的某人。

她斜着身子,费力地用笔轻轻戳一下应洵的手臂,小声唤道:"应洵!你可以给我讲个题吗?"

应洵侧头,周绎北卖乖地眨眨眼,将自己的卷子递过去,小声道:"圈起来的都是不会的。"

应洵点头,沉默地接过,垂着眸看着她那画满红色圈圈的卷子,眼中神色不清,轻轻叹了口气,引得周绎北心脏一滞,然后他只抛下一句:"晚自习结束后我留下来跟你慢慢讲吧。"

她嘴角弯起,心情颇好地转过脸,继续去与数学进行搏斗!

"……所以它的手性碳原子个数为1,可以理解吗?"应洵终于讲完最后一题,拧开水杯抿了口水润润嗓子,眼皮一抬,教室里人已走得就剩他们俩了,走廊更是空空荡荡,然后他收回眼看着一脸恍然大悟的周绎北。

"哦!原来是这样!我懂了!谢谢你!"周绎北解决完问题,终于轻松了,连着语调也扬起,开开心心拿回自己的卷子坐回位置上,然后好奇道,"可以顺便问一下你这次理综考多少吗?"

"289分。"

周绎北"哟"了一声,无奈道:"你这种学霸果然和我们就是不一样啊!"

"没有什么学霸不学霸的,只要认真,所有人都能考好的,你是,远潮也是,所有人都是这样的。"应洵收拾好东西,单肩背起书包,却没有急着走,倚靠在桌旁,低着头不知在想什么。

周绎北慢吞吞收拾好东西,看他仍没走,问道:"你怎么还不走?"

"等你。"应洵直起身,双手插兜,身姿挺拔,仰起头看着已无声漫步到十一点的时钟,"你不是怕黑吗,我来关灯。"

"哦。"周绎北拿起水杯的手一顿,玻璃杯壁留下温热掌纹。

周绎北回到家,又照例被拖到餐桌前喝所谓的补脑大补汤,陈茵关心地问:"怎么今天回来这么晚啊?学习紧不紧张?开学考考得怎么样,难度适应吗?"

周绎北捏着鼻子,一口气喝完那所谓的补汤,还是不习惯这个味道,脸被苦得皱成一团。她还算乖巧地一一回答陈茵的问题:"今天留下来讨论错题了,学习怎么可能会不紧张啊,开学考考得也就那样吧。"

"什么叫'也就那样吧',好就是好,坏就是坏。"陈茵止不住唠叨道,"那小应呢?小应有没有在学习上给你一些帮助啊?我昨天问他,他说你最近学习态度蛮认真的。你要继续保持,不要半途而废啊。"

周绎北站起身,皱起眉:"你让应洵监视我?"

"说什么监视!"陈茵一边看着品牌方送过来的当季新品图册,一边漫不经心地回答,"小应成绩那么好,而且人性格也好,我就让他在学校里多帮帮你。你们是朋友,互帮互助也是应该的。"

周绎北嘴角扯开一个笑,却无多少笑意。

难怪了。

她硬邦邦地朝陈茵甩下句"我自己会学,你不要乱管我"后,就径直走回自己卧室,然后摔上门。

陈茵无可奈何地叹道:"这孩子!"

周绎北趴在床上,脑袋里乱七八糟的,各种思绪翻涌,然后她用力愤愤地捶了捶一旁的小兔玩偶。

应洵可真够讨厌的！最最最讨厌他了！

房间内一片寂静，应洵沉默着打开灯，放下书包，打开冰箱，冷气同冷光一齐扑到校服白衬衫上。他拿出一罐柠檬蜜，温水冲泡，捧着杯子走进书房。

目光触到桌上那张便笺，他饮了口柠檬水，无奈轻笑。

他放下杯子，拿起便笺，简笔画小人莫名可爱。

灯光昏暗，牵连着他的神色也晦暗不明，他摊开一本琴谱，将那张便笺抚平夹在某页。

良夜温和。

梦里总有人纠缠，应洵抿着唇，耳垂微红，认命地去洗衣服。

周绎北早上一到教室，就见一群人拥在班级通知栏那里叽叽喳喳讨论着。她知道肯定是成绩张贴出来了，大家都在争着抢着看自己的排名。她脚步没有停留，径直走向自己的座位，然后放下书包，掏出学校专门印发的语文时评素材，戴上耳塞，自顾自地开始读起书来。

语文老师张清芬踩着早读铃走进教室，驱散还在讨论成绩的同学们，督促起早读来："成绩考完就考完了，不要太在意，也不是高考，下次再努力点就好了！现在先早读，多读一些东西，多记一些东西，这才是有用的！"

一颗心被张清芬轻轻柔柔的话语安抚，周绎北安安分分地按照自己安排的进度读完两页素材，然后拿起语文答题卡，认认真真地重新看起了自己的作文。

50分，虽然不算高，但这已经是周绎北拿过的作文最高分了。

这次考试不仅卷子整体难度有所提升，老师改卷也比以前更加严格，所以这个50分含金量还是比较高的。

不管那个暑假过得是如何的曲折，周绎北都不得不承认，她确确实实间接地有所收获。当她听到那些诗歌，当她将书柜塞满，当她在手机备忘录里记录下一句句破碎而美好的语句，她也慢慢在将阅读变成一种享受，所以还是要感谢电话那头的应洵的。

也因此，她的作文句子不再干瘪，而是有感而发；话题不再陌生，而是充满趣味。

周绎北拿出铅笔开始在旁边空白处修改，思考如何才能表述得更好，更贴论题。

上课铃响，张清芬不紧不慢地打开PPT："这节课时间有点紧，我们就先讲作文。"她拿起花名册，点评道，"我们班这次作文平均分45.3，中规中矩，上了48分的都是写得还可以的。着重表扬一下几位同学——

"第一位，楚蕴同学，52分，年段最高分！写得确实好，条理清晰，语言优美，等一下将她的作文用作范文来讲解，大家一起欣赏学习一下。她的总分136也是年段最高，大家掌声鼓励一下吧！"

教室里响起稀稀落落的掌声，楚蕴语文厉害，这个分数也真的很高，周绎北诚心诚意地为她鼓掌。

而一旁应洵也很认真地鼓掌，他这人一直这样，面对所有事情都不卑不亢，不悲不喜，独独做好自己。可周绎北就莫名觉得他这是自私，连情绪都不愿分给别人，怎么能算慷慨呢？

"第二个要表扬的是周绎北同学，作文50分，有很大进步，看得出来暑假有在认真提升。虽然文章内容还可以改进，但是语言确实运用得很好，大家可以找周绎北要作文看一下，学习一下。"

周绎北忍不住脸一红。

张远潮咂舌，又探身凑近他那正在鼓掌的洵哥："这小魔女真的变得认真，变厉害了哎。果然，为情所困的概率又大了一点，我看那些写给你的信文笔都很不错。"

应洵卷卷试卷向后甩去打了一下张远潮的头，淡淡道："不要乱说话，也没人给我写信，先管好你自己吧。"

张远潮坐直身，挠了挠头，他怎么莫名感觉洵哥今天心情不太好呢？看来他还是先老老实实继续认真听讲吧。

赶在下课铃响的前一分钟，张清芬边收拾自己的教案，边吩咐道："为了拓展大家肚子里的墨水储备，我和你们老罗商量了一下，在黑板上留下一个固定区域，以后按学号轮流，每天一位同学写一句想分享的句子。励志也好，优美也好，要是自己有触动的句子。"

视线扫过全班，她又开口："那今天就从一号应洵开始吧，你等一下下课后就来黑板上写一个。"

应洵望向老师，点点头。

下课铃响，应洵起身，在黑板上写下一句：

青春有时是件累人的事。
——朱天心《击壤歌》

他的字不似他的人那般内敛，笔势豪纵潇洒。他转身走出教室，周绛北抬头随便瞥了眼，再低头，看着自己作文的最后一段，说不清什么感觉。

沉淀了一个夏天的酸涩又开始发酵，所有情绪翻涌。

周绛北将语文卷子连同不敢言喻的心情一同收起，拿出英语相关资料，"悟已往之不谏，知来者之可追。"她有她的追求。

挨到上午课程全部结束，大家都急匆匆奔到食堂去吃饭了，周绛北才咬着鸡肉卷晃到通知栏那儿瞥一眼。

"嗯……周绛北，总分606……班级25，年段41。"

比想象中的好一点，是可以接受的成绩。

她调整了一下心态，继续浏览成绩单。

"应洵……总分695！班级第一，年段第一。"

这个分数让周绛北一时都忘了继续咀嚼，虽然从小到大都在他的降维打击中成长，但是，明明都是一个脑袋、两个眼睛、一张嘴，为什么就是会有差距呢。她觉得应洵上课还没她认真呢，不理解不理解！

因为笨蛋再怎么努力也只能是笨蛋，所以才会格外讨厌轻而易举就能成功的聪明人吧。

周绛北恶狠狠地咬下一口鸡肉卷，再随便看了看成绩单："蔓蔓怎么又退步了啊，江岭蛮厉害的嘛，年段第七，这个张远潮也不知道在学什么……"待到一个鸡肉卷吃完，周绛北对自己的成绩定位也清晰多了，她揉揉脖颈回到座位继续整理错题。

就算是笨蛋,她也要做热血笨蛋,做熬到最后、熬到新天地的热血笨蛋。

体育课在下午第一节,闷热的午后两点钟,而且上课内容还是该死的体能恢复训练。

周绛北跑完两圈热身跑,气喘吁吁,鬓发被汗水沾湿糊在脸侧,发梢随着呼吸拂动。

还没缓过来,就被宣布下一个项目俯卧撑马上开始,周绛北不情不愿但又动作迅速地马上趴下,要是被体育老师看见动作慢吞吞就还得再加做十个!

待一系列运动都完成就只剩下几分钟自由活动时间了,体能恢复了又好像没有,周绛北拉着黎蔓在树荫里的石凳上坐下休息。

周绛北一脸正色:"你昨天问的那题我想了一下,你是不是题意理解错啦?物体返回后在磁场里是没有电场的……"

"哎,林忧你看啥呢?"身旁男生推推搡搡,见林忧望着一个方向走神,好奇问道。

林忧收回眼神,只是笑笑:"没看什么。"

绿荫下,细碎阳光下,少女的皮肤白得发光,像钻石一般璀璨,许是嫌热,她将运动校服短裤下摆捋起,露出两截嫩白的腿,圆圆的眼睛亮闪闪的,小脸红扑扑的,很认真地在说着什么。有风拂过,吹起她的鬓发,掠动她的校服,吻过她的肌肤,于是青春的气息飘散。

这一幕,或许他将永远记得。

感觉到运动手表振动,林忧摸摸心脏,皱眉,手表坏了吗?不然怎么老是提醒他心跳过快。

"快点去小卖部,马上就要上课啦!"林忧友好提醒众人。

"你要买什么?"有人问。

"买 Lemon Soda,"林忧的语言系统迟钝,卡壳,然后译出,"就是昨天喝的那个——水溶C!"

她就像柠檬苏打水。

酸涩,甜蜜,气泡涌动。

/第七章/
情非得已

♥

  开学考卷子紧赶慢赶地已全部讲评完了,晚上就马上安排预习作业,一是时间宝贵,二是不想让学生仍沉浸在一场已过去的考试中。
  高三节奏快,时间也升值,周绎北的高三记事簿已在考试期间闲置两天了,今天稍微有一点时间才又想起来写,但挪到了晚自习课间写。
  该肯定的肯定,该批评的先自我批评,上课不能再走神,作业不要不重视,把自己还给自己,让心态回归纯粹,不要让情绪浪费时间,认清自己只不过是一个普通人,所以要追上别人,就只能努力奔跑。
  周绎北一笔一画认真书写着,在洁白纸张上剖析自己。
  最后,她还特意换了支彩笔,认真誊写下一句"追风赶月莫停留,平芜尽处是春山",金属色的笔迹闪着细碎的光。
  她合上本子,郑重地放回书桌桌肚中,再翻开专为高三准备的全新的一本错题本,才刚过了一两题就又在一道圆锥曲线题上卡壳了。她咬着唇,草稿纸写了好几张,然后不可避免地将目光投射到某人身上,又烦恼地摇摇头,还是自己再想想吧!
  应洵戴着耳机,正埋头写着奥数题,突然桌上笼上一道阴影,字迹模糊,于是他抬眼。
  楚蕰双手抱着一本习题册在胸前,脸颊微红,眼神却是直白又自信,语调轻柔:"那个,昨天奥赛课我有一道题没太听懂,今天想了很久,还是搞不懂,可以问你一下吗?"
  楚蕰手心冒汗,却仍直直望着应洵那一双桃花眼。他的眼皮褶皱明显,睫毛扑闪扑闪像蝶翼,那一双桃花眼实在漂亮,永远温柔,永远深情。
  应洵点头,接过楚蕰的习题册。

楚蕴绽开个笑，眉眼弯弯，声音甜得可以酿蜜。

"那实在谢谢你啦！"然后她俯下身，葱白的手指划过纸页，垂散的发丝晃荡，是栀子花的香气，"就是这一题，我不太懂。"温声软语，是三月里连绵的春雨，不经意便会惹人一身湿。

应洵微往后仰了下，抿唇，垂下眸审题："嗯，我看一下。"

"赏心悦目。"张远潮忍不住在心中默默赞一句。

周绎北听到声响，望去，然后愣了一下，又低下头，握紧笔，嗯……自己应该能算出来的吧……

不要再自作多情啦！

其实你没有那么特别，不过是因为一个甩不开的嘱托，其实一直都是一视同仁。

周绎北呼出一口气，抿唇笑笑，拿起本子和笔站起身，很温和地对楚蕴说了声"可以让一下吗，谢谢"，然后扬头阔步走向讲台，朝坐在讲台上的罗得旺礼貌询问道："老师，我这题还是不太懂，你可以给我再讲一下吗？"

没有必要自我折磨与纠结，也没有必要一味麻烦别人，第三条路径也能得到最优解的。

应洵望向讲台，喉结一滚，收回眼神，只淡淡道："我这题也没有特别好的解法，要不然你明天上课再问问老师吧。"

楚蕴笑容微敛，拿回习题册，仍是落落大方地点点头："还是谢谢你啦！"然后转身，就连发丝也扬起优雅的弧度，坐回位置拿起笔继续自己不气馁地研究着。

张远潮抓抓脖子，莫名可惜，心想：原来应洵也有不会的题啊！

张远潮掏出已破破烂烂的数学练习册，随便翻开一页圈画得乱七八糟还死活解不出来题目，站起身也凑到应洵身旁开始问问题。

又一节晚习过去，周绎北自觉留下来额外写完一份英语阅读限时练习，随后翻到答案页，拿出红笔开始认真批改。

教室空荡，时钟不知不觉已走到十一点，周绎北咬着唇，画掉"A"订正为"B"，为自己的粗心而懊恼。

暖黄的灯光泼洒，瓷白的肌肤是上等釉的质感，五官浓淡分明，多一分嫌浓，少一分嫌淡，是刚刚好的美，睫毛纤长，蝴蝶振翅般颤动，在眼下投出一片浅浅的阴影。

　　应洵收回眼，收拾好书包，站起身："你今天没有题要问吗？"语气平淡，眼中神色晦暗不明，只是握着书包肩带的手青筋微现。

　　痛快地打上一个大大的钩，周绎北用力合上书，盖上笔盖，目光在黑板上写着的作业条目上长久停留："没有。"语气生硬，答案直白。

　　应洵皱眉，稍稍放柔了些声音："查缺补漏是要坚持的，日积月累才能有收获。"

　　"哦，"周绎北突然抬头，直视应洵，眼神明亮，小脸绷得紧紧的，有种稚子般的倔强，"我没问你题，就说明我没有在查缺补漏吗？"

　　"我自己也能得到正确答案，"周绎北又垂下头收拾起书包，语气闷闷的，"不用你管。"

　　"怎么了？"好像周绎北的态度对他并没有造成任何影响，应洵的语气依然澄澈得如一捧月光。

　　"你觉得帮我妈监视我很好玩吗？"周绎北越来越烦，皱着眉，也懒得再打什么哑谜了，直白道，"有必要吗？浪费我时间也浪费你时间。有这个时间不如拿去多帮帮别人吧，我看你还蛮热门的。"

　　"生气了吗？"应洵弯下腰，直视着周绎北的眼。

　　周绎北抿抿唇，倔强地与他对视："关你什么事。"

　　"对不起，"应洵语气诚恳，"是我没有考虑周全，陈阿姨也就说了一嘴，让我给你讲讲不会的题，不是那个意思。你应该也知道她很爱你的。"

　　周绎北噘着嘴，眼睛瞪得圆圆的，却安静下来了。

　　"周绎北，"应洵语气难得认真，"阿姨也是为你好，我知道，你也很辛苦，你也很努力，你可以值得更好的成绩。我也认为，你应该有一个很棒的未来。"

　　周绎北鼻尖莫名一酸，低头掩饰自己的短暂失控，没有再搭话，只沉默地收拾好书包，站起身，轻轻"哦"了声算作回答，然后背起书包自顾自走出教室。

周绎北呼出口气,紧绷的嘴角放松,扬起微微的弧度。

天空是深蓝色的被扯得平整的绸缎,却密密麻麻破了些小洞,于是漏进来星星点点的光。

而应洵关上教室的灯,在黑暗里,轻轻笑了一下,酒窝微陷。

回到家,周绎北趁着喝汤的时间,拿起手机刷一刷稍微放松一下,顺便跟黎蔓交流一下学习问题。

周绎北点开明才的论坛,漫无目的地浏览着各式各样的帖子,然后手一顿,在抑制不住的好奇心与不愿承认的那一点点期待下点开一个名为《震撼!明才男神女神大盘点!》的帖子。

楼主小王子和陆先生:相信大家都知道自古明才出帅哥靓女,今天我就来做个盘点!欢迎大家提名自己心目中的男神女神!我先提名两个!yx 和 cy!我的天,真的好般配,今天我又嗑到了!

桃天:同上!怎么有人又会读书又长得好看,还那么般配啊啊啊[抓狂]。

李雷雷:虽然那两个真的 legend(传奇)!但是难道只有我一个人觉得江岭和路逗也很帅吗?

呼吸:俺来提名美女!林枳和宁绾南也很漂亮啊!

…………

什么眼光啊,周绎北在心中默默吐槽,翻了好几楼又找不到想看到的名字,皱着眉关闭页面,一口气饮完一盅冰糖雪梨羹,还是觉得不开心,又重新点开那个帖子,敲打键盘。

作业本:我觉得周绎北好看。

周绎北看着自己敲下的那一行字,心情莫名愉悦,哼着小曲,一口气喝光了碗中的炖汤,也将前一天与陈茵短暂的纠纷抛在脑后,甜甜喊了声"妈咪晚安"就去睡大觉了。

深夜,"作业本"的评论下又多了两条跟评。

Eric:+1。

守旧：嗯。

还有一条被重点举报的评论：Who can tell me 周绎北 的 contact information！Thx！（谁能告诉我周绎北的联系方式啊！谢谢！）

明天又是新的一天吧。

到了高三，每周一节的音乐课也变得珍贵，一下课，大家匆匆奔向艺术楼。

"应洵，我这题刚才去问过老师了，现在搞懂了，你需不需要我跟你讲一下呀！"楚薀捧着习题册从办公室走出来，一看见应洵，眼睛一亮，忙小跑几步，从身后轻轻拍拍应洵的肩，待他回头，展开个笑，甜甜地说道。

少年身姿挺拔，凑近有阳光的味道，应洵拎着瓶矿泉水正微仰着头饮着，喉结滚动，有水溅出，在光下折射出细碎光芒，然后没入校服衬衫内，阳光晃眼，有人晃神。

他咽下水，礼貌地摇头拒绝："不用了，我昨晚后面又做了一遍也稍微理解了，谢谢你。"语气散发着受过良好教育的漫不经心，脸上是矜贵的疏离。

楚薀也不恼，转而与他并肩前行，头仰起30度角，发丝披散，耳畔的钻石发夹璀璨："那我以后有不会的题可以问你吗？"说着她有点不好意思地吐吐舌头，又可爱地说道，"因为我比较笨，所以可能很多时候都不能及时理解问题。"

应洵将矿泉水瓶换了个手拎着，脸上挂着笑，只是笑意寡淡："不会的话，还是问老师比较好，因为老师的解答更专业，我有时候也是一知半解，不过你如果真的需要也可以来问我。"

楚薀点点头，眨眨眼，眼神纯粹，语气敬佩："你很厉害的呀！"

被黎蔓揽着手，周绎北扭开头，垂下眼跟着她走向教室。

"北北，我一直都搞不懂，你为什么不喜欢应洵啊？"黎蔓顺着周绎北刚收回的视线望去，疑惑问道。

上课铃响得突然，周绎北拉起黎蔓的手奔向教室，扯开话题："先回教室吧，我们快迟到啦！"

心是挂在枝头的苹果，表皮深红，饱满得摇摇坠坠好像下一秒便要掉落一般，但是咬一口，却是青涩得发酸。

李碧华写到"爱是没有解释的，恨有千般因由"，在周绎北这里却是相反，好像第一眼就开始不需要任何理由地不喜欢他了。

那应该是在一个沉甸甸的午后，可能是七岁，也可能是八岁，周绎北被陈茴牵着，躲在她红色碎花裙子后，有人介绍道："北北，这就是你应伯伯家的小朋友啦！是应洵哥哥！"

周绎北瞧去，迎着光，应洵好似也在发光，他的衣衫是熨平到有棱有角的精巧，手表、领结，还有口袋中印有英文名的定制手帕无一不堆砌起来彰显着他的特别。唇红齿白，自信舒展，眼中是不谙世事且无忧无虑的纯洁。

周绎北偷偷低头打量自己，蕾丝纯白小裙子，可是硬挺的蕾丝花边一直刺挠着她的脖颈；鞋子是不合脚的小皮鞋，尽管陈茴再三询问她是否合脚，她都笑着点头，因为她喜欢这双鞋子，这是她的第一双皮鞋；头上扎着的碎花蝴蝶结是在巷口五元店挑了五分钟才买下的。

周绎北拽紧了陈茴的手，垂着眼，不开口说话。

"这孩子！"陈茴尴尬地轻轻拍拍她的头，"就是有点怕生，"然后将她推出去，"应洵可以帮阿姨带妹妹去玩一下吗？"

向菀牵过周绎北的手。向菀的手很柔软，轻柔地牵着她，不似陈茴的手上有茧子偶尔会擦红她的皮肤。向菀对应洵说："妹妹真好看呢！是不是呀，洵洵？"

应洵轻轻点了点头，很是懂事地拉起周绎北的手："妈咪，我带妹妹去看我新买的 Lego（乐高）可以吗？"

周围花团锦簇，周绎北忍住一个喷嚏，太多香味混杂在一起，冲击她被肥皂味惯养大的鼻子。原来这就是所谓的哈根达斯，原来走进卧室还得换上鞋面上有大钩标志的新拖鞋，原来电脑的速度还能这么快……应洵在这种生活中游刃有余，而周绎北好像魔法世界里误闯进兔子洞的爱丽丝，周围的一切近在咫尺却如此陌生，让人心悸又让人心动。

最后，应洵伸手，笑盈盈地对周绎北再次自我介绍："Hello，下次可以再一起玩哦！然后，你也可以叫我 Chris 哦。你有没有英文名呀？"

一直积攒的不愿言说的羞恼冲上头，周绎北伸手拍掉他的手，没有答话，径直跑向陈茵怀里。

这就是第一面，让人难堪的，第一面。

音乐课是古典音乐鉴赏，明才一直标榜国际化，所以在培养学生的综合素质这一方面还是愿意下功夫的，专门安排了形体课、音乐课等。在教学资源方面自然也投入了很多，音乐阶梯教室里陈列了一些基础乐器供课堂教学使用，钢琴、小提琴、萨克斯……甚至还有把竖琴。

音乐老师播放完一段《蓝色多瑙河》后，认真讲解着："这首乐曲的全称是'美丽的蓝色的多瑙河旁圆舞曲'。曲名取自诗人卡尔·贝克一首诗的各段最后一行的重复句……"见同学们注意力并不太集中，有的在争分夺秒地学习，有的在叽叽喳喳地热情聊天，话语一转，"我们班应该有很多同学都学过乐器吧，《蓝色多瑙河》也很经典，有没有同学自告奋勇上来表演一下呢？"

阶梯教室瞬间悄无声息了，大家低着头你看看我，我看看你，就是不敢与老师对视。

这时，突然有人中气十足地喊了声："周绎北！她拉大提琴很厉害的！"

"好吧，那欢迎周绎北同学上来给大家表演一下！"音乐老师仍是一脸温柔，"大家掌声鼓励！"

周绎北一脸乖巧地抬起头站起身，心中忍不住暗想是谁起哄，然后便看见张远潮得意扬扬的丑恶嘴脸。她咬了咬后槽牙，攥紧了拳。

走到台前，架起大提琴，周绎北敛眸，当手指触及琴弦时，忍不住敛息。

虽然大提琴一次次被她让步于她所谓的重要的一切，但是它仍一直沉默地存在着，它是陪伴的符号。心中有一种说不清道不明的感觉，周绎北呼出口气，摆动琴弓。于是，一条蓝色多瑙河在教室里静静流淌。

应洵抬起头，默默望着她，有风拂过，她的裙角摆动，发丝凌乱，眼中却透着沉静。

他侧过脸,望着窗外,太阳夺目而灼热,炽烤着大地的一切,他闭上眼,眼帘下有闪亮的光斑在流动。

一曲终了,周绎北低下头鞠躬,将发丝捋到耳后,在诚挚的掌声与午后阳光中,脸颊微微发烫。

她刚乖乖巧巧地坐回位置,黎蔓马上就忍不住凑过来,眼睛亮晶晶的,压低声音认认真真夸赞道:"北北!你都不知道你刚才多漂亮!"

"是吗?"周绎北佯作冷淡,用手背贴了贴发烫的脸。

黎蔓狠狠点点头,将眼睛睁得大大的,像圆溜溜的狗狗眼:"超级漂亮的!跟公主一样!而且拉得也好棒啊!"

"啊,蔓蔓你不要再夸啦!"周绎北发现手背的温度并不能减缓她脸颊发烫的速度,急忙改用手在脸旁轻轻地扇着风,语气讷讷的,明晃晃的不好意思。

黎蔓扑哧一笑,眼睛又变成月牙:"北北,我发现你好可爱啊!"

周绎北垂下头,噘嘴小声嘟囔着:"也就你敢打趣我了!"

苹果在枝头彻底成熟,是香甜的颜色,散发着阳光暖烘烘的气息。

下课后,音乐老师唤周绎北留下,和蔼亲切地与她交谈:"绎北,老师看你大提琴拉得确实不错,功底也很扎实,想问问你有没有艺考的想法呢?"

周绎北蹙起眉犹豫片刻,摇摇头:"不好意思,老师,我不太想让我的兴趣变成一种负担。"

音乐老师点点头,也表示理解:"那如果以后学校有什么大提琴演奏机会,我们再合作吧。"

周绎北抿唇,难得腼腆地笑笑:"嗯,谢谢老师。"

下节课是周绎北最怕也学得最差的化学。她急匆匆赶回教室坐下,手忙脚乱地从书桌里掏出课本与练习册,然后一张折得有棱有角的纸片从书桌里被带了出来坠落在地上。

应润弯腰好心地帮她拾起,然后手一顿。

白色纸片上一笔一画用着生硬的字迹写着"周绎北同学亲启"。

周绎北接过他手中的纸片，看着那一行字也稍微一愣，然后含含混混道了声"谢谢"。

应洵眼中神色晦暗，抿唇，牵动嘴角酒窝浅浅，只匆匆抛下句"好好读书，不要想这种乱七八糟的事"后便转回身，垂下眸盯着自己的练习册。

周绎北心中漫上说不清道不明的情绪，也没有什么心情研究这一张小纸片了，随便又塞进书桌里，跟着化学老师的"翻开《金榜》第35页"的指令翻开练习册，握着笔，撑着下巴，盯着讲台，调整呼吸，强迫自己集中注意力认真听讲。

情绪在西沉的夕阳下发酵，一呼一吸间，无声酝酿成一杯酸掉牙的过期果汁。

伴着下课铃，化学老师口述完作业，合上书，这才是真正下课的信号。于是，紧绷的正襟危坐的课堂又松散成一个仰头的哈欠，一个扩胸的伸展，以及一支黑笔掉落课桌的蹦跳。

广播站课后音乐准时响起。

> 只怕我自己会爱上你
> 不敢让自己靠得太近
> …………

春晚表演的歌到现在还是热门乐曲，不知是哪个情窦初开的人点给自己的。

而在嘈杂声中，周绎北侧过身，眼睑轻抬，瞥一眼应洵，语气微讽，酵母菌乱窜有酸涩的味道："应洵，你是不是特瞧不起我啊？"

应洵一愣，拇指摩挲食指指节，只淡淡道："没有啊。"

周绎北忍着不耐烦，压重音，短促的话语像是夏日午后重重砸落在玻璃上的一场对流雨："那你怎么就总觉得我没有好好读书呢？"

"没。"应洵语气寡淡，他安静的脸被按时点亮的路灯映亮，一双桃花眼中是春末的气息，"高三很重要，我只是希望你不要被其他事情影响，不要让叔叔阿姨担心。"

周绎北扯开个笑,感觉胸口有一簇小火苗在燃烧,浓烟四起,话语哽在喉间,不吐不快:"不要影响我,我感觉我已经被影响了呢,从暑假开始,要怎么办呢?"她抬眼直直望着他,眼中璀璨的是倔强与执拗,指甲在手心里留下浅浅的濡湿的月牙印。

早悬的月亮薄薄地挂在不远的天际,苍白,一切话语都变得生硬。

应洵沉着气,笑了声,酒窝深陷:"周绎北,你好意思说吗?"

沉重热带气旋残留的重感冒一瞬间复发,手脚酸软,他站起身:"周绎北,关于暑假,那是一个烂尾的故事,一个败笔,但我一直觉得,你的人生应该是一览无余的坦荡。"

周绎北鼻尖莫名一酸,低头看着自己手中留下的茧,是大提琴多情的印记,是她的执着与不愿松手。

想念只让自己苦了自己
爱上你是我情非得已
…………

广播站的歌不合时宜地继续播放着,莫名惹人心烦。

周绎北无解,这是一件比数学压轴题还难讨论的题目,她搞不懂前因后果,搞不懂出题人的潜在意图,搞不懂该用什么二级公式。

她只得先行跳过,但这个题就像她七八岁时被不合脚的皮鞋磨出的脚后跟上的水泡一样,时而会让你痛,让你忍不住摸摸它,却不敢戳破,也留恋它柔软得可爱的触感。

她束手无策。

周绎北趴在桌子上,情绪二次发酵,闻不出酸甜苦辣,直到小腹传来坠坠的疼痛,她站起身,裙摆染上点点红印。

哦,原来是因为生理期所以情绪不稳定啊。

她终于找到了自己情绪失常的原因,请了假,在晚自习前奔回家,而桌肚里的那张小字条被展开看了一眼后,就孤零零沦落到垃圾桶里了。

周绎北同学，我想和你交个朋友，可以吗？
我觉得你好漂亮，好可爱，你真的是一个很棒的人！
所以，可以吗？

笨拙的字迹稚嫩地剖白着什么，却留下一片沉默的狼藉。

周绎北烦乱地写完作业，被哄着喝完一碗红糖鸡蛋酒，脸红扑扑的，头脑昏昏沉沉的，躺倒在床上，拿起手机，又放下，又拿起。

对着莫名其妙又输进去的奇怪地忆起的数字，她心烦意乱，咬咬唇。

周绎北翻来覆去睡不着觉，索性坐起身，按亮屏幕，已晚上十一点，明才晚自习早就下课了，她一咬牙，冲动伴着红糖甜甜热意涌上脑，再输下那串数字，点击拨号。

忙音声是一缕省略号，勾勒慌乱心绪，然后，无人接听。

她呼出口气，额头上沁出细碎汗珠，松手，手机砸落在柔软的被子中，再次躺下，这也算是一种解脱吧。

难得一夜好眠。

而应洵扭动门把关上房间门，让尘封的一切重见天日又再次被封锁，他恰好赶上最后一声铃响，一愣，只可惜房间又马上归于沉寂，那一声铃响好像从未存在过一般。

那个暑假，是鬼迷心窍，是理智出逃，是自我沉沦。

时至今日，他还是搞不懂，他对于周绎北，周绎北对于他，是什么样的存在。

在接起电话的一瞬间，在她开口的一刹那，应洵便迷迷糊糊触到了谜底，也瞬间成了这场游戏的早已注定的淘汰者。

她是天生的勇敢者，而他不过是失败的拙劣的伪装者。

小腹有说不出的酸痛，周绎北蔫蔫地趴在桌上，眼神放空，看着课间走廊上的同学们来分散注意力。

哎，怎么林枳又和江岭凑在一起了！

周绎北看见在门口站着交流的两人，忙坐起身，肚子好像都没有那么疼了。

林枳笑得一脸春风，江岭一如既往的局促模样，两个人倒是有应有答的。林枳眼神黏在江岭身上，周绎北光是旁观就已经感觉到那种黏糊糊的温度。

她站起身，一瞬间气不虚了，肚子不疼了，腿也不酸了，整个人都精神多了。

周绎北扯开颗衬衫扣子，几步径直走到两人身旁，双手环胸，冷眼扫视两人。

江岭明显变得更加局促了，尴尬地朝她点点头算是打招呼，而林枳难得在周绎北面前气势低上一头。

"林枳，我有些话想跟你说。"周绎北语气不善。

"那你们先聊。"江岭落荒而逃。

林枳眼神四处飘散，不敢与她对视。

周绎北皱眉，语气是恨铁不成钢："高三了，你真的要好好读书了。"

林枳语气扭捏，尝试解释清楚："没有……他现在在给我补课！我们就是很单纯地在交流学习上的问题！"她说完，为增加可信度还用力地点点头。

"何必呢……林枳，我眼中的你，一直都是骄傲且自信的。哎……高三加油吧。"

上课铃响，周绎北轻飘飘落下一句话后，就回了座位。

她将注意力回归到复杂繁乱的数学题上，反复在心中告诫自己"不要多管闲事"，然后认真跟着老师的思路，先求导，再用零点存在定理……等题讲完了，罗得旺拍拍手，粉笔灰在空气中乱窜。

"基于我们班现在数学水平参差不齐的情况，我觉得有必要搞一个数学互助小组。平时我会布置小组作业，大家讨论完成，会进行评分，最后看排名，进步多的小组有奖励哦！"被一圈皱纹围起的眼睛扫视全班，他笑眯眯地继续说，"一组四个人，根据座位前后左右组队，这样也方便沟通！"

说完，他就拍拍屁股走人了。

周绎北愁眉苦脸，看看身旁的应洵，斜后方的张远潮，以及身后一如既往沉默且与所有人平等地保持不熟的特招生同学。

她长叹一声，拿着罗得旺发下来的小组作业，对着趾高气扬的 αβγ 垂头丧气，一眼也不想多看，心烦地塞进书桌桌肚里。

熬完下午最后一节课，周绎北忙起身站到黎蔓座位旁，放软了音调，小声撒娇："蔓蔓！晚上一起去外面小吃街吃好不好？吃完你去补习，我回来上晚自习！"

黎蔓一直都是无法拒绝周绎北的，便陪着她去尝尝新鲜。

每所学校旁边必定有一条小吃街，小摊小贩挤满道路，两旁店面就没有空置的，东西南北，酸甜苦辣，各种风味菜式神奇地集中在这条几十米的街道上。

一到放学时分，老板们便忙得连擦汗的时间都没有，而穿着洁白的衬衫与熨烫整洁的西服的学生一路说说笑笑，毫不在乎地在拥挤的巷中穿行。名牌鞋子溅上下水道污渍，优雅香水与燥热烟火味交织，但谁在乎？

周绎北郁闷地挽着黎蔓的手，抱怨道："烦死了这个数学小组！应洵……哼，不想提他了！"她皱了皱脸，鼻梁上有细微的纹路，是一个个轻柔的破折号，"张远潮就是个讨厌鬼，还有坐我身后的那个……"她眯起眼认真回忆着，然后语气惊喜，"那个，是叫谷娣吧！高二分班到现在，我居然都没有和她说过一句话！但她成绩好像也还挺好的。"

说着，周绎北拽着黎蔓走进街边一家店里，站在墙上贴着的布满油污烟渍的泛黄菜单前："你想吃什么啊？"

"好像成绩班级排二十多名吧。"黎蔓边打量着菜单边回忆着，"相比起来还可以，可是她之前特招进来的时候可是第一呢，学校可是花了重金挖她。"

"叔叔！一份湿炒牛河再加个鸡蛋！"周绎北对着店老板笑得甜甜地说，然后等黎蔓也点完菜，拉着她寻了个稍微干净一点的位置坐下。

抽了几张纸巾认真擦拭完桌子椅子后，黎蔓又倒了杯开水，慢条斯理地烫了烫碗筷消毒。

"哦。"周绛北点点头,"但是她数学成绩好像蛮好的哎!这次数学单科成绩班级第二是她吧。"

店里小妹端上菜来,周绛北忙接过,客客气气道了声"谢谢"后继续和黎蔓交流。

两个人闲散地交流着学习问题,然后黎蔓突然冲周绛北使眼色,眉飞色舞,只属于女生之间心知肚明的八卦好奇神色,于是周绛北了然地故作漫不经心地转头。

路逞脸上微微挂彩,领着泪眼汪汪地乖乖跟在他身后的宁绾南走进店里,两个人相对而坐。路逞低眉顺眼小声哄着,好不容易让宁绾南破涕为笑,他也才沾染上点笑意。

宁绾南从书包里掏出个邦迪创可贴,让路逞凑近,小心翼翼帮他贴上。路逞的嘴角压都压不住,弯成初一的月牙了。

黎蔓偷偷继续打量着那两人,喝了口珍珠奶茶,道:"咳,不过没想到路逞还有绕指柔的这一面呢。"

"谁叫他遇上了宁绾南,她真的很甜啊。"周绛北拿出一次性湿巾擦了擦嘴。

在店里又打包了一小份蛋挞与一杯丝袜奶茶,送别了黎蔓,周绛北戴上耳机,播放英语新闻音频磨耳朵,慢慢悠悠回了教室。

周绛北思来想去,捧着打包的蛋挞转过身,眨眨眼,对着后桌的谷娣道:"我买了一些蛋挞,你要不要吃啊?很好吃的!"

谷娣明显比她局促多了,一个劲地摇着头,脸都憋红了,磕磕绊绊拒绝道:"不用了。"

不容拒绝,周绛北热情地将蛋挞递至她手中,笑得眼下卧蚕明显:"吃一个嘛!真的很好吃的!"

面对她一半撒娇一半强硬的攻势,谷娣自然只得接过,在灼热的目光下,小小地咬了一口。然后,周绛北笑得更灿烂了:"我就说了很好吃的!"

谷娣轻轻点点头,抿嘴细细品味着,嗯,好甜。

张远潮与应洏两人前后走进教室,张远潮一看周绛北在分东西吃,凑热闹地迎上来，嬉皮笑脸地讨要道："原来是周大小姐在分蛋挞啊！难怪我在走廊就闻到味道了，馋死我了呀！"说完装模作样地揉揉肚子。

虽然嫌弃他戏多，但周绎北还是不吝啬地分给了他一个。然后，她偷偷望望应洵，也给他分了一个。

将剩下的半盒蛋挞重新装好，周绎北拿出张便利贴，思来想去不知写什么，名人名言歌词诗句什么好像都不太适合，然后突然忆起阿公以前在筒子楼里天天听的咿咿呀呀的京剧片段，认真写下一句：收余恨、免娇嗔、且自新、改性情、休恋逝水、苦海回身、早悟兰因。

然后，她将这张小纸片认真贴在蛋挞盒上，趁着晚自习前的空闲间隙，跑去林枳的班级，托人放在她座位上，默默祈祷她能够及时醒悟。

"晚上作业不是很多，我看了一下这份卷子不是很难，题量也不大，不管会不会写，写不写得完，我们晚上先按自己的思路写一下前三题，可以吗？"应洵有条理地分析着，对着他们三人的语气温和。

周绎北轻轻点头表示了解。

张远潮咋咋呼呼地说："那我们这个组得先起个队名吧！"

"无聊。"周绎北态度冷淡，不参与；而应洵维持他一贯的作风，只是旁观；只有谷娣老老实实颤颤巍巍地迎合他。

"就叫'如来佛组'怎么样？口号就是：妈咪妈咪哄！"张远潮为这个烂梗而沾沾自喜，眉毛快扬到太阳穴了。

周绎北忍不住捂嘴侧过脸笑了，然后便撞上应洵那双含笑的桃花眼。他们没有办法对视，一撞上，心跳就莫名加速，于是视线交错又迅速分离，两人只能继续盯着自己的手，或者是窗外不知名的某个角落。

赶在晚读开始前结束了数学小组的初次讨论，莫名地，周绎北心中卸下口气，拿出本作文素材开始晚读，途中被相识的同学问了句"今天心情很好吗"后才忽然发现，哎，怎么嘴角还一直弯着啊。

罗得旺有心针对重难题训练，一张卷子做下来，题没解出几道，人倒是先快不行了。应洵是个好学生，晚自习后耐心负责地留整个小组下来订正答案和讲解。谷娣数学真的还不错，不仅布置的三道题，甚至整份题都给写完了，正确率还很高，讲解的思路也清晰。

周绎北敬佩地望着她，她红着脸，不好意思地推了推厚重的眼镜，试图遮掩不知所措的眼神。

"远潮你话太多了，拉慢我们的进度了，"在多次被张远潮嘻嘻哈哈的话语打断讲题后，应洵略微严肃地讲道，"现在时间也不早了，我们分一下组讲解吧，辛苦谷娣跟远潮讲一下题，绎北的问题我来解决，可以吗？"

张远潮没心没肺的，当然没问题，谷娣更不可能敢有什么问题，于是周绎北跟着点点头，心中郁闷。

但郁闷中或许还藏着说不清道不明的期待。

"这题用到二级公式会比较快一点，我晚上整理一下笔记，明天你再看一下，自己尝试解一下可以吗？"应洵低头圈画着题目中的关键信息，指节白净。随手写下的解题思路字迹飘逸潇洒，不同于他斯文的外表。

周绎北站在他身旁，双手在腰后交握，垂着眼，借着教室里明亮的灯光，可以看清他耳垂上细软的绒毛。

"嗯。"她咬着唇含含混混应答道。她还是没想好，也不知道，应该用什么样的态度去对待应洵。

"这题，你用求根公式是对的，就是这个思路可以转换一下，数形结合，"他耐心画着图，"喏，这样是不是比较直观，比较快一点。"

周绎北恍然大悟，轻轻敲敲脑袋，她的脑袋还是太笨啦！

应洵抚平她的卷子，仔细看着她的解题过程，不知为何，周绎北有点紧张，脸和手都很烫。他继续看着她的卷子，偷偷在心中将每一个解每一个 x 与 y 都描摹一遍。

她对他的观察不知何时已到了显微镜级别，仿佛他一个灼热的呼吸都会引起她手心湿润。

在页边空白处简单写下思路，在她混乱的不知所云的答案上圈出拙劣的错误，应洵垂着眼，睫毛颤动，在她心脏中吹起一小阵风。终于，他放下笔，将卷子归还给周绎北，语气是一如既往的波澜不惊："你回去再做做看会不会容易一点，应该是可以解出来的，这次题不难的。"

说完，他还安抚地扯开个笑，虎牙又偷偷露出来。周绎北手一软，忙又攥紧了卷子："谢谢你。"

"没事。"

展开卷子，平整的纸张与心脏同步泛起褶皱，周绎北呼出口气，还是感觉有点别扭，昨夜的那通电话仿佛只是一场仲夏夜迷梦，但是保持现状或许就已经很好了。

收拾好书包，教室也只剩他们两个人了。张远潮可能听了个一知半解不知道什么时候就耐不住找借口早早溜了，而谷娣也是急着回家跟弟弟分享那半个蛋挞，蹬着小破自行车回家了。

周绎北默默地背上书包，拎着杯晚自习没喝完的丝袜奶茶，咕噜吸上一口，腮帮子圆鼓鼓的，走到教室前门后才费劲地咽下，偷偷侧头望向仍灯火通明的教室。

应洵背着书包，倚靠在桌旁低着头理着杂乱的耳机线，难得在他身上看到一种类似松软的气息，然后他突然抬头。

目光相触，慌乱中，她好像又看到了他浅浅的酒窝。

好像……蛮可爱的。

她回过神，像是被抓包了般心虚，加快脚步，小跑下楼，脸颊红扑扑的，待到教学楼下又鬼使神差地回头，教室已恢复昏暗。她转过头，慢慢松了口气。

/ 第八章 /
真相是真
▼

应泃弯腰折了几枝西府海棠插进盛着水的玻璃花瓶中,花开得正盛,浓烈得像仍在春日一般。

应泃将墙上的日历翻过几页,周六,算是第一次去看她,也不知道她喜不喜欢。

他随便在书柜上抽出一张光盘,掸了掸上面的灰尘,将 CD 机插上电,然后有温柔女声流淌。

> 我从来不曾抗拒你的魅力
> 虽然你从来不曾对我着迷
> …………

应泃捧着杯热茶倚在窗边,有晚风温温柔柔拂起衣角。

她是这种心情吗,在遇见应承然的时候?

应该是的吧,不然也不会有他的出现了。

应泃轻嘲一笑,饮了口茶,泡得太久,茶太浓了。

手机亮光,有短信发送过来,是应承然的短信,蛮巧的,他总在不对的时间出现:小泃,周六是爸爸妈妈结婚纪念日,我们打算去济州岛简单度个假,下周再来看你。

他敛了脸上的笑,眼中神色晦暗,乖巧回复:没事的,祝爸爸妈妈结婚纪念日快乐。妈妈怀孕了,照顾妈妈要紧,不用担心我的。

情深意切,父慈子孝,不外乎如此。

先前的十七年,连应泃都这么认为。

天气预报有误，周六是个雨天，庭院落花凋零一地。

应洵捧着亲手笨拙地包装好的花，撑着把透明雨伞，手忙脚乱地按着地图来到 B 区 D513 号。

小小的一块地，几步就能丈量完，杂草丛生中有几枚花骨朵儿。

应洵盯着那张两寸黑白照片，难得无措，小心翼翼放下花，掏出块手帕轻轻拭去碑上的雨迹与未被细腻雨水冲刷掉的残留的厚重灰尘。

阔别十七年，相见却是这种形式，

他慢慢坐下，倚靠在石碑上，将雨伞倾斜，罩住朴素的矮小的墓碑。他呼出口气，在微冷雨幕中凝成飘散的细烟。

他用手轻轻擦去照片上的水珠，柔和的眼神中混杂着几分难得的茫然，后知后觉地发现自己的手指在不受控制地轻颤。

照片上的女生永远停留在二十几岁，笑容是不见吝啬的青涩灿烂，一双潋滟的桃花眼里却有几分无措，嘴角酒窝深陷，扑面而来的青春气息。

是血缘的羁绊吗？为什么他会心悸呢？

是这样的吗，我素未谋面的，妈妈？

雨下大了，衣角裤腿已被拍湿，应洵依旧静坐着，脸色苍白，对于"妈妈"这个词，他却生不出任何多余的感情，是陌生，是无措，是无可奈何的逃避。

逃避自己，逃避上一代人的恩怨，逃避不属于他的圆满家庭，逃避那不堪的难以启齿的又确确实实存在着的私生子身份。

他或许也需要感谢。如果不是科技的进步，如果不是所谓的父母的坚持，如果不是这个姗姗来迟的弟弟，他还囿于应家独子大少爷这个名号中，困于母亲为什么不抱他不亲他不哄他的童年的酸涩谜题中，迷失于父亲偶尔夹杂着怀念与恍然地看向他的眼神中。

故事的谜面其实很简单，一个不应该出现的年轻女人与一个不应该存在的孩子，如果不是产后大出血，如果不是有人难以生育……如果，他那天没有自作多情去阻止父母常有的争执，没有在那扇薄薄的门后听到残忍却又清醒的真相……

幸好他早就接受了。

应洵靠在石碑上，雨伞抵挡不住风雨，浑身湿透，他仿佛回到了温暖的羊水中，回到一切最初的纯真模样。

倾盆大雨，一把伞已遮不住什么，浑身也已经淋湿，应洵索性将伞一收，小跑回家。然而这副狼狈模样偏生被刚上完大提琴课准备回家的周绎北撞见，司机撑着厚重黑伞揽着她，生怕大小姐被雨淋到一丝一毫，鞍前马后地打开车门，小心翼翼护着她上车。

淋漓的雨中，大小姐穿着长裙皮鞋，连飘逸的裙摆都未沾染到一缕雨丝，眼神一如既往的漠然。

应洵轻飘飘望去一眼，面容遮掩在淅淅沥沥的雨幕后，指节泛白，掏出钥匙不紧不慢地开着门。轻轻颤动地握成拳的手用力遮掩着他看见她的第一个念头，从她面前逃走的念头。

暖气烘烤着潮冷的四肢，有复活苏醒的感觉，周绎北降下车窗。

应洵的身形像是用沾满浓重墨汁的羊毫笔漫不经心勾勒出的一道被晕染开的潮湿长线条。

衣衫已被打湿，缠绵地贴在他身上，勾勒出他挺拔又单薄的身姿，他低着头眯着眼费劲地辨别着钥匙。周绎北脑中忽然蹦出一个或许不太准确的比喻句：变成猫变成老虎变成被雨淋湿的狗狗。

她对这只小狗涌起了一股庞大的说不清道不明的感情，近乎慈悲的怜悯。

然后车驶走，门打开，雨继续下。

淋雨的后果是持续一周的重感冒。

在应洵咳了无数天后，周绎北实在忍不住将一瓶止咳糖浆与一些常规感冒药放在他桌上，马尾一甩转头坐下，声音龃龃的，嘴却是一如既往的硬："你可别自作多情，高三多重要，我是怕被你传染浪费我学习的时间！"

"谢谢。"应洵轻轻一笑。

"你是不是和叔叔阿姨吵架啦？"周绎北好奇地试探着问道。

"没有。"应洵没有多加解释，又认真道了声，"谢谢你。"

后知后觉埋怨自己的迟钝与不合时宜的好奇，周绎北低下头继续写题，学着应洵的语气轻飘飘回道："哦。"

止咳糖浆清清凉凉地抚慰着刺痛的喉咙，应洵转头偷偷望向身旁撑着下巴噘着嘴闷闷不乐的少女，将那张藏在文件夹深处的礼物兑换券拿出来，提笔认真落字，然后在无人的课后，轻轻放在周绎北桌上：麻烦帮我兑换一杯七分糖冻柠七送给周绎北同学。

字条后面还跟着一个不太熟练的"[^^]"。

于是，周绎北某一刻在层层叠叠的课本下突然撞见这个字条，弯弯的眼睛与便利贴上勾画的"[^^]"一模一样。

周绎北将冻柠七放在桌上，水雾凝在杯上，在桌上留下一个晕染开来的冰冰凉凉的圆月亮。

她将新一周的数学小组作业摊平，伸手抚平一些细微的褶子，拧开笔盖，看了眼时间，限时一个小时看能不能做完三道压轴题！

周绎北奋笔疾书，偶有卡壳，咬着唇皱着眉纠结着，磕磕绊绊地写着，笔记由工工整整逻辑清晰到龙飞凤舞。

终于停笔，她抬起头看向讲台上方高悬的时钟，双手交叉活动了一下手腕，又抬手揉揉僵硬的脖颈，还是超时了，而且也没有做完。

做到后面又乱又慌的，根本没有什么思考的空间与心情，抱着"赶紧写完吧"的态度在不知所云地书写罢了，像是一种折磨。

她呼出一口气，心烦意乱地将作业合上放在桌旁，等着有空再来讨论吧。她突然想起来那闲置了好几天的日记本，忙翻出来忙里偷闲地记上几个字，写上几句话。

高三实在太忙了，是充满空虚感的忙碌。

听课写作业小测讲评考试表彰，像是一个没有尽头的循环，每个人忙碌奔跑着，摔倒了便站起来继续跑，偶尔发力超过几个人，偶尔泄劲掉到后面，但更多的是咬着牙奋力坚持。

跑过一圈又一圈，却见不到尽头，所以迷茫，所以彷徨。

罗得旺毕竟是带过好几届高三的老教师了,自然也清楚高三学生在初期的不适应的迷茫现状。因此,每周班会都安排名校介绍环节,介绍一些学校,强调一下分数线,渲染一下大学生活的美好。

这是一个卓有成效的惯用方法,就是要让所有学生都清楚,十七八岁的年纪,他们可以成为自己想成为的任何人。

这才是青春的意义。读书不是唯一出路,高考不是唯一跳板,但是青春仅此一次,跑起来才有风,"大鹏一日同风起,扶摇直上九万里"的风。

懵懵懂懂触到了一些关于未来更清晰的半明半昧的幻影,于是模模糊糊也有了些心绪在飞散。周绎北偷偷在本子上郑重用金属笔写下一个小小的"FDU",然后再用彩笔勾勒出阴影,嗯,她的梦想就应当是这种闪闪发光的漂亮模样嘛!

看着那三个字母,她莫名脸红,合上本子自己都不敢再多看。她心绪无声翻涌,呼出口气,再翻开刚才没解出来的题。

再试试看吧!

嗯……所以,$a \leq 4/3$!

后知后觉地解出题,快乐的情绪幻化成嘴角抑不住的上扬的弧度。

她不太自信地再看一遍计算过程,确实没有什么计算错误的地方。她挑了挑眉,轻轻地合上作业,这次却是不一样的心情了。

"有问题要问吗?"应洵晚自习下课照例问道。

周绎北带着些傲气地摇摇头,努力克制着自己上扬的嘴角:"今天的题比较简单,应该都做出来了。"

"那很棒啊!"应洵轻声夸道,酒窝若隐若现,很单纯地替她开心。

周绎北不知道如何应话,心跳默默错拍,只礼尚往来地回了句:"你也加油。"

周绎北拿起没喝几口的冻柠七,手心一片凉凉的水渍,冰冷褪去,柠檬更显酸涩,她抿了口,却仍品得出甜味,背起书包,难得在教室还剩大半人的时候离开,偷偷哼着小曲,刚迈开腿却突然被谷娣小声唤住。

"那个,周绎北同学……"谷娣吞吞吐吐地说着,推了推眼镜却仍是低着头看着桌上摊开的笔记,两只手有点不知所措地纠缠着。

"怎么啦?"周绎北停下脚步,又饮了一口冻柠七,笑盈盈地道,"你叫我绎北就好啦!"

"嗯,绎北……"谷娣的脸肉眼可见地迅速变红,扭捏着小声道,"我就是想问一下你,那个蛋挞在哪里买的呀?多贵啊?"

周绎北仰头将剩下的茶一饮而尽,歪头蹙眉回忆着:"好像是在学校西街那边的一个街边小店买的。大概是一盒六个,二十块钱吧,很好吃吧!你喜欢吗?"

明才地段也是一等一的好,周边店铺租金也注定不低,而且大多是这些有钱孩子在消费,物价自然也水涨船高。

谷娣抿嘴,声音越来越小,只轻叹地"啊"了声,明晃晃的不可置信。

周绎北扯了扯快要滑落的书包背带,眼神扫过谷娣洗得发白的校服,缝补痕迹明显且边角已经起毛边的书包,以及那双明显不合脚的款式过时的泛黑凉鞋,原本的话语哽在喉间:"没有啦,怎么可能那么贵呀!这么离谱的价格你怎么都信呀!"语气轻松。

谷娣松了口气,又抬起头。周绎北第一次看清楚她时时深埋着的脸,嘴唇苍白没有血色,脸颊瘦削,皮肤粗糙皲裂,但是一双眼却是意外的如稚子般盈满了闪亮亮的单纯。

谷娣若有所思地小声嘟囔:"我就感觉怎么可能那么贵!明明一个一块钱就已经算贵的了,怎么敢收到二十块的呀!"

周绎北:"你很喜欢吃吗?我可以帮你买的。"

犹豫了片刻,谷娣还是点点头:"那明天可以麻烦你帮我买一盒吗?我弟弟很喜欢吃,那天一尝就一直缠着要吃。"她说着有点不好意思地挠了挠头,头发枯黄得如秋日的杂草。

听到"弟弟",周绎北皱了皱眉,疑惑道:"我分给你的蛋挞,你那天没吃吗?"

不太适应别人的目光,谷娣又深深低下了头,过长的刘海将整张脸重新笼罩在阴影下:"我尝了!太好吃了就没舍得吃完,带回去给我弟弟吃了……然后他喜欢吃,就一直缠着我再给他带一些回去……可是我不知道去哪里买……所以只好问一下你了！"

谷娣用力咽了咽口水，磕磕绊绊地解释着，声音讷讷的，一双手无处安放，目光也一直在桌面上游离，然后等不到周绎北回答，又诚惶诚恐地连声道"对不起"。

周绎北抿了抿唇，见谷娣一副害怕她生气而小心翼翼的样子，长叹一口气，但也不好意思说什么，只缓和了下语气："没有什么好对不起的！我帮你买就是啦！你也早点回家吧！拜拜！"

谷娣彻底卸下口气，满头大汗，眨眨眼，心中偷偷感叹：周绎北同学真的是大好人！

张远潮第一次见谷娣主动与人说话，而且对象还是周绎北小魔女，又按捺不住八卦的心情，挪了挪椅子，伸长了头，突然问了句："你们聊什么啊？"

身旁忽然冒出个脑袋可把谷娣吓了一大跳，她咽了咽口水，头埋得更深了，一颗心不知怎的不受控地加速跳动，嘴巴干涩，然后她干巴巴地回答："没什么。"

张远潮也自知跟谷娣问不到什么东西，抬头一看，应洵还在认真刷着奥赛题，索性扯过今天的数学小组作业，指着一片空白的卷面朝谷娣问道："那个，我不太会写，你可以再给我讲一下吗？"

谷娣根本学不会怎么拒绝别人，身体僵了片刻后，还是视死如归地点了点头。

搅拌着碗中的茶树菇老鸭靓汤，周绎北闷闷地问："妈，为什么你不给我生个弟弟呢？"

陈茜一边按着电视遥控器换台，一边随口答道："哪里有那个心力啊！光养你一个就把我们折腾得要死了，而且要儿子干吗？"陈茜满不在乎的语气，"生你一个就够了，你又不会输给任何小孩，我的女儿就是最棒的啊！"

"哦。"难得听到陈茜如此直白的情感表达，周绎北不太习惯，只故作轻松地回了一声，耳朵却是红红的。

懒得吹干头发，周绎北任由它半湿不干地披散在肩上。今天早了点回家，她趴在床上，终于有时间打开手机放松一下啦！

她一打开便有验证消息跳出来：Eric 申请添加您为好友。

而备注的验证信息是：我是林忱。Can we make a friend?（我们能做朋友吗？）

她突然头大，但是脑袋里又冒出他那双纯情诚挚的狗狗眼，莫名其妙地心一软，再反应过来已经跳转到聊天页面了。

林忱：你好！周绎北同学！

还附带了一个狗狗奔跑过来的动图。

不知道说什么，她只得硬着头皮回了个小女孩转圈圈的表情包。

那边消息回得很积极，很快就又秒回了一条。

林忱：星期日是我的生日，我可以邀请你参加我的 party（派对）吗？

为了避免不太熟导致的尴尬以及她内心的一点点不愿承认的自作多情的想法，周绎北本想找个理由搪塞拒绝的，结果林忱又发来一条新信息。

林忱：我在这里没有什么朋友，所以邀请不到什么人，如果你愿意来的话，我真的会很开心很开心的！

心一软，周绎北再次稀里糊涂地答应了。

周绎北看着自己一时冲动答应邀请后林忱中英混杂充满各种语病的急急忙忙表述着自己欣喜之情的消息，莫名头大。

就像散步时突然被路边热情的小狗纠缠上，带着阳光味道的视线固定在你身上，小狗在脚边不懈地转着圈圈，软乎乎的尾巴扫过光着的小腿肚，痒痒的，让你不忍拒绝。

匆匆忙忙询问了时间地点，不敢再多聊些什么，周绎北只抛下句"晚安"后便下线了，落荒而逃。

应洵拿着毛巾随手擦了擦略带水汽的头发，九月底，但淮市仍停留在夏天，他只穿着件干干净净的宽松白 T 恤。

他打开冰箱，冰凉扑面而来，柠檬味沐浴露的清爽气息被催化。他拿出一瓶乌龙茶，边拧开瓶盖，边走进书房，仰头喝了一口，略微的苦涩是会让人着迷的。

他随手按亮书房的灯，抬手将书柜上尘封的纸箱拿下，掸去灰尘，翻找出一个厚重本子。他敛眼，顿了片刻，折返将书桌上的一本琴谱拿起，填入箱中，胶带封裹，重新放回书柜上。

他翻开本子，提笔，心平气和地在本子空白处再填填补补上一些字迹。那些属于过去的时刻，就像心电图中循环出现的尖尖的峰峦，强硬地出现，然后又突然折返，宣告结束。

那时最大的烦恼还是怎么考得再好一点，怎么让爸爸再骄傲一点，怎么让妈妈再开心一点。真是多么单纯的美好想法啊。

夜雨浸染着一些凉意，雨点唰唰打下来，一整间书房的安静很快就被浸湿了。

停笔，合页，灭灯，应洵再拿起那瓶乌龙茶，却没有品到甘甜，满怀说不清道不明的情绪，跌进床上，跌进梦里，清醒时残留的最后一缕想法却是：

好想安安静静听一首大提琴曲。

挂着沉沉的黑眼圈，打着哈欠，在琅琅早读声中，周绎北紧赶慢赶终于还是在早读铃响的前一秒迈进教室。

顶着罗得旺不满的眼神，她脸不红心不跳地走回座位，然后在自己的桌上发现一个笔记本，轻轻疑惑地"咦"了声，还没来得及探究，就听见罗得旺更为不满地咳嗽了一声作为提示。

周绎北手忙脚乱地放下书包拿出英语早读资料，听着大家的齐声朗读，张着嘴无意义地对着口型，眼神慌乱地在排得密密麻麻的字里行间寻找着话语的落脚点。

"When the craftsman came into……"

终于跟上大部队的节奏，周绎北总算松了口气，也渐渐找回状态，然后盯着那个笔记本，心思就开始活络起来。

她终究耐不住好奇心，嘴上仍不知所云地念着，轻轻伸手翻开笔记本。

高一A1班应洵。

第一页工工整整写着他的名字，他的字实在漂亮，是有分寸的潇洒。周绎北揣测着他应该练的是田英章的帖。不过，他把本子放在她桌子上算是怎么一回事呢？

她望向他。

秋日淡薄的晨光从交错的枝叶中渗下来，像沙拉酱一样涂抹在他脸上，而他的目光流连在书页中，唇轻启，是流利的纯粹英音。

两只眼睛像两弯湖，睫毛是绿油油的多情垂柳，鼻子是起伏的山峦，而嘴唇……哎！周绎北转回头，手心温热，捧着书，彻底心不在焉。

她再翻过一页，是一行行密密麻麻的数学笔记。

熬到早读结束，在第一节课上课前的小小间隙，周绎北捧着笔记本，侧脸，望向应洵，小声道："谢谢你，我尽快抄完再还给你。"

"没事，不用还了，送给你了。"应洵边拿出物理课本边淡淡回应道。

"啊……"周绎北没料到他如此"慷慨"，讷讷道，"这……太费神了吧，我需要怎么答谢你啊？"

应洵抬眼望向周绎北，他脸上的表情还是很平静，一副漠然的样子。只是周绎北望见了他一双桃花眼中的笑意，近似于垂柳因风轻轻掠过湖面引起的涟漪。

"要感谢我的话，就好好读书吧，这句'谢谢'还是等以后再说吧。"

以后？这是太过遥远的一个词。

轻易说出口，让这份沉重的未来变得轻飘飘地浮现在眼前。

轻声哼唱着放学后电台播放着的流行歌曲，周绎北肚子饱饱，两手沉沉，步履轻快地走进教室。

她一手拎着个小小的蛋糕，一手提着两盒蛋挞，趁教室这会儿没人，动作迅速地将小蛋糕偷偷放在隔壁座位的椅子上。

反复确认蛋糕完好无损放置稳妥后，她小小地松了口气，再将蛋挞轻轻放到谷娣桌上："喏！今天刚好买一送一呢！"

酒瓶底厚的眼镜遮挡下的眼睛从纷繁复杂的题海中抽离出，攀升到周绎北身上，语气恳切惊喜："谢谢你绎北！那我需要给你多少钱呢？"

周绎北坐下，转过身："六块钱呀，你快吃，我去买的时候才刚出炉，还热乎乎的呢！"

谷娣在书包里翻来覆去，最后小心翼翼攥出一把皱巴巴的一块钱纸币。她抿着唇，认真地将钱一张张摊平叠整齐，然后双手递给周绎北："实在太麻烦你了！非常感谢！"

谷娣捧着那两盒香甜气息扑鼻的蛋挞，一双不大的眼睛像枝头未成熟的弯弯的香蕉，碎碎念着："晚上带回去给弟弟，他一定很开心！"

周绎北问道："有两盒，你自己吃一盒，带一盒回去，不行吗？"句式是一个商量的疑问句，语气却归属于陈述句，情感接近于感叹句。

谷娣没料到周绎北会这样提议，有些慌乱，头摇得像是拨浪鼓："我不配吃这么好的东西的……"手轻轻摩挲着黄色包装盒上烫印的"皇家贵族蛋挞"六个大字，"弟弟小，我是姐姐，要照顾弟弟。"

看着谷娣低眉顺眼的样子，周绎北只得轻轻近似叹息地认真对她道："你怎么不配呢！你那么厉害！你可是在明才A1班哎！而且我们才几岁，连自己都照顾不好怎么能照顾别人呀！"

"不……不一样的！"谷娣磕磕绊绊地回答着，语气染着些自己并未意识到的无可奈何的悲哀，"我是女孩，弟弟是男孩，不一样的……"

"都是人有什么不一样的！"周绎北蹙起眉，俯低身子趴在谷娣桌上，认认真真地直视着她的眼睛。

"男孩女孩有什么差别呢！你就是你啊！在你的世界，你就是最厉害的，你就是最重要的，天大地大你自己才是最大的！"周绎北一字一句慢慢地说道。

像是被闷头打了一棒，谷娣蒙蒙的，只手上稍稍用力，将纸盒攥出了些细小的褶子。

周绎北轻轻叹了口气，伸手揉了揉垂头丧气又一脸茫然的谷娣的头发，也没有再说其他了，只转过身，有意给她留了些个人思考空间。

周绎北埋头写了半个晚自习的题，努力驱散复杂心事。

晚自习间，谷娣细心地掏出一盒蛋挞，打开，轻声唤周绎北："绎北……你要不要吃啊？"语气腼腆，怯生生的。

周绎北应声回头，眨眨眼，小心捏起一个，瓷白的脸上绽开个大大的笑："谢谢你呀，谷娣，你也吃啊！"

谷娣点点头，也拿起一个蛋挞，大大咧开一个笑："谢谢你绎北。"她发自内心地再说了一遍。

狗鼻子嗅到了味道，张远潮忙凑了过来："你们在瞒着我们偷偷吃什么啊？我也要！"

周绎北忍不住白了他一眼，而谷娣却将那盒蛋挞递上前，笑着说："你也吃。"

张远潮美滋滋地拿起一个蛋挞，边吃着边漫不经心地说："谷娣，你笑起来好看多啦！"

谷娣一愣，忙又低下头，过长的刘海一下又遮住脸，看不清神色，只是手心冒汗。

"你这刘海也可以剪一剪，不然老遮着脸，本来挺好看的，干吗要遮遮掩掩的呢！"张远潮粗线条地继续说着。

谷娣再顿了下，慢慢抬起脸，点点头。

瞥了美滋滋吃着蛋挞的张远潮一眼，周绎北朝谷娣笑了笑，转过身，这小子也算误打误撞做了点好事了吧。

卧室亮着一盏小灯，周绎北怀着一种莫名虔诚的心情一遍又一遍地摊开那本笔记本，用自己的笔尖重新临摹一遍他的字迹，希望能把他的知识深深烙印进自己的脑海中。

哇……原来这题还有这种解法！

啊！二级公式居然有那么多！

哈哈，怎么连应洵也会错这种基础题啊！

一夜一夜，一页一页，周绎北随便点开一个周杰伦的歌单，伴着音乐学着数学，偶尔会突然好奇，应洵写下这些文字这些数字的时候，会是怎样的心态与心情呢？

周绎北在与各科的一轮又一轮的厮杀纠缠中又上完一周课，周末也没

有什么喘息空间,上午补习班,下午大提琴,然后突然在周六晚上忆起来一件事:

她忘记给林忱准备生日礼物了!

22:23。

一看时间,她又倒吸一口凉气,从沙发上蹦下,小跑到门口,套上双运动鞋。她低着头与鞋带纠缠着,含含混混地向陈茵报备:"妈咪,我出去一趟,马上回来!"然后匆匆跑出门。

徒留下陈茵一句"干什么去呀",迟迟得不到回答。于是,关心的疑问便转化为一声"这孩子,咋咋呼呼"的嘟囔。

手机的光在脸上投下浅浅的阴影,她微微皱起眉,手指不停歇地滑动着屏幕,纠结地挑选着礼物。

换季的夜雨刚刚结束,耀眼的霓虹灯混杂着不停歇的车顶将潮湿的街景映照得格外昏暗,指尖发凉,她匆匆记下个地址,按灭屏幕,将手机揣回口袋里,步履匆匆地奔向一个玩偶专卖店。

手温柔地抚过小熊、小猫、小兔……的头顶,毛茸茸的触感停留在掌心,心也跟着痒痒的,然后周绎北眼睛一亮,轻轻拽了拽小狗耳朵。

"哇!好可爱啊!"

她抱起那只小狗玩偶,麻烦店员绑上一个可爱小领结,再将其安放进板正的礼品袋里。她带着"小狗",同时怀揣着一种近似于完成限期任务的轻松感与对自己挑选礼物能力的自满哼着小曲慢慢散步回家。

周绎北握着路上嘴馋顺手买的两串冰糖葫芦蹑手蹑脚地推开门,不料却直直撞上陈茵探究的目光。

在陈茵开口抱怨前,她有眼色地先行开口:"妈咪!我在路上看到这个了!你一串我一串!你是要草莓的还是山楂的呢?"她说着举起手中的冰糖葫芦晃了晃,讨好地展开个大大的笑。

陈茵看着周绎北青春的脸庞,屈起手指在她额头上狠狠敲了一下后,接过一串山楂:"叫你还敢半夜突然跑出去!"

在陈茵面前,周绎北可不敢得了便宜还卖乖,只伸手揉揉额头,故作乖巧地搂上陈茵的手,"好嘛好嘛,这次是我不对,同学明天过生日,急着给他买礼物去啦！"

"急着买礼物也不能不跟我报备一下啊，你都十八岁了，怎么还让爸爸妈妈时时刻刻操心呢？"陈茴趁机进行一番教育。

咬下一颗草莓，甜蜜的糖浆脆壳包裹着的却是没有预料到的酸涩，周绎北眉眼皱成一团，龇牙咧嘴："我几岁了不都还是你的女儿吗？"

陈茴伸手轻轻揉了揉周绎北柔软的头发，将她鬓角被晚风拂乱的头发细细捋到耳后，目光流淌过她柔和又倔强的面庞，这是自己最完美的作品。

其实不需要任何承诺与保证，陈茴只希望自己的女儿好好的。

南方小城在十月仍是热气腾腾，提上礼物，撑着把遮阳伞，周绎北见导航上显示不是很远，也就没让司机接送，走走也好，权当锻炼了。

预想着各种可能发生的尴尬场景，周绎北无数次怪自己头脑发热，一时冲动应下了这个邀约。她害怕因自己格格不入和两人不甚熟悉而将不可避免导致尴尬。

心中揣测着种种，周绎北敏感地感知到，林忱应该对她是好奇的。

她按响门铃。

于是一声"等等"与铃声一同在傍晚沉沉的暮色中响起。

门打开，映入眼帘的是林忱那露出八颗大白牙的招牌笑容，周绎北伸手先递上礼物，诚挚地轻声说："生日快乐！"

"Thanks（谢谢）！"林忱脸上的笑容更灿烂了，他忍不住开口询问道，"我可以抱你一下吗？"是纯良无害的问句。

美剧英剧中常有亲亲抱抱贴贴，他从小生活在国外自然也比较开放，再加上今天是他生日，周绎北贴心为他想着解释，不好意思拂他面子。种种理由叠加，周绎北自是点头，大方答应："可以呀！"

一个绅士的蜻蜓点水的拥抱，林忱很合礼数地只虚虚环着她一瞬，便马上直起身，接过她手中的礼物，邀她进屋。

周绎北摸摸鼻子，总感觉仍被林忱身上那股淡淡的海盐味道所浸染着，有一搭没一搭地说着话，突然下意识地一抬头，直直撞上倚在楼梯栏杆上不知旁观了多久的应洵的那双沉沉的桃花眼。

她呼吸一滞，莫名心虚，但她马上又理直气壮起来，挺直腰板，停下脚步，狠狠朝应洵瞪回去一眼。

看什么看！

倒是没出现周绎北之前害怕的整个生日派对她只认识林忱一人的孤立局面，蛮多熟面孔的，就连一向高高在上不愿意涉足这些所谓的无用社交的林枳也到场了。不过林忱性格那么好，很快融入新环境，很快交到新朋友是正常的嘛。

周绎北垂眸在一旁自助甜品台的糖果罐里捏起一颗瑞士莲，心中纳闷，明明两个人都没什么交集，怎么应洵会出现在林忱的生日宴上啊？

"林忱是我远房堂弟。"林枳捧着杯冰镇椰子水挪到周绎北身旁。

"哦。"周绎北拆开蕾丝样式的糖纸，启唇咬下一小口巧克力，语气平淡地回应。

"他们家一直在 HK 和 DC 发展产业，现在他父母被调回国，应该也就把重心转到这儿了。多邀请些人，派对搞得热闹点，有利于他融入这个圈子。"林枳一口气饮完椰子水。

周绎北垂着眸，自顾自吃着巧克力，心中恍然为何天天耳提面命要她好好学习的陈茵在她提出要来参加这个宴会后没有多加阻挠地应许了，面上不显，口中再淡淡"哦"了声算作回应。

周绎北听着听着，眼神就开始四处飘散，捧起桌上的气泡水，低头抿了口，迟钝地品出淡淡柠檬味。

然后，她眼神缓慢地在布置着华丽生日装饰的拥挤的会客厅中聚焦，更准确些吧，聚焦在会客厅中被三两女孩包围着仍游刃有余的林忱身上。周绎北恍然，又怅然。

不知在聊些什么话题，林忱几句话便逗得那几个女孩捂着嘴娇俏地笑着，眼神化作缠绵的秋波，在秋日干燥的空气中融为春水的湿润。而林忱脸上只挂着浅淡的笑意，一双让人不忍拒绝的湿漉漉的狗狗眼低敛着，话语轻柔，手上扯了扯领带的动作却沾染着些不耐烦。

原来路边乞求贴贴抱抱的家养纯良小狗也仅是看起来单纯，在人群中游刃有余的水平不亚于路边野犬。

周绎北将杯中剩余的薄薄一层气泡水一饮而尽，心中哑然失笑，其实也蛮有意思的。

又抓了几颗巧克力，周绎北拆开枚牛奶夹心的，抿在嘴中，慢慢悠悠晃荡到冷清的露天泳池旁，却不料撞见某人。

有风，于是泳池中水波荡漾，泛起涟漪。

应洵戴着耳机，远望着出神。

林忱家地段实在好，倚山而立，枝叶繁茂是背景，遥望是无尽的一片蓝；屏住呼吸，可以听见白雪堆岸，潮拍海堤的洋流呼吸声；海风可视化，在绿叶摩擦声中，在鸟雀欢鸣声中得到等价代换。

只是现在过于嘈杂，"Happy birthday"夹杂着"生日快乐"遮掩一切，欢笑声打趣声同频共振，周绎北顿生无趣，趴在栏杆上，闭上眼，摒弃听觉视觉，用触觉纯粹地去拥抱湿漉漉的海风。

脑袋中不合时宜地跳出明明已经终结在高二等级考中的不甚重要的知识点：海陆温差大，比热容差别大，白天吹海风，晚上吹陆风。

于是，年轻貌美的地理老师的总结是：以后要是有男生晚上约女生去海边散步，吹吹海风，都是骗人的！

无厘头的延伸，但在荷尔蒙旺盛的十七八岁，便成为一双双含笑的腼腆的眸子。

那现在……在昼夜交接的傍晚，吹的是什么风呢？

周绎北睁开眼，心情莫名愉悦起来，然后撞上应洵那双沉静的桃花眼。

明明她仅是安静地站立，明明他仍戴着耳机，两人都低敛眸，在口中牛奶甜味散去前，有睫毛翩飞，有眼神相交，同时无声浪潮涌动。

"你怎么也来了？"周绎北低头，眼睛盯着自己手中的圆润巧克力，细数蕾丝花纹的款式。

"有人邀请，那就来了。"应洵摘下耳机。

"哦，很无聊吧？"

声音在游泳池澄澈的水中漫开。

"风景挺好的。"

"你会游泳吗？"

周绎北没有缘由地冒出个问句。夜色压下来，别墅亮起灯，闪亮，璀璨，温暖，在池水中只化成一抹绚丽的幻影。

"会。"

"我不会游。"周绎北蹲下身，将攥着巧克力的手背到身后，空闲的右手轻轻搅碎水中的灯火，"小时候玩捉迷藏时不小心被推入池子，险些溺死。"语气不起波澜，纤白的手指却不断掠起波澜。

应洄在原处站着，目光投射在她小小的身影上，夜色沉得快，连着他眼中的色彩也跟着看不清了。

"就是那种很老旧的池子，周边是一圈满是磕碰痕迹的低矮的石质围栏，池水看上去蛮清澈的，沉下去才看到池底全是混浊的藻类与不知来处的淤泥。"周绎北回忆着，"那个池子在几条小巷交会处，旁边是一座土地庙，应该是有什么风水讲究的，但是我不懂，现在拆迁也全都拆掉了。不过很奇怪，我沉下去的时候感觉很安宁，水里好像有香烛烟火的气息。"她说着不好意思地笑了下，"后来可能因为受了凉，浑浑噩噩梦魇了三四天，我爸妈怕得要死，还请人来我床前跳大神了。"

她莫名想起这段时隔很久的奇怪经历，在搬进灯火通明的大房子后，她明明很少再回忆起那些阴暗小巷子里的事了。

"你那时怕吗？"应洄问道，声音很是轻柔。

"记不清了。"周绎北小幅度地摇摇头，指尖染上水微凉的温度。

"以后，有时间我可以教你游泳。"一个没有保障的承诺莫名脱口而出。

没有回答，周绎北只笑了一声，牵动眼睑下方的卧蚕弯成一道小小的月牙，转而扯了一个新话题："你知道游泳用方言怎么说吗？"

应洄自是摇头，然后迟钝地发现周绎北背对着他，看不清他的动作，于是开口："不会。"

"是'游用'，这个音调。"周绎北轻声道。

在巷子中生活的短短几年好像已经被稀释，但是那些拐着弯的腔调却在血液中悄无声息地流淌。

他们都说着一口标准的普通话，偶尔还会中英混杂，在无人知晓的角落，口音被深深藏起，用各种香味的漱口水来掩盖。

但总会露出马脚的，像陈茴就发不清楚"un"的音，总是与"ong"搞混，于是"春天"就变为"春天"。她也曾努力纠正，但是无果，于是，这份遗憾便转交由周绎北来弥补。

"侬生滴今将仔，"周绎北转过头，笑着看着应洵道，灯光折射进她眼中，是一片有实感的闪亮，"你知道是什么意思吗？"

应洵自然是摇头。

"是'你生得很靓'的意思啦！怎么都不懂啊，笨蛋！"周绎北难得赢过应洵一头，心情颇好不含贬义地笑骂道。

应洵嘴角莫名跟着上扬，邀请道："你是不是也很无聊，要不要出去吃冰……顺便跟你分析一下这周的周测卷？"

周绎北瞪大眼睛，圆圆的像儿时玩的玻璃弹珠，小声不满地嘟囔："哎！周末休息时间就不谈学习了好吧！"

"山脚有家阿婆开的小店面，专卖甜汤，红豆冰做得很是出名。"他只是用着陈述句。

周绎北咽了咽口水，对浓浓的奶油蛋糕失去兴趣，矜持地点点头："那好吧，勉强一试喽。"

终于从各种有意无意的纠缠中脱身，林忱皱着眉，对身上沾染的复杂混乱的脂粉味有些头晕。他偷偷远离人群，松了口气，然后寻着细碎声响望去，本以为水火不容的两人却在平和地并肩而行，有一种让人难以开口打扰的奇怪氛围。

怎么，原来两个冤家其实也能安稳相处？

他打个喷嚏，鼻尖痒痒的，心中有一种说不清的奇怪感觉，他决定去换件衣服，然后进行一个他策划很久了的邀约。

/ 第九章 /
青涩公式
▼

"刘阿嬷,来一碗莲子圆,谢谢。"应洵在狭小店面内寻了个较为干净的位置坐下,望着在炉灶旁辛勤劳作的嬷嬷柔和地说道。

用纸巾擦拭着桌面,周绎北好奇地打量着贴在桌上浸满污渍的有些年头的简约菜单:"嬷嬷,一碗红豆沙 QQ 牛乳汁!谢谢啦!"点了个各元素完美踩中她的喜好的饮品。点完单后,她便饶有趣味地盯着店家刘阿嬷洗了洗手开始制作。

刘阿嬷中气十足地应了声"好嘞"后,便动作麻利地拿出两个蓝白青瓷大碗,倒上满满一碗蜂蜜水,再舀上实诚的一勺西米,再轮流添加操作台上整整齐齐两排的配料,红豆、阿达仔、芋圆、珍珠……这便是应洵的莲子圆了。

这一串流程目不转睛地看下来,搞得周绎北更期待自己的甜品了。

嬷嬷挖出实实在在两大勺自制蜜豆红豆沙放进碗中,满上牛奶,再在周围洒上芋圆、阿达仔、珍珠、椰果,最后还淋上一圈桂花蜜。

这就是超好吃的黄金搭配啊!

刘阿嬷在围裙上擦了擦手,笑眯眯地捧着两碗甜汤,稳稳当当给放在两人桌上:"慢慢吃哦!"

周绎北甜甜地笑着说道:"谢谢嬷嬷啦!"惯用的卖乖语气,很难有长辈能逃过她的甜言蜜语,乖乖的漂亮小姑娘谁能不爱呢?

刘阿嬷心软软,从柜台掏出一把自制的牛轧糖,放在他们桌上,俏皮地眨眨眼:"阿婆可只给漂亮小姑娘小伙子吃哦!"

闻言,周绎北笑得更欢了,一双眼"由圆到缺",而应洵也低着头轻笑,酒窝又不小心显现。

舀一勺送进嘴里，周绎北挑挑眉，眨了眨眼盯着应洵："哇！真的是古早味哎！"

说来奇怪，在暑假前，周绎北从未幻想过能与应洵心平气和地相处，暑假后更是一眼也不想看见他，然而此刻，两人居然促膝在街边一家不知名的小摊上安静地饮着甜汤。

若是被黎蔓或者张远潮，或者认识他们的任何一人瞧见，必会惊掉下巴。

或许因为有清凉晚风、好喝饮品等种种加成，周绎北的心情也跟着甜丝丝的。

"很好吃的。"应洵应着她的话，眉眼松弛柔和。

"你怎么会发现这家店呢？"周绎北好奇询问。

"偶然。"应洵轻轻放下勺子。

其实，应承然便是在这家小店偶然遇见楚棠——应洵的生母的。

这家小店，在楚棠记录满少女心事的粉色日记本中，是等同于巴黎的存在，甚至比巴黎更浪漫。

不舍得剩下食物让阿嬷伤心，周绎北揉着肚子放下勺子，心中再次后悔自己选择穿了这条收腰的小裙子。

"走吗？"应洵贴心地递给她几张纸巾。

周绎北擦擦嘴，恢复大小姐姿态，矜持地点点头。

不过这份轻微的高贵气息在对上刘阿嬷的一瞬间便又消失殆尽，周绎北又变成甜美邻家女孩："阿嬷，多少钱呀？太好吃啦！多谢款待！"

刘阿嬷又笑得合不拢嘴，忙连声道："妹妹人美嘴也甜哦！你男朋友也俊！真是郎才女貌哟！"

脸刹那变得通红，周绎北想解释，但好像又没必要解释，只维持着笑，将自己拿的几块巧克力留给阿嬷甜甜嘴。

"喂，刚才的钱，我明天再还你。"周绎北低着头，强迫症地踩着一块一块青石板走，声音闷闷的，阿嬷一句"男朋友"的冲击余韵仍在。

周绎北出来应约自是提着礼物打扮得漂漂亮亮就来了，身上一分钱都没有，偏生阿嬷还不会用扫码支付，只接受现金。大小姐难得束手无策，幸而应洵伸手递出一把零钱，解了周绎北的燃眉之急。

"嗯，拖到明天要收利息的。"应洵双手插兜，跟在大小姐身后，踩着她的影子，声音泛着些自己都没有意识到的愉悦。

"你那么黑心啊！"周绎北转过头，语气故作震惊，脸上的笑意却很明显，伸头左右张望了一下，瞥见街边一家灰扑扑的电影放映厅，一把扯过应洵的手，"反正还早，请你看个电影，就当抵掉喽。"

触到精壮的肌肉线条，在略微清冷的秋夜，少年近乎成熟的躯体滚烫，荷尔蒙腾腾，微微灼热，周绎北后知后觉地松开手，抿抿唇，苍白解释着道："我就是不喜欢把事情拖到明天再解决！"语气马上又恢复理直气壮。

应洵迈步与她并肩而走，笑道："那你每周的数学小组作业可没有一次是当天完成的呢。"

应洵怎么那么讨厌！怎么就是喜欢拆她的台啊！

周绎北毫无震慑力地瞪了他一眼："你话很多哎，就你长了嘴是吧！"语气夹杂着些许娇嗔，很幼稚的小吵小闹。

走近了才发现，原来那匆匆一瞥的电影放映厅不过是街边咖啡厅附加在庭院不定时开张的露天电影。但是氛围也蛮好的，周绎北也走累了，索性拉着应洵坐下，尝鲜地点了杯特调果茶，而应洵只点了杯苏打水。

他们来得正巧，电影刚刚开始，银幕上出现四个大字"蓝色大门"，应该算是老电影了，大陆也没有上映，不知这个店主哪儿来的资源。周绎北想着便好奇地打量着吧台调酒的女生，很漂亮也好酷哦！有时，女生更会欣赏女生嘛。

画质很模糊，色调是蓝色，蛮有缘分的，下午还在泳池边聊关于池子的不太重要的故事，晚上便看了场提及游泳提及海的电影。

幕布上演绎着男主角青涩又诚挚的穷追不舍，穿堂风吹过，幕布跟着晃荡，女主角纯粹的眉眼晃碎在风中，融于转场的水中光影内。

周绎北拿起自己的那杯果茶，花里胡哨的渐变混杂颜色，倒是很符合这杯饮料的名字"鸳鸯莓果"，脸庞浮现好奇的色彩，饮了口，却是后劲强劲的酸涩，酸得周绎北皱起整张脸，忙拿起桌上的一杯水饮了口冲散味道。

果茶尾调中草莓迟钝的甜味伴着入口的气泡水一起上涌，周绎北拿着杯子的手一顿，她……这是拿了应洵的饮品了？

她悄悄地将少了一口的气泡水放回原处，抬手在脸旁轻轻摆动扇风，尴尬渐渐伴随气泡一起飘飘然地上头，聚集在脸上，化为一抹胭红，抬头撞见电影女主亲吻上男主脸庞，心跳莫名加速，眼神莫名往应洵所在的方向游移。

看他举起水杯，看他唇与她留在杯壁上的唇印贴合，看他喉结滚动，看他……与她相视，挑了挑眉，似是对她的注视有所疑惑。

周绎北慌乱地挪开眼，将注意力聚焦在银幕上，却控制不住地心跳加速，头脑发晕，她怀疑自己是否患上了心脏病。

"三年、五年以后，甚至更久更久以后，我们会变成什么样的大人呢？是体育老师，还是我妈？虽然我闭着眼睛，也看不见自己，但是我却可以看到你。"

电影里响起了女主角的独白。

周绎北盯着女主角倔强又迷茫的青春脸庞，忽然开口："你想成为什么样的大人呢？"

"我，"应洵顿了片刻，难得茫然，久久才开口，"我想成为不要让此刻的我与未来的我后悔的人。"

"这很难哎！"周绎北叹气，"人生在世，很难不后悔吧！后悔更像是给自己找的借口。"

"所以，成为这样的大人才比较有意义啊。"应洵双手放在脑后，仰头望了眼天空，没有星星，只有一轮照亮一切的明亮圆月。

"我……我想成为一个文化人！"周绎北豪情壮志地说着，说完自己又觉着不好意思，笑了一下，略微羞涩地补充道，"就是，所谓的有气质的人！"

"那就，祝我们都能成为自己想成为的大人吧。"应洵望着周绎北被酸得泛起泪花的眼,轻声说。

"好不甘心哦,夏天就这样过完了,好像什么事都没有做。"

电影结束。

夏天的气息仍在秋夜晚风中萦绕,应洵伸手搀起还是晕乎乎的周绎北,手心相触,却是她的温度更为滚烫。

周绎北在小巷中慢吞吞地走着,回忆着自己的夏天,酸涩、清新、忙碌,又简单纯粹,然后一通电话……其实也不是很糟嘛,至少,让她的这个夏天稍微有事可做了。于是,她决定稍微原谅一点身边这个人,虽然对他的不原谅还有那么那么多!

应洵一步步跟在她身后,有风拂起她的头发,他偷偷伸手摸了摸。

在路灯下,应洵插着兜,望着周绎北走进家门,然后远远听见陈茵一句怒吼:"臭丫头!怎么又这么晚才回家!"

影子被拉得很长很长,应洵转过身,嘴角带着笑,设想着周绎北撒娇回应的语气。

其实属于他的夏天,挺完美的。

念念不忘。

在这个关于未来、关于青春的宏大未知公式中,他应该能找到一个近似于美好夏天的正解。

让人昏昏欲睡的早八课程终于结束,周绎北掩着嘴打了个大大的哈欠,从书包里摸出一个三明治与一瓶牛奶,慢吞吞地打开包装,慢条斯理地吃着她迟到的早餐。

昨天状态太松弛了,是高三以来难得的放松时刻。虽然回家后挨了几句陈茵的唠叨,再跟她在天上飞来飞去的半个多月没见到人影的爹通了个视频联络了一下感情,但周绎北还是挤出了点时间美美地泡了个牛奶浴,简单护了个肤。然后,困倦袭来,她跌进柔软的大床上。

在闭上眼陷入梦乡之前,周绎北猛然想起什么事情来,忍着沉沉睡意从温暖的被窝里爬出来，坐到桌前，摊开作业，从头到尾检查了一下完成情况，再将实在做不出来没有头绪的难题在题号前画了个小圈，提醒自己课上要记得解决。

周绎北揉揉眼睛，又躺进带着温度的被窝里，终于重新拥有了与自己分别已久的美好睡眠。

不过，她做了个梦。

梦里，坐在泳池旁的变成了她和应洵，然后重复着偶像剧里的剧情。

忽然被陈茴的声音唤起，周绎北喘着气，坐起身，耳垂莫名发烫。

原来……是个梦呀。

也幸好，只是个梦。

迟迟等不到动静，不放心又回来查看起床情况的陈茴见周绎北还呆呆坐到床上，忙又大声提醒道："已经七点啦！再坐下去就迟到啦！"

一语惊醒周绎北，她慌慌忙忙起身，找不到另一只拖鞋，就单脚蹦去卫生间洗漱，手忙脚乱地套上校服，领结歪歪扭扭，校徽别得歪七扭八，一边嘴上急着道："妈妈，快帮我准备个早餐带去学校吃！我来不及啦！"一边将作业课本塞进书包里。

她背起书包，随便套上双匡威板鞋，接过陈茴递过来的早餐，忙冲进车内，向司机道："陈伯！麻烦快点再快点！"

一时慌乱倒也让周绎北暂时忘却了那个太过于离谱的梦，早读与第一节课的无缝衔接也让她完全被学习包围，现在暂时停下来吃个早饭，那个梦就又从脑袋里冒出来了。

该死！果然还是最近太闲，做的什么乱七八糟的梦啊！

周绎北将自己难以说出口的愤懑借狠狠咬下一口三明治来排解。终于赶在上课前解决完三明治，刚戳开牛奶包装，上课铃声就响起，周绎北忙一口呼噜呼噜仓促饮完牛奶。

"周绎北，"应洵拿着她早上交给他的数学小组作业轻声唤她，"正确率还算高，错的地方我用铅笔圈出来了，然后空着的我写了些思路，你再看一下。"

周绎北转头望着他，接过作业，嘴角残余着一些牛奶。偏生她毫无察觉，只望着他，扯开个笑，还算乖地道了声谢。

一些梦境翻涌而上，应洵只觉呼吸一滞，心跳加速。他侧过脸，声音微哑，压低声音提醒道："嘴唇上有牛奶。"

她下意识舔舔唇，微睁着眼，略微感到不好意思。

余光瞥见她一副懵懂不自知的模样，应洵莫名喉间发涩，无可奈何地轻轻叹气，拧开矿泉水瓶盖，仰头饮了一大口，将注意力集中在讲台上，心中升腾的火焰渐渐平息。

中午在休息室用微波炉加热了一下便当，今天准备的是照烧鸡腿饭，当然还固定配有一碗万年不变的老火靓汤。周绎北戴上耳机，打开MP3，一边认真吃着饭，一边小声跟着音乐哼唱着。

周绎北站起身，心情颇好地继续哼着歌，迅速收拾着餐具，提起便当盒，一转身，便撞见拿着水杯要来接热水泡咖啡的楚蕴。

莫名尴尬，不太熟。楚蕴自诩是书香世家出身，多是不屑与他们这些浑身散发着铜臭味的商业发家的小孩有多少交集的。

但毕竟都是同学，周绎北只短促地点了点头，手伸进校服外套口袋中，暂停MP3。

周绎北走至门口，突然被楚蕴温柔地唤住："绎北。"

于是，她转身，撤下耳机，随手揣进口袋中，心中莫名。

"可以问一下，你知道应洵同学最近怎么了吗？我感觉他好像心情还挺好的。"楚蕴笑得温柔，招牌的挑不出错的笑容如三月的春风，吹得人心波荡漾，春意盎然。

只不过，周绎北最讨厌春天，她对漫天飞舞的毛茸茸柳絮过敏。

于是，她轻飘飘回道："嗯？我没有太关注，要不你自己问问他吧。"她语气平淡，一颗在日常中渐渐沸腾的心忽然加速冷却。

见楚蕴没有再开口的意思，便自顾自走出休息室，她还赶着回去背生物呢。

高三课程紧，知识量大，学生光做作业都来不及了，更别谈梳理知识点，整理错题，归纳题型这些重要环节了。明才也深知给学生"留白"的重要性，在高三学习过程中，将会逐渐提高自习课的占比，更多的让学生成为学习的主人，让大家充分发挥自主性。而目前就是将星期一、三、五的下午最后一节课都调整为自习课。

翻出高三记事簿，周绎北随手在纸上圈画出一块区域，再画下一个个小圈圈，在其后紧跟着写下她安排在这节自习课要做的事情：

生：《金榜》P2～34错题整理。

数：周测卷题型归纳。

物：必修1～3课本公式梳理。

高三在一天天地度过，周绎北这本高三记事簿稀里糊涂地也变成了集记作业、To Do List（待办列表）、日记本、好词好句摘抄等功能为一体的漂亮本子。

遇到最不擅长的遗传基因问题，周绎北被"XYxy"搞得脑袋一片混乱，像是在沸腾的锅中煮破了皮的饺子，连皮带馅咕嘟成一碗馄饨。

实在打不过强大的生物小怪物，周绎北折起习题册的那一页，用红笔圈点出不会的题，贴上张便利贴，提笔写下"这几题实在搞不懂了TT，可以麻烦你有空的话帮我指点一下吗！谢谢你大好人！晚上请你吃夜宵"，然后递给应洵，一双圆圆的眼睛认真地紧盯着他，讨好地眨眨眼。

应洵哪能拒绝，伸手接过。

然后在下课前，习题册被递回来，便利贴上飘逸字迹写着：我是大大大好人，所以不用请我吃夜宵了，好好写作业就好。

她嘴角忍不住弯起小小的幅度，一定是因为解决了生物难题所以才那么开心！一定是这样的！

她按着应洵给的思路用红笔在题目旁边工工整整从头到尾分析了一遍，果然，这次就得到了正确答案，她揉揉发酸的手腕，紧绷的脸庞变得柔和，松了口气，总算是搞懂了。然后，她小心翼翼地将那张便利贴撕下来，莫名其妙的，不知被什么驱使着，将那张便利贴夹进了她的高三记事簿中。

和张远潮随便去食堂吃完一顿晚饭，回到教室，走到座位时，应洵忽地轻笑一声。

桌上摊开的课本上放着四五颗柠檬薄荷糖。

周三突然收到通知，应承然让他晚上回家吃个饭，其实不过是进行一下表面功夫似的关心，他们两人倒是一直在这个方面做得滴水不漏，只是应洵得晚自习请个假。

关于小时候的记忆就像被刀刮下来的鱼鳞，残破不全，掉在水中，一搅，有些还在闪着光，但更多的，是沾着鲜红的血丝。

过去的他像是温水中的青蛙，在关于亲情的烦恼中被炙烤着，为着张开双臂渴求一个拥抱却被向菀视而不见而烦恼，为着捧着一沓奖状期盼一个表扬却被忽视而难过，亲情与爱是一个无解的莫比乌斯环，而在十八岁，他终于找到残酷的答案。

应洵站在门前，按响门铃，家政阿姨前来开门，应该是新来的，只陌生地偷偷打量着他。

在餐桌前坐下，向菀捧着像气球一样膨胀起来的肚子，笑着温柔问道："小洵最近过得怎么样，高三辛不辛苦啊？"

"还好。"应洵也扯开个笑，只是他自己都觉得有些生硬。

应洵安静地吃着饭，应承然与向菀有一搭没一搭地聊着天。

"老应啊，你可给儿子想好名字没？"向菀舀起一勺鲍鱼海参羹，突然问起。

"怎么能现在就随便定下，我请了个大师，下个月给起名。"

"哟，你怎么突然就这么上心了，终于知道要做个好爸爸啦！"向菀语带嘲讽，又带着一些找不到对手的炫耀。

食不下咽，应洵观察着应承然，不得不承认他确实是老了，面部肌肉松垮，眉眼间显出疲态。

真不知道楚棠是怎么被他骗到的。

应承然夹了一只虾放进应洵碗中，难得想扮演个慈父角色，关切地问道："小洵，你最近是不是瘦了啊，还是得正常吃饭，不要因为学习耽误身体啊。"

应洵只是乖巧地点点头。

"这次期中考考得怎么样呢？"应承然接着问道。

应洵抬起眼，望着他，半似无奈，半似嘲讽地笑道："爸，下周才期中考呢。"

"唉，你看你爸果然老了，怎么连这个都记不住啦！"应承然尴尬地笑笑，摇着头，他倒是一个尽职尽责的好演员，"高三啦，你可得好好读书！爸老了，现在的所有以后也都是要你接手的。"

应洵心中只觉好笑，瞥一眼向菀，果不其然看见她一瞬间黑下去的脸。

"小洵啊，一个人住还习惯吗？"向菀一副关心至极的样子，"要不是怀了你弟弟，再加上你高三了，害怕照顾不过来也耽误你学习，妈妈才不舍得让你一个人去那破房子住呢。"她说到"弟弟"的时候格外加重了音，还不动声色地看了应承然一眼。

"我可以照顾好我自己的。"应洵停下筷子，配合道，"妈妈你怀着弟弟，先好好照顾弟弟和自己，不用担心我。"

"小洵长大了，都懂得关心妈妈和弟弟了！"向菀欣慰地往应洵碗中舀了枚鲍鱼。

应洵自然又提起筷子吃下，胃中涌起不适，但还是一口一口吃下。

一顿饭就这样吃完了，应洵扯了个要回去复习的理由，反正这两人也不是真心想留他，便领了应承然语重心长的一句"保市第一，争省状元，稳清北，申藤校"。向菀脸上的笑僵了又僵，最后让阿姨洗了些水果让应洵带回去，毕竟作为母亲，还是需要表示一下关心的。

应洵没有让司机送，戴上耳机，背着书包，提着水果，听着随机的歌曲，漫无目的地在街头游荡。

秋天的风渐起，争先恐后涌入校服外套中，吹鼓起衬衫，勾勒出少年清瘦的身形。

随便调到一个音乐电台,正播着朴树的 New Boy。

好像,除了好好读书,他也别无选择了。

这一年,请认真打扫自己,忘却一切难堪的过往,留一个光明坦荡的未来吧。

周绎北在桌上屈起手臂,趴在臂弯处。头顶上的灯光直照得脑袋晕乎乎的,她轻轻地呼气,第 n 遍重新审读题目,脑袋还是一团糟,$sinx$ 与 $x=a/c$ 相互纠缠,椭圆双曲线漫天旋转,算出的答案又与 A、B、C、D 四个选项难以匹配。

她垂头丧气,下意识往旁边一望,却只剩一个空荡荡的座位。她更加心烦意乱,一颗心在漫无目的地飘浮。她直起身,合上数学作业,抬头一看离下课还有十几分钟。反正只剩这个烦人的数学作业了,她索性偷偷摸摸掏出本《击壤歌》,看看书权当积累作文素材,也好好调整一下心情,至少让自己不要胡思乱想吧。

> 西门町是一片 lobo 的歌声,但是我也曾听过蝉鸣声;
>
> 中华路上是一片车子的废气,但是我也曾经嗅到过橘红玫瑰的香甜。
>
> 但是又怎么样呢?
>
> 青春有时是件累人的事。

每次读到这一段,周绎北都下意识屏住呼吸,一颗心像是一弯水,然后雨滴坠下,心泛起涟漪,于是一瞬间,所有心烦意乱的情绪都被洗涤,只留下澄澈。

是的,青春有时是件累人的事。

青春一路兵荒马乱,千军万马过独木桥,数不胜数的试卷堆叠成前进的阶梯,红笔轻而易举画下的数字勾勒出关于未来的速写。

但是至少现在,我们仍有一双清澈的眼,稚嫩掌心紧握着的是无知又无惧的勇敢。

周绎北合上书，头脑也变得清明，重新拿起数学作业，翻出笔记本与错题本，对照着重新解题，虽然步骤重复、笨拙、错误，但总能得到正解的。

她郑重地在题目后写下个"C"，举起试卷，掸了掸残留在上面的橡皮擦屑，忍不住咧开嘴，她想她现在的笑一定很傻，但是没关系呀，她很开心！

时间就这样伴着教室前黑板上高悬的钟表笨拙的嘀嗒声，随着一天一张的还有余温和油墨气息的卷子而在指缝中泄出。

写了很多卷子，分数有高有低，解出很多题，解不出很多题，于是也写了很多张便利贴，苦苦哀求的有、故意卖乖的有、低声下气的也有……贴在习题册上、卷子上、笔记本上，或是随手扯过来摘抄题目的随便一张纸上，然后从周绎北手中转移到应洵手中。

应洵有时也会在便利贴上随手写下一两句话归还给周绎北。

——好好背公式！基础题不应该错。

——像第十六题这种，时间来不及就先跳过，合理规划时间，不要硬磕。

——有题还不懂的话，下课后可以再来问我。

查缺补漏知识变多，笔记本越记越厚，纯色便利贴用完，于是周绎北站在文具店货架前，伸手拿起款可爱小猫背景的便利贴，于是应洵落笔都变得轻柔了些。

——点滴的进步还是可以看见的，表扬小猫，可爱的。

——喜欢犯这种不应该的小错误吗？

——欢迎多多来问我磁场问题。

——你怎么那么笨！

在期中考前，周绎北又收集了五张有应洵笔迹的便利贴，头脑发热，一一夹进高三记事簿中。当来年突然在电视机前听到热播电视剧插曲中那句"密密麻麻是我的青春"，周绎北一瞬间便想到她的这本沉沉的高三记事簿，不过这都是后话了。

此时此刻，期中考已经结束，同学们提心吊胆地拥挤在刚张贴出成绩的公告栏前，踮着脚，探着头，左右挤挤，期待着又害怕着自己的成绩与排名。

周绎北挤到前面，未能免俗地成为考试成绩追逐者的一员，考得差的时候恨不得离成绩单远远的，稍微觉得发挥得好了，便时时刻刻期待着自己漂亮的成绩单。

目光在表格上一行行掠过，终于看到自己的名字，周绎北下意识屏住呼吸，顺着名字往后看：语文 130 分，数学 128 分，英语 141 分，理综 260！总分 659，班级名次 14，年段名次 26！

她高兴得小脸红扑扑的，咬住唇抑制住上扬的嘴角，眼神往上移，果不其然在第二行毫无悬念地看见"应洵"两个字，691 的总分，"班一段一"是标配。

心中的喜悦褪去几分，她垂下眼，从人群中艰难挣脱出来。她了然，果然还是要更加努力才能追上呀！

上课铃响，于是乌压压一群人各自飞回座位，又是有人欢喜有人愁，罗得旺照常讲课，在下课时分才提起期中考相关。

"老师还在一一分析你们的答题卡，具体讲评等答题卡发下来后再进行。这次我们班考得——"罗得旺又故技重演，拿起万年不变的不锈钢保温杯喝了口，吊足了大家的好奇心，这才继续道，"还是非常好的。在集团校联考中班级综测也是第一！很多同学都进步得很明显嘛，但是也有一小部分同学还没找到状态。"

罗得旺大手一挥："不过都没关系，下周家长会我们再来促膝长谈，好好分享！"

他走出教室给英语老师让出讲台的时候，还抛下个新消息："因为明才在集团所有学校中遥遥领先，大家高三压力也很大，年段决定今年元旦晚会将会隆重举行，我问一下具体流程，大家就可以开始准备啦！"

明才最擅长这种打一巴掌给个甜枣的教学模式了，但是这个关于元旦晚会的消息也确实让教室沸腾了一瞬，英语老师 Miss Lin 不得不提高了声音:"安静下来!"

但是这节英语课注定效率要大打折扣了。

晚自习上课前,应洵偏头望向周绎北,问道:"你的答题卡需不需要我帮你分析一下呢?"

这次稍微考好了点,周绎北面对应洵在学业方面也稍微涨了些底气,虽然两人还有一大截差距,但是总比以前短多了吧!她将整理清楚的答题卡和卷子一同递给应洵,诚心道了句"谢谢"。

应洵轻轻一笑,虎牙又露出个尖:"这次进步好多,表扬一下。"

有人悄悄红了耳朵。

身后张远潮举着自己鬼画符一般的卷子凑上前道:"洵哥!我这次也进步了!你怎么不夸夸我,你快帮我看看卷子!"

"进步多少?"周绎北好奇地问。

"两名!"张远潮骄傲地伸出两根手指。

谷娣忍不住扑哧一笑,又有点不好意思,梳起刘海的她显得大方自信了些,但仍是小声问道:"要不我帮你看看卷子?"

张远潮自是点点头,他可正愁没处炫耀他的进步呢。

/ 第十章 /
草稿青春

♥

晚自习课间下课铃响,周绎北伸了个懒腰,关节摩擦咯咯作响,伸手揉揉酸涩的脖颈。

高三总是伴随疼痛,身体上的,心理上的,或许这也是青春期候群症。

桌上笼上阴影,周绎北下意识抬头找寻遮挡光源的物体,然后看见应洄一手插兜,一手递过来写着她名字的答题卡。

仰视的角度,于是她清晰地看到他睫毛投射在眼睑上的一片颤动的阴影。众人多流连于桃花眼的多情,而周绎北却偏生钟情垂下眼那一刻的一弯月牙的倒影,这让她联想到脆弱,联想到羞涩,联想到聚光灯外人们所忽视的种种。

于是,她略微愣神,脸上的失神被误以为是困倦,顺带获得一句:"困了?"

遐想之所以是遐想正是因为难以轻易吐露,周绎北只得点点头,接过答题卡。

应洄从校服外套口袋中拿出一颗糖:"薄荷糖,天冷容易困。"他说着不好意思地一笑,摊开手掌,酒窝和虎牙转瞬即逝,沾染了些少年气的羞涩,像也在剖白他自己的问题。

"谢谢!"周绎北展笑,伸手接过,虽已经很小心,但指尖仍是触到他温热的掌心,像害怕被灼伤似的马上伸回手。

一颗薄荷糖躺在手心,和她送给他的柠檬薄荷糖是⋯⋯同个牌子哎。

她剥开糖纸,将糖塞进口中,薄荷冰冷的气息直冲上脑,什么乱七八糟的绮思都消失了。她低下头,呼气,忍不住笑,现在连呼吸都带着薄荷的冰凉。

好吧，就让她带着这份清醒来分析试卷吧！

随答题卡一起被递回来的还有一张随手撕下来的草稿纸残片，上面是黑色的水笔字，潦草几笔却自有风骨：你这次进步很大，夸一下。可以自己先看看错题，看不明白的题目晚自习结束后可以来问我。

看完字条，周绎北已成习惯地将其夹进本子中，将自己的视线聚焦在课桌上，聚焦在试卷中，沉下心，重新分析题目，分析自己。

教室里蠢蠢欲动，然后放学铃响起，几个忙着抢宿舍卫生间洗澡的寄宿生冲出教室，急着回家玩游戏的男生也急匆匆收拾着书包……

周绎北慢悠悠地对照着答案检查自己写在草稿纸上的解题步骤，得到同一个 X=2/7 后，如释重负地放下笔，侧过头看向应洵，却见楚蕰站在他桌旁，招牌的笑容挂在脸上，语气甜腻。

无意去窥探两人相处，周绎北唇边的笑一敛，再看了看答案，确认重做的这一题是确确实实会了后，便收拾了下书桌，提起空荡荡的书包，拿起水杯，难得在教室还剩许多人的时候回家。

休息一下吧，也算终于彻底结束期中考啦，而且这次考试有进步也证明了这阶段的努力没有白费，不是吗？

想是这么想，心情却高昂不起来，周绎北趴在车窗上，夜风拂过头发，望着霓虹闪烁的街景无声出着神。

而教室里的应洵礼貌婉拒完楚蕰所谓的一起去参加一个奥赛提高补习班的邀请后，一回头才发现寻不到人了。

那也没什么继续留在教室里的必要了，应洵背起书包，散着步回家，途中路过便利店，在货架前驻足，弯腰挑选出两三盒薄荷糖，这次买的是柠檬味和草莓味。

女生应该都会喜欢草莓味吧？

南城的四季并不分明，十二月份有时也仍能穿短袖。

然而，一阵雨过后，气温陡降，学生们大多倔强地拒绝秋衣秋裤，只以衬衫外的一件校服棒球外套来表示自己有追求的屈服。

高三楼旁的四季秋海棠与茶花在淅淅沥沥的雨后残败不堪，脚边经常会突然砸下几朵沉沉的花，周绎北会蹲下身拾起，整理好花瓣。她寻了个星巴克的红绿色系咖啡杯，插上几朵花，放在课桌上，还蛮浪漫的。学得心烦意乱的时候抬头看看，焦躁的情绪也会散去几分。

离元旦越近，花簌簌掉得越多，周绎北拾了很多，挑出品相较好的，扎成束，贴上"冬日快乐"的手写小纸片。

一束送给黎蔓，夹杂一句"期中考又一起进步了，高三继续一起加油哦"，换得她泪眼汪汪一望，恨不得掏心掏肺立誓许下永远陪伴的诺言。

一束送给越来越熟的谷娣，附带赠送一句"谷娣，高三一起加油，我相信你肯定可以进步的！虽然很土，但是相信相信的力量！还有，自信的女人最美丽"。谷娣马上红了脸也红了眼，看一眼花再看一眼周绎北，吸吸鼻子，无比诚挚地道了声谢。

其实周绎北还扎了一小束花，放在包中，迟迟不敢送出，闷在包里一整天，花都蔫了，更不好送出，只能拿回家，献给陈茴，换得陈茴舒心一笑连声夸赞懂事，当月生活费也翻了个倍。

家长会召开之前是明才例行的表彰大会。

灰扑扑的礼堂又临时开张，教导主任发表着千篇一律的讲话，只不过将上次稿子中的"高二"替换成了"高三"。

周绎北到礼堂时又没剩几个位置了，连靠窗的位置都拥满了人，只得在中间遭受老师直视的位置坐下，然后身旁有人坐下，很巧，又是应洵。

周绎北抬头看他一眼，又慌忙移开眼神，继续看摊在腿上的作业。礼堂内昏暗，字模糊成一片，她也是心烦意乱，索性停笔，撑着下巴看着有秃顶趋势的教导主任继续絮絮叨叨，逐渐神游天外。

直到应洵轻声唤她，她才回过神来。

"年段前30名上台领学习优异奖了。"应洵小声提醒，仍站在她身边，有意等她一起。

周绎北忙站起身，第一次领这种奖，心跳慢半拍地加速，只紧跟在应洵身后，领奖这种事他可比她熟练多了。

接过奖状，再领取一个鼓励性质的厚皮本子，按照宣传部老师指引站在聚光灯下，周绛北眨眨眼适应着闪亮的灯光。

高中以来第一次站在领奖台上，灯光很炙热，底下是乌泱泱一片看不清的人，奖状很普通，名字被写得很丑，但心情却不糟，周绛北感受着这一新奇的体验。

像一枚氢气球一样轻飘飘地飞起，不是第一视角，而变成第三视角，观望着这一切，好像这也是学习的意义之一吧。

灯光打下来，站在台上，奖状捧在胸前，会有一种未来都会如此光明的错觉。

"好！三二一！看镜头！笑一个！"宣传部老师费心找着角度。

周绛北扯开个笑。

表彰大会上的一声快门可媲美一首赞歌，这将她从平庸的人生中湿漉漉地打捞起，放进一排"光明未来"的艺术展展柜中。

周绛北想，那一刻，她一定笑得很自信。

这张照片被周绛北洗出来虔诚地贴进高三记事簿中，待多年后接受采访时翻开认真细看，才发现原来她笑得很局促，并不是记忆中的模样；不过还发现，有一个没看镜头，扬着唇在偷偷看她的少年。

家中发生了一次小小的争吵，周进与陈茵就"谁去参加周绛北的家长会"这一重要主题争论不休。

陈茵毫不退让地发表意见："拜托，你天天飞来飞去，都不知道你在外面有没有偷偷快活，更别说你有管过北北的学习吗！北北的生活和学习可都是我在照顾！要我说，你要是去参加能把班级都走错！"

周进莫名心虚，但还是争取道："北北这次进步那么多，我去参加家长会是为了找老师沟通的，也得规划一下她的升学了！我飞来飞去对各地大学了解肯定比你多吧！"

在事情再次发酵前，周绛北忙止住他们无意义的争论："停！"

两人侧头望向她，周绛北清了清喉咙，开口继续道："我想让妈妈去参加家长会！"

陈茵露出胜利后的得意神色,周进一瞬间脆弱地心碎,周绎北见此忙解释:"首先爸爸比较忙,周末时间还是好好休息一下吧!而且我害怕家长会耽误你的工作,赚钱养家这可是很重要的!其次,妈妈确实照顾我很辛苦,而且妈妈那么会打扮,漂漂亮亮地去参加家长会这可多给我长脸呀!"

这话一说,两个人都稍微满意了些。周绎北忙松了口气,然后继续向两人抛出一个新消息。

周绎北的视线停在光秃秃的手上,她有点腼腆地说:"还有,爸爸妈妈,音乐老师联系我说,希望我去参加学校的元旦晚会,给我安排了一小段大提琴独奏。"

她仰起头笑着,一双眼亮闪闪,继续解释道:"老师之前上课有点我去拉过琴,她表扬我拉得很好,所以想给我这次机会,觉得我应该好好展现自己。"

十八岁的小女孩,面对表扬面对给予的机会,半是骄傲半是羞涩,青春的脸庞纯粹,却又夺目。

"哇!宝贝真棒!"周进第一时间给予正向反馈,走着他往常的夸赞鼓励路线。

而陈茵蹙起眉,略微担心道:"可是……高三了,准备这个演奏会不会耽误你的学习啊?毕竟练习也是需要一些时间的。"

周绎北端正身子,忙保证道:"我保证不会影响学习!这次要准备演奏的曲子我之前就学过了!而且我这次期中考不是进步了吗!我保证会好好读书的!"

看着周绎北倔强又青涩的脸庞,陈茵松了口:"那你答应妈妈,可不能耽误学习哦!"见她一瞬间又兴高采烈的脸,陈茵心中暗想果然还是小朋友,只无奈开玩笑道,"那我可得给你好好打扮打扮!我们家北北那么漂亮,这次一表演不知道得招多少人喜欢哟!"

"妈妈!"周绎北气急败坏地害羞了。

而周进正色道:"不行啊,北北,高三了可不能早恋!"他面上严肃,心中一联想到以后宝贝女儿恋爱的样子就苦涩万分。

看两人越扯越偏，周绎北招架无力，只红着耳朵忙起身上楼，匆匆抛下句："不聊了！我上楼写作业了！"

桌上堆叠着混乱无序的各种练习试卷，周绎北在桌前坐下，其实作业早已写完，那只不过是为自己无措地落荒而逃寻的一个体面的借口。

手机屏幕一直闪烁，周绎北索性拿起手机，权当放松一下喽！

十几条消息全都来源于黎蔓，周绎北耐着性子翻到消息记录顶端一条条往下看。

从最开始的视频链接分享附带着花痴言论"欧巴好帅我好爱"，到中间的无数题目照片的袭击，配着"北北这题我不会做，我们可以讨论一下吗[可怜]"，最后是几张明才论坛截图。

周绎北抿着唇笑，心情颇好地一一回复过去。

周绎北：确实蛮帅的！眼光不错，表扬！

周绎北：这题你试试看用双参变单参，然后下一题你换个元，画一个图应该就直观多了。

…………

终于解决好黎蔓的那些问题，周绎北这才点开论坛截图，发现是一个明才论坛的热帖，标题是《男默女泪！这一对我先嗑起来！》。

文字寻不到头绪，而图片就直观多了。

帖子附了两张图，是期中表彰大会上的抓拍，主角正是……周绎北和应洵！

晕！周绎北忙睁大眼，这怎么都能嗑呀！

她手忙脚乱地退出聊天界面，登上论坛，好吧，都不用她费心思找，那条帖子还在顶端飘红。她屏住呼吸，一脸纠结地点开帖子，再放大图片。

好吧，抛去所有主观色彩，她不得不承认，这两张照片拍得蛮好的。

虚化了背景，只窥见几分嘈杂，画面主体清晰地保留了周绎北和应洵。

不知道是什么具体时刻，照片只抓住了两人对望的一瞬，应洵依旧温文尔雅，清风朗月；而周绎北却敛去了寻常的傲气，莫名显出几分小女儿姿态。两人沉默对望，倒也有几分一眼万年的氛围。

不敢再看，周绎北匆匆关闭界面，手心温热略微湿润，随着加载圆圈不停息地旋转，好像也莫名眩晕。

天下第一大帅哥：洵哥独美！怎么这都能嗑啊！
Carat：没事吧……
周绎北莫名松了口气，咬着唇，她就说嘛，两个人明明一点都不般配。她继续往下滑。
我爱全世界：好帅好美真好嗑！
不是椰丝皮：俊男靓女怎么不算般配呢！扣"1"表示赞同！
下面就是满屏"1"，应该是一些年少的学弟学妹在积极参与，周绎北红着脸无奈叹气。
…………
我爱纯爱：还是不要乱嗑吧，闹肚子了就不好了。两个当事人好像关系一般般，大家还是内敛点，不要舞到正主面前吧……
快乐每一天：zyb 很美，yx 无所谓！

按灭手机，周绎北拿起桌上的水杯，喝口冷水稍微冷静一下，却越想越不对劲。她放下水杯重新打开手机，盯着那两张照片看了一会儿，一脸纠结地点击保存，手机屏幕的亮光为她秀气的五官上了一层浅浅的釉，她抿着唇，脸被映亮，情绪却不明显。有种不可言喻的情绪在胸腔中的暗房内藏匿，饮下的水是显影液，一寸一寸慢慢在身体里冲洗出只有她一人望得清的照片。

左看看右看看，确认自己和应洵怎么看都不算般配后，周绎北这才将一颗心揣回去，关掉页面，点回与黎蔓的聊天界面，她用开玩笑的语气回复道：谁啊，那么没品位，拜托！怎么会把我和应洵凑一起哦！

黎蔓见她语气如常，也识相地不再聊这个话题，只将注意力转回到题目上。

忽然一个语音电话打过来。

"北北！这次期中考完型填空我还是不知道为什么最后一空选 A 啊！"黎蔓咋咋呼呼的声音沿无线电波传递。

将所有一切无所顾忌地抛到脑后，周绎北翻翻找找，终于在犄角旮旯里找到了她的英语卷子，重新审题，再喝了口水，便开始讲起题。

家长会如期在周末举行，罗得旺打着"学生家长老师三位一体有效沟通"的主题，要求所有家长和学生最好都不要缺席。

于是，周绎北搬着小椅子坐在陈茴旁边，小小一只，难得乖巧，捧着下巴，看着一页一页闪过的PPT思绪漫游。

而应洵座位靠窗，他索性靠窗站着，应承然一会儿抬头听听罗得旺分析，一会儿又低下头按着手机，处理着不知道是多重要的公务。

唇像缺油墨的活页，连张合都费劲，但应洵还是扯了一个浅浅的笑。他不想再听罗得旺重复了千八百遍的强调话语，于是视线无意义地漂移，然后停留。

冬日的阳光仍是暖融融的，像奶油一样抹在她静谧的脸上。

所有的声音都消失了，他像欣赏昂贵的艺术品一般在心中默默地勾勒她侧脸流畅的线条。

她忽远忽近，忽冷忽热的情绪，像换季时敏感多变的天气，让你一会儿裹紧长袖外套，一会儿又脱下外套扯扯T恤下巴无用地扇风，但其实蛮可爱的。

当她不与他产生交集时，周围的一切仍充斥他的视野与感官：体育课后教室里的发酵味，课间每日未觉疲倦固定响起的尖锐钟声，已形成PTSD（创伤后应激障碍）的高亢的《追梦赤子心》，教学楼周围印象派般泼洒的浓烈落花，上课时她用不同颜色的水笔在平滑的蓝白横线纸上记笔记的流程。

跟暑假前一样，他们又变得很少交流了，她甚至会回避他的眼神，实在不得已递过来的题上贴着的便利贴又变成了纯色的款式。

但是他仍旧给她留言，一些关于夜晚的梦在纸上结果，被横竖撇捺打捞起，化成无解的陈述句。

——笨，这题怎么又错啦！

——但这次进步很多，思路是对的，只是最后代算的时候代换错了。

——还有三题没做,明天得完成哦。

——没有大问题,还是计算问题,得好好加强。

——有问题的话下课可以再来问我。

不是答案错误,只是还没到答题时间。

教室突然响起掌声,应洵回神,原是罗得旺在进行表彰环节了,一体机屏幕上红底黑字,很复古的表彰风格。

"班级第一名,也是年段和联考的第一——应洵同学!"罗得旺率先鼓掌,前几年被皮孩子折磨也算是积德了吧,让他换到应洵这个好苗子,一脸褶子中仍倔强地彰显着骄傲,"应洵同学分科以来一直稳居年段第一,是非常厉害的,也是很勤奋的,希望大家可以多多向他学习,要是有时间也可以请应洵来给大家做一次学习分享。"

应洵敛眸,温驯地轻笑着。

而应承然笑得可外放多了,一副骄傲至极的样子,忙着接受大家羡慕的注目,一时也没空回应仍在"嗡嗡"振动不停歇的手机了。

陈茵在一旁忍不住小声夸赞道:"老应啊,你怎么把小洵教得那么好啊!有什么独家秘籍可别私藏,快传授给我们!"

应承然笑眯眯的,半是谦虚半是显摆地开口道:"哪有什么秘诀,都是小洵这孩子自己争气!"

周绎北偷偷撇撇嘴,怎么又来啦!

应洵弯起嘴角,脸上却无笑意。

张远潮傻傻愣愣地看着应洵笑,他的洵哥就是牛!

而楚蕰故作漫不经心地回头短促地看了应洵一眼,眼中闪烁的是势在必得的光。

彩色毛线织成网,五颜六色,交错纵横,每个方向自有结局。

罗得旺继续介绍着班级前十、班级前十五和各科单科状元,然后是进步奖名单。

在念到"周绎北"这个名字时,陈茵嘴边的弧度上扬到顶点,而周绎北仍撑着下巴，一副不甚在意的样子。

别扭的青春期。

一场家长会连轴转地开到堪堪十一点半，后面的时间便是家长自由与各科任老师交流沟通的时间。

教室里马上变得乱糟糟一团。

应承然招呼着陈茴与张远潮的爸爸张商，计划着干脆中午三家一起吃个饭，顺便看能不能请一些老师一起吃饭深入交流一下。

陈茴自是没有意见，只是罗得旺已经被心切的家长团团围住，各科老师也正手忙脚乱地解答着各种奇奇怪怪的问题，现在去邀请明显不是一个好时机，更何况她今天这个造型可是花了一个小时做的，她可不想轻易弄乱。如果有更简单的与老师沟通的路径，那何乐而不为呢？

张商也正有此意，他算是明白了，他家张远潮什么老师都难轻易降住他，还不如问问人家应洵有什么读书方法来得实在，而且也可以一起交流一下升学事宜，可赶紧把这糟心孩子打包送到国外去吧！

在张商面前也不敢太放肆，张远潮只装模作样地拿着一沓历史久远的试卷在走廊上缠着他的洵哥问问题。

而周绎北撇撇嘴，不想理会他们大人这些弯弯绕绕的事情。她站在陈茴身旁，目光却是无聊地四处飘荡，然后定格在教室后排的两人身上，一人气急败坏，一人只将头低下再低下。

是谷娣和她的妈妈。

用手推搡着谷娣的中年女人穿着朴素，脸庞是风吹日晒的粗糙，各种生活的重担压低了她的嘴角和眼角，一副后天的苦相，身高不算很高，说话的气势却是很高。

"怎么越考越差！是不是又没有奖学金了！你再这样哪有钱供你弟弟上明才啊！"她语气蛮横，越说声音越尖锐，"早知道你读成这个样子，干吗把你送到这里来，来这儿就跟人学坏了是吧！"

谷娣的头埋得深深的，头发披散下来，挡住脸上的神色，一双手攥着校服外套下摆，攥得紧紧的。

她母亲却没有就这样轻易放过她，只继续破口大骂道："你就是个赔钱货！上不了台面的东西！早知道干吗生下你，讨债鬼！"

"你以为你在这儿读书就能跟那些少爷小姐一样吗！"她母亲继续嘲讽着，"人家是生来就有家财万贯的！你配吗！早知道就不让你读书了，赶紧去外面打工供你弟弟上学吧！"

眼眶发热发烫，一串沉重冰凉的水珠成形，决堤而出，无声坠落，只在地板上留下溅开的痕迹，谷娣咬着唇，尽量不让自己失态。

得不到回应，她母亲也似演累了这场大女主的独角戏，只恶狠狠地剜了她一眼，硬邦邦抛下句"你自己看着办吧"，便气势汹汹地走出教室。

教室里仍是嘈杂，心中暗自祈祷无人注意到这场闹剧，谷娣掩着脸奔向厕所。

"北北，去吃饭啦！"陈茜见周绎北失神，忙唤了声。

周绎北后知后觉地回过神："哦，好！"

她跟着走出教室，又抛下句"等一下！我一个东西没拿，回去拿一下"后匆匆跑回教室，然后回到座位，从书桌中掏出一包纸巾，悄悄放在谷娣桌上。

心中有说不上来的情绪在翻涌，近乎悲悯，但她好像也没有什么资格去怜悯谷娣，帮助谷娣。但是那一滴沉甸甸的泪水就像砸在她手背上一样，灼热，于是她被烫伤。至少，要给谷娣几张能够擦干泪的纸巾吧。

一场中午的约饭因为应承然响个不停的手机而遗憾取消，周绎北倒落得个轻松。

周绎北撒着娇揽着陈茜，要陈茜陪自己去吃学校外小吃一条街上她最爱吃的古法牛肉面，陈茜被她闹得没办法，自然是笑着故作嫌弃地答应。

"北北，既然准备在晚会上表演大提琴独奏，那你下午数学补课结束后，我跟你一起去看一下有没有什么好看的礼裙。"陈茜一边慢条斯理地吃着面，一边安排着。

"我衣柜里不是还有好几条礼裙吗？"周绎北睁大眼睛问。

"你那些表演的礼服都一两年前的了，得买点新款才能配得上我越变越漂亮的宝贝女儿吧！"陈茴有理有据地说道，"顺便我也去买点新首饰，当季出的一些我还蛮喜欢的。"她说着放下筷子，用纸巾擦了擦嘴，拿出口红开始补妆。

周绎北笑着嘟囔着："我看你的目的是后面那句吧！原来我就是个由头而已啊！"

陈茴将口红放回包里，娇嗔地看了她一眼："赶快吃！吃完还得送你去补课呢！"

周绎北顶着个乱成糨糊的脑袋，手中拿着杯根本没时间喝完的丝袜奶茶，晕乎乎地走出补课班，一坐上车便整个人瘫软下来，系好安全带，头倚靠在车窗上，一副要死不活的样子。

陈茴好笑道："学个数学有这么累吗？"

周绎北直起身，不满地抗议道："不是学数学累，是学不懂才累好吧！"

"不管你累不累，数学都要给我好好学哦！"

周绎北噘嘴，又窝回车椅中，算了，不管怎么样，熬过这最后一年就好了！

明亮的灯光照耀下，每一条礼裙都闪闪发光，似乎都承载着一段关于公主的梦。

尽管周绎北对这些奢侈品并不怎么感兴趣，但是在这种亮晶晶的氛围下，也忍不住惊叹，眼睛在蓬蓬的裙摆、华丽的头纱上流连。

而陈茴一进店便看上了一条裙子，店员忙拿出合适尺寸捧在手里。

"北北，你去试试看尺寸合适吗？"陈茴吩咐着，一到奢侈品店中，便是她的主场了。

对这种逛街活动非常排斥的周绎北马上拿了衣服进去更衣室换，恨不得赶紧定下来衣服，好回去继续写作业。

更衣室围帘拉开，周绎北提着裙摆走出来。

一瞬间，店中所有人都看向她，陈茴满意又骄傲地笑着，而店员忙走上前俯身帮她提起裙摆，引她至镜前，嘴中半是惊艳半是讨好地说道："妹妹，你穿这件可太合适了！真是太好看啦！"

周绎北略微不好意思，抿抿唇，微低头伸手捋开头发来遮挡周围投射来的目光，然后呼出口气，抬头，看向镜中的自己。

陈茵为她挑选的是一件草绿色的抹胸绸缎长裙。绿色衬得周绎北一身冷白皮更加细腻白净，也显得活泼；抹胸的设计让她的肩颈像一道精心勾勒的优美流畅的长线条，同时露出她细腻的锁骨，像两道白色温润的破折号；收腰设计描绘窈窕身形；丝绸材质更显气质与贵气，又很完美地保留了周绎北那份冷感，不会让这份"公主气质"显得廉价。

周绎北咬着唇，拨了拨鬓角的发丝，遮住泛红的耳郭，微微无措地望向陈茵。

陈茵拿着刚才挑选的墨绿色丝带珍珠发箍走到周绎北面前，示意她低下头，然后双手为她轻轻戴上。

陈茵脸上是一片化不开的温柔，突然欣慰感慨："妈妈的小公主终于长大啦！"

"妈妈！"周绎北耳朵发烫，自己都没意识到的撒娇语气。

"可是这样不会很隆重吗？"周绎北不敢再瞧镜子，只低着头左右看着裙摆。

"既然你选择要去表演，那就打扮得漂漂亮亮地去，隆重一点又怎么样呢！"陈茵理直气壮地回答，"而且我们家北北那么漂亮干吗要藏着掖着！十七八岁，最漂亮的年纪就是要漂亮地度过呀！"

陈茵温柔地笑着，一寸一寸打量着周绎北，透过这青涩又无比纯粹的美丽脸庞，恍然看见了十七八岁的自己："就这件啦！"

周绎北抬起头，直视着镜中的自己，缓缓扯开一个笑，轻轻点点头："嗯，就这件吧，我也喜欢漂亮的自己！"

好像一件漂亮的衣服为这次元旦晚会增加了筹码，周绎北重新与音乐老师商定了演奏曲目，定下了《梁祝》，她想这首歌不仅小提琴，大提琴也应该能演奏得很漂亮。

于是为了有时间练琴，又不耽误学习，她只得把大提琴背去学校，放进天台一废弃教室内。说是废弃教室，其实更像是杂物室，也有人定时清理。周绎北压缩午饭和晚饭时间，连同翘掉午休，躲到天台上下苦功夫练琴。

冬天天气渐冷，周绎北便围着围巾上楼，躲到阴凉处避着阳光，不敢拉太大声扰人午休，便只轻轻地拉，其实也有一番趣味。

就是，不午休，下午第一节课便昏昏欲睡，她手撑着下巴，听着老师渐渐模糊的讲解声，眼皮慢慢沉重，耷拉下来，又猛地惊醒，又熬不过去头往下坠，一个无解的死循环。

应洵抿着唇看着周绎北小鸡啄米式打着瞌睡，实在看不下去，从书包里掏出薄荷糖，写上便利贴递给她。

周绎北下意识地接过糖，揉揉眼睛，被应洵抓包而莫名尴尬，而字条上写着：发现这个味道的薄荷糖蛮好吃的，你要不要尝一尝？

糖在口中慢慢地融化，草莓混着薄荷的冰凉一瞬间驱赶了困倦。

薄荷糖融化殆尽，成为喉咙间一抹清凉，助力周绎北还算脑袋清醒地熬到第一节课下课。她仰头活动着颈椎，轻轻叹气，拿起水杯起身去休息室倒杯冷水醒醒神。

察觉到身旁动静，应洵放下笔也起身，拿起水杯，跟在她身后。

走进休息室，两人并肩在饮水机旁接水，水流声潺潺，走廊偶尔有人嬉笑经过，周绎北咬着唇，莫名觉得浑身不自在，只得认真盯着水流慢慢倾注于杯中。

应洵轻声问："怎么最近中午都没看见你在教室午休啊，是有什么事情要忙吗？"

面对突如其来的搭话，周绎北抿抿唇，低着头认真拧紧杯盖，然后仰起头直视应洵："因为我元旦晚会有一个大提琴独奏的小节目，最近在练习，不想耽误学习，所以就在午休时间练。"说着声量减弱，略微腼腆地笑了笑。

"哇，很棒啊。"应洵小声赞叹，语气却不浮夸，但是真诚的夸奖却更容易让人脸红，"那你是去哪里练习呢？"

"天台。"保温水杯从左手换到右手，周绎北又拧开瓶盖，抿了一小口。

"那我可以申请去天台看你彩排吗？"应洵笑着看向周绎北。

没想到他会有这样的想法，周绎北一时反应不过来，"哎"了一声，然后慢半拍地点点头："可以啊，你不要嫌弃就好。"

这时，脑海中突然蹦出来暑假时通过无线电波清晰在耳畔响起的那句"好像，最后一小节音准有点跑了"，周绎北咬着唇忍住笑，只边重新拧好水杯边往教室走。

应洵仰头喝了一口水，窗外的阳光烤融了南城湿润的冷意，炽热的太阳仿佛还在夏天。

还在无尽的夏日里。

蛮神奇的，为什么每次总能自然地忘却先前种种如鲠在喉的不愉快与未曾明说的矛盾，然后开启新的话题，恍若一切从未发生呢？

就像一缸从一开始就放错菌种的果酒，隐隐散发腐烂的气息，但仍往其中放置一颗又一颗的清香的新鲜水果，任凭其错误地发酵。

但是未知的一切终会降临。浑浑噩噩中，一切会有一个结果的。

不过，现在请继续享受一切情绪吧，这或许也是青春的真谛。

/ 第十一章 /
高三纪事

▼

南方冬天并不等同于寒冷，而是约等于昼夜温差大。下午仍能穿着短袖校服埋怨着"这鬼天气，还能算是冬天吗"，晚上便乖乖地穿上棒球服外套，拉链拉到脖颈，缩着脖子，朝着窗边的同学叫唤着"哎！把窗户关上，风太大了"。

打开保温杯瓶盖，热气氤氲，周绎北伸手放在杯口上，期待冰凉僵硬的手指回温，眼睛仍在英语阅读文本上游移。

与秋衣秋裤抗争到底的后果便是四肢冰冷。

她搓了搓手，感知到一些温度回升，又拿起笔，不加犹豫地写下刚才在脑中已选好的选项。

除了不会做的题和越来越难的数学小组作业，周绎北已经完成了写在高三记事簿上的今日 To Do List 了。

周绎北折起英语卷子，夹进书中，翻阅着生物练习册上圈画起来的题目，仍是没有思路，微微偏过头瞥了眼正在帮张远潮解决错题的应向。她收回目光，转而拿起数学小组作业，算了，反正那些错题老师上课会讲的，她也总会搞懂的。

但数学小组作业进展也不顺，写一步便忍不住轻轻叹一口气，周绎北硬着头皮往下写，于是每道大题都只完成了第一小题，对于难度有所提升的第二小题束手无措。

在决心继续埋头死磕的时候，下课铃适时地响起，周绎北甩下笔，松了口气的同时也泄了气，看着仍剩大半空白的数学小组作业，一股厌倦袭涌上头，索性将其丢进书桌内。

暂时不想看见数学啦！太烦了！

她掏出一沓自开学到现在所分发的语文卷子，再翻开语文笔记本，打算借归纳一下论述题答题框架来换换脑子。

只是刚提笔还没写几个字，后背就好像被轻轻戳了一下，她放下笔，疑惑地回头。

谷娣捧着英语作业，不停吞咽着口水，眼睛只低低地盯着作业，小声问道："绎北，我可以问你几道英语题吗？"

一看见谷娣，周绎北就想到那天无声砸到地上的泪滴，心软且不知所措，只牵起笑，故作寻常语气地同意。

"喏，这题你看一下，它前面是动词，后面是名词，那就应该是要填一个形容词词性的，你只需要把它变形一下就可以啦！"周绎北细心讲解着，心中了然谷娣应该是被英语大大拉分了。

谷娣英语基础并不是很好，而上了高中，老师默认一些基本的英语知识应该是大家初中就有了解的，于是上课节奏加快，更注重以题代练。于是基础差的知识不仅没办法补，在一次又一次的错误中还会不断怀疑自己。而她的家庭没办法让她去上课后提升，她这种性格应该也不怎么敢去问老师。

看着谷娣因恍然大悟而激动的脸，周绎北只觉可惜，但她目前能做的或许就只有一句："你以后不会的题可以继续问我呀！刚好我这块也不是很熟练，可以顺便巩固一下！"

谷娣用力点点头，连声道谢。

在晚自习上课铃响前，周绎北忙抛下一句："就剩最后不到一年了！我们一起加油吧！一定可以成为自己想成为的人的！相信自己！"

谷娣抿唇，一双眼忽然变得湿润，忍住情绪，只再次用力地认真点头，语气坚定地感谢道："绎北，谢谢你，你一定会是一个很棒的大人的！"

周绎北眉眼弯弯，冲她甜甜笑着，在铃声中转过身，深深呼气。

是的，不会的题就要马上解决，不要让它成为历史遗留问题嘛！

周绎北自己说服自己，于是又掏出积攒了好几天的错题本与习题册，翻到有最严重问题的那几页，又拿出便利贴，提笔认真书写下：可以问你一些题目吗？实在麻烦了！[鞠躬]太太太感谢啦！最近有什么想要的礼

物的话可以告诉我！

然后，她撕下那一页便利贴，仔细贴在错题本上，双手捧起，侧过身，眨眨眼，递向应洵，神情诚恳。

看着莫名恭敬的某人，应洵弯了弯唇，只接过她的那一堆麻烦问题。

然后，周绎北双手合十，放在胸前，万分感谢地看着他讨好地笑着。

看了眼便利贴，一双桃花眼中笑意更浓，眼底泛起浅浅的涟漪，没有马上回应什么，应洵只拿起笔开始审题。

然后，在晚自习下课前，轻轻落下最后一笔，应洵学着周绎北，双手将那堆错题递回给她。

周绎北脸上笑意掩不住，一边没骨气地连声说着"谢谢"，一边双手接过。

第一眼又落在便利贴上，周绎北小心翼翼撕下那张便利贴，已成习惯地夹进记事簿中。

——现在不会再错一些基础题了，表扬。现在没什么想要的礼物，等以后你再来帮我兑现吧。

她摊开错题本，在她只能勉强称为工整的字迹旁边是应洵用铅笔淡淡写下的行云流水的行楷。

周绎北拧开红笔笔盖，看一眼应洵所提示的正确的解题思路，在草稿纸上书写消化一遍后，再按照自己的理解方法在题目旁重新解题。

周绎北满意地看着自己解出来的正确答案，目光又忍不住望向那几行简单的铅笔字。

懒得擦除了，就这样吧。

于是，周绎北如释重负地合上错题本，拿起保温杯，杯中水已经放凉，她小口喝着，抬头望向时钟，马上就放学了。

放下水杯的一瞬，那稍显活泼的放学铃声响起，周绎北松弛下来，身心俱疲，但也伴随着强烈的满足感。

当你觉得累的时候，是因为你正在走上坡路！

周绎北永远相信这句话，她并不聪明，所以需要很努力很努力，才能获得进步。但是这又怎么样呢，总归是进步了，这便好了。

匆匆忙忙吃完午餐，周绎北便奔至天台。

推开天台那生锈的吱呀着的铁门，在被风扑了个满怀的同时，周绎北也望见了那个挺拔的背影。

心跳一滞，周绎北假装若无其事地靠近，然后开口询问道："你怎么这么早就来了？"

应洵转身，扯下耳机，慢条斯理地理清耳机线，然后将其揣进口袋中："今天食堂的饭菜不太好吃，所以就比较早回教室。太闷，干脆就早点来吹吹风。"说着他耸耸肩，无可奈何地笑着。

"哦！"周绎北了然，今天早上最后一节课是体育课，教室里那个味道肯定不只是有点闷了。食堂换了承包商，听着最近同学们的抱怨声，她无数次庆幸自己这学期做了带便当的决定。

"嗯，那我就先开始练琴啦。"周绎北东张西望，不太自在地说。

应洵点点头，笑着轻声说："提前感谢你的精彩演出。"

她深呼吸，指腹按上琴弦，拉动琴弓。她闭上眼，隔绝所有，包括那道柔和的目光。

于是，在这个冬日午后，在大提琴醇厚的琴声中，梁山伯与祝英台化蝶而飞，落在不知哪个书生翻开的书页中，着陆为一个罗曼蒂克的悲剧，而世间的悲欢离合仍在由一群又一群的人续写。

应洵深深地望着周绎北。

阳光轻柔地涂抹在她身上，而她在发光。

他或许将永远记住这一幕。

最后一个音坠下，周绎北睁开眼，呼气，抱着大提琴，情绪仍未退潮。

然后，应洵抬手为她轻轻鼓掌："很好听。"嘴角的酒窝又陷下去，像小小的旋涡。

周绎北慢半拍地回过神，然后耳垂温度上升，心中默默埋怨今天太阳过于灼热，却仍略微矜贵地微仰起头笑着直视他，嘴上矜持地回应道："谢谢。"

两人尴尬无言地对峙着，还没等耳垂降温，周绎北就先败下阵来，偏头，给琴弓上着松香，漫不经心地问道："你不回去午休吗？"

"你还要继续练习吗？"他并不直接回应，挑了挑眉反问着。

"嗯，周末就要表演的，我想再练熟一点。"周绎北低声说着，调整着音准。

应洵转过身，靠着栏杆，扬头，闭眼，太阳的光斑在眼皮下游动："如果我在，会影响你吗？"

"当然不会。"故意忽略发烫的耳垂、错拍的心跳，周绎北只低头看着琴，一如既往地嘴硬着。

"那，我可以在这儿晒会儿太阳吗？"应洵询问。

"天台又不是我的领地，你要怎么样当然都可以啊。"周绎北蹙着眉嘟囔着，开始怀疑他是不是别有用心。比如，刚才演奏没抓到把柄，现在故意留下来看她笑话？

挑着自己不满意的片段重复练习，周绎北脑袋却不清醒了，错了一个拍，抿着唇更认真地拉，又音准错了……接二连三的错误让她恼火，她放下琴弓，板着脸，俯下身翻阅着琴谱，明晃晃的不开心。

嗯，这个转音还是得再熟悉一下……啊！这也太丢人了吧！

她偷偷抬眼瞄着那个背影，噘着嘴，好吧，她果然还是技艺不精。

她也没有继续练习演奏的心情了，一颗心装着半满的注意力，心脏跳动着，牵连注意力四处泼洒，留恋半明半寐的云、渐冷的风……还有那个挺拔的身影。

莫名生着自己的气，周绎北用力叹了口气，索性收起琴，起身，抛下一句"我累了，先下去午休了"后便落荒而逃。

应洵睁开眼，又弯起嘴角，眯着眼望着掩在云后的太阳。

笨、蛋。

在高三，日历记录不了时间的流逝，一日一张的练习卷取代了它的地位。

跨年夜前夕，班委与罗得旺商量并组织了一个小活动。学习太苦了，总得学会自己创造乐趣吧。

楚薀写在黑板上的白色粉笔字迹公布着活动详情,文艺女神向来很擅长组织这种活动。

> 跨年夜活动:准备一份包装好的小礼物交至文娱委员处;礼物会统一编号;晚自习下课期间进行抽奖活动,凭抽到的不同数字的字条找文娱委员兑换对应编号的礼物!祝大家新年快乐哦!自愿参与,没提供礼物的同学也请不要抽奖哦!

这消息一公布,教室便马上变得热闹了,像一壶沸腾的水,不过四溅的水珠也会无情地灼伤人。

谷娣只抬头看了眼黑板上的通知,便又马上低下了头。这种奢侈的活动是不属于他们家境一般的学生的,也没有谁会想拿到他们穷学生廉价得可怜的礼物的。不过也不用提醒,他们自会识相地退出此类活动,没人愿意自讨没趣。节日是属于富人的,快乐也是,她能做的便只有努力提升自己。

于是,她握紧了笔,重新做她的英语错题。

填下最后一空,谷娣又重新检查一遍,翻开答案自己批改着。

全对!

她终于轻松地笑了,这比任何礼物都珍贵。

而黎蔓一看到这个活动,便马上咋咋呼呼地跑来周绎北身边:"北北,你明天带什么礼物啊?"

周绎北心中已有打算,却不想提前公开,只笑着回答:"秘密!这说出来就不好玩了嘛!"

"好吧!那你快帮我想想,我是送一个星巴克礼品卡好,还是送个玩偶好呀!"

"你的礼物肯定得你自己想啦!万一我帮你选了,最后你的礼物还被我抽到了,这就没有惊喜了吧!"

黎蔓若有所思:"也是!"

男生这边也对这活动蛮感兴趣的,凑热闹是所有人的天性。

"洵哥！我明天要是送一套'五三'是不是节目效果一定很好！"张远潮为着自己的神奇脑洞而沾沾自喜。

"那你最好保佑不要是自己抽到。"应洵无奈地摇摇头，轻易一句就打破了张远潮的幻想。

"那我还是送一个篮球吧！"张远潮忙抛弃自己之前的想法，转着眼珠子想到一个新方向，"跟我爸说买两个球！一个送，一个我自己留着！嘿嘿！那联名的篮球我可看上好久了！

你呢！洵哥你打算送什么？"张远潮规划完自己的礼物就开始八卦起其他人的礼物。

应洵停下笔，垂着眼："还没想好。"

"哎呀，你就随便送吧！你可是应洵哎，你送什么礼物我们班女生抽到肯定都会很开心的！"张远潮拍拍应洵的肩膀，目光撞见一旁和黎蔓聊着天的周绎北，忙小声打个补丁，"当然，小魔女除外！我看她拿到什么礼物都不会开心的！"语气中还带着点嫌弃。

"不要这样评价别人。"应洵只淡淡提醒道，"不要抱有成见，其实她不是那种人的，你也知道。可是万一因为你的一句开玩笑的评价影响了其他不认识她的人对她的观感，这样不是很好。"

张远潮眨眨眼，摸摸鼻子，有点羞愧："嗯。"

周绎北将一条围巾折好放进礼盒中，再系上彩色飘带，打了个漂亮的蝴蝶结，她满意地看着自己准备的礼物。

一条经典黑棕白配色的格子围巾。

不管男生女生抽到，都不会太突兀，而且还很实用，毕竟冬天了嘛！

她再将一个个套着节日限定小袋子的苹果放进帆布包中，背上书包，拿上礼盒。她在校服衬衫上系上红色的领结，又穿上一双小皮鞋，长筒袜上俏皮地缀着苹果图案，对着镜子满意地照了照。

嗯，这样才有跨年夜的气氛嘛！

周绎北难得一大早就到了教室，先捧着礼盒去文娱委员那儿登记好，再回到座位把大包小包东西放置好，搓搓手，冲冰凉的指节呵了口气，在冰凉的空气中凝成了淡淡的白雾。

周绎北从帆布袋中小心地拿出一个个苹果,捧了满怀,忙碌地在周围的位置上绕来绕去。

嗯,一个给黎蔓,一个给谷娣!顾霜也给一个,她上次帮自己改了作文,还没来得及感谢她。林柏述怎么说也能勉强算是青梅竹马了,给一个……

看着怀中剩下的两个红苹果,周绎北坐回位置上,侧过身,犹豫着,往张远潮桌上放了一个。

虽然他嘴又坏,人又八婆,但是好歹还算相识,同班的最后一年了,请他吃个苹果也不是不行。

于是,她看了一眼手中拿着的最后一个苹果,理所当然地将它放置在应洵桌上。

都给那么讨人厌的张远潮送了,给虽然看不顺眼但最近好像越看越顺眼的好心人应洵送一个苹果,也应该的吧!

于是帆布袋变得空荡。解决了一个小任务的周绎北心情颇好,小声哼着《梁祝》的调子,从课桌里拿出课本,语文书被抽出来的同时,一个苹果掉在地上。

她愣了一下,哼着的旋律戛然而止,弯腰拾起苹果。

一个红色的蛇果,顶端笨拙地系着歪歪扭扭的蝴蝶结。

她心中有了一个猜想,伸手往书桌中摸了摸,果然摸出一张精美的贺卡。

她抿抿唇,打开贺卡,果然是熟悉的字迹,一笔一画笨拙地写得歪歪扭扭的:

To: 绎北

元旦快乐!高三加油!

最后的"Merry Christmas"却是写得潇洒好看。

不用看落款,周绎北就可以确定这是林忱送来的元旦礼物。

已经很久没有想起林忱的相关事情了,自从那次生日宴上匆匆辞别后，周绎北不愿再回想他那一瞬间变得暗淡的眼，以及故作寻常的告别话语。这让她有种欺负狗狗的莫名愧疚感。

下意识地，她将目光投向张远潮桌上那个漂亮的苹果……

周绎北为自己脑海中浮现起的糟糕想法而略微感到羞耻，挣扎了片刻，又扭回头。

算了，新年再给林忱准备礼物吧！

她翻开语文课本，小声读着文言文与翻译，但是各种思绪慢慢缠成了一团毫无头绪的毛线球。

一到座位，应洵便注意到了桌上那个包装精美的苹果，下意识地看向正在埋头苦读的周绎北。他牵了牵唇，然后目光掠过周围课桌，看见林柏述与张远潮桌上明显来自同一人的苹果时，忍不住皱了皱眉。

拉开椅子坐下，应洵将那个苹果放进书包中，望向周绎北，语气淡淡的："谢谢你的苹果，跨年夜快乐。"

周绎北拿着书的手一顿，顺口便接了句"没关系，跨年夜快乐"，然后才缓慢地发现一个问题，哎，应洵怎么知道苹果是她送的呢？

早读铃响起，周绎北掏出英语早读素材站起身，也没时间再去思考这个小小问题了。

跨年夜这一日在众人按捺着的激动中缓慢流动，终于熬到了大家最期待的交换礼物环节，副班长拿着简易制作的装着号码字条的小纸盒全班巡游抽奖。

说不期待肯定是假的，周绎北认真挑选了一张纸片，然后展开，黑色水笔写着"17"。她兴冲冲地奔到文娱委员桌前，兑换了一个不大不小的牛皮纸包装的小盒子。

周绎北晃了晃，没有声音，心下好奇，忙赶在第二节晚自习上课铃响前坐回到座位上，认真地拆开。

一双毛茸茸的手套，手腕的位置还缝着一个小小的可爱线条猫猫脸。

哇！心像一下子就被这手套裹住一般暖融融的，周绎北喜爱地捧起那双手套，迫不及待地戴上，张了张手指，唇弯起。

她喜欢这份礼物。

她开开心心试戴欣赏完之后,才迟钝地发现原来盒子底下还有一张小字条。

寥寥几字"希望喜欢",而周绛北却一眼认出是应洵的字……

晕,这是什么缘分啊!

所以,该不会刚才她欢天喜地的样子已经完完全全落入一旁的应洵眼中了吧!

周绛北偏头看向应洵,见他正戴着耳机认真写着奥赛题,心下松了口气,将手套偷偷摸摸塞回书包中。

却没有发觉应洵悄悄弯起了唇。

周绛北继续张望着,还蛮好奇是谁那么幸运拿到她的礼物。

结果下一秒,她就听见斜后方传来张远潮咋咋呼呼的声音。

"哎!洵哥!我居然抽到一条围巾哎!"

她猛地回头盯着正兴高采烈地抖着围巾的张远潮,不忍地转回头。

张远潮还在嚷嚷:"这围巾勉强也算配得上我吧!"又嘚瑟着,"戴上它我肯定就变身韩剧男主了!"

深感原来还有人能这么不要脸,周绛北在心中为那条可怜的围巾默哀。

微扭头望了眼坐立难安的周绛北,应洵回过头看着围在张远潮脖颈处的那条围巾,若有所思。

不过周绛北也无心再留恋关于跨年夜的一切,她现在更在乎的是马上要到来的元旦晚会。

周绛北逼着自己沉下心来写作业,努力将关于大提琴的所有暂时抛到脑后,握紧笔,挥了挥左拳,提起自己的精神,还是学习第一位!

纷繁复杂的题目不留给她任何遐思的时间,周绛北马上就被理科浪潮淹没。

晚自习一下课,周绛北就忙奔回家去调试明天表演的穿搭,而应洵望着周绛北火急火燎的背影,放下笔,慢条斯理地转过身,屈起手指敲了敲张远潮的桌子,商量道:"远潮,你抽到的元旦礼物可以给我吗?我周末给你买一条新的。"

张远潮一愣，然后恍然大悟地拍了拍应洵的肩膀，用哥俩好的语气道："哎呀，我了解啦，洵哥，你是不是看我戴着这围巾那么帅也心动啦！哎呀，咱俩啥关系啊，直接给你就OK啦！你也不用再买一条给我了，我这个脸说实话，不戴围巾也帅的。"

看着他那沾沾自喜的样子，应洵只无奈地笑一笑："确实很帅，但我还是买一个什么还你比较好。你上次不是说看上了一双篮球鞋？晚上链接发我吧。"

那双篮球鞋张远潮看上老久了，张商看他整天没个正经，故意不给他买。他听到应洵这么说，实在是忍不住心动了，扭捏激动道："哎呀，既然洵哥你都这样说了，那我也不好意思落你面子，只好恭敬不如从命了！"说着，他手忙脚乱地把那条围巾重新塞进礼盒中，双手郑重地递给应洵。

"记得链接发我。"应洵接过，转过身，将那已经变得有些许皱皱巴巴的围巾拿起来重新叠整齐，再放回盒中。

看来，回去得重新手洗一下了。

主持人的串词经由话筒扩散，隔着黑色的舞台幕布，仍能看到台前闪亮的灯光。

周绎北下意识地屏住呼吸，抱着自己的大提琴，又拿起包中的镜子照了照，难得会有不自信的情绪。

舞台上传来温婉女声："让我们欢迎下一个节目，乐器独奏串烧……"周绎北忙放下镜子，站起身，准备上台。

将散在胸前的头发捋至背后，周绎北抱起琴，微仰起头，深呼吸，提起裙摆往舞台走去。

聚光灯打在身上，墨绿色丝带珍珠发箍戴在头上，草绿色绸制的裙子焕发着柔顺光泽，让灯下的周绎北像是一幅在呼吸的古典油画。

观众席霎时静谧，是不加掩盖的惊艳。然后有人开始交头接耳询问着舞台上那个漂亮女生是谁，有人举起相机猛按快门等着放学就传网上去，有人咬碎了一口牙恶狠狠地盯着，当然也有人只是静静地看着，只是呼吸突然凝固，转化为重重的心跳。

皮肤是奶油的质地，锁骨是甜美的蛋糕花边，脸上淡淡的笑如钻石般夺目，圆圆的眼睛是晶莹剔透的猫眼石。

氧气在左心室沸腾，催化心跳加速，周绎北垂下眸，明亮灯光下，睫毛翩飞的弧度更为明显，然后摆动琴弓，关于化蝶的爱情故事在琴声中流淌。

她闭着眼睛都能演奏得完美无缺的曲子，她练习了近一个月的曲子，她耗费了时间与精力的曲子，怎么可能会失败呢？

周绎北不否认自己是有天赋的，只是这不是决定性因素，她更相信自己指腹上的茧。

望着舞台，张远潮愣愣地道："台上那个大提琴美女怎么越看越眼熟啊？"然后他转头看向应洵，一脸震撼，语气诧异，"洵哥，台上是不是周绎北那个小魔女啊？"

应洵静静地望着舞台，在昏暗的灯光下，他的侧脸是一道晕染开来的流畅线条。

没有分给张远潮什么眼神，应洵沉着声轻轻开口："你相机借我一下可以吗？"

"哦！"张远潮忙把本来要用来拍篮球啦啦队那个可爱小美女的相机递给应洵。他知道了！他的洵哥肯定是为了拍一些小魔女的丑照！这样以后就抓住她的把柄了！看她还敢无法无天！

应洵脸上神情淡淡，他举起单反，取景框中只有独独一个周绎北，对焦在她低敛的眼上，眼睑上是亮闪闪的彩片，却不及她的眸璀璨。

周绎北似是有感应地抬头朝他望来一眼，弯了弯唇，落下最后一个音，恰与他的心跳合拍。

于是在那一瞬间，快门声一同响起，他关于美学的感知被重新建构。

从舞台上一下来，周绎北就直接裹上外套，冷得牙齿打战，收纳好大提琴后便忙打开保温杯饮了口热水，待身体温度慢慢回升，她才似活了过来，宕机的脑袋重启。

感谢，在她的十八岁，有大提琴的见证；也感谢大提琴同她一起圆了一个关于青春的梦。

周绎北还没来得及复盘刚才的演奏，身上便热情地扑上一个人。

"北北！你真的是太美、太棒啦！"黎蔓搂着周绎北星星眼地看着她，用惊叹的语气评价道，"晚上关于你的话题肯定又能上论坛热帖了！"

周绎北抬手拨了拨头发，不免有些不好意思，但她还是故作寻常语气，撇开话题："蔓蔓，你有没有帮我拍照啊？"

"那当然！"黎蔓脸上洋溢着骄傲，举起手中的傻瓜相机，然后便低下头开始翻找相册。

黎蔓找出自己拍得最满意的一张照片，邀功似的递到周绎北面前，喜滋滋地道："怎么样，拍得还可以吧！有没有还原你的美貌呀！"

照片上，周绎北低着头拉着大提琴，望着琴的眼神温柔如水，有一束光投下，将除了她与琴的一切虚化。

照片画质并没有多好，构图也没有什么技巧，但是周绎北很喜欢这张照片，除去照片本身，或许她喜欢的还有黎蔓对她的这份纯粹的感情。

"蔓蔓，你以后都可以去当大摄影师了！"周绎北认真夸赞着，"专门给大明星拍照！"

"哇！真的吗！"黎蔓捧着相机笑得甜美，仰着头津津有味地幻想着，"那我一定要去拍我的'欧巴'们！那我是不是还可以现场追星？应该还可以知道很多很多八卦啊！"

"那肯定！"周绎北心情颇好地哄着她，"到时候不会我要让大摄影师黎蔓给我拍张照都要预约个十天半个月吧！"

黎蔓皱着眉头犹豫着，假正经道："那看在我们多年的情谊上，我还是可以考虑一下让你插个队的吧！"说完，她自己都忍不住笑出声。

胡扯一番后，周绎北又察觉到来自跨年夜的冷意，忙换回厚实的校服。而黎蔓好奇地帮着周绎北卸妆，在嘈杂的后台，两个人笑作一团，只觉得无所顾忌的快乐。

她们会成为永远的朋友吗？

周绎北不知道，但是至少此刻，她们是对方很好很好的朋友，以后应该也会是。

和黎蔓随便去街边吃了热腾腾的鱼蛋牛腩伊面,吃得肚子圆滚滚,吃得浑身冒汗,周绛北心满意足地回家。

周进和陈茴两个人去过节了,一整天都不在家,但礼物却也没给周绛北落下,一份印着名牌logo(商标)的包装精美的礼物安放在桌上。

周绛北俯身,好奇地打开,一双珍珠装饰粗跟漆皮玛丽珍高跟鞋静静躺在礼盒中。

她伸手拿出放在底下的贺卡,一字一句地认真读着:"Dear(亲爱的)北北:元旦快乐!希望你能成为一个穿着高跟鞋的漂亮骄傲的小公主,也希望你可以勇敢地穿着高跟鞋打败恶龙,成为自己的骑士。"

落款是"爱你的爸爸和妈妈"。

好吧,肯定是因为今天实在是太开心了,所以周绛北难得允许自己小小地哭一下!绝对不是因为感动,就是因为太开心了,喜极而泣,这是可以理解的!

周绛北一双圆圆的眼睛里泛起波光粼粼的泪花,难得情绪外泄,鼻头红红的,穿上高跟鞋,挺直了身板。

在父母身边,她不需要穿公主裙也是公主。

完美的一个元旦节,一个值得用漂亮边框裱起来挂在房间显眼处的元旦节。

但其实这也不过是一个普通的星期四,只是因为有闪亮亮的心意点缀,有罗曼蒂克的故事环绕,才使普通的冬夜成为具有隐喻意义的跨年夜。

/ 第十二章 /
甜蜜暗号

▼

闪亮的元旦过后,枯燥的星期五如期到来,还是需要套上校服,穿上运动鞋,背上书包,素面朝天上学去。

但还是有一点点不一样的,比如今天周绎北一走进高三楼,便一路伴随着若有似无的目光,她只得加快了步伐,微微低头,将脸掩在厚厚围巾中,目不斜视地走进教室坐回位置上。

好吧,周绎北对自己的了解更深入了些,她好像真的无法正常对待过于炽热的目光。

她还是适合做一个普普通通的快乐女高中生吧!

在罗得旺第无数次耳提面命后,周绎北对即将到来的市一检终于有了些许实感。

考过三次市质检,再参加一次省质检,就是梦了无数次的高考了。

考试成为衡量高三进度的最佳标尺,而高三生的努力与天赋等价于成绩放在分数的天平上比较。

临近年关,周绎北压力越来越大,具体表现为照镜子时越来越明显的黑眼圈,洗头时指间纠缠脱落的一缕缕发丝,还有上课时听得懵懵懂懂但是越睁越大的眼。

她很清楚地知道,自己现在半桶水的水平根本经不起比较,可是同时她也很想很想考一个好成绩来证明自己。

周绎北的痛苦需要一个载体,于是这些矛盾的想法都在变得越来越厚的高三记事簿中肆意倾洒。

或许是周绎北长吁短叹的频率阶梯式上升得太快,也或许是数学小组作业讨论中她的状态实在差得离谱,坐在一旁的应洵很快便察觉到她的异常。

于是当晚的数学小组又分成两组对数学进行了深入的讨论。

待周绎北恍然大悟地说出那句"哦！我理解了"时，教室里又不知不觉只剩下了他们两人。

接过卷子，周绎北并不急着离开，只坐在座位上又将刚才讨论的题目重新按照自己的思路梳理了一遍。

而应洵也不起身，他索性拿出本物理杂志在座位上看了起来，只是偶尔目光又会不小心飘走，在身旁寻找一个着陆点。

周绎北举起卷子，呼气吹走上面的橡皮擦碎屑，松了口气，总算把这些题彻底搞懂啦！

然后，她干脆地松手，扔下笔与卷子，眯起眼，一脸困倦地伸了个懒腰，脑袋中想着：晚上回去一定要泡个舒舒服服的热水澡，然后闷头就睡！

待应洵突然开口，周绎北才发现身旁还有人，忙讪讪地收回手，开始安安分分地收拾起书包。

"市一检有什么目标吗？"应洵将物理杂志塞回桌中，状似不经意地开口搭话道。

"没有。"周绎北声音绷得紧紧的，"没有人给礼物，干吗要定目标。"

其实只是嘴硬，她只不过是不敢给自己定目标，更不想承受达不到目标，理想破灭的痛苦。

"你定一个礼物，我帮你兑现。"应洵第三次拿出笔盒中的笔，然后第四次再将笔装进笔盒中，轻轻开口道。

"你有那么好心？"周绎北不可置信地抬起头望着应洵，语气狐疑。

应洵稍稍点头："我定目标。"

"哦……"周绎北语气又垂了下来，"你先说目标吧。"

"全市前一百。"应洵总算收好笔，放进书包中，却仍不急着走，只好整以暇地看着周绎北。

"啊！"周绎北惊讶地张开嘴，露出两颗洁白的门牙，像一只傻兔子。

"你这也太高看我了吧！"周绎北低下头继续收书包，闷闷道。

"我认为你是有这个能力的，"应洵慢条斯理地分析道，"市一百大概是明才段二十，而段二十大概是班十，你是完全有可能的。"

周绎北用力拉上书包拉链，只觉得好笑："拜托！班十对于你肯定是so easy（如此简单）啊！但是我……也太难了吧。"

"怎么难了？"应洵拿起水杯，起身，单肩背着书包，倚靠着桌子，不紧不慢地拧开瓶盖，仰天灌了一口。

"我又不聪明，难题做不出来，而且基础很差，简单题还老错。"周绎北语气闷闷的，不情不愿地分析着自己的问题，"班级前十几似乎永远都是固定的那些人，只是你们内部在交换位次而已，跟我们有什么关系吗？"

"首先你怎么知道你不聪明呢？难题又不只有你做不出来，再怎么难的题冷静思考总能找到关于答案的蛛丝马迹的。基础差那就细心一点，课本基础知识再去梳理几遍。班级前十永远不是固定的，只要你有能力，那就一定能达到你想要的名次。"

唇上湿漉漉，沾了水珠，应洵轻轻舔去，放下水杯继续帮周绎北分析着："而且你的语文和英语是强项，这在理科班是很明显的优势。在稍有难度的卷子中，只要你能都在平均分左右，然后有一两科提分，就能在班级前面。"

周绎北努力将自己的注意力从他湿润的唇上转移，呼吸莫名急促了些，她扭开头，别别扭扭地回答："说得简单，可是我努力了别人也在努力，我本来就跑得慢，怎么可能超过他们啊？"

"可是你比他们努力啊。至少我看见的是，中午别人在休息的时候，你在写作业；下课别人在打闹的时候，你在整理笔记。"应洵环视空荡荡的教室，"现在，别人都回家了，你还在教室里整理错题。"

应洵双手插兜，俯下身，凑近周绎北，一双桃花眼认真地看着她，语气平直："你跑得慢，可是你也很努力，为什么一定认为自己不行呢？"

她呼吸一滞，心跳却加快。

应洵凑得那么近，近得周绎北忽然发现他鼻梁边的一颗小痣，她局促地移开眼神，松口："好吧，我发现你很有去做金牌讲师的天赋。"

应洵直起身，心情颇好："说吧，想要什么礼物？"

"嗯……"周绎北冥思苦想,决定既然应洵那么闲,那就小小敲他一笔,叫他以后不要滥好心,"我要一套明年一整年的文学杂志!"

应洵点点头,欣然同意。

而周绎北见他如此轻易就答应了她的敲竹杠要求,却没有意料中的开心,只在心中默默埋怨他笨,怎么一点都不懂得商量呀!当了冤大头怎么还那么开心!

还是过意不去,周绎北清了清嗓子开了口:"那你也想一个礼物吧,你要是考了全市第一,我就送你!"

应洵看着一脸恨铁不成钢地看着他的周绎北,轻轻一笑,微微偏头想了一下,开口道:"送我周杰伦的专辑吧。"

没预料到的答案。

周绎北背起书包,用"小伙子很有眼光"的眼神打量着应洵,开口道:"没想到你也喜欢周杰伦,眼光不错嘛!"

"你最喜欢什么歌?"周绎北一边往教室外走去一边感兴趣地问道,完全将两个人过往那些别扭的事情暂时一口气全都抛在脑后。

应洵伸手摸摸鼻子,也跟着往外走,确认她已走出教室且走廊感应灯已亮起后,他抬手熄灭教室的灯,淡淡回答着:"最喜欢《可爱女人》。"

"哎呀,没想到你看着那么清心寡欲的,居然喜欢听这种甜歌呢?"周绎北语气扬起。

清心寡欲?

应洵微微皱了皱眉,反问说:"那你最喜欢哪一首?"

"没有最喜欢,只有更喜欢!"周绎北心情颇好,连带着脚步也变得活泼,"我最近喜欢听《暗号》和《一路向北》!"说着忍不住轻轻哼起来。

> 我想要的想做的你比谁都了
> 你想说想给的我全都知道
> 未接来电没留言
> 一定是你孤单的想念
> 任何人都猜不到

这是我们的暗号
…………

在无人的校园中,周绎北哼着歌脚步轻快地走在前头,而应洵插着兜,嘴角挂着笑意,酒窝浅浅,落后两三步在后面,一双眼牢牢黏在前面的人身上。

他抬起头,没有月也没有星,浓云漫天,而他却无端觉得,今天天气真好。

好像有了一个明确的目标后,也有了动力,周绎北对于市质检的焦虑在不知不觉中也减缓了些。

也不过就是一场考试嘛!考得好就白得一套杂志,考不好她也可以自己买,又不是高考,又不能决定一切,没有那么严重呀!

或许考差点多暴露些问题,趁着还有时间查缺补漏,高考规避掉这些问题,万一能考得更好呢?

周绎北这样自己疏解着自己,复习也慢慢找回了状态。不过她慢半拍地意识到,她居然在应洵身上吃了个大亏了!

应洵怎么可能会不是市第一啊!

看来得提前准备礼物了!

因为明才不另外安排期末考,所以接近年关的市质检结束后便直接放假。对寒假的期待,也稍微冲淡了大家对市质检的排斥。

市质检相对正式,要求教室要清空,考前也准备了安检环节,高三生对高考的实感也越来越强烈。

一张张白净的答题卡分发下来,2B铅笔在答题卡上填涂时发出"沙沙"的声响,0.5黑色水笔在答题卡上绞尽脑汁寻着空处落下答案,视线一行行扫过题目,一字一句仔细斟酌,不愿错过任何一个有效信息。

在一月份里,在新旧年交替中,关于高三的创伤缓慢结痂,对于未来在市质检中得出了更清晰的答案。

在第二天考试的下午，在理综收卷铃声响起的那一刹那，周绎北恋恋不舍地放下笔，目光流连在未解出来的物理电磁大题上，轻轻叹了口气。她收回目光，索性不再看，活动着肩膀，酸痛得龇牙咧嘴。

脖颈，肩膀，腰背……处处都是关于高考的疼痛。

若能修得正果，倒也无憾，只是不愿成为一部烂尾的只感动了自己的青春烂片。

书包装得沉甸甸的，帆布包中也塞了满满一袋资料，周绎北费劲地背起，跟自己的座位偷偷道了两声"拜拜"，再拿起桌上虽略显破败但仍旺盛挣扎生长着的落花，将该死的市质检一口气全抛在脑后，开开心心回家过大年！

可惜周绎北开开心心过大年的计划只一两天就痛苦幻灭了。

因为，市质检成绩猝不及防地公布了。

她皱着一张脸，举着手机拿得远远的，眯着眼，想看又不敢看罗得旺发过来的成绩单。

嗯……语文或许是132分吧！数学呢？数学呢？

周绎北又认真眯眼对焦着。

129分！天，居然过优秀线了！

她一下子信心大涨，将手机拿得近了些。

英语142分！好吧，确实是卷子简单了。

主三科已经拿下，周绎北悬着的心坠下了一半，索性一鼓作气看完理综！

理综265分。可以，勉强接受。

她下意识屏住呼吸，慢慢看着后面的排名栏。

班级第10名！

心中已经开始放起烟花了，一簇一簇心花开。她脸上的期待难掩，继续看向段名和市名。

年段22名……全市109名。

好吧，烟花只将心烧出一个个冒着烟的小窟窿。

她丢下手机，难免会有些失望。

长叹一口气，周绎北瘫在客厅沙发上，双目放空。

陈茴从厨房端着刚洗净的草莓出来，见她这不正常的样子问了句："怎么了？"

"市质检成绩出来了。"周绎北蔫蔫地回答，顺手挑了颗最红最饱满的草莓塞进口中。

"考得怎么样？"陈茴忙关心地问。

"班级第10，年段第22，全市第109。"周绎北有气无力地说着。

陈茴一听，嘴都要咧到耳朵后去了："哇！这次考这么好啊！真棒！"

"怎么算好了，又没有进前一百。"周绎北噘着嘴不太开心地道，但是又愣住了。

其实这个成绩对她来说已经很好了不是吗？

这个成绩也很棒啊，她确确实实是在进步，这不是已经够值得开心了吗？

她慢半拍地勾起嘴角笑，又咬了一口草莓。

嗯，真甜！

不过，她的礼物肯定泡汤啦。

回到卧室，周绎北没骨头地倚坐在懒人沙发上，看着放置在一旁桌上的专辑，果然还是亏了呀！不过接下来就又要苦恼怎么把这份礼物送出去了。

手指无意义地在手机屏幕上滑动着，一不小心又打开拨号界面，周绎北脑海里马上跳出来那串七位数字，摇摇头马上将其驱赶出脑海。

周绎北放下手机，算啦，还是去练大提琴的时候顺路拿过去吧。

闭上眼，从窗子中偷跑进来的冬日午后阳光炙烤着被厚实毛衣包裹着的躯体，骨肉中忐忑不安冷冻了许久的情绪消融。

睡个午觉，醒了再好好读书！

周绎北在每天吃饭、睡觉、写作业、补课的死循环的繁忙日程中，拼命挤出了一个下午去练琴，心中说服着自己：大提琴太久不练手会生的，对吧！

以要出门这个理由，周绎北好好打扮了自己。

她穿上了红黑格子百褶裙，上衣是衬衫配同款格子马甲；屈服于南城刮得脸疼的风，外面裹了一件厚厚的羊毛绒牛角扣大衣；又在陈茴的威逼利诱下，把白色长筒袜换成了加绒连裤袜。

她手忙脚乱地背上琴，拿上一个略有重量的手提包，出门前还不忘找找镜子认真戴上千鸟格可爱贝雷帽，对着镜中的自己献上一个飞吻。

怎么那么漂亮呀！她都快爱上自己了！

周绎北心不在焉地上着课，与略微陌生的大提琴重新培养了一下感情，她仍旧坐在窗边那个老位置。

只是冬天风大，窗户不得不关上，花园郁郁葱葱的树木也变得枯败，湿润冷气凝在窗玻璃上，只朦朦胧胧的，窥不见什么东西。

好不容易熬到下课，周绎北急匆匆奔到隔壁栋小洋楼门口，按响门铃，小碎步跺着脚驱散从腿上蔓延的冷意，心中蛮有哲理地想着：难道美丽一定要遭受代价吗！

门被打开，周绎北忙站直身，抬起头望着眼前的少年。

因在家中，应洵只随意穿着件白色毛衣，匆匆赶来开门，也没来得及套件外套。

但是周绎北不得不承认，应洵确实很适合穿白色，周身略冷的气息被削弱了，也衬得人柔软了几分，简简单单地勾勒出挺拔身形……嗯，很像一棵小白杨。

周绎北一边默默评价一边开口："喏，我来履行我的承诺了。"说着举起手中的提包，里面装着《Jay》这张专辑。她可是淘了好久才找到，喜欢得要命。

但是送给全市第一，好像也不亏。

应洵似没料到一般，脸上浮起一个灿烂的笑，又马上隐了下去。不知是不是白色毛衣的加持，周绎北竟然觉得他那一瞬是柔和的。

他张了张唇，好像想说些什么，又有些不知所措地犹豫。

周绎北丧着脸开口："不过你不用给我准备礼物了，因为我才109名。虽然我也觉得很可惜，只差一点，但是没有进前一百就是没有嘛！我下次再努力！"

他伸手接过周绎北拎着的袋子，指尖不小心蹭过她的手腕，明明一月寒风料峭，但是指尖似触到了火星，牵连着全身温度上升，消融了一心池的春水。

应洵摸了摸鼻子，努力熨平嘴角上扬的弧度，寻着正常的语调开口道："嗯……你稍微等一下，我去拿个东西！"

然后，他便转身进门，没走几步又马上折回来。

应洵低着头看着周绎北被冻得红红的鼻子，心中不合时宜地想到一个比喻：张牙舞爪的小猫一下变成了奶油蛋糕上的草莓。

应洵攥紧了手中的袋子提手，喉结滚了滚，试探着问："要不要进来坐，外面冷？"

"好啊，冷死我了！"周绎北搓了搓手，小声抱怨道，好像就等着应洵这句话，自然地从他身侧钻进门。

距离上次来已经隔了小半年，周绎北仍是好奇地打量着有些熟悉又有些陌生的小院子。

蝴蝶兰依旧美艳，海棠凋落许多，柏树常青，柠檬树蔫蔫低垂……他总能将一切都做得很好，连打理院子也是。

她脚步缓慢，眼神四处游移，摇头晃脑地观察着，然后眼神一顿，匆匆忙忙移开眼，咬着唇，脸颊被风一下子吹红了。

院中晾着卫衣、毛衣、运动卫裤以及几条内裤……

走进屋中，隔绝寒风与冷气，体温回暖，连带着脸也被烘得红红的，周绎北心中微恼，却也搞不清缘由，只偷偷在心中抱怨着。

这个应洵怎么都不及时收衣服啊！

放下大提琴，周绎北低垂着头看着自己指腹上的茧，回忆着刚才老师提的要点，强迫着自己转移注意力。

应洵倒了杯热水放置在周绎北面前，示意她先喝几口暖暖身子，然后他转身走去房间，再出来时手中提着厚厚一沓书册。

他低敛着眸，抿着唇，难得显出几分腼腆，酒窝又陷下去，伸手将礼品袋递给周绎北，轻声道："我……不太会选礼物，也不知道你喜欢什么类型的文学杂志,就去书店把目前卖得最好的那几份杂志都买了几本回来。你看看你喜欢哪一本,我帮你订今年的连载杂志。"

柔软的白色毛衣直衬得他面容更加柔和,在微黄的灯光下,眉眼像上了层釉,而鼻梁那颗小痣不是败笔,平白增上几分清冷。

周绛北别开眼,忽地想起《梁祝》中的那句"我从此不敢看观音",摩挲了下手指,克制住想去戳一下他酒窝的冲动。

她微启着唇,有些愣,但是已顺手接过书,反应过来后,像捧了个烫手山芋,忙递回去,连声解释:"不用!不是……我没有达到目标呀!"

应洵浅浅笑着:"可是我已经买啦,没办法退货啦。"他故作着苦恼的语气。

见周绛北有些为难无措,应洵解释着:"可是你考到班级第十了吧,是我预计错误误以为班级第十能等价于市前一百,给了你错误的努力方向,所以是我的问题。"

"你怎么能这么扯呀!"周绛北低声嘟囔着,坐立难安。

"而且你已经进步很多了,数学129分,我作为你的数学小组组长与有荣焉,表扬一下,不过分吧。"应洵拿起水壶,往她的杯子中又添了些热水。

周绛北只想着如何反驳应洵,退回礼物,丝毫没有在意为什么应洵会知道她的数学成绩,只干巴巴地反驳着:"那按你这样说,我还得给你准备礼物答谢你对我数学成绩提高的帮助呢!再说了,你还有其他两个组员,怎么不送他们呀!"

"那不一样。"应洵只短短回应道,然后举了举周绛北送给他的专辑,弯起唇,"再说了,这不就是礼物了吗?"

"怎么能比呀!"周绛北急得额头冒汗。她的脸被顶灯照亮,叠加着红黑格纹服饰,像一幅节日平面广告,让人联想到枫糖草莓奶油松饼。

应洵低头拆开专辑包装,拿出光盘,放入 CD 机中,接通电源,在前奏结束前轻飘飘地给这场无意义的争论定下结局:"那就当我提前送了礼物,还有市二检、市三检、省质检,目标小小延期一下也是可以的吧!"然后他在周绛北再开口前忙又截住话,"嘘,听首歌,再走吧?"

想要和你融化在一起

融化在银河里

我每天每天每天在想想想想着你

这样的甜蜜

让我开始相信命运

感谢地心引力

让我碰到你

…………

"《可爱女人》！"周绎北眼一亮，跟着旋律轻轻晃动着身体。

"对，《可爱女人》。"应洵看着周绎北，轻声回答。

在尾声中，眼神偶然对视，应洵突然扬起唇，露出两颗与他周身冷清气质不太相符的小虎牙。他抬手掩住唇想止住笑，她却笑了，没来由地笑得眼睛弯成月牙。于是，他也跟着笑起来，耳朵红红的。

音乐停止，应洵移开眼，摇摇头，站起身将光盘拿出。

周绎北也敛住笑，背起大提琴，无奈地拎起白色的礼品袋，堂皇地说："嗯，那我先走了。"

应洵低着头收纳着光盘，不敢看她，只温声说道："再见。"

"嗯，再见。"

回到家，周绎北急匆匆吃完晚饭，就直奔回房间窝进沙发里，手边是白色山茶花装饰的袋子。

她将三四本书摊开在旁边，正经文学和先锋文学，怎么还有言情小说杂志呀！

周绎北的脸莫名发烫，胡乱翻阅了一下。那几本文学杂志都蛮好看的，可那本言情小说杂志她却连看都不敢多看一眼。

周绎北拿起手机，打开购物网站，在各式各样的商品间迷乱，最后匆匆选定一个钱包，有点小贵，但她也不给自己犹豫的机会，咬着牙直接下单。

无功不受禄,她才不会随便欠人人情。

确认完收货地址,周绎北打开音乐软件,随便点进周杰伦的一个专辑,便开始随机外放。

周绎北摊开未写完的化学作业,随便从笔盒中拿起支笔,奋笔疾书,偷偷在高三记事簿中写下目标:**全市前一百!**

高三的寒假尤其短,总共就放了十五天。但是在家里散漫地待久了,反而会怀念学校紧凑的学习进度带来的那种充实的感觉。得陇望蜀,是所有人的劣根性吧。

周绎北在家中实在是静不下心来学习,而寒假任务还有一大堆,于是她约了黎蔓一起出去寻个咖啡厅自习。

在馥郁咖啡香气中,在蛋糕甜美气味中,周绎北叉下一小块抹茶蜜豆千层送进嘴中,对着满桌堆放着的习题作业。

设定了一个两个半小时的闹钟,两个人开始限时训练。

时间一到,手机在桌上振动,两人同时停笔,黎蔓一脸疲倦,大饮一口已经变凉的拿铁,与周绎北互相交换了卷子批改。

越改越悲伤,黎蔓语气怏怏地道:"北北,你说我是不是太笨啦!为什么感觉也有在努力,但就是考不好?所有人都在进步,为什么我好像还困在原地?"一双杏眼里满是无助与自我怀疑。

红色水笔一顿,周绎北抬头,认真地对着黎蔓说:"如果连你自己都不相信自己,那还有谁会相信你!所以振作呀,不要因为一时没有得到回报就慌乱了。"

黎蔓垂着眸看不清眼中神色,周绎北缓了缓语气继续道:"而且分析清楚自己的缺漏,针对性补足提高,那最后的成绩肯定不会让你失望的!"

黎蔓重重点了点头,抬头,眼睛亮闪闪地望着周绎北:"嗯,北北,我要和你一起努力!"

又改了一会儿卷子,黎蔓好奇地问道:"那你有想过以后要去哪所大学吗?"

心中第一时间就蹦出来"FDU",但是周绎北抿抿唇,只轻轻摇头:"我想去上海。"

"那我也要努力去上海!"黎蔓撑着下巴开始幻想,"想去上海的人肯定很多,我只要能勉强上个'211'就心满意足啦!不过像应洵那种学霸,肯定一个个都定下北京,说不准还会出国呢。"

"每个人都有自己的命运,我们只需要做好自己就好了。"周绎北稍微晃了晃神,低着头,继续用红笔改卷子,只是字迹莫名变得潦草。

感受着抹茶奶油在口中慢慢化开,周绎北走着神,阔别一年多的地理知识又蹦回脑袋中,上海到北京是多远的距离呢,而藤校各分布在哪个时区呢?想不出答案,只记得一些"南左北右""北京东八区时间"等琐碎知识点,周绎北叉起最后一角蛋糕,塞进口中。

蜜豆的甜难掩抹茶的涩。

待到卷子空白处密密麻麻挤满了红笔修改痕迹,周绎北看完答案最后提供的作文立意,收好笔,合上语文真题卷,目光突然捕捉到卷子中一个应时的字眼。

红豆。

于是脑海里无厘头地响起《红豆》的旋律,周绎北又按动笔芯,转而翻开手边另一本练习册,继续写起数学。

还没好好地感受
雪花绽放的气候

只可惜,南城不会下雪。

北京倒是会下,那上海呢?

/ 第十三章 /
崭新明日

▼

紧赶慢赶，总算在春节前写完了作业，周绎北整理着堆成山的卷子与习题册，心中油然涌起一股满足感。这算是她上高中以来第一次在春节前写完寒假作业了，终于体会到"今年的事不留到明年完成"的满足感了。

周绎北穿上精挑细选的新衣服，将头发盘起，坐在餐桌前。电视上放着用力过猛的喜剧小品，她嫌弃地看了一眼，夹起一只虾，毫不留情地吐槽着。

红木圆桌上满满当当摆放着陈茴难得亲手下厨做的年夜饭，也没做什么山珍海味，都是些家常菜。陈茴给家里所有用人都放了个假，让他们也能回家吃个团圆饭。

周绎北夹了一筷子炒面，刚吃了口就忍不住对陈茴竖起大拇指，连声夸赞："妈妈好手艺哦！"

陈茴被夸得喜笑颜开，忙又夹了片鱼肉放进周绎北的碗里："好吃就多吃点！"

说着，陈茴目光柔和地看着周绎北："哎呀，我们北北怎么这么快就长大了，明年就要离开爸爸妈妈去读大学了。"

"怎么一下子就长这么大了！刚出生时还小小的一个躺在我手里呢！"周进也不舍地看着他并不贴心的漏风小棉袄。

"长大多好啊！"周绎北才不走抒情路线，一边用筷子费力拆解着鸡腿，一边兴致勃勃地回答，"等我高考考完我就马上去染个头烫个发，再打个耳洞。"

"不可以！"周进一听头都大了，马上制止，"我的宝贝女儿这么漂亮，不用弄那些花里胡哨的也好看！"典型的老父亲心态。

周绎北只默默嫌弃他古板,还跟支持她追求美的陈茴交换了个眼神,说好了高考后她要从头到尾大改造,成为南城最美一枝花。

总是这样的,在某个特定时间点到来之前,总会兴冲冲地规划好一切,然而等那天真的到来了,却失去了往日那种迫切的心情了。

"就剩最后半年了,妈妈希望你好好读书!"

餐桌上的话题总绕不开学习。

"嗯。"周绎北才不想在吃饭的时候聊这些倒胃口的内容,只敷衍地点点头。

"不过爸爸妈妈也不希望你读得太累了,"周进正了正神色,"只要你认真了,考什么成绩我们都欣然接受。学习要努力,但是身体也要顾好,把握好度!不管怎么样,养一个你,我们家的能力还是绰绰有余的。"

周绎北鼻子酸酸的,心中埋怨着刚才不小心咬到的辣椒太过呛鼻,只点点头,不敢开口,害怕暴露微哑的嗓音。

好吧,希望新的这一年,事事顺遂,万事胜意,她是,她爱的人也是。

周绎北双手合十,站在落地窗前,望着璀璨盛开的烟火默默虔诚许愿。

满桌摆满山珍海味,屋内也布置得红通通的,壁炉内冒着旺盛的火光,可这些温暖是属于他人的,与应洵并无关系。

于是,应洵应付地吃完一顿味同嚼蜡的暗潮汹涌的年夜饭后,便匆匆以写作业的借口回到卧室——难得被留在家中睡一晚,不过也是一样无人在意。

锁上门,他如释重负地呼出口气。

他走进浴室,用热水打湿毛巾,轻轻搭在脸上,热气挥发带走他不堪的心绪。

头发微微被打湿,只随手往后捋去,空调的制热开得人昏昏欲睡,应洵脱去外套,只穿着件短袖,于是挺拔身姿展现,骨骼在青春期中向成人过渡,肌肉精壮,肩膀宽阔,少年气扑面而来。

仿佛闻得到运动盐水饮料的气味。

他走近书桌点亮一盏小台灯,从书包里拿出罗得旺单独给的压轴题加强卷。

应洄揉揉酸涩的眼睛，想着开学前或许得去做个视力检查了，然后提笔，在草稿纸与卷面上留下流畅字迹，静静地做着他的题。

他是喜欢安静的，一直如此，不过习惯就是为了让某些个例来打破的，总有些例外会出现的。

比如小时候那个一脸不开心，但仍在一旁絮絮叨叨地拼装着乐高的不理人的小妹妹。

——"这里是拼这个吗？"

——"哇，好像错了。"

——"拼这个蓝色的好像也可以。"

…………

那时候，应洄几次忍不住想开口让她安静一点，但碍于从小被教导的绅士素养，他只皱了皱眉。最后小妹妹要走了，他总算松了口气，伸出手想缓和一下两人的关系，却不料被甩下面子。

但是他一直忘记告诉妹妹，她的蝴蝶结发绳很可爱。

而她，也蛮可爱的。

现在也是，挑了个安静的地方独自过着被驱逐的生活，却不料一到晚上，窗边落灰的座机电话就一个劲地响。很吵，但是他一而再，再而三地接起电话。

这便是例外，一个绝对的例外。

放下笔，总算写完最后一道题，应洄皱着眉活动着颈椎，拿起手机按亮屏幕看了眼时间，竟然快十二点了。本想拍个解题过程和答案发给罗得旺批改，但等他拍完照片后却没有发出。

现在应该所有人都在等着跨年，他就不要打扰人家兴致，给老师增添工作量了。

应洄索性站起身，拉开窗帘，还没到十二点，烟火便一簇簇燃起，照亮了夜空。

而现在是不是有人与他一同抬起头，在看同一场烟花呢？

分针走到59分，手机开始"叮叮咚咚"地涌入如潮般的短信，应洄一一查看，十条有八条是张远潮、路逞他们那个群发的无意义信息。应洵手指快速滑过那些信息，然后停顿了下，在对话框中输入"新年快乐"，然后发送。

不管怎么样，还是蛮感谢有这群朋友的。

他将社交软件通讯录从上滑到下，又从下滑到上，反反复复好几遍，仍找不到那个想看到的名字，他这才后知后觉地想起，原来他没加周绎北啊。

他只好将一句"新年快乐"以短信形式发送给那个他烂熟于心的号码，在又一簇烟花燃至最高空绽放时，他的短信恰好发送出去。

料想着她看到这条不知来路的短信时的反应，应洵轻轻扬起唇。

这场烟花，真美。

周绎北心情一好就喜欢自己动手煮咖啡喝，一杯接一杯，喝得小脸又热又烫，脑袋也兴奋极了。

她洗完澡，窝进柔软的被窝里，闭上眼，可大脑还是活跃着，翻来覆去睡不着觉。

她莫名拿起手机，下意识地又输入那串电话号码，被黑咖啡影响的脑袋太过雀跃，再反应过来时，电话已拨出。

在"嘟嘟"的忙声中，过度活跃的心脏趋于平缓，周绎北呼气，心中默默怪自己自作多情，然后挂掉电话。

还是睡不着，她漫无目的地刷着手机，回应着黎蔓热情万分的新年祝福，再给掐点发来"新年快乐"的林忱礼貌客气地回了句"新年快乐"，再发一句"晚安"把他想往下继续聊的话头截住。

还是睡不着，总感觉空落落的，周绎北又按亮手机，慢半拍地捕捉到一条新短信。

来自熟悉的陌生号码。

一句简单的"新年快乐"。

心跳又不受控地提速，周绎北咬着唇，可嘴角仍忍不住扬起。

没来由地，她想她知道这条短信来自谁。

于是,她矜持地输入"新年快乐",只是后面跟着的"[幸福]"表情,暴露了她此时内心的欢愉。

熄灭手机,卧室归于平静,窗外烟花仍在空中绽放。

蹭蹭蓬松的枕头,周绎北闭上眼,樱桃酒的蜜意漫上心头,酿造着属于夜晚的甜蜜。

明天会是新的一天。

明天也会是新的一年。

一个崭新的属于光明的未来的一年。

寒假很快结束,高中时代最后剩下的半学期也就这样开始了。

就剩最后一百来天,好像每分每秒都变得更加珍贵了,往常嘻嘻哈哈没个正经的男生们也开始收敛心绪,而侃天侃地热衷于八卦追星美妆的少女们也全身心回归学习。

青春年少的他们在这一年被称为"高三生"。

当周绎北好不容易将沉重的书籍笨拙地搬回到座位上后,她喘着气,抽出张湿巾拭去脸上汗珠,心中感叹着:难道这就是知识的重量吗?

周绎北坐下休息会儿,抬头张望了一下教室,只望见一片开学第一天就埋头苦学的背影,好几个寄宿的女生应是为了节省洗头时间而将头发剪短成"波波头"。

教室里并无许久未见的迫不及待交流的熟络,只闻得见笔尖摩擦纸页的细碎声响以及低声背诵着素材的喃喃碎语。

周绎北抿抿唇,呼出口气,开始收拾起书桌,不能再浪费时间了!

开学第一天虽然没有正式上课,但罗得旺也絮絮叨叨地嘱咐了很多,绕来绕去还是关于高考这个恒定的主题,只不过方向从之前耳提面命的"努力"变成了如今不断强调的"劳逸结合"。

罗得旺自然是希望他的每个学生都能考上"985""211",但是作为一个老师,他更想看见他的每个学生都健健康康。更何况,高考到后期便已成为一场心理战了。

尽管罗得旺已经从打击教育转变为了鼓励教育,但是这学期几乎全班都留下来晚自习了,大家都不想浪费时间。

周绎北和黎蔓随便在路边吃了些小吃垫了垫肚子后便赶回教室晚读,反正晚上回到家还得再被逼着喝一大碗大补炖汤。

教室外的走廊上已经拥了一些人在晚读了,黎蔓和周绎北拿出生物课本也加入其中,伴着南城特有的粉紫色的晚霞,口中碎碎念着"向性运动""信息传递"。好像一切在浪漫的加持下,也不是那么难挨了,有时还会想着未来的自己回忆起这一幕的时候会是怎样的心情。

晚自习铃正式响起,奔到不同角落读背着书的学生也陆陆续续地回到教室。

周绎北刚放下书,就发现课桌上放着两颗巧克力,好奇地拿起来一看,包装上是看不懂的日文。

她抬头望了一圈,每个人课桌上都有两三颗巧克力,只不过,为什么应洵桌上摆的是一整袋巧克力?

周绎北疑惑地皱着眉,刚想开口问问身边的同学是谁送的,就听见前排传来声音:"哇!亲爱的,谢谢你呀!怎么去日本旅游还记得给全班带伴手礼呢!真的是人美心善!"

周绎北顺着声音望去,刚好听见楚蕴温温柔柔地回答:"就一点小小心意,我觉得挺好吃的,想着会不会大家也喜欢,就买了一点点来分给大家,大家高三都一起加油!"脸上是招牌笑容。

于是名正言顺地换来周围一片真心夸赞。

好吧。

周绎北收回目光,又看看应洵桌上那一袋巧克力,她自认为恶毒地想着,会不会送全班巧克力只是借口,真正的目的是明晃晃地摆在某人桌上。

周绎北拿起一颗巧克力拆了包装,塞进口中。她摊开一本练习册,也不想再管旁边的人会是什么反应了,只低头认真刷起题。

不吃白不吃嘛,而且这巧克力蛮好吃的。

90%的黑巧,很醇厚的香味,也很苦,苦得发涩。

应洵一回到座位,就看见桌上摆放着的包装精美的巧克力,先是一愣,然后下意识望向正塞着耳机,隔绝外界任何打扰认真写题的周绎北。

他移回目光，伸手抽出底下压着的一张贺卡。工整的字体书写着"新年快乐""高考加油"之类的话，最后落款是"楚蕴"。

应洵微微皱起眉，看着烫手山芋般的巧克力暂时束手无策，只得先将其放置到一旁，等下课了再去还吧。

而坐在后面的张远潮囫囵吞枣地将巧克力咬碎也不等融化就咽下，一张脸苦得皱成一团，忙灌了半瓶水。

见应洵举起张贺卡，他便八卦地伸着身子偷窥着，探头探脑的，最后也只看见个"楚蕴"。

啧！张远潮暗自感叹。

而坐在前面的周绎北随机播放到下一首歌，她垂着眼，反复认真地一字一字读着不过寥寥几个字的翻译题。

"辄"是常常，"沃面"应该是洗脸的意思……可是串成一句话后句意却不通顺。

最终，她只能将静不下心的因素归结于耳机中过于甜腻的流行音乐，索性按下暂停，拽下耳机，随便塞进外套口袋中，深吸一口气，垂下眼继续做题。

还是要努力啊。

你的目标是上海。

于是，日子就在一场接一场的周测中，在一下子发下来十几张的各地质检卷中，在语数英物化生的轮番摧残中被残忍地淹没。

某天体育课自由活动，周绎北与黎蔓在石凳上捧着书互相讲解着题，突然一朵花落下来，掉在摊开的书页上。

周绎北抬起头，望着满树开得旺盛的花朵，感受着暖融融的空气，才后知后觉地反应过来——

啊，原来春天早就到了。

在日复一日的做题考试中，在对自己的打破重塑中，在高压学习环境中，好像对外界的反应也变得迟钝了，更别谈对美的感知。

手中捻着那朵普普通通甚至过于艳俗的木棉花，周绎北突然感觉胸口发热，只涌起一股泪流满面的冲动。

近似于一种委屈的情绪。

但她只不过吸吸鼻子，又低下头，继续听着黎蔓为她讲解昨天刚发下来的隔壁市的二质检化学卷的压轴题。

那朵木棉花被插进一个小瓶子中放在教室课桌上，顽强地陪伴着周绛北度过她十八岁的春夏。

市二检突如其来。

她仍是以未准备好的状态去应考的，但是这已经成为常态，如果你觉得自己完全准备充分了或许才是出了大问题。

她本着轻松应考的心态去面对，可是在打开高三记事簿看见那一行"全市前一百"时，呼吸总是会莫名急促。

成绩出来后，她站在公告栏前，仰头看着新张贴出来的成绩单。

虽然还是错了很多很不应该错的基础题，对于导数压轴题、理综难题还是束手无策，但是周绛北觉得自己还算是发挥正常。

虽然掉出了班级前十，但是市排名正正好是第一百名。

形成习惯似的，周绛北抬头寻着第一名的分数，于是又不出意外地看见了"应洵"这两个字。

明天可以把钱包带过来了。周绛北咬着唇，垂眸走回座位，这样想着。

难得起了个大早，周绛北打着哈欠走进教室，趁着教室里还没什么人，将包装好的钱包放在应洵桌上。

周绛北坐回位置上，思来想去，扯了张便利贴，写下"恭喜市二检又拿状元了"这几个字，好像还是挺简陋的，又从笔盒中抽出支彩笔，在下方补上了句"小小心意，蹭蹭喜气^^"。

这样看着就顺眼多了嘛！

她侧过身将这张便利贴压在礼品盒下，满意地点点头，随即便正回身，拿出本语文辅导书，翻到必备文言实词专题，开始埋头苦背。这次市二检文言文部分失分有点多了，得赶紧补补。

应洵一到座位，就见课桌上摆着个包装精美的礼品盒，抽出底下的便利贴，看到是熟悉的字体，嘴角也忍不住弯起。

他不舍得在教室拆开，于是塞进书包中，想着回家再认真拆吧。

他坐下，从书包里拿出昨晚整理好的资料，用回形针别好，学着周绎北夹上张便利贴，潇洒字体留下句"我帮你整理了一下各地质检的热门考题，你可以看一下，不会的再来问我"，然后递给她。

周绎北呆呆地接过，感受着手中沉甸甸的分量，慢半拍地反应过来急忙连声道谢，心中忍不住细数着应洵给她提供的材料。

嗯，一本完整的笔记本，带有解题思路的卷子若干，写满了知识点的压题草稿纸数不胜数……等应洵拿了高考状元，那这些一定很值钱！

忙将跑偏的思路扯回来，周绎北低下头继续认真背着文言实词。

要好好读书啊，不要辜负那些对你有期待的人呀！

在省质检之前是百日誓师。

高三后期，压力明显直线上涨，现在教学已经很大程度上回归自习与各种信息卷讲评了，也不敢给学生什么压力，以鼓励为主总不会有什么错的。而百日誓师的主题也是提振学生信心，因此也办得格外盛大。

优秀学生代表与老师致辞不说，还人手安排一门礼炮，还有个击鼓宣誓部分，甚至还有唱高考战歌环节。

而"战歌"还是《我相信》。

应洵自是被安排作为优秀学生代表发言，而周绎北难得也在百日誓师上露了个面——负责给战歌拉个伴奏。

在聚光灯下，应洵只穿着件校服衬衫，礼堂人挤人，热气腾腾的，倒也不算冷。

也不用怎么看稿，他只平静地述说着，但其实更近似于分享，分享着他一路走来的心绪，并没有过度夸大其辛酸部分，也没有对其一笑而过，他只是陈述着。

他其实也不过是一个普通的高三生，只是多了一丝努力与天赋，但在比他更努力、比他更有天赋的人面前，他是没有资格彰显这些的，他唯一能做的也只不过是毫无保留地给大家提供他探索出来的更有效率的上升路径。

或许，这种平白的叙述会更有力量。

在失真的麦克风中，透出的是应洵坚定的声音。

"请大家相信，熬过这个春夏，属于我们的将会是灿烂的十八岁夏天！一起加油吧！"

光汇聚于他身上，但此刻，让他闪闪发亮的并不是白炽灯，而是他语气中的一视同仁的认真与恳切，以及一双桃花眼中无畏的自信。

掌声汹涌，心中亦有潮翻覆。

应洵的人生是看得清楚的一览无余的坦荡，而在他的描述下，好像每个人努努力，加速跑一段，再踮踮脚，也能够得到如他一般光明的大好前程。

周绎北抱着大提琴坐在后台，身旁负责给《我相信》提供钢琴伴奏的女生是一名高二的艺术生，女生掀起一角幕布，星星眼地向应洵窥去。

应洵礼貌鞠躬，然后自后台退场。

那女生忙又退回身，乖巧坐回周绎北身旁。

舞台幕布被掀起，无数的光随着他的身影一同降临。应洵望见周绎北，朝她笑笑，一双桃花眼又弯成月牙，路过她身旁时还掉落下一句"加油哦"。

没料到这一出，周绎北略显局促地笑了笑，手心莫名发热。

待应洵身影彻底消失后，旁边的学妹忙凑过来好奇道："学姐，你们认识呀？"

周绎北仍抱着大提琴，点点头："我们是同班同学。"

"那应学长是不是很受欢迎？"学妹思绪翩飞着，"长得又帅，成绩又好，性格还蛮温柔的！肯定很多人追捧！"

周绎北垂下眸，轻轻笑了笑："应该是吧。"

"那他有没有什么八卦呀？"果然，八卦是人类共有的属性。

"那我怎么会知道呢？"周绎北仰起头无奈地笑了笑，"人家学霸的世界与我们是不同的。"

学妹若有所思地点点头："确实也是。"

还没来得及继续深入聊，就到了奏"战歌"环节，负责乐器演奏的同学们忙急匆匆上台准备。

在激昂的乐曲声中，竟也听到了青春的脉搏。

在"我相信我就是我，我相信明天"的众人齐唱中，在礼炮声声放响中，在漫天飞舞的彩带中，绚烂华丽的十八岁，是一切皆有可能。

音乐停止，周绎北忍不住站起身，抬着头，在炫目的光晕中，她伸手，有两片彩带落入她掌心。

后来，周绎北将其夹入高三记事簿中，妥帖地保管这两片彩带，也保存她青春无敌的十八岁。

一场再盛大的宴会终会沦落到"曲终人不见"的地步，百日誓师终于结束，只剩满地飘零的彩带。

不愿与其他人抢化妆间，周绎北索性在一旁站了会儿，等到最后只剩她一人才慢悠悠地晃荡进后台化妆室，慢条斯理地整理干净面容，再裹上校服，心情颇好地哼着不知名的曲儿收拾着大提琴。

有雨丝拍打窗，淅淅沥沥的雨落下来。

应洵推门，发丝沾着些雨，他应该是来躲雨的。

没料到会碰见，两个人目光通过镜子相遇，抿抿唇，又下意识马上移开。

"下雨了，"应洵开口，"等一会儿再走吧。"

周绎北"嗯"了声算是应答，在昏暗的灯光下，莫名耳热，只加快了收拾大提琴的速度，只是等所有东西都整理完了，才觉得手上空空，倒是更别扭了。

晚读应是开始了，隔着雨幕，高三楼处的琅琅读书声竟也能传来，沾了些湿润的水汽，搞得手心也湿湿的。

"其实，我很想问你，"周绎北被冲动驱使着莫名开口，"如果暑假最后那通电话，我说的是你的名字，你会答应吗？"

好像在打哑谜，但她知道应洵知晓谜底。

沉默在发酵，应洵走近了，俯下身，轻轻捻去她发丝上的一个彩带，又直起身，望向窗外："雨小了，我先走了。"

望着他的背影，周绎北咬咬唇，了然，这怎么不算是一种回答呢？

百日誓师那一瞬闪烁着的快乐也很快就消逝在繁忙的学业中，在如山堆叠的各种信息卷中，在红笔写下的数字中，一切情绪都变得轻飘飘的。

但高三也并不是全部被学习挤占满的，也仍有一些很普通的快乐。

课间时一起去走廊上吹吹风换换脑袋，午休时偷偷塞上耳机听歌，在渐热的傍晚买上一根冰激凌慢悠悠绕着操场一圈圈走，在昏昏欲睡的自习课上偷偷翻开一页课外书……日子更多地由这些片段组成。

上坡路也不会一路走来都轻松。

周绎北也在省质检上结结实实摔了一跤，一下跌出班级前二十名，更别说市排名和省排名了。

她看着一朝回到解放前的数学成绩，眼泪忍不住簌簌地落，不想在同学们面前丢脸，于是一个人拿着手机跑到天台。

心中反复诘问着自己怎么会考成这个样子，一双眼睛哭得红彤彤的，还剩几十天了，怎么能用这个状态上考场呢，还来得及吗？

各种怀疑涌在喉间，止不住地哽咽，周绎北拨通陈茼的电话，吸吸鼻子，努力调整好情绪。

可电话接通后，陈茼开口的一瞬间，她的情绪就跟着决堤了。

正在做着定期皮肤护理的陈茼听着电话中传来的周绎北的呜咽声，慌了神，忙问道："北北，怎么了？不要哭呀，有什么事告诉妈妈呀！"

天边的霞云又渲染成罗曼蒂克的粉紫色，而周绎北此刻却无心欣赏，只带着哭腔愧疚道："妈妈，对不起，我这次又考差了。"

陈茼明显松了口气，安慰道："考差一次又不会怎么样！这次考差下次再努力进步回来嘛！"

听着陈茼这样讲，周绎北更愧疚："可是这次真的考很差，就剩几十天了，我害怕来不及了。"

"怎么会来不及呀！"陈茼继续鼓励着，"一天努力提一分，到了高考就已经足够了。再说了，只要你认真了，考什么样的成绩我都接受！"

缓和了一下语气，陈茼劝慰着："好啦，别哭啦。去洗把脸，然后重新认认真真地分析一遍卷子吧！"

周绎北抹了抹眼泪,调整好情绪,心中暗下决心,就算是为了妈妈,她也要好好读书。

周绎北去卫生间洗了把脸,冷水扑在脸上,洗去狼狈,抹了抹脸上的水,抬起头望着镜中眼眶通红的自己,抿唇,后知后觉地觉得丢脸了。她深呼吸,努力压下脸上因哭泣而泛起的潮红,等做足了心理准备,才垂着眸静悄悄地走回教室坐回位置。

桌上摆着一瓶酸奶,周绎北拿起,还带着些冰柜里的冷气,心下却是暖暖一片。应该是黎蔓给的,这是她们俩最喜欢的酸奶。

将吸管戳上,周绎北一口气喝光了,然后整理好心情就拿出惨不忍睹的卷子开始忍痛分析。

只是从堆叠成山的资料中抽出卷子时连带飘出一张小纸片,周绎北好奇拿出。

是熟悉的字迹:一次摔倒不等于失败,摔倒了爬不起来才会失败。跑起来吧。

她目光忍不住瞥向一旁,然后又马上慌乱地收回,习惯性地将字条夹入记事簿中。

自从上次百日誓师后,他们就已经很久没有交流了,更多的只是讲解题目,蜻蜓点水般,连眼神都不敢过多接触。

周绎北在为百日誓师的冲动而后悔,后悔自己多余的一而再,再而三的勇敢,后悔自己的自作多情,同时也狠狠讨厌应洵若有似无的态度。

喜欢就喜欢,不喜欢就不喜欢,哪有那么多不能开口的苦衷呀。

读好书才是第一要务!

于是,她握紧笔,重新面对一塌糊涂的卷子,将每一处她不舍得扣的分都重新写过。

一学期过去,与知识一同增长的是满满当当的一个错题本。

而应洵何尝不在后悔,后悔自己乱七八糟的身世与家庭,后悔自己的过多犹豫,后悔自己不够强大。

但这样也好,能静静地看她几眼也是好的。熬过这些日子,又或许会有转机呢？

  内心惶惶，却已临近高考，自习的时间变多了，对时间的敏感度也就降低了。

  待大家反应过来时，已是高考前一天的班会课了。

  罗得旺一脸慈爱地打开一体机，点开个视频，然后战歌《我相信》流淌，可配上屏幕上滚动的这两年来班级所发生的滴滴点点的画面，并不觉得振奋，只莫名伤感。

  画面中有运动会大家奋力陪跑的片段，有让人激动万分的 20×50 米接力瞬间，有艺术节大家打扮得花枝招展地表演着话剧，有跨年时在教室里一起手忙脚乱地包饺子……快乐的瞬间很多很多，但笑的时候为什么鼻子会酸酸的呢？

  伴随"我相信我就是我"蹦出来的是大家读书的剪影，有早上五点多就在教室背书的，有晚上十二点才恋恋不舍从教室离开的，有课间激情讨论的，还有自习课各自沉浸读书的……

  泪水好像一下就忍不住了，周绎北偷偷抹着眼泪，见周围的同学们也都红了眼眶，索性就让泪水自由地流淌。

  不是单纯觉得感动，而是很庆幸，原来自己的快乐，自己的努力都有被大家所看到、所保存。

  视频很快结束，罗得旺也摘下眼镜轻轻擦了擦泪，努力克制着："老师技术不太行，只能剪成这个样子，但你们的青春肯定比视频中的精彩！

  "我总生着气说，你们是我教过的最差的一届，但其实，你们是我教过的最好的一届！"

  没料到会走抒情风格，大家都眼眶湿漉漉的，直直望着罗得旺，满是不舍。

  "两年来，我们一起付出了那么多，但一直都是你们在感谢老师，在老师生日，在各种节日给老师们准备礼物！今天，老师们也准备了礼物送给大家，希望大家从此，前程似锦。不管明后两天如何，你们永远是最让我骄傲的人！"

  于是教室前门被打开，各科任老师每人都捧着好几束花，笑盈盈地走进教室,将最美的鲜花送给正值最好年华的同学们,并给予深深的拥抱与祝福。

一下子,苦苦忍住的泪决堤,教室里哭作一团,是感动,是不舍,是这辈子再也遇不到这么好的一群人了。

捧着花,一起喊着"三二一",抛弃过往所有的恩怨,共同仰起笑脸,在相机中留下了最美的一瞬间。

青春无畏的十八岁。

高考就这样到来了。

陈茵穿了件大红旗袍,而周进也被她安排着穿上件马褂,两个人在家中絮絮叨叨的。

"尺子带了吗?"

"涂卡笔够吗?"

"准考证在哪儿?还有身份证呢?"

周绎北见他们两人绕来绕去只觉头晕,忙咽下最后一口鸡蛋,摆摆手让他们坐下:"放心吧!都准备好啦!"

两个人这才安心了些,但还是眉头紧锁一脸担忧,却仍故作轻松地嘱托道:"北北放轻松!能考多少算多少,爸爸妈妈都接受!一定加油!一定可以的!"

周绎北呼气,扯开个笑,对他们也对自己说:"一定可以的!"

明才的学生考场就设在明才,在熟悉的地方考也能相对减轻一些压力。

昨日就来看过考场了,倒也不会像无头苍蝇般,入场铃敲响后,学生们便如潮般拥入考场。

坐在位置上,看着分针一步一步越发接近考试开始时间,心倒是慢慢平静了下来。

时间到,铃声响起,于是拿起笔,开始埋头苦写。

说来奇怪,在梦中,在想象中,经历了那么多次的高考,现实体验,却没有一丝关于"高考"的紧张。

就好像只不过是一次普通得不能再普通的考试。

时间到，铃声再响起，只不过这次响起的是收卷铃了，周绛北忙放下笔，心中松了口气，不管写得怎么样，也算是结束第一科啦！其实也是有意不让自己过分纠结对错。

午餐是陈茵和周进送到学校来的爱心午餐，两人也不敢多问，看周绛北脸色正常也就稍微放心了点。两人忙将便当递给她，再说上些鼓励的话，看着她的背影恋恋不舍地离开。

周绛北则捧着便当盒和班上同学们凑一起吃饭，都很谨慎地不敢提起考试相关，只说着些逗趣的、八卦的话。

见身边只有相熟的三两个人，一个家里开医院的女生悄悄开口八卦道："你们知道吗，前几天应洵他妈妈给他生了个弟弟。"

"他再拿个状元就凑成双喜临门了。"身旁女生羡慕着说。

"哎，你知道什么！"那个女生继续爆料，"他妈妈生产时大出血，需要输血，这才发现他爸爸妈妈都是A型，弟弟也是A型，就他是AB型……"

这一说，一圈女生都愣住了，你看看我，我看看你，不敢再说什么，只继续低头吃着饭。

周绛北收拾完餐盒，起身，沉默地离开。

别人的家事，不好意思也不方便评价太多，可一颗心却莫名乱糟糟的。

身旁有人坐下，周绛北望去，难得主动搭话。

"怎么办，下午数学好紧张？"

应洵一愣，然后眉眼也放松下来，语气柔和，伸手，有些犹豫，但仍轻轻揉了揉周绛北的头发："放轻松，你一定可以的！你那么棒！"

"可是还有好多题型我还搞不懂。"周绛北见他还是一副没事人模样，心下一松，横了他一眼，但并没有什么威慑力，只让人觉得软绵绵的可爱，"你别把我的头发弄乱了！"

应洵又揉了揉，脸上带着笑："这样就不乱了嘛。"

然后，他伸手从笔记本中拿出一张写得满满的草稿纸，不太好意思地递给周绛北。

"这个是之前为你整理的，"他摸了摸鼻尖，"只是……之前没寻到机会给你。"

周绎北心下了然，怎么是没寻到机会，应该是不敢拿给她，害怕她不接受。

周绎北伸手接过，对他展开甜甜一笑，然后低下头认真看着。

一张草稿纸上工整地书写着常用的二级公式和一些解题技巧。

周绎北抬起眼，咬着唇，认真看着应洵，诚恳地对他道："应洵！你知道的，在我心里，你永远是当之无愧的第一名！"

应洵望向她，虎牙尖尖的，少年气蓬勃，只轻声对她说："谢谢！我也相信你，一起加油吧！"

这是十八岁仲夏，最最最诚恳的两个愿望。

两天考试很快就过去了，十二年苦读成为了四张考卷上潦草的答案。

理综收卷铃声响起，大家齐齐放下笔，望着卷子，会有不甘，但更多的或许是终于解脱的感慨。

排着队走出考场，夏日微热的傍晚，周围是一张张笑着的脸。

放下语数英物化生，放下所有纠结的ABCD，所有的所有，都化成了一句：

天气真好啊。

受莫名的第六感驱使，周绎北转过头，不舍地看着这关于高三的一切，却撞见应洵含着笑的一双桃花眼，于是她也毫不吝啬地展开个甜美的微笑。

十八岁时，最美的一个傍晚。

或许，青春也就终结在这一个午后。

/ 第十四章 /
藏头情书

▼

今天手机中的音乐电台突然跳出首《流年》，我无厘头地想起朋友开过的一个玩笑：暗恋要听王菲，热恋得听周杰伦，失恋就听陈奕迅。

但也确实，耳机中正在播放着的一句"有生之年，狭路相逢，终不能幸免"就足够贴合深陷暗恋的那种束手无策了。

索性这一期我们来聊一聊，青春中的恒定命题：暗恋。

谁不曾在笔记本中偷偷写下一个名字呢，谁不曾在嘈杂课间追寻过一道身影呢，谁不曾在体育课间偷偷奔去买一瓶冰矿泉水却只能握在手中永远不敢送出呢？因为暗恋而做的事或许都是千篇一律的。

为什么一遇见TA，就会呼吸急促心跳加速，多巴胺也自有答案。

我为此问过几个好友。

A说"喜欢他穿着白衬衫站在午后温暖的光下与友人聊着天时，偶然抬头与我眼神对视"，这会让她莫名脸庞发热，太阳顺着他不经意的眼神灼烤着她的面庞。

B说"有一次在放学回家的公交车上偶然坐在了一起，他递过来一边耳机"，于是一首《天黑黑》成了她这场暗恋的背景音乐。

C说"我喜欢她鬓边的碎发，这会让我联想起赵孟頫的楷书"，就此在繁杂数学公式挤占的草稿纸上频繁出现一道秀气的侧脸线条。

…………

暗恋就像是一场盛大的哑剧，只有自己才知道在上演什么撕心裂肺的剧情，旁人只看到喜剧一场，并不知晓你为何莫名红了眼眶。

写到这儿，A突然问我："衡南，你的暗恋故事呢？"

我自是尽量笑着洒脱地回复："拜托，我怎么可能会暗恋人呀。"

他们点点头，表示确实，如我这般无比骄傲的人怎么可能会卑微暗恋呢，如果有的话，那个男生得多优秀。

见他们放过我开始谈起新话题，我心中偷偷松了口气。

可事实是，我也曾暗恋过一个男生。

他是闪闪发光的人，拥有的人生也很璀璨。书桌里堆满的是翩飞的少女心事，各种节日礼物堆满桌是标配，校服永远熨烫出流畅的线条，脸上永远是礼貌而疏离的微笑。

样貌自然也是一等一的好，偏生家世与学业也是同样优等，实在让人忍不住叹一句：天父实在对他过于偏爱。

十八岁的我认为我是讨厌他的。

不是他的问题，是我的问题，是我内心的自卑作祟，是我因忍不住被他吸引而生闷气，是他太好太好。

事情的转机发生在高三前的暑假，我意外地与他通了一个月的电话。

通过一根细细的电话线，他与我平静地提起博尔赫斯的月亮，与我谈论杜拉斯的西贡，漫不经心地引句"古人说，'镜里花难折'，可笑的是这探手之情"……当我被双曲线抛物线紧紧纠缠之时，他在夏夜为我推开窗，引我看明亮的月。当我一年后在高考志愿上填下一个个汉语言文学时，或许我在期待的是一轮来自仲夏夜的月亮。

他也会在电话里为我放一首《可爱女人》，有时也会是《宝贝》的片段，他的浪漫是波光粼粼的一池月，我忍不住伸手去捞，手心触摸到的是冰凉。

我以为这只不过萍水般的奇妙缘分，却在高三开学前意外得知电话对面是讨厌的他。

于是晴天霹雳，更加气急败坏地对待他。其实不过是小女孩一下子绕不过来的心思。

我是怎么发现我这份嘴硬的暗恋心事的呢？

或许是数学课上第无数次望着他的侧脸失神时，或许是在旁的女孩站在他桌旁向他询问问题时忍不住的坏心情，或许是明明在听他讲题却神游地细数他浓密的睫毛时……

并没有具体一个时间点的,也不是明确的事件,少女心事的来龙去脉完全无法理清。

心动并不是天时地利人和才能铸就的,心动是在无数个轻飘飘的无意义的一瞬间。

当我开始为毕业后见不到他而怅然若失时,或许至少从那一刻起,属于我的苦涩暗恋才开始浮出水面。

不过,感谢他,也成为了我高三闪亮的方向标,清晰指引我前进的方向。

在那个大汗淋漓的盛夏午后,我在电脑前,等到了属于我青春的成绩单。

省前300。(A说这是我临死前会牵着孙女的手让她帮我刻在墓碑上的好成绩,不过我难得有一次考那么好,就让我开心一下吧。)

脑袋里第一时间想到的是"上海,稳了",高三时的我做梦都想去上海。

第二个想法是:他考得怎么样?

不过这个问题很快也有了答案。

在高考成绩出炉的那一瞬,与他有关的报道就已经满天飞了。

因为他是全省第一。

慢半拍听到这个消息的我也与有荣焉。只是他理所当然地北上,而我勉强在上海驻足。

年少的暗恋像断了线的风筝,风一吹就飘摇而去。

最后一次见面是在谢师宴上,他身姿挺拔,白衬衫上有淡淡柠檬香,温柔地笑着,酒窝浅浅。我没有找他叙旧,没有找他敬酒,没有找他剖白我那糟糕的少女心事,我只是静静地站在角落望着他。

其实这样也就够了。

如果我没有整理出我的高三记事簿,发现那个秘密的话。

大学放假回家,我在大扫除时又翻开了那本高三记事簿,有一沓便利贴掉落。我弯腰费力地拾起,强迫症地按照时间顺序排序。

这是他给我的暗恋留下的为数不多的纪念品——一张张他对我愚蠢学习问题礼貌回应的便利贴。

于是我发现了，或许可以称为，他的秘密。

——我是大大大好人，所以不用请我吃夜宵了，好好写作业就好。

——好好背公式！基础题不应该错。

——像第十六题这种，时间来不及就先跳过，合理规划时间，不要硬磕。

——有题还不懂的话，下课后可以再来问我。

——点滴的进步还是可以看见的，表扬小猫，可爱的。

——喜欢犯这种不应该的小错误吗？

——欢迎多多来问我磁场问题。"

——你怎么那么笨！

——笨，这题怎么又错啦！

——但这次进步很多，思路是对的，只是最后代算的时候代换错了。

——还有三题没做，明天得完成哦。

——没有大问题，还是计算问题，得好好加强。

——有问题的话下课可以再来问我。

——发现这个味道的薄荷糖蛮好吃的，你要不要尝一尝？

——现在不会再错一些基础题了，表扬。现在没什么想要的礼物，等以后你再来帮我兑现吧。

"我好像有点喜欢你笨但还没有发现"——

我好像有点喜欢你，笨蛋还没有发现！

于是，我迟到了的酸涩青春突然有了一个破折号般的句点。

兜兜转转，原来风筝的线仍握在我手中。

我张着唇反应不过来，泪水盈满了眼眶，捧着那些便利贴，像是捧着我青春的遗物，一个迟到了的答案。

只可惜，出题人或许早就更换了。

所以，我不愿提起，也从未将其叙说，只是在夜深人静的晚上，像含着颗话梅般，偷偷反复品味，咂摸出另一番滋味。

但好歹，我也拥有了一段暗恋故事来分享。
歌曲临近尾声。

…………
手心忽然长出纠缠的曲线
懂事之前，情动以后，长不过一天
那一年，让一生，改变

你们的暗恋故事呢？是酸甜还是苦涩？欢迎后台留言与我分享哦！下一期下周六不见不散！

周绎北在键盘上敲下最后一个感叹号，暂停了手机中播放着的音乐，松了口气伸了个懒腰，于是浑身关节咯咯作响。

赶在晚上九点前，周绎北重新审了一遍稿，在公众号后台编辑好定时发出。不忍回头再看一遍那酸掉牙的文字，她点了个外卖，再打个电话给黎蔓，约她来家中一起吃个夜宵，找点其他事情来转移注意力。

正如文中所说，周绎北幸运地在高考中获得了一个好成绩，也如愿去了上海，对着厚厚两本志愿书焦头烂额研究许久后孤注一掷填下许多汉语言文学专业，不去管各种红字表彰各种电视报道，安安静静在家中等一封满意的录取通知书。

九月，闷热的季节，周绎北背着行囊，低着头，故意不去望周进与陈茴红红的泪眼，一个人竟也在遥远的上海过了自在的四年。

大学四年中，她又误打误撞赶上了互联网的浪潮，瞎搞了一个自己的公众号发一些牢骚酸话，竟也在毕业时赢得了十几万关注与稳定收入，靠着稿费与周进的赞助，在上海购置了一套属于自己的小公寓，靠公众号与不定时约稿过活，竟也有滋有味。

所有人都评价她幸运。

但只有周绎北自己知道一路走来的艰辛酸楚是如何，从不敢回头望。

赶着新一轮毕业季话题，周绎北推出了一篇"暗恋"主题的文章，逼着自己重新拾起那番酸掉牙的少女心事，也不由得牵连出那个人。

她曾经的暗恋对象——应洵。

周绎北还没来得及伤春悲秋地多想些什么，门铃就被按响，外卖已经送上门来了。于是，她急忙穿上拖鞋，跑去门口拿外卖。

夏天热气腾腾的深夜，果然就适合吃烧烤配冰啤。

周绎北刚在餐桌上摆开一桌香喷喷的烧烤，黎蔓就掐着点到了。

周绎北不在意形象地随手盘起头发，瘫坐在桌前，将啤酒倒进堆满冰块的玻璃杯中，痛快地喝上一口。两人有一搭没一搭地聊天。

"宁绾南和路逗又复合了。"黎蔓刷着朋友圈迟钝地发现。

啃完一只鸡翅，周绎北慢条斯理地擦着手，随口评价着："那份子钱得提前准备好了，他们俩这分分合合那么多次，我猜路逗要熬不住了。"

黎蔓将一串年糕吃得一干二净又拿起一串牛肉，继续刷着手机完成着自己的社交任务，然后突然惊呼："怎么楚蘯突然订婚了！"

由于一些心照不宣的原因，周绎北并没有与楚蘯交换联系方式，高中毕业后两人也再没有什么交流。突然听到她的消息，她忙凑近看黎蔓手机上的内容。

九宫格订婚照。

楚蘯一如既往走的是优雅知性风，脸上的笑意也是温婉的淡然，照片中甜蜜的两人只能用郎才女貌来形容。

周绎北侧开身子，真心地道了句"蛮般配的"。

只是没有人知晓，在看见那张陌生男性面庞时，她心中的如释重负。

于是话题顺其自然地引到了老同学的现状上。

"不过混得最好的肯定还是应洵了。"黎蔓放下手机，又开了瓶冰啤，艳羡道，"抛开家里那些破事，他白手起家一路竟也顺风顺水，现在公司规模那么大！也是没想到啊，我还以为他们这种学霸会一心搞科研呢。"

周绎北抽了张湿巾擦了擦嘴，情绪不是很高："世事难料，我自己都没料到我会天天和文字打交道。"

"不过北北，你这公众号确实搞得不错啊！"黎蔓不吝啬地夸赞着，

"我今天还听我们工作室几个小姑娘在讨论'衡南'呢！"

"衡南"是周绎北的笔名，她一直是以这个身份发表文章。

"也就瞎写写，勉强养活自己罢了。每天找素材、追热点，搞得我都脱发了！"周绎北歪头，愁眉苦脸地捋捋自己的头发。

然后，她又抬起头看着黎蔓，开始薅羊毛："蔓蔓，你那工作室什么时候给我免费拍几张工作照吧！"

黎蔓拿出手机看着行程安排表，认认真真给周绎北寻个空闲时刻："这周日上午怎么样？我最近快忙死了，那些明星各个看起来都光鲜亮丽风度翩翩的，实际上一个比一个难搞！"她忍不住抱怨着。

"我今天拍的宋歌，还不小心听到一个八卦！"黎蔓说起这个来了点精神，"本来是安排晚上拍的，结果人家晚上有约，又紧赶慢赶给我挪到了下午！"她卖着关子道，"你知道她约了谁吗！"

"谁？"周绎北兴致缺缺地搭着话。

宋歌也算得上是最近的当红小花了，可周绎北每天都忙着敲键盘，对明星不怎么感兴趣，关于这个名字就只觉着陌生。

"应洵啊！"黎蔓揭露谜底，"我就听到一嘴说晚上要参加饭局，宋歌倒是蛮有自信，拍着胸脯说一定拿下应洵呢。我憋笑憋得脸都僵了。"

周绎北又给玻璃杯满上啤酒，倒不似黎蔓那么激动，神情淡淡的，只疑惑道："应洵不是在北京吗，怎么突然来上海了？"

"人家拓展业务吧，"黎蔓敏锐地觉察到周绎北情绪上那微微的不对劲，敛了敛脸上的笑，感叹着，"有钱人的世界我们不懂呀！"

周绎北抿了口冰啤，冷气自喉咙冲向四肢，指尖莫名冰凉，她将自己蔫蔫的情绪归因为闷热的天气。

她心中忍不住纳闷着：怎么今天关于应洵的一切，就像一阵对流雨一般，铺天盖地又毫无预备地降落。

好像记忆中鲜衣怒马的少年郎也在麦芽发酵的酸涩中变得鲜活。

"他倒是抢手。"周绎北平静地评价着。

"那肯定，未婚帅气钻石王老五，肯定会有不少女生争着抢着扑上去，"黎蔓说，"商业头版头条人家天天上，连娱乐八卦博文也时不时都带上他。"

"说不定哪天在上海我们还能碰上，"黎蔓与周绎北碰了个杯，开着玩笑，"不过也不知道应总还记不记得我们这些老同学！"

周绎北仰头将杯中啤酒一饮而尽，扯动嘴角露出个勉强的笑："本来就不太熟，应该记不得了吧。"

只不过她也没想到，黎蔓随口一说的"哪天就碰上"这么快就到来了。

上海的夏天，热气是从脚底板腾腾往上钻的，不留情面地炙烤着被冷气喂养的骨骼。

周绎北结束产品的外拍，背着笨拙的相机，直起身，将品牌提供的产品——一支口红随意丢进包中。

只灌了杯黑咖啡的肚子后知后觉地感觉到难受，周绎北伸手揉了揉，将被汗打湿的刘海往后捋，深吸口气，扛着大包小包，狠狠地随便在街边叫了辆的士，思考着是不是得将招个小助理的事重新提上议程了。

头靠在车窗上，出租车冷气开得足，激起一身鸡皮疙瘩，周绎北在脑海里默默总结着这一个月的行程，突然瞥见街边有一家便利店，忙叫出租车司机停下车。

得买些东西补足家中空荡荡的冰箱了，顺便买些饭团和关东煮垫垫肚子。

相机在胸前摇摇晃晃，坠得脖颈疼，周绎北弯下腰打开冰柜，冷气扑面而来，她拿起一杯酸奶，犹豫了下，又拎起一袋奶酪棒。

她又打开冰箱门，往臂弯里塞上几瓶三得利乌龙茶，长时间深夜撰稿赶稿的痛苦已经让周绎北对这种提神饮品产生了深深的依赖。

在收银台前认真地挑选着关东煮，周绎北指指锅中沸腾着的最后一串牛肉丸，讨好地朝收银小妹妹笑了笑，换来更满的一勺汤。

肩上背着包与相机，一手提着满满一袋零食，一手拿着关东煮，周绎北刚走出便利店就愣住了。

突如其来的瓢泼大雨。

周绎北收回脚，坐回便利店玻璃墙边的高脚椅上，郁郁地望着店外如针脚般细密的沉重雨幕，心中埋怨着夏天孩童般善变的天气，手上愤愤地用签子戳着浸满汤汁的白萝卜。

雨越下越大,看来一时半会儿是停不了了,周绎北索性在店里吃完了关东煮,还买了个咸蛋黄饭团慢慢啃着。

只是,等周绎北慢条斯理地吃完了,雨仍淅淅沥沥下个不停。

愁眉苦脸地望着渐密的雨帘,今天就得交初稿了,而她现在还被困在雨中束手无策。

做足了心理准备走出便利店,雨滴砸在地上,脚踝处溅上破碎的冷意,周绎北咬咬牙,打算冒雨冲出去,反正离小区也就几步路,再在这儿耗下去只可能会更加麻烦。

周绎北刚迈开腿,雨滴还没在肩上降落,就被突然揽到伞下。

她迷惑地抬起头,猛然间撞进一双依旧潋滟的桃花眼中。

下意识后退一步,垂下眼,周绎北只感觉心烦意乱。

雨滴砸在后颈处,慢慢沿脊背蜿蜒坠下,浸入骨子的冰凉,她的脑袋迟钝,又宕机了。

满脑袋全是他那一双眼睛。

出乎意料的偶然重逢。

"怎么没带伞?"应洵开口,将伞往周绎北的方向偏。

周绎北抿了抿唇,开口,声音却有点发涩:"没料到下雨。"深呼吸,雨后的腥味上涌,再开口语气已恢复正常,"你怎么在这里?"

手中拎着的一大袋东西慢半拍地显得沉重,在手心中勒出一道红痕,周绎北默默换了只手。

"刚才在附近谈一个项目,来买瓶水。"应洵言简意赅地解释,嘴角微弯,视线却未离开过周绎北。

"上车吧,我载你回去。"

在雨中嘈杂的沉默中,应洵移开眼,喉结一动,开口提议,然后自然地伸手接过周绎北手上的东西。

湿漉漉的水汽附着在身上,黏腻腻地难受,周绎北点点头,轻声说道:"那麻烦你了。"

一定很狼狈。

周绎北咬着唇，在心中默默评价着自己。心中满是措手不及的慌乱。

她低着头打量着自己混乱的穿搭，后悔自己闲散成习惯，日常太过邋遢。

偷偷瞥了眼后视镜中的自己，周绎北只庆幸唇彩没有脱妆。

等坐进车中，周绎北才迟钝地觉得局促，扭头望着车窗外，眼神不敢飘散。

雨滴拍打着车窗，声音嘈杂，水印斑驳。

应洵启动车子，问道："你家是住在哪里呢？"

周绎北平静地报出个离这儿不远的小区名字，视线仍停留在路旁浓绿得似要如水珠一同坠下的枝叶上。

于是伴随着喧闹的雨拍打车窗的声响，车内的一切又归于平静。

"你……"应洵犹豫着开口，"最近过得怎么样呢？"

"也就勉强吧。"周绎北扯开个浮于皮囊的笑容，半是真心半是嘲讽地说着，"怎么样都比不得你呀，应总。"

语气在"呀"上缠绵地拖长，又在"应总"上戛然而止。

应洵捕捉到周绎北易燃的情绪，却不知晓燃烧物的来源，只试探着搭话："这几年我回了南城几次，倒是不巧，每次你都不在。"

"我在又能干吗呢？"周绎北声音闷闷的，话语尖锐，是自己都没有察觉到的赌气语气，"应总是要请我吃饭吗？"

"嗯，请你吃饭。"应洵一本正经地回答，话语中含着的淡淡笑意很快被雨声掩盖，"不过不用等回南城了，你最近什么时候有空？我请你吧。"

她偏回头，一双眼睛睁得圆溜溜地看着应洵，语气怀疑道："你是最近暂时都留在上海吗？"

他心情颇好地点点头，耐心地解释："公司迁到上海了，我以后可能就在上海定居了。"在等着红灯变绿的间隙中，他侧头看着周绎北，一双桃花眼是雨后空蒙，"以后可能得麻烦你多多关照了。"

路口 LED 广告屏突然又跳出新海报，恰是那晚黎蔓八卦的主人公之一宋歌，周绎北看着一旁坐着的另一个主人公，突然心中像是有碳酸饮料被打翻，咕噜噜翻着呛人的气泡。

"我就一普通市民，怎么能轮得上我关照应总呢。"周绛北又扭过头盯着车窗外，说出的话沾染着碳酸饮料的一半气——只剩酸了。

"想关照应总的人得从这儿排到黄浦江了吧。"周绛北慢悠悠地说着。

车中氛围是雨前焦灼的低气压，可应洵却忍不住偷偷牵起嘴角。

好吧，只要她在身边，一切都会莫名其妙变得有趣，他的心情也会如系数大于一的正比例函数一般上扬。

"可我只想要你的关照。"应洵眨眨眼，直勾勾地看着周绛北，语气是诚挚的温柔。

酸涩的话语被他一句话噎在喉中，周绛北按下车窗，有细蒙蒙的雨丝飘到脸庞上，带着柔和的冰凉，就像一个个无声流泪的夜晚。

她忍不住评价："油嘴滑舌。"然后别别扭扭地翻起旧账，"这么想要我的关照，那为什么一直不联系我？"

"你把我拉黑了。"应洵认真地道出真相。

周绛北又无言，脸皱成一团，开始无用地懊恼。

好吧，她确实是把应洵拉黑了。

不过这就得牵扯到那篇一发出来就十万多阅读量的爆款"暗恋"推文了。

虽然确确实实是周绛北的个人经历，但是为了一些文字效果，她不得不在有限的篇幅内删减一些细节。

比如，在高考后的暑假，在铺天盖地的红字状元喜讯中，她又拨通了那串烂熟于心的座机号码，在蝉鸣中，在街头巷尾嬉笑声中，她小心翼翼开口，红着脸邀请应洵一起去看电影。

看的《四月物语》。

白色幕布上，绿色田野背景中，伦勃朗光让少女的脸庞显得更柔和，面对社团学长，一颗心也开始动摇。

紧攥着的手心是湿漉漉的，周绛北咬着唇，仰着头认真看着电影。

绿色的背景光映在她脸上，青春的气息似夏季的藤蔓一般肆意蓬勃生长。

周绛北望着银幕上的爱情故事，而应洵侧过脸认真看着她。

看她睫毛弯起的弧度，看她眼睑下月牙形柔软的卧蚕，看她可以一笔勾勒的流畅侧脸线条。

余光里有咖啡店新种的一棵樱桃树,樱桃挂在浓绿的叶中,像一枚耳环。应洵揣摩着这个比喻,将樱桃在周绎北发红的耳尖形象化。

"在你那里是一个擦肩,在我这里是整个夏天。"

绿色基调,明亮光斑,生机勃勃的电影中,女主角依靠着对男主角的一腔沸腾的爱,努力书写着考上好大学的崭新人生。

爱是会创造奇迹的。

或者,爱本身就是一种奇迹。

莫名地联想起自己那都翻卷边了的四五个错题本,还有字迹密密麻麻的厚重的七八个笔记本,周绎北感觉眼眶发热。

来自上海的录取通知书或许就是青春最好的答案,本子上书写下的一切都在这个暑假化为实实在在的未来。

——我在书写我光明的未来。

周绎北将这句话认真誊写在高三记事簿的封面上,感谢自己笨拙的努力,让一切都有了好的结局。

拿起桌上摆放的一杯樱桃利口酒,还没待应洵劝阻,周绎北就仰头一饮而尽。

一颗心发热。

现在她也要寻找关于她十八岁青春的另一个答案了。

电影已接近尾声,银幕上演职人员名单滚动。

周绎北侧过脸,抬眼,望向应洵,轻声开口:"你收到录取通知书了吧。"

她启唇,呼吸间是樱桃发酵的甜蜜气息。

应洵点点头:"你在上海,我在北京,倒也不算远。"

周绎北双手撑着椅子,低下头,耳尖红得发烫,晃荡着双脚,语气是满不在乎的刻意:"那高考结束了,你有没有什么打算?比如,谈个恋爱,什么的。"

应洵只深深望着周绎北,张了张唇,并没有说话。

怎么可能没有呢?

只是现在一无所有的他,怎么配说出口呢?

等不到回答,周绎北扬起脸,酒意涌上脑袋,晕晕沉沉,一双圆眼也漾起粼粼波光。

"你觉得我怎么样?"

娇嗔的语气藏着少女无数怀春心事。

无数话语在唇边缠绵,应洵却只能说出"你很好"这无力的三个字。

向菀厌恶的眼神。

刚出生的弟弟吵闹的啼哭声。

应承然无可奈何的逃避眼神。

这一切构成了他繁杂痛苦的人生基调,而周绎北应该有闪闪发光的璀璨人生,他怎敢染指,又怎能拖她下水?

他是胆小鬼,连一句"我喜欢你"都无法说出口。

望着迷蒙的她泛红的脸庞,应洵屏住呼吸:"你可以等我吗?"

语气是脆弱的,近乎恳求。

等他脱离这腥臭的痛苦泥潭,等他能够独当一面,等他能为她摘下所有灿烂的星星。

周绎北怀着一腔孤勇的爱意,不解地眨眨眼,樱桃利口酒在胃中二次发酵,幻化成无所顾忌的勇气与天真。

"干吗要等!你喜欢我,我喜欢你,那就在一起嘛!"

应洵抿着唇,嘴角酒窝又沉下去,一个无声的旋涡。

而夜晚在溃烂,电影中绿色的青春在眼皮上残留,周绎北晕乎乎的,她侧过身,一时脑热,伸手揽住应洵的脖颈,轻轻在他唇上留下一个樱桃味的唇印。

呼吸急促,唇齿交缠,暧昧升温。

关于十八岁的爱恋,在这一刻也有了结果。

枝头的樱桃沉重地摇摇欲坠。

"和我在一起。"周绎北蛮横地用着陈述句,还重重喘着气,眼角是缺氧的泛红。

"我……不能。"应洵垂下眼,不敢再看她,害怕自己心智不坚,喉结一动,唇齿间也染上樱桃气息,却是酸涩。

"北北,我一无所有,我该如何爱你,我又能给你怎样的未来?"颓唐的语气。

周绎北沉默，这个暑假，伴随着红字表彰大字报一同在南城街头巷尾宣扬的还有关于应家私生子的流言蜚语。

她做不到理解，她不过是渴求一个吻，一句"我喜欢你"，这又是什么十恶不赦的事情吗？

但是望着应洵黯淡的眼，明了他的自尊与骄傲，周绎北什么纠缠的话也说不出口。她站起身，只冷冷丢下一句"我不会等你了"，带着忍不住的哭腔，泛红的眼底酝酿起泪水。

"祝你前程似锦。"终是不忍，她丢下一句发自内心的祝福，作为这个夏天的句点。

她删掉他所有联系方式，拉黑他所有社交账号。

周绎北苦中作乐地想着，至少捞到一个吻，她的青春也不算无疾而终吧。

只是，怎么夏天就这样过去了？

是后悔的吧。

后悔孩童般无意义的执着，后悔少年清高倔强地说不出一句软话，后悔内心的骄傲与矜持。

但青春的常态不应该就是遗憾的吗？

车中，周绎北沉默了一会儿，忽然想到了那个利口酒味的吻。

她开口，话语生涩："应洵，你那么笃定我会等你吗？"

/第十五章/
相爱对白

▼

雨下得人心烦意乱。

"就在这儿停吧。"周绎北也不等应洵回应,见着雨小了,也已经到了小区门口,就急忙开口。

"我送你进去吧。"应洵轻声提议。

"不用了,没有登记的车辆是进不去的。"周绎北尝试用着冷漠的语气回答。

应洵停下车,拿着雨伞,打开车门,不给周绎北拒绝的机会:"那我给你撑伞吧。"

潮湿的水汽裹住手脚,湿漉漉地难受,周绎北也不想再纠缠了,深吸一口气,提着自己大包小包的东西麻利地下了车。

应洵一手接过她手中提着的东西,一手撑着伞遮在她头顶。

在雨的阴影中,是沉默在发酵。

在小小一把伞下,两个人不得不挨着走,周绎北低头垂眸,只认真地避开地上的水坑,努力让自己忽视身旁晕染开得太有存在感的柠檬清香。

应洵偏着伞,将雨幕与她隔绝,自己肩上却淋湿一片。

"现在还来得及吧。"他突然开口,没头没尾的一句话。

周绎北却好像听懂了,一脚踩进一个水洼中,在波澜不惊的心里也忽地溅起水花。

伞不大,有人有意将伞让出,周绎北却不愿意一味受这种好意,只得向他靠近了几分。

在伞下,肩并肩走着,肌肤相触,连心跳也跟着加快,一呼一吸在微冷的空气中凝成瞬间飘散的水雾。

周绎北难免忆起上一次并肩。

她一下子又被撕扯回那个灼热夜晚。

呼吸沉重,周绎北让自己从情绪中抽离出来,他们现在不过是多年未见的高中同学,他可能只是随口一句,不要当真或许会是最好的处理方式。

不知如何开口,周绎北只莫名觉得狼狈。与他衣冠楚楚的样子相对比,她现在简直是落魄邋遢,连带着搭话的勇气都弱了几分。

"你排队吧。"周绎北满不在乎地回答着,嘴上仍是不轻易松口。

无厘头的一句话,但却是密钥,让两颗心忽然匹配。

见她肯搭话,应洵心情倒是轻松了几分,护她走进楼才收了伞,水珠沿伞面在地面上蜿蜒一片。

"那给我一个爱的号码牌吧。"

脑袋里一瞬间就有了音乐伴奏,沉默的氛围被打破。

周绎北抿唇,抑制住嘴角扬起的弧度,笑意却在眼中偷跑出来。

"看你表现吧。"语气是故作的不在乎。

周绎北手忙脚乱掏出门禁卡开门,刚走进单元门,应洵就突然唤住她。

"那可以把我的联系方式拉出黑名单了吗?"

周绎北低着头,相机沉甸甸地坠在胸前,牵连着一颗心也沉重。

"你还喜欢我吗?"

"如果我说,我来上海就是因为你呢?"应洵的目光黏在周绎北身上。

过往的艰难苦恨全都闭口不谈,在她家附近绕了的一圈又一圈全然不作数,夜里忍不住发送的一条接一条带着红色感叹号的信息烟消云散,小心翼翼地打听着她近况的卑微一笔带过。

他在此刻,在无数次日思夜想的面对面中,却突然丧失了在商场中挥斥方遒的勇气,是近似卑微的恳切。

胡乱将鬓间微潮的发丝向后捋,一颗心被雨水泡发,黏腻腻混乱一片,周绎北含混着开口:"你是喜欢我的吧。"

一张张便利贴拼凑起来的心意历历在目,少年依旧意气风发,让周绎北不免开始怀疑起自己记忆的真实性。

应洵扯开一个笑,语气无奈却又藏着宠溺:"不喜欢你,怎么会愿意每天无怨无悔地给你讲题。"

"哦。"周绎北低着头，匆匆抛下句"我先走了，再说吧"就走进电梯，颇有几分落荒而逃的意味。

而应洵只是目送，待她身影完全消失，他才舍得别开眼。

徐徐图之吧。能再遇见，已经是梦里求了无数次的幸事了。

周绎北不敢让自己多想，放空地将一整袋的东西手忙脚乱地塞进冰箱，再麻木地导出照片，P图，送审，定时，推送完毕。

等一切工作忙完，周绎北才有空把自己还给自己，才有时间来回忆这场久别重逢。

他的一句句话就在耳边绕了一圈又一圈，她开始头晕。

周绎北索性不再想，放了满满一缸热水，抛下个浴球，在粉紫色梦幻的泡沫中，深深呼出口气。

浑身酸涩被热水治愈，在这个雨夜里，玫瑰香气驱散下午的狼狈，为这场重逢添了几分童话色彩。

她闭上眼，不敢再回想与应洵相关的种种，只强迫自己专注于工作。

上一篇有关"暗恋"的推文效果很好，二十四小时就已经十万多阅读量了，现在也快近五十万了，也有很多推广找上门。

今天拍的唇彩是一个，还有一个未拍的广告是香水，柠檬味的。

周绎北对于推广是慎之又慎，不想因为一点点钱而被冠上"恰饭博主"的称号，也不想卷进那些纠纷，所以很少接受推广的。

但是对于这个唇彩和香水的推广，她却很难拒绝。

品牌名气大是一方面，但更主要的是，这两个产品总会让她联想起那被她随手抛出窗外的半颗柠檬成长的小树苗。

好吧，好像绕来绕去又绕不开某个人。

周绎北长长地叹了一口气，这几年郁结于心的烦闷好像就此烟消云散。

浴缸中水仍是温热，她眷恋地不愿起身，捞过手机，大发慈悲地把应洵从黑名单中放出来，随机播放一首歌来打破这难熬的沉寂。

爱一个人或许要慷慨

若只想要被爱

最后没有了对白

…………

这歌放得倒是凑巧，周绎北裹上浴巾，脸被热水蒸得红扑扑的。

她拿出手机，不敢再听下去，暂停音乐，犹豫地看着手机，走出浴室，瘫在沙发上。

她打开聊天软件，给应洵发了个"。"。

没有条理的开场白，但是也足够了吧。

手机刷来刷去，又总是点回那个该死的聊天软件。周绎讨厌胸膛中扑通扑通乱蹦的期待情绪，索性陈茵打去一个视频，将自己的烦躁抛在脑后。

陈茵很快接通，戴着老花镜，手边摆着碗血燕，接起周绎北的视频笑得脸上皱纹都出来了。

"北北，晚上吃什么啦？"

在外的游子永远避不开的一个问题。

周绎北怎么敢如实将自己的便利店晚餐上报，只得一本正经地瞎扯着："去小区楼下饭店里吃了炒饭，还有清蒸鱼，嗯，还点了碗炖汤。"

"那最近工作怎么样呀？"陈茵关心地问道。

周绎北一直觉得尴尬，所以不愿告诉陈茵她的自媒体账号，只能接受陈茵每日的盘问。

"很好！"她拔高了声线回答。

"那有没有给自己买新衣服和包包呀？"陈茵碎碎念着，"换季啦，要给自己置办点新衣服，要舍得给自己花钱，不要老是攒着，不够要找爸爸妈妈要啊！"说着拍了拍大腿，提议道，"不然我让你爸给你转一点钱吧！"

"不用啦！"周绎北拉长了音回答，信誓旦旦地对陈茵说，"我真的能养得活自己的！我在上海真的过得还可以，工作也很顺利，而且马上要找新助理了呢！"

关心一轮过后，陈茵才放下心，开始忍不住跟周绛北八卦："哎哟，听说最近有小明星要来我们这儿拍戏呢！老轰动了！听说是要冲奖项的电影呢！"

"哦哦，"周绛北略有耳闻，"那个温澄演的吧，我还蛮喜欢她的。妈，你要是有空顺便帮我要个签名照。"她开着玩笑。

陈茵白了她一眼，哼了声："你当你妈这么有空啊！你那些阿姨最近天天来找我开茶话会，我可忙着呢！今天你那向菀阿姨才来找我抱怨她那金贵小儿子太调皮！"

牵扯到应家，两人倒是都沉默了一下。

"听说应洵现在去上海发展啦？"陈茵是真心心疼这孩子，幸好他自己争气。

"嗯。"周绛北下意识叹了口气。

"那你可得好好照顾照顾人家，他高三给了你那么多帮助！"陈茵叮嘱着，"小洵也是个可怜人，你多帮衬一下。"

瞎聊一通，周绛北扯了个由头匆匆挂掉电话，视频界面一关，马上有消息弹出。

来自应洵的：*周末要不要看电影？*

周绛北选择性忽视，她现在的脑袋太凌乱了，等明天再说吧！

睡前，她还是忍不住打开后台看了一下今天的推文数据。

已经快十万浏览量，互动也很不错。

随手写的一句话成为热门句子被频繁引用评论。

——"我偏爱张扬的颜色，因为只有这么浓烈的色彩才衬得起我热烈的青春。"

混沌的一场梦，又陷入那个酸涩潮湿的夏季，手机铃声响起，周绛北挣扎着起床。

她睡眼惺忪，摸起手机，接通。

于是，耳边响起黎蔓中气十足的声音："大小姐！你今天不是要来找我拍照吗！我场地都给你布置好了，你怎么还没到！"

周绎北一瞬间清醒，忙从床上爬起："马上到！"

刷牙洗脸护肤一套流程走下来，周绎北走着神，恍惚又回忆起那个梦。在熟悉的教室里，风扇咯吱咯吱地转着圈，窗边阳光穿过树叶沾染上鲜艳的绿，而罗得旺在讲台上絮絮叨叨地讲解着千篇一律却又让人束手无策的数学题。

讲台下是一张张青涩又倔强的透着迷茫的脸庞。

应洵指尖转着笔，向后靠在椅背上，仰着头看着黑板，有一搭没一搭地听着，很潇洒的姿态，但也有充足的底气。

而斜前方的黎蔓咬着唇，一脸迷茫，微皱着眉，是听不懂的焦灼，腕间违反校规偷偷戴着的幸运彩色手链在橙红阳光下于画满涂鸦的墙上折射出斑斓的光斑。

身后的谷娣在数学练习册下压着本英语练习册，埋头苦写，没有分给罗得旺多余的眼神。

而张远潮吊儿郎当地跷着二郎腿，双手环胸，课桌上空荡荡，一副胸有成竹万分自信的模样，只是眼神是明晃晃的迷茫，晃动脑袋能听到空洞的潮声回响。

远一点的林柏述抖着腿，一会儿沉醉地看着桌上压着的漫画书，一会儿幡然悔悟抬头心虚地听听罗得旺讲课，然而不一会儿又忍不住低下头。

…………

日复一日的青春，只此一次的青春，好像从未远去。

可时间并不会因为她的念旧而停留。

在多年后的今天，应洵不出意料的功成名就；黎蔓成为之前随口一提的大摄影师；谷娣高考英语超常发挥没有拖后腿，进入五院四系攻读法律，毕业后顺利进入顶级律所；张远潮出国留了个学，索性顺便读了个水硕；林柏述投资了个漫画 App，现在已成为大老板……

每个人好像都有自己的专属结局。

但周绎北对大家的印象似乎还定格在高中毕业照上他们无忧无虑的模样。

白衬衫熨烫出线条，百褶裙在风中翩飞，男生们没有再吊儿郎当，默默挺直身板；少女们拨弄头发，抿起一个漂亮的笑。

老师们难得穿上正装，郑重别上校徽，脸上是欣慰，也有恍然：怎么这些调皮蛋一眨眼就毕业了。

学生们统一别上高三专属的黄底校徽，在这张照片上，大家都是拥有光明灿烂前程的明才高三生。

嘻嘻哈哈的情绪被收敛，在高三的后期，大家都更习惯用波澜不惊的面孔来掩盖压力、遮掩情绪，但在"三二一！茄子"的齐声欢呼中，无忧无虑的笑容又浮现了。

青春万岁！

摆脱了被卷子和分数包围的十八岁，慌慌张张的青涩褪去，在光鲜亮丽的大学，反而会怀念那段又苦又涩的高三时光。

无数次午夜梦回，仍坐在教室内，周围喧闹，是熟悉的脸庞；握着笔，屏住呼吸，桌上是空白的卷子。

关于高三，关于高考的一切在梦中被一次又一次回味。

怀念逝去的一切。

然后会惊醒，有几分"梦里不知身是客"的惆怅，然后在被窝中拿出手机再确认时间。

周绎北的大学就在夹杂着对高中的怀念中繁忙度过，忙着适应上海奇怪的气候，忙着在学生会与社团中连轴转。

但她还算幸运，室友都是好相处的，也勉强拿了几次奖学金，懵懵懂懂开通了公众号，写下的文字幻化成关于未来的道路，一切也还过得去。

不过也仅仅是过得去。

也不是没有男生求爱，可周绎北每次都只礼貌拒绝。

或许因为年少遇见了太过惊艳的人，后遗症太过浓烈。

从此之后遇见所有人都总忍不住与他对比，然后眉眼不及他，性格不及他，就连嘴角扬起的弧度也比不上他。

心底描摹的痕迹过重，也就再没人可以贴合。

六七年前的今天，她可能正走在夏天的阳光下，那时的脑袋还在为数学最后一道选择题的答案而纠结，可能还因为不久后的生日蛋糕要选什么口味而烦恼；然后拉开车门，冷气袭来，她忍不住跟驾驶座上的周进抱怨着明才的管理严格与无处不在的学习压力。

而此刻，周绎北凝神，再推开车门下车，上海燥热的空气从脚底席卷，静安区的蝉鸣清脆，脸上的妆容是无懈可击的完美。

忽地想起罗得旺在高三下学期某次班会课上那句：

"希望你们会长大成人，而不是长成大人。"

周绎北在心中默默对罗得旺与十八岁的自己轻声道歉，实在不好意思，在繁杂的成人世界中，她也终究逃不脱长成空有一身疲倦的大人。

走进黎蔓的工作室，一看见坐在电脑前，皱着眉头，戴着防蓝光眼镜正认真修图的黎蔓，周绎北又松弛下来，只有在这群老友面前，她勉强还能做回那个没心没肺的十八岁的周绎北。

黎蔓用力按着鼠标，认真P着图，随着手的动作，工作室内有彩色光影飘来飘去。周绎北定睛一看，光源是黎蔓手腕处一条彩色玻璃手链。

好吧，"今夕是何年"。

周绎北忍不住一笑，拿着杯冰美式偷偷凑近，幼稚地用沾着冷气的湿漉漉的手去贴黎蔓的脖颈。

黎蔓被吓得回过头大喊了声，见是她后，忍不住嫌弃地冲她翻了个白眼。

重返十八岁。

周绎北一口饮尽杯中剩余的一点咖啡，早上出门太匆忙，没来得及消肿，便路上顺手买了杯黑咖啡消肿。

"就你一人？"她看着空荡荡的工作室，疑惑道。

黎蔓活动着僵硬的筋骨，懒散地拉长了音回答："拜托，今天是周末，我可是占用休息时间给大小姐拍照的！你要知道上一个让我专门占用休息时间的可是当红歌手周霁年哎！"

周绎北笑着接受她的调侃，心情颇好："那我先谢过黎大摄影师啦！"

然后忍不住八卦道，"话说周霁年真人怎么样？"

黎蔓起身边为周绎北调整打灯角度与背景，边分享着："他是很帅啊！有副好嗓子，还有张能扛住相机的脸，身材也保持得很好，人又很有礼貌，完全吊打现在那些油头粉面、动不动就耍大牌、不身材管理还得我后期花好几倍时间修图的小明星！"

出于对黎蔓职业道德的尊重，周绎北并没有追问，岔开话题："哎呀，现在让男的管理身材多难啊！我那天在商场遇见明才之前那个篮球校队队长，就一米九那个，现在虎背熊腰的，我都不愿意和他打招呼！"

黎蔓引着周绎北摆 pose（姿势），嘴上也赞同道："多畸形啊！现在对女生要求那么多，我拍的那些女明星为了上镜好看可是一个比一个瘦，身材管理可严格了。反观男生，就知道指指点点，可讨厌了！而且一个个都发福油腻，也不知道先管管自己！"

周绎北点点头表示支持，略有些僵硬地摆着姿势，附和道："我以后肯定天天督促我男朋友健身！腹肌得有，人鱼线也来一个，宽肩窄腰是必备，还得来个公狗腰！"她毫不收敛地"点着单"，然后忍不住想到昨天同撑一把伞的那个人。

应洵昨天穿的正装，夏季高温逼得他脱下外套，只穿着一件白色衬衫。

他的衬衫依旧是有棱角的整洁，解开第一颗扣子，又捋起袖子，小臂肌肉线条流畅。

在狭小伞下难免与他肌肤相触，隔着衬衫也能感受到那份属于成熟男性的温度，加速她耳尖温度攀升。

偷偷望的那几眼，周绎北看清了他的白衬衫下宽厚的肩背与窄腰，很完美的倒三角身材。衬衫领口微露出锁骨，肌肤白净。

他是一棵挺拔清爽的白杨树。

或许因为近视，应洵还戴上了副银丝半框眼镜，一双多情的桃花眼藏在冰凉的镜片后，禁欲又莫名惹人口干舌燥。

好吧，周绎北不得不承认，她真的很想摘下应洵的眼镜，看他眼尾泛红的模样。

莫名又走神，待周绎北回过神，黎蔓已经拍好照片完工了。

周绎北看了看照片，觉得效果还不错，她那一抹失神都能被黎蔓捕捉为放空的清冷。

周绎北朝黎蔓比了个大拇指，表示她活该赚大钱。

"要不要一起吃？"黎蔓提议。

周绎北面露难色，只得拒绝："我……约了人了。"

约的除了应洵还能有谁。

难得精心化了个妆，周绎北才不忍浪费自己的美貌，早上忍不住在出门前打破矜持，给应洵回了条信息：*我下午有空。*

在咖啡店里坐着，周绎北点了杯星冰乐，捧在手中，坐在窗边的高脚桌前，慢吞吞地喝着。

她拿出手机，按亮屏幕，就有新消息跳出来：*我到了。*

来自应洵。

周绎北从包中掏出口红，打开手机前置摄像头，慢条斯理地为自己补上唇妆。

然后，周绎北才翩翩起身，拿着还剩大半杯的星冰乐走出咖啡厅，坐进那辆眼熟的车中。

"吃什么？"

周绎北故作不甚在意的样子问道。

"我提前订了和平饭店的位置。"应洵望着她，然后俯身，凑近周绎北，伸手扯过安全带，贴心地为她系上。

呼吸交错，周绎北看着突然凑近的面庞，心跳紊乱，别扭地移开眼，手中的星冰乐好像也加快了融化的速度。

应洵恍若无事地又直起身，发动车子，继续交代着自己的安排："吃完饭就去看电影。"

"看什么电影？"周绎北吸了口饮料，冰沙的凉意带走几分脸颊上攀升的温度，开口问着。

"《重庆森林》。"

"去私人影院吗？"

"我的公司有员工影厅。"

周绎北忍不住侧头看向应洵，摸不透他的意思，只下意识回道："哦，公司福利挺好的嘛。"

"今天周末，员工都放假，所以，我包场请你看电影。"应洵认真回答，声音含着些笑意。

"哦。"周绎北轻声回答，又扭头看向车窗外。眼前的景象不断飞逝，而她的心思却已飘散到不知名的某个角落了。

她还是搞不懂两个人的关系，谈不上亲密，但好像又在约会；谈不上生疏，但对于某些话题又心照不宣的沉默。

周绎北也不愿多想，就算是镜花水月匆匆一场，也让她在梦里不顾一切地去爱吧。

就像是给十八岁的自己一个交代。

"你过得怎么样？"周绎北两杯饮料下肚，胃口小了一大半，只挑着面前几碟小菜吃，随口扯起一个话题。

"勉强还算过得去。"应洵捋起牛仔外套的袖子，为周绎北认真掰着蟹肉。

"应总都还算勉强，那我们这种小老百姓又怎么能过得好。"周绎北的话下意识带着点刺，可说出口就后悔了，她缓和了下语气，"你的公司进展还顺利吗？"

她又嘴硬地补了句解释："我其实不是很关心，都是我妈要我在上海照应照应你，我才问的，不然我才懒得问！"

欲盖弥彰的心意配着糖醋鱼的酸甜一同咽下。

"进展得还可以。"应洵耐心解释，"公司之前做了一些科技产品的调研，针对人工智能和互联网交互领域。最近上线的产品是机械宠物，销量应该还可以。"

怎么只是"还可以"，连周绎北这个机器痴都知道，现在最火的智能产品就是这个机械宠物！上至八旬老人，下至黄口小儿，出门遛街都人手牵一只酷炫的机械小宠物。

宋歌盯上应洵应该也是为了这个产品的代言。

应洵看着光鲜，好像功成名就不过是一件理所当然的事情，但是谁又知道他也曾几个通宵赶设计稿，也曾垂下高贵的头颅恳求一个投资机会，也曾被现实一寸寸打折矜贵的脊梁又重塑撑起新天地。

现在这些都已经过去了，再提起，他也可以云淡风轻地一笑而过。

但是，他不愿在周绎北面前谈起这些，他永远都只愿将好的那面留给周绎北，伤口自己舔舐就好，瘀青也藏在看不见的角落。

他永远会是独属于周绎北的无所不能的应洵。

说到这个，周绎北就又酸溜溜的，夹进嘴里的醋熘土豆片也变得更酸了，低着头开口："产品那么火，又要请什么美女代言呢？"

"目前在和周霁年洽谈。"应洵也不藏着掖着，坦然自若地告知周绎北。

意料之外，周绎北抬眼望着应洵，等待他的解释。

"他的性格，或者说是人设吧，比较适合Y&Y的风格。"应洵耐心讲明。

"Y&Y"是应洵公司的名字。

周绎北好奇地询问："哦，不过话说你的公司为什么叫这个名字啊？"

"官方解释是：young and yearn（年轻而向往），"他停顿了一下，犹豫片刻，还是开了口，"不过我起名的时候想的是YB and YX。"

脸一下攀上红晕，周绎北又垂下眸，抿了抿唇，刚咽下的土豆片忽然变甜，一粒一粒夹着碗中的米饭，在数数，在晃神，在埋怨应洵过于真挚的语气。

"你经过我同意了吗，有点损害我的名誉权了吧！"周绎北呼气，四两拨千斤地将话题往其他方向引，不愿意承认的是，刚才应洵的回应她很受用。

"那你需要多少赔偿呢？"应洵好心情地顺着说。

"反正只这一顿饭肯定是不够的！"周绎北用着骄纵的语气回答。

应洵弯起眼，酒窝又沉下去，打破清冷的气息，仍是少年气蓬勃："那没办法喽，只能多请你几顿来赔偿了。"

周绎北忍不住一笑，又忙绷紧嘴角："那我很忙的，有没有空吃饭得看你表现呀。"

一颗心软得一塌糊涂，就像天上轻飘飘晃荡的云，应洵柔和了眉眼："那请让我今天先请你看场电影吧。"

周绎北抽出张纸巾擦了擦唇，笑意在嘴角被拦截，于是只得从眼底冒出来，起身，潇洒地落下句"那走吧，去看电影"。

管住自己忍不住乱瞥的眼珠子，周绎北在心中忍不住暗叹应洵公司福利真是好，连影厅的沙发都是真皮的，门口还摆放了自助式饮料机与爆米花机，整体设计也是高级的未来感科技风。

还是蛮有审美的嘛。

不过也是，能够喜欢自己，他的审美已经很高级了。

周绎北臭屁地想着，面上却是不显，冷静地接过应洵递过来的满满一桶焦糖爆米花，嘴上好奇道："你这员工影厅装修这么好，看来为迁到上海已经准备很久了吧。"

应洵波澜不惊地点点头，打开播放设备，灯光暗下，银幕亮起，为他的五官打下阴影，神色晦明，只更显他五官立体。

"从你大学毕业留在上海开始，我就已经构思在上海的公司设计了。"

周绎北所有的话都被噎住，努力从应洵的脸上挪开眼，心律紊乱，抬眼认真看着银幕，深呼吸，调整心跳。

《重庆森林》周绎北已看过无数遍，关于电影的解析也以各种形式浏览过好几次，但是好像这次观看感受却格外不同，或许因为身边的人是应洵。

凤梨罐头与鱼缸的隐喻太多，蓝绿色的色调将人扯回上个世纪末，关于爱情的命题太多，很难求得一个善终。

——"这一刻是永远不会过期的。如果要加一个期限的话，我想是：一万年。"

应洵只觉得这台词在此刻是该死地贴切。

为了坐在她身边，为了能为她撑起一把伞，他已经等得太久太久，如果时间能停驻，那此刻在他心中约等于永恒。

但是时间还是流淌比较好。

因为他相信，他们会拥有更美好的未来。

从未提起的是，在大学期间，应洵曾偷偷来到上海，来到周绎北的学校。

也不祈求能遇见她，只是想走一遍她走过的路。一路上，他脑海里总蹦出她走路的模样，应该是仰着头望着枝头泛黄的树叶，会挑着枯黄落叶堆踩，然后寻思着晚上去哪个食堂吃。

他也曾在她宿舍楼下驻足，揣测着现在亮起的哪一盏灯会属于她，她现在会在干吗呢，是在为繁忙的课业焦头烂额，还是和舍友愉快地聊着八卦，抑或是在跟心仪的男生暧昧聊天。

应洵不敢再想，只觉得上海真好，天气好，风景好，人也好。

但或许是因为周绎北在这里，所以上海才变得万般好。

但还是遇见了，在应洵离开上海的最后一天。

不过这只是他单方面的遇见，他也就只敢偷偷地看她一眼。

周绎北背着包包从图书馆走出来，脖子上围着的是高三那年去应洵家拜年围着的那条格子围巾，脸上是困倦，只一个人走在路上，偶尔停下来，抬头看看圆圆的月亮，有时又掏出手机给开得正盛的花留张影。

应洵在她身后默默看着，不敢开口唤她，也没有资格开口，他只深深地望着她，企图将她的身影描绘在眼底，永远深藏。

离动车发车时间越来越近，应洵不得不转身离开，心中只剩一个想法，他的北北，好像瘦了。

电影结束得比想象中快。

周绎北沉浸在剧情中意犹未尽，而应洵整场电影只忙着偷偷欣赏周绎北了。

他在心里描绘她的每一寸眉眼，她的骨骼，她的皮囊。

她的所有所有好像都那么那么好。

心软软。

在周绎北眼睛亮闪闪地回过头望向他时，应洵只觉完蛋。

他这一生，就只一个周绎北了。

"好看。"周绎北真心夸赞。

应洵笑了笑,起身关掉放映机:"确实好看。"

一样的内容,只不过一个在说电影,一个在说人。

"要不要一起吃个晚饭呢?"应洵尝试邀请。

周绎北拒绝:"我晚上还有点工作要忙,就不和你一起吃了吧。"

一方面是她不想进展太快,应洵来势汹汹的直球让她有点应接不暇,脑袋乱糟糟的,目前还理不清形势。

另一方面确实是还有工作要忙,有一个商务还要沟通一下,还得招一个小助理。

和他在一起的这个下午也算是忙里偷闲。

"嗯?工作很忙吗,有什么我可以帮忙的吗?"应洵也不强求,很善解人意地问。

"其实也还好,"周绎北含混着,眼神躲闪,心中开始后怕。如果应洵知道她的职业,那她那篇"暗恋"主题的推文会不会被应洵看见,那也太丢人了吧!

"就是想找一个助理来协助工作。"她有心试探,于是话只说一半。

"那需要我帮忙吗?"应洵倒是认真,"你要招什么类型的助理,是帮忙撰稿的还是处理商务的?"

脑袋里闪过红色的"SOS(紧急求救信号)",周绎北警惕地说:"应总知道我的工作吗,怎么认定我就需要这两种类型的助理呀!"语气娇俏,可是声线却是僵硬。

胸膛屏住一口七上八下的气,周绎北认真地望着应洵,等待他的一个回答。

只是影厅里光线昏暗,她看不清他脸上的神色。

周绎北不希望应洵知道那篇关于"暗恋"的推文,不希望他知道她的恋恋不舍与执迷不悟,更不希望他在她过往的繁复文字中,在那些与爱、遗憾以及心动相关联的话题中发现自己的影子。总而言之,她不希望应洵知道她那深藏在心中的少女心事。

好像,先说爱或先心动的人总会成为弱势的一方。

周绎北莫名地怕，怕再被拒绝，怕无疾而终，怕他不过玩笑一场。

总之，她狼狈地不敢承认：十八岁心动的人，在千万个寂静的夜里也仍念念不忘。

"你不是在从事文字工作吗？是网文作者这种吗？"应洵低敛着眼，看着她绷得紧紧的面部线条，"我也不太了解，是在陈阿姨跟我妈妈聊天的时候听了几句，不是这样的吗？"

周绎北先是慢慢松了口气，然后听应洵提起"妈妈"这个词，又有些不知所措，柔和了语气："嗯，差不多吧。"

周绎北不想在这个话题上继续纠缠，而且为了不掉马甲也已经下定决心不在这方面接受应洵的帮助，但她还是顺着问道："那你有什么助理人选推荐吗？"

应洵笑了下，略不太好意思地回答："好像也没有，不过你要是需要我可以帮你找。"

"不用啦！"周绎北急忙拒绝，眼睛睁得圆圆的，"哪能麻烦应总您这样的大忙人为我这种小事费心呢！我自己可以招到人的！"

应洵看着她反应过度的样子，心中只觉可爱，伸手遮住她的眼，轻声说了句"闭眼"。

周绎北不明所以，但还是乖乖闭上了眼。

睫毛在手心中翩飞，牵连起的却是心底的酥痒，应洵忍住轻轻揉揉她头的冲动，点亮灯。

于是天光大亮，应洵移开手，周绎北睁眼，突如其来的近距离对视。

她又看清了他嘴角的酒窝。

电影中凤梨罐头的甜蜜莫名涌上舌尖，她迟钝地快速挪开视线，有些仓促："我先回去了，确实堆了许多工作，不用你送啦！"然后又补了一句略微不太自然的"谢谢你的款待，今天下午很开心"。

"还是我送你吧。"应洵跟在她身后走出公司。

"啊，谢谢你啦，你今天没有工作要做吗？"周绎北也不想顶着夏天灼热的大太阳打车，后知后觉地有些不好意思地问道。

"陪你就是我今天唯一的安排。"应洵为周绎北拉开玻璃门，偏头，示意她先出去。

很平淡的语气，可周绎北却被勾得莫名心跳加速，她努力压下上扬的嘴角走出门。

"你现在回去的话，晚上吃什么呢？"等红绿灯时，应洵关心地问道。

好吧，周绎北不得不承认，她对这种细节的温柔很受用。

她嘴角偷偷弯起，低着眸，视线聚焦在应洵骨节分明的手上，冷白皮衬得手背的青筋分外明显，声音莫名有点哑："晚上随便应付一下，反正我冰箱里还囤着很多速食产品。"

思绪飘散，周绎北忽然联想起一些漫画里的场景，这么好看的手应该很适合……

注意到一旁莫名开始脸红的周绎北，应洵只贴心地调低了冷气的温度，不满意她的回答，忍不住唠叨着："常吃速食对身体也不好，要不然我现在载你去饭店里，随便打包点东西回去吃？"

周绎北故作漫不经心地用手背贴了贴发烫的脸颊，无所谓地拒绝着："不用，我也可以点外卖的！"

应洵不太赞成地皱了皱眉，但他也并没有多说什么，心中苦笑，他现在好像并没有什么身份能够去劝阻周绎北。

果然人就是贪心的。

从只要能看见她就好，到只要能重逢就好，到现在渴求一个能光明正大在她身边照顾她的身份，好像只需要短短几天。

但其实为着这几天，他已经熬过了好几年。

他打开车内蓝牙，连上手机的音乐软件，为缓解车内这该死的安静，随机播放出一首歌。

"在屋顶唱着你的歌，在屋顶和我爱的人……"

周绎北忍不住跟着摇头晃脑地轻声哼唱。

应洵也偷偷笑着，虎牙在唇边若隐若现。

"你还是这么喜欢唱歌，"应洵在间奏部分开口，含着隐隐的笑意，"还有在拉大提琴吗？"

"唱歌多开心呀！我的朋友都得和我一起唱歌，以后求婚现场，我男朋友也得唱歌！"周绎北随便说着，"大提琴大学期间都快忘光了，不过毕业后又专门把它带来上海了，偶尔不开心的时候就会拉一拉。"

应洵默默记住周绎北随口的一句话，转着方向盘："有个兴趣爱好挺好的。"

一曲结束后，周绎北才迟钝地觉得有点不好意思，只得也礼尚往来地问一句："那你呢，有什么兴趣爱好吗？"

应洵沉默片刻，无奈苦笑地开口："太忙了，好像除了写代码写策划案这些，都没有什么爱好了。"

应洵的时间几乎被繁杂的工作挤占，偶尔想起周绎北，就是他仅剩的放松时间。

看着他略微落寞的神情，周绎北承认自己是有那么一点点，就一点点心疼："那现在开始培养嘛！反正都已经是成功人士了，喜欢什么就一掷千金嘛！"

"那看来我得砸点钱在你身上了。"

"油、嘴、滑、舌。"周绎北一字一字加重停顿地说着，视线又莫名移到了车窗外。

"应洵，我可以问一下吗，"在短暂的沉默中，她忍不住轻轻开口，"你，为什么喜欢我啊？"

"明明我是那么糟糕的一个人。"周绎北的目光在神色匆匆的过路人麻木的脸上掠过，在花里胡哨的各种店面上飘过，在所有所有的事物上短暂停留，可就是不敢看应洵，继续轻声述说着。

"性格那么糟糕，脑袋也笨，嘴巴又不饶人，连黎蔓都会开玩笑说我是'美丽废物'，也没什么人愿意和我一起玩。我只不过是运气好的小小暴发户。我还那么坏，故意打赌看人家笑话。我这样的人，有什么值得喜欢的吗？"

这些话语轻轻在车内飘着，一字一句都是周绎北的疑惑与不曾轻易承认的自卑，她自揭伤疤，看似已愈合的伤疤下仍在冒着血珠。

破旧巷中的生活记忆已经褪色成一张脆弱的泛黄照片，而泼天的富贵不过是昙花一现的快乐，取而代之的是周进每日的愁眉苦脸与鬓角日渐发白的头发,是陈茴的低眉顺眼与假意附和。

周绎北在街头巷尾乱窜的自由灵魂被高贵绸缎拘束,幼时乱跑乱窜肆意玩笑的玩伴早已找不见,周围更多的是同龄人精致脸庞上毫不遮掩的不屑与鄙夷。她尝试交朋友,可是人家嫌弃她对潮流和名牌等都一无所知。

她也曾短暂交到过朋友,可在掏心掏肺的背后是"土包子""蠢人"等冰凉的评价与嘲笑。她忍住眼眶中摇摇欲坠的泪,只板起脸,仰起头,将小巷中的那个周绎北甩在身后。

脊梁再怎么挺直,里面柔软的仍是脆弱的卑微的血肉。

她这么糟的人,怎么配呢?

这是日日夜夜困扰着周绎北的一个未解的问题。

已到达目的地,在路旁停下车,应洵语气郑重:

"我喜欢你,只因为你是周绎北。"

/ 第十六章 /
翩飞心事

为什么会喜欢周绛北呢?

这个问题的答案只有"略"。

因为在应洵眼中,她是千般好。她所有的一切在他眼中都只显得可爱。

当你千看万看都仍觉得一个人可爱的时候。

那一定就完蛋了。

或许这个想法得追溯到幼稚的小学时期了。

在应洵的印象中,周绛北总是一个人,或许是因为她是半路转学过来的;也或许是她低敛的眉眼与对他们聊天话题的茫然,共同铸造了她独行的身影。

但好像周绛北并不会觉得孤独,也可能是因为早已习惯了,她好像总是静静地坐在位置上,偶尔会望着窗外无尽地发呆,但更多的是愁眉苦脸地盯着桌上的乐谱。

陈茵为了让周绛北更快适应天降的大小姐生活,也为了培养她所谓的气质,更为了让她有一技之长能够与其他小朋友产生共同话题,但其实也是为了了却自己埋藏在心底的音乐梦想,咬咬牙一掷千金,从此周绛北便开始了漫长的大提琴学习生活。

在此之前,周绛北是在街头巷尾乱窜的泥孩子一个,每天东跑西跑忙着的不过是偷偷薅一把隔壁王奶奶家的小葱,去古老的祠堂里玩躲猫猫,拿粉笔在地上画几笔就开始跳房子……她怎么可能懂什么乐理呀!

因此,刚入门的那一年,周绛北每天都很痛苦,看不懂哆来咪更不懂什么升阶。但是好胜心让她不愿在其他小朋友面前承认自己的不足,于是只能自己每天埋头苦背。

应泂在小学课间写完课后奥数班布置的习题后,一抬头就总能望见那个皱着眉埋头苦背的细弱身影——周绎北有时会咬着笔帽一脸痛苦,有时是生无可恋地叹气……好像,蛮有意思的。

耳旁是小朋友玩闹的疯叫声,拥挤地在耳畔缭绕,推推搡搡是常态,拽辫子扯裤子更是重头好戏。

在狗都嫌的年纪,一下课整个教室都坐不住,马上就变得空荡荡。于是教室里好像经常只剩他们两人。

她在干吗呢?

应泂好奇地想。

他留在位置上是因为课后兴趣班作业太多,他本就是不愿意将事情拖到最后做的性格,因此只能利用课间时间把各种练习题清理干净。

其实应泂是不喜欢上这些课程的,他讨厌日复一日枯燥的黑白琴键;不喜欢白纸黑字重复地临摹;鸡兔同笼追及问题更是莫名其妙,他又不养兔子与小鸡,他才不会去所谓的 R 城,也没有人会开车来追他。

但是应泂还是每天都背着书包乖乖地跟着司机陈叔叔往返于各个上课地点。因为他不愿看见向菀厌弃的眼神,她从不会骂他,但是总会皱着眉头,用一副嫌恶的表情看着他,然后又松垮下脸,一副任由他去的无所谓模样。

应泂惶惶然,开始反思自己哪里做得不好,哪里又显得不懂事了。

只要他做得好一点,再好一点,妈妈就会亲他抱他,像张远潮妈妈那样跟他说一声"我儿子真棒"吧。

但是他总不愿承认,只嘴硬着说其他小朋友太幼稚,他才不和他们一起浪费时间。在欢声笑语中,他也会艳羡地抬头看一眼他们在干什么,然后再低下头握紧笔,心中暗自评价一句:真无聊。

小孩子的执念幼稚而倔强。

那周绎北呢?她是为什么呢?她也想要她妈妈的表扬吗?

这些细碎的无意义的问题,伴随着每天吵闹的课间那个安静的身影与奥数卷上的 XY 一同留在了应泂心底。

终于忍不住，应洇在紧赶慢赶写完习题放下笔后，拿起水杯，似漫不经心地走过周绎北身边。

明明从他的位置到教室门口并不需要经过周绎北的位置，但他不知怎的一时脑热，走错了路绕了一小段。

似不经意地低头，他就这样"不小心"看见周绎北桌上摆着的厚厚一沓乐谱。而她紧锁着眉，嘟着嘴，一张小脸急得红红的，嘴里小声嘟囔念着音符。

哦。

肯定是陈阿姨希望她学好大提琴吧。

应洇捧着水杯若有所思地走出教室，在饮水机前拧开杯盖，看着杯子里满当当的水，一时大脑宕机，扯开嘴角无奈笑了下。

昏了头了。

出于一种莫名的惺惺相惜的情感，他开始更在意周绎北了。

在无趣的幼稚数学课上走神时，他思绪翩飞的终点站也从向菀冷漠的脸庞变成了周绎北一晃一晃的马尾。

她仰着头看着黑板时会露出一截流畅的颈部线条；她笨手笨脚，半个月打碎了四个玻璃水杯，换了个保温杯后才终结了教室里时不时响起的清脆声响；她的课本下老是藏着本《偷心九月天》，他路过她座位时不经意看到的，不过怎么才在看"1"呀；她只喝冷水，从来没有看见她拧开饮水机红色的水龙头……

关于周绎北的破碎细节就像笔盒里需要的种类越来越多的笔，就这样很快便挤占了应洇短暂的小学时光。

真奇怪，明明周绎北好像应该是孤独的，因为她总是冷着张脸，以最简短的话语终结无趣的聊天，也没有人主动和她搭话。但大家会以她为聊天的主题，会在她被提问回答不出来时交换恶意的眼神与窸窸窣窣的笑声。

所以好像也不怪她，应洇思考后得出一个答案。

如果可以，应洇想，他是愿意和周绎北交朋友的。

但是两人并没有什么交集。

在学校周绎北并不会也不想与任何人打招呼，于是他总是攥了攥手又停下，擦肩而过；在各种家庭聚餐中，张远潮与路逗老是缠着他玩幼稚的游戏，而周绎北与林枳不知疲倦地斗着嘴，或许只有在举着可乐共同碰杯时那不小心的手指相触后，她才会忽然看见他。

说过最多的话是，他作为班长清点完作业后，走到她座位旁轻轻落下的那句"你作业是不是还没交"。

然后，周绎北会揉揉惺忪的睡眼，手忙脚乱地从书包里翻出被压得皱皱巴巴的作业本。

他接过，总是忍不住帮她压平卷边的边角，偷偷再看她一眼，然后捧着高高一沓作业往办公室走去。

于是小学收作业的时间越来越早，常常是周绎北一坐到座位上，他就走到桌旁提醒。

在小学毕业的同学录上，周绎北很认真地在对应洵的评价那一栏留下句"很尽职尽责的班长"。

徒留应洵一人默默郁闷。

其实也不是没有其他接触。

升入高年级，学校开始给各班安排卫生值日任务，而他们班分到的是清扫体育馆内的更衣室。

不过更衣室狭小，也少有人用，六年级毕业班任务加重，于是班主任便安排两人一组去定时轮流打扫。

由于周绎北是后面转学进来的，班级人数是奇数，如何安排周绎北可愁坏了班主任。幸而老师在商讨时恰巧应洵又捧着作业过来上交，听了一嘴，他便善解人意自告奋勇地提出，他可以和周绎北同学一组，反正轮到次数不多，他可以轮班两次的。

于是换来老师贴心一笑，夸赞着不愧是她的好班长。

应洵只腼腆地笑笑，对于值日的星期四开始有了具体可感的期待。

周绎北只是漠然着一张脸随便做着卫生，她的刘海有点长了，总是遮挡住眼睛，她不耐烦地一遍又一遍地将其捋到耳后。

反复几次，难免有些失去耐心，周绎北索性不再管，只加快了打扫的速度。

应洵有些心不在焉，不知怎的，视线总是从扫把移到一旁的少女身上。

更衣室不太透气，九月的傍晚很是闷热，不一会儿两人便都出了一身薄汗，白色的校服贴在身上。

校服是透气的材质，于是不可避免地轻薄。

在橙红的落日下，应洵望见了周绎北脸庞上细细的绒毛，望见了她细长的脖颈，望见了她背后透过校服显现出淡淡粉红色的两条丝带，绕到脖子后打了个蝴蝶结。

青春期的发育阶段，少女开始有了曲线的身姿被燥热的阳光勾勒出线条。

一些知识突然涌入脑中，应洵莫名脸红，匆忙移开眼，下意识屏住呼吸。

在小学毕业聚会礼物互送环节，周绎北莫名其妙地收到了并不太熟的应洵的一个小礼物。

一枚发夹。

是粉色蝴蝶结款式的。

所有爱的起始都是好的。

在无忧无虑的小学时期，有人被患得患失的亲情所困扰，亦有人尝试习惯孤独、拾起自尊。

但在那一间灰尘翩飞的小小更衣室，世间只剩下两人。

掩耳盗铃的情愫开始萌芽。

想了很多，但应洵都没有说，他只俯身伸手为周绎北解开安全带，呼吸扑在她锁骨处，却激起尾椎骨的颤动。

"北北，爱是没因由的。如果我知道因由，便不会沉迷于你那么多年。"

应洵直起身，敛眸继续道："而且，更糟糕的明明是我。"

那么糟糕，连一句"喜欢你"都藏了那么多年。

"应总开什么玩笑！你怎么可能会糟糕呀，拜托！"周绎北最见不得应洵这副脆弱模样，他天生便应是意气风发的，于是忙开口，"你都不知道你多受欢迎，好吧！你书桌里的情书总是满得掉出来！"

他唇边的酒窝又陷下去，像一个小旋涡，无数情绪在其中被淹没。

周绎北脑袋里那根弦依旧紧绷，只扯开笑，止住话题："到了，那我先走啦。下次再见！"

语气莫名被拉长，像融化的棉花糖，被扯出甜蜜的柔软的丝。

也不待应洵反应，周绎北便兀自下了车，转过身，蛮潇洒地朝他挥了挥手算作告别。

西沉的太阳留恋着，树荫中渗下闪亮亮的光斑，有风吹过，于是碎金在她脸庞上跳跃着。

近似于金丝玉的质感。

应洵指间摩挲了下，只望着她远去的背影，迟钝地落下句没有回应的"再见"。

就这样目送着，直至周绎北身影彻底消失，应洵也不急着离开，只下车，静默地欣赏着徐汇满城的梧桐。

这就是她生活着的地方。

为了这次约会，他刻意空出来一整天的时间，于是只随意在周边走着，饶有趣味地猜测着：这间很有特色的卖咖啡的小店她应该经常光顾吧；她可能会在深夜坐在便利店靠窗的位置吃一杯热腾腾的关东煮；会不会在这家水果小摊前弯着腰认真挑选一份冰镇西瓜捧回家吃呢；路边可爱的小猫许是会经常获得她轻柔的抚摸吧……

应洵对生活了六七年的北京城仍只能依靠导航来辨别方向，而对于初谋面的上海，他却是熟记大学城的走向。他不记得北京地铁分布，却知晓从上海火车站直达她们学校的那几路公交车。手机中最常打开的页面是上海的天气预报，会对遥远上海的一场暴雨忧心忡忡，却常被北京突如其来的暴雪沾湿了衣衫。

因为她在，所以关于上海的一切都具象。

所有的久别重逢都是翘首以待的别有用心。

应洵早已在这小区周边绕过数不清的来回了，感谢陈茵慷慨的分享欲，让应洵能够捕捉到那简洁的二字小区名。

于是,他总会在结束一日工作后的黄昏时分驱车穿过黄浦江前往徐汇,在这个不起眼的小区旁徒劳地绕着一圈又一圈,只不过希冀能看见那个深深烙印在心里的身影。

只要,一眼就好。

感谢上天。

在一个普普通通的星期三,在一个雨天,他迎来了一场渴求了七年的不期而遇。车驶过弥着冰冷灯光的便利店,落地窗中清晰地映出少女的愁眉苦脸。

应洵紧急刹车,匆匆撑伞下车,呼吸伴随着急促的心跳,身上沾上潮湿气息,他只加快步伐,在她迈开腿冲入雨中的前一刻,伸手为她遮了一帘雨。

于是,星期三开始有了特殊含义,上海的雨也成了甘霖。

应洵怀揣着满腹思绪在夕阳慢慢沉醉的街道漫无目的地闲逛。

再回到车上时,手中莫名捧着一杯柠檬苏打水。

应洵后知后觉地反应过来,哂笑,一手扶着方向盘,一手拉开拉环,二氧化碳翻涌,咕噜噜的是夏天的气息。

他抿了一口苏打水,柠檬酸涩而又清新的味道在口中弥漫开来,车子驶过一路梧桐树影,又回到关于南城的无数个夏天。

高跟鞋歪七扭八躺在地上,包被随意抛在沙发上,脑袋浸在看电影时喝的大半杯冰镇可乐里,焦糖爆米花在心脏四处乱蹦,周绎北忙打开冰箱,携带着冷气的光扑在身上,反衬出脸颊不断升高的温度。

她拿出瓶乌龙茶,忙灌进胃里,冰凉的微涩给脑袋降温。

这一个周末,信息量太大了。

脑袋乱七八糟,八岁的应洵,十八岁的应洵,现在的应洵……无数的应洵涌入脑袋。

周绎北只得使出一贯的伎俩:逃避法。

于是,她戴上蓝光眼镜,捧起笔记本电脑,打开通讯软件,开始办公。

在与客户第无数次交涉后终于确定了推广产品与佣金等信息,待对面发来电子版合作信息合同，周绎北总算松了口气，将剩下的小半瓶乌龙茶一饮而尽，确认无误后便在日程表上安排上时间。

脑袋稍微放空一小会儿，那冤家又不饶人地从脑海里冒出来，周绎北摇摇头，转而打开公众号后台查看数据，不给自己胡思乱想的机会。

"暗恋"和"口红"这两篇推文流量都还可以，打破了之前一直局限于10万到20万浏览的常态，都直冲50万浏览了，每日收益自然也噌噌往上涨。

周绎北再打开私信，每天查看私信是她的习惯，写作是她分享欲的提醒，而反馈就是她收到的最好礼物。每一条评论与私信都是文字的奖品。

随机回复了三四十条私信，然后周绎北看到一条特别的留言。

是杂志约稿。

关于青春话题的。

周绎北犹豫了片刻，还是加了那位编辑的联系方式。

如果能用文字记录下那些故事，是不是也能算留住了青春？

肚子咕噜噜响，提醒了周绎北时间，她揉揉肚子，按下回车发送出助理招聘要求，然后摘下眼镜，按亮手机查看时间。

原来已经晚上七点多啦。

与时间一同映入眼底的还有来自应洵的消息。

周绎北下意识呼出口气，略微紧张地解锁查看。

应洵：吃饭了吗？

很简单的一个问句，周绎北却不敢回复。

厨房里还堆着好几包泡面，冰箱冷冻柜里冻着几袋水饺，零食柜里还藏着几盒自热火锅与米饭。但是忽地想起某人下午的唠叨，周绎北对往日最爱的速食食品暂时失去了一点兴趣，赶忙点开外卖软件下单。

不知怎的，或许是潜意识里受到了电影的影响，她最后点了一份菠萝炒饭。明明是不喜欢甜食的人，也不知道怎么会点甜口的晚饭。

或许，心情好可以是一切的理由。

看着"下单成功"的页面，周绎北这才敢返回聊天页面给应洵回了句：**刚要吃。**

对面还没回信息，周绛北索性在等外卖的这个空闲点开应洵的社交账号主页开始浏览。

昨天还不敢看，她害怕发现一些让她觉得自作多情的蛛丝马迹。

今天却莫名有了勇气。

好吧，这勇气也是应洵给她的。

应洵的头像是无序的黑底白字的涂鸦，周绛北好奇地辨认了很久，才发现应该是一份乐谱的节选。

G大调第一大提琴组曲前奏曲。

是她第一次与应洵通话时演奏的曲子。

晕！

周绛北招架不住，卧倒在沙发上，耳尖红红的，咬着唇，继续往下翻。

应洵朋友圈信息挺少的，就偶尔转发几条与Y&Y相关的新闻，很正经的样子。

但是，也被周绛北揪住了一点点不寻常。

比如，他今年初春在朋友圈分享了一首歌，是Eason的《葡萄成熟时》。

于是，她莫名打开音乐软件，播放出这首歌。

音乐伴着窗外车辆流淌，歌词百转千回浮在空气中。

周绛北捕捉到似是而非的关键字眼。

  或者要到你 将爱酿成醇酒

  时机先至熟透

  应该怎么爱 可惜书里从没记载

  ……

  一千种恋爱 一些需要情泪灌溉

  枯萎的温柔

  在最后会长回来

  ……

下意识的，周绛北马上自恋地联想到自己初春在干吗，她没骨头地倚在沙发上，脖颈处压着只小鲨鱼玩偶，皱着眉费力苦想着。

初春，她从南城返沪，离开时和陈茵闹了一小场不愉快，关于相亲，她只记得自己最后气冲冲抛下一句"我有喜欢的人了，马上就谈了，不要再管我了"。

不会吧，不会是这一句吧。

周绛北对自己母亲的八卦功力很是了解，她气头上说的这句话被传到应洵耳中也不是不可能。

哎呀！伴着耳边痴情男声，周绛北现在只满心心疼。

不敢再听下去，她按了暂停，继续刷着他的朋友圈，倒是没再发现什么新的线索，恰巧门铃被按响，周绛北丢下手机，急匆匆套上拖鞋去开门拿外卖。

一颗心被浸泡在乌龙茶中，苦与涩交织，却又有清香的回甘。

周绛北走着神吃着菠萝炒饭。

很多被刻意遗忘的事情走马灯地在眼前绕来绕去。

周绛北开始猜测，应洵是从什么时候开始喜欢她的。

小学毫无交集，应该不会是那个时间段。那时应洵对于周绛北而言只是一个因着初见面的不愉快而有些尴尬的尽职尽责的班长同学。嗯……还有就是，每次和他一起值班做卫生老是莫名做得很晚，可能是他动作比较慢吧。

初中更是尴尬，周绛北都不忍回想。那时的她恰逢犯"中二"病，敏感又自傲，因为一些事情，对应洵表露出非常明显的不喜欢，自称是前世有仇的死对头，虽然应洵从未对她的不喜有什么回应，一如既往的温文尔雅。

但总不可能是那个时候吧？

应洵总不该喜欢受虐吧？

周绛北一边咀嚼着口中酸甜的菠萝炒饭，一边开始回忆起初中生活。

平心而论，那是一段不太愉快的时光。

初中时相熟的一群家长一起打点了一下，把这群孩子送进同一个A班，周绎北和应洵就又当了三年的同学。

开学按身高排座位,男生一排女生一排,站在走廊上,叽叽喳喳着。

青春期催化的不只是身体的曲线,还有抽条的身高。周绎北戴着耳机听着 MP3 里的歌,一个人默默站在最后,没有什么与新朋友搭话的意思,更不想凑交际花林枳呼朋引伴的热闹,只默默听着歌。

看看排成两行的队伍,再看看教室里六行五列的单人单桌的座位,应洵运用奥数课所学过的知识思考着所有排列组合的可能,在教室中一一模拟。

应洵皱着眉,犹豫着,难得有些苦恼,不确定地在后排寻了个位置站下。

看着班主任按照排列的顺序一个一个叫人进教室安排位置,应洵莫名紧张,喉结一滚,望向楼梯拐角处贴着的那面镜子,撞见镜中映着的少女。

周绎北插着兜,戴着耳机,无所谓地倚靠在墙上,放空地望着无云的天空。

他痴痴看着,好奇她耳机中在播着什么歌,又是否可以,分给他一个耳机呢?

但是这个越轨的念头只在脑海中沉沉浮浮,并未露出水面,他也没有开口的勇气。

于是只能用目光一寸寸地耐心勾勒她的每一种模样。

不自觉地沉沦。

很柔和的光泼洒着,周绎北躲在靠墙的阴影处,随着时间推移,光便一点点自脚踝攀上,给白腻腻的小腿抹上一层黄油。

班主任唤了一声"周绎北",于是耳机中的歌停在"我用几行字形容你是我的谁",她胡乱扯下耳机,随意团进口袋中,配合地走进教室,顺从地接受安排的位置。

坐在哪里不是无所谓吗,反正她不想也不需要与周围的人交朋友。

应洵的目光跟着周绎北而移动,扫视教室,所剩位置已经不多,他莫名紧张,手心沁出一层薄汗,都怪南城气温还停留在盛夏。

张远潮自身后搂上应洵的肩,嘻嘻哈哈地说:"洵哥!我们坐一起怎么样！"

汗涔涔的肌肤相贴，应洵稍稍躲了下，敷衍着："坐哪里都无所谓啦，反正都可以一起玩。"他目光却锁在教室内，怎么她左右两边的位置都已被占走了！

张远潮点点头，心中深觉有道理，还是他洵哥好，真正的友情才不会被位置和距离所隔绝！

班主任叫到应洵的名字，应洵呼吸顿时加速，一切情感在无声酝酿，他走进教室，按照班主任的指挥，坐在了——周绎北的斜后方。

莫名泄气，他下意识地望向周绎北，她不知何时又戴上耳机，捧着本乐谱在看着。

看着她随着音乐节拍而一晃一晃的马尾，他又静下心来。

其实，能坐在她身边好像也就够了。

虽然他也并不知道想坐在她身旁的理由。

可能是因为惺惺相惜吧。

应洵默默说服自己。

而这时，张远潮挂着无比灿烂的笑容在周绎北另一边的斜后方坐下，隔着坐在周绎北身后的那个男生与应洵打招呼。

"哎，洵哥！我们坐得也不算远哎！"

中间的男生是陌生面孔，明显被张远潮的热情给吓了一小跳。

应洵脑袋拐了个弯，一颗心突然冷静下来，对着身旁男生开口："同学你好，请问可以跟你换个位置吗？"他指指嬉皮笑脸的张远潮，语气恳切，"我和那个男生是好朋友，很想坐在一起，所以想和你换个位置，可以吗？"

耳边是张远潮开始积极社交的琐碎声响，有这样一个人坐在身边，应该会影响学习的，而应洵理由充分，态度端正，那个男生也没有什么非坐在这个位置不可的理由，他也更喜欢应洵那个靠窗的位置，便卖了个人情，欣欣然地同意了换位置的要求。

张远潮侃七侃八地聊完天再转过头，忽然看到他心心念念的洵哥坐在了他身旁，语气惊喜："洵哥！你怎么换到这里来了！"

也不等应洵为自己突发奇想的行为扯个理由，张远潮就自我感动地自问自答了："我知道了，你肯定还是舍不得我！不习惯没有我的生活吧！是不是我不在身边生活都显得无趣了！嘿嘿，我就知道，果然是好兄弟！"

应洵见他一副嘴巴快咧到耳朵的样子，也不再澄清什么，只笑笑："我坐这儿是为了监督你学习的。"

听到"学习"二字，马上便联想起被衣架与扫帚等随手武器贴心教育的片段，张远潮一下又愁眉苦脸，闷闷不乐地转过身。

落得清闲，应洵心情颇好地盯着眼前蓬蓬的马尾，握了握拳，克制住去勾起那发丝的冲动。

初中生活就是这样的吗？

那还不错嘛！

刚开始的生活是焦头烂额，每个人都忙着适应九个学科轮流的袭击。

应洵是一如既往地轻车熟路，于是便剩余了更多的时间去追寻那一个熟悉的身影。

蛮有意思的。

是说人，也是在说这件事情本身。

原来她遇见不会做的难题会忍不住长吁短叹，一声一声好似叹在他心里，连带着激起一阵心神不宁，好几次他都忍不住想上前为她解答那不知名的难题，可惜没有身份。

原来她晚自习习惯戴着耳机听歌，会忍不住跟着音乐摇头晃脑，马尾也一甩一甩，有时会晃到他握着笔的手，毛茸茸的触感，像是小猫尾巴。应洵曾不经意看见她 MP3 上播放着的音乐列表，密密麻麻全是周杰伦。于是，在周末的不固定时刻，应家落灰已久的练琴房会荡漾出一个个音符，是《青花瓷》，是《晴天》，是《彩虹》……是《不能说的秘密》。

练了大半学期的钢琴曲，没换得一句自然的搭话，见面仍是不咸不淡的样子，只是偶尔能在她乌黑发间寻到一个丝带蝴蝶结身影当作安慰。

只是怎么周绎北品位如此执着，奶油般白腻腻的脖颈上不是今天绕着个粉色蝴蝶结，就是明天缠着个墨绿蝴蝶结，细细的丝带延伸至蝴蝶骨，交错，勾勒的是无数不能启唇的面红耳赤的遐思，幻化成早晨起床时满脸不知所措的懊恼与做贼似的躲在卫生间手洗衣物的行动。

贴身衣物挂在窗边很快烘干，但是一些心声却仍被潮湿浸泡，等待某天天光大亮。

于是只能怪校服质量不行，只能怪南城夏天无尽的漫长，只能眼神飘忽，不敢着陆。

应洵满腔愁闷，在班级女生窸窸窣窣讨论着艺术节时一时冲动，报上了个钢琴独奏项目。

应洵硬着头皮准备着节目，只祈祷某人那天能空出时间赏脸去欣赏一下同班不太熟的同学的节目。

谢天谢地，当应洵在聚光灯下行了个绅士礼再抬起头时，他在挤得满满当当的位置上竟寻到了那个一脸恹恹甚至还慢条斯理打了个哈欠的身影。

于是心跳陡然曲折，指节莫名发涩，应洵在琴凳上优雅坐下，手指触上黑白琴键。

在黑白交替中，在音符跳跃中，音乐在礼堂中流淌。

聚光灯下是明晃晃的《不能说的秘密》。

至少，无人知晓这一曲的正确答案。

这次亮相，给周绎北留下什么印象，应洵不得而知，只能在她日复一日安静的背影中揣摩着青春的第二定义。

但是副作用却是明显，直接表现在应洵书桌中各种写着粉红少女心事的情书数量直线上涨。

于是，应洵每天到校第一件事便换成了清理书桌，抿着唇，脸上神色不明，手中捧着满满一沓花里胡哨的纸页。

抱着某种不愿承认的心理，应洵并没有将其随意丢进书包中，只偷偷地浏览着落款名字，渴望看见那三个在心底临摹了无数遍的字。

只是未能如愿，应洵再拢上一封封信，轻轻叹气，将难缠的心意放进书包里，良好的家教让他不能将别人的心意丢进班级垃圾桶中沦为他人口中无聊的谈资，每一种感情至少都得被尊重，所以他只得每天多绕一段路，在最无人问津的垃圾桶边将这些青春密语倾倒。

或许，倾倒的也有他那不敢言说的心意。

周绎北自认为在初三前与应洵只不过是不太熟的同班同学。

言下之意是：初三是一个重要转折点。

事情起源不过是春节聚餐时，周进带着满腔酒意随意说的一句玩笑："老应呀，我看我们家北北和你家小洵倒是要好，要是在古代，我肯定得和你结个娃娃亲！"

应承然又满上一杯白酒，也是酒意上头，潇洒配合道："哈哈！那感情好！这两个小朋友可是郎才女貌呢！"

明明没有饮一口酒，只是喝着饮料，应洵却觉得飘忽忽的，险些压不住嘴角上扬的弧度。

而周绎北则是瞪大了眼看着醉得一塌糊涂的周进，碍着人多，只将闷气压在紧抿的嘴角。

周绎北讨厌没有边界的玩笑，更厌倦了成为话题主角，于是只不加遮掩地冷着张脸。

其实，不愿意承认的坏心情还可以归咎于话题的另一个主人公——应洵。

虽然被打趣的对象是那么的光风霁月，但是周绎北并不会升起任何近似于"荣幸"的心理，她只觉得尴尬，还有一些不愿承认的自卑。

周绎北本就与应洵不太熟。

两人虽是前后桌关系，但一学期搭过的话十根手指头都数得过来。

最多的接触是小测时应洵从后面将卷子往前传给她，然后她伸手接过再传给前桌同学。有时也会莫名被身后张远潮窸窸窣窣与应洵聊天的声音所吸引，然后被无厘头的对话逗笑，于是抿住嘴角，克制住上扬的趋势，戴上耳机，继续琢磨着永远得不出正确答案的压轴题。

在周绎北看来，应洵像钻石一样，有着澄澈的璀璨。

他是无可挑剔的优等生，聚焦无数视线。师长只会惜才地望着他，感叹他在学业上的优异；而在无数少女眼中，他是未写尽的一封粉红情书，一字一句未曾提及爱慕这一词，可一撇一捺写尽了加速的心跳与酝酿的脸颊红晕。

他是上天的宠儿。

少年挺拔的身姿是无数封情书的序言；清冷的桃花眼是欲拒还休的美；酒窝深陷淹没一刹呼吸；而无数次领奖台上聚光灯下，领得的不只是奖状，还有无数迷恋的眼神；而刻在骨子中的教养培育温柔的礼仪，一句柔声的"谢谢"便引人幻想出青春无声又浩大的暗恋。

而周绎北只勉强不过一个幸运儿，更常见的称呼是"土包子""暴发户"。她挣扎在无尽读不透的书涯中，被考试的浪潮一个接一个地拍打得狼狈不堪；耳机堵塞住的是他人的窃窃私语；垂下眸，乌睫敛住的是旁人探究的眼神。

她的一举一动是其他人聊天必备的话题，于是她略微洗得泛白的衬衫，不太纯正的口语，对待名牌茫然的眼神都可以引发隐秘的笑声与嘲讽的眼神。

周绎北也不在意，街头巷尾乱跑乱窜的那几年豢养了沉默的野性与无畏。她并不在意别人的目光与碎语，她知道她有自己的人生。所以，戴上耳机，高高扬起头颅，以自我的姿态走好自己的路。

但是说到底，在冷冷的眼底藏着的是不愿承认的脆弱。

十几岁的小女生，为什么需要经历这些呢？没有人能给出答案。于是徒留周绎北一个人咬牙撑起自己的自尊，内里是没有归属感的空洞。

所以，差距这样大的两个人怎能放在一起呢？

周绎北只觉好笑，应洵的耀眼反衬出她的平庸。

一场混乱的聚餐过去，周绎北以为那几句醉话早就伴随着沾染着酒气的昨日的衣衫在洗衣机里滚了几个来回了，早就被洗尽了。

怎知被同桌的几个同龄小孩听了个全，他们难得抓到应洵的把柄，不得开几番玩笑。这当然也离不开林枳的无意宣传，你知道的，八卦总是女孩子间话题的调味剂。不过短短一周，这几句玩笑话便已在班级中传了个遍，甚至延伸至年段中。

尽管周绎北知道林枳不是主谋，她只是习惯性地附和与好奇地参与；但十几岁的周绎北无法慷慨释怀，更无法一笑而过。于是不对付，于是不顺眼，于是演化成高二暑假那个不成熟的赌约。

对于那些肆意谈笑并未将应洵的制止与她沉下去的脸色放在心上的人，周绎北更不可能轻易原谅。

如他们所说。

她是坏种。

她更不是什么好人。

于是各类幼稚的、伤人的、风言风语的名号就这样冠在周绎北头上。

男生是没心没肺地打趣，走廊上一个偶然的照面便引起周边男生猴叫般的喧哗，一次不得已的搭话便成为他们眉来眼去不挑明的种种。

真是令人讨厌。

女生的反馈更是恐怖，周绎北低估了应洵在女生中的受欢迎程度，更没料到如此大规模的孤立。好像一瞬间，她便从一个透明人成了全民公敌，"狐狸精""心机女""绿茶"此类称号拐着弯地抹在周绎北身上，她们无所畏惧地给她难堪。

周绎北知道十几岁的小孩心智还没成熟，他们也需要在繁杂的升学考中寻找一个透气的出口，他们只是想找乐子，他们只是不愿承认自己的忌妒，他们只是孩子，好像原因可以很多很多。

但她永远无法原谅。

无知并不能成为伤害的理由，年少并不能遮掩一切罪恶。尽管她已经习惯孤独，但是被孤立的痛苦谁能替她承担。

周绎北得不到回应，又急需寻找一个发泄对象来引导她沸腾的情绪，于是应洵受牵连被记恨上。

如果没有他，她至于沦落至此吗？

虽然他在他人谈笑的第一时间澄清了，也曾制止男生们恶趣味的玩笑，那些女生的单方面喜欢甚至与他无关。他曾偷偷递过来一张字条，认真写着"不好意思，大家只是开玩笑，请你不要放在心上！实在抱歉给你带来这些困扰，对不起"。

只是开玩笑吗？

周绎北冷笑，将字条随手扔进垃圾桶中。

前后桌的位置对于应洵而言是难得的恩赐，对于周绎北而言却是软刀子般的折磨。

每次起身不小心看见他,周绎北心中总会不知所措地漫上一层近似于悲悯的情绪,是对她自己的。于是,她每次都快速扭开头,快步走开。周绎北承认,她也是个胆小鬼。

一个记仇的胆小鬼。

平心而论,应洵确实是顶顶好的人,只是,周绎北恨透了周围的一切,连带着他也被讨厌。

"拜托,我怎么可能看得上应洵。"

"应洵?我最讨厌他了,好装。"

…………

周绎北无意孤立所有人,便只能以伤人至骨的话语与应洵强硬划分开距离,以冷嘲热讽洗尽八卦的残余。

效果很明显,女生明显对她态度好了几分,也能虚情假意地相处了。

只是,这样的话说多了,连周绎北也深信不疑。

她就是很讨厌应洵。

这样冷漠,甚至可以称得上刻薄的她,应洵应该嫌恶都来不及,怎可能会对她生出任何一点情愫呢?

周绎北自己都觉得好笑。

但是也或许需要感谢这段时间的痛苦,周绎北更沉醉于学业,其实是另一种层面的逃避,但总之,她在中考时难得取得了一个好成绩。

她大大松了口气,捧着崭新的成绩单与高中录取通知书,仿佛可以畅想到自己同样崭新的未来。

只不过在两个月后,她走进高中教室,在一群陌生的脸庞中又一眼撞见应洵沉沉的桃花眼。她呼吸一滞,挑了个远远的位置坐下,祈求让一切归零。她只想好好读书,却怎么也没料到故事的发展方向。

现在对于周绎北冷言冷语似的澄清,应洵自然是伤心的,但在几年苦苦爱恋中,他已揣摩出真谛。

爱不关乎其他，而是一场只属于他一人的兵荒马乱，是琢磨不清的天气，会因为她的一个笑而天光大亮，亦会因为视而不见而连下一个月淅淅沥沥缠绵的雨。

但是，如果真能那么轻易舍弃，轻易参悟，那又怎能算得上是爱呢？

应洵已记不清那些流言蜚语，唯独记得初三下学期的春夏出奇地热，而周绎北剪了短发。

对于应洵而言，这或许是一件小小幸事。

少女毛茸茸的发丝终于遮盖住了脖颈缠绕的丝带。

还有就是周绎北不知从哪里翻出一个丝带蝴蝶结发夹，总随手夹在鬓边刘海处，俏皮又可爱，漂亮得惹眼。

他的女孩，或许天生就应该是闪闪发光的。

或许更应该感谢的是应洵整个暑假睡前虔诚的祈祷有了回应。

高中开学第一天，又扎起马尾的少女走进教室，四目相对，某人心跳复苏。

南城空气潮湿着，摇晃着，在高一高二两年间席卷成无声的暗涌，驱使两人保持着一种不必言说的安全距离。

直到高二的那个暑假，柠檬在枝头摇摇欲坠，少女坐在窗边，伴着柠檬味的风，大提琴声沉醉。

应洵满头大汗地整理完自己青春期所浓缩成的那两个行李箱中的物品，在脑海里一遍一遍复盘着这曲折的故事与突然明了的关系线，还有关于亲情的答案。

在复杂情绪中，应洵偶然抬起头，撞见少女纯真的侧颜。

心突然静了下来。

有风吹过，抚起少女鬓角碎发，枝头仍旧青涩的柠檬摇晃。

应洵想：

在柠檬黄之前，一切酸涩都只是甜美的前调。

关于青春，关于命运，关于一切的一切在酝酿。

于是一颗黄柠檬坠下，新的故事开始。

柠檬在青春的密闭容器中发酵，高三毕业时，应洵一笔一画认真地在同学录上"最喜欢的人"那栏写下三个字——周绎北。

/ 第十七章 /
又一年夏

关于初三,刻意遗忘的一幕幕涌入脑中,菠萝在口中慢慢变酸,周绎北抿了抿唇,索性不再想。

于是,她放下勺子,耐心收拾着外卖残骸,打开手机,点进歌单随机播放着。她跟着小声哼着歌,将一切坏情绪伴随着剩饭一同装进塑料袋中系好,用力丢进垃圾桶中。

周绎北拍了拍手,才又扯开笑,慢条斯理地打开电脑,看着空白一片的文档难免发愁,无可奈何地叹了口气,只得动手开始敲键盘。

手机里恰巧播着关于柠檬的音乐,她也正巧写到关于柠檬的话题,周绎北忍不住弯起眸,大声跟唱着,屏幕上跳动的字符也变得鲜活起来:

偶然收到一瓶香水,拆开的第一瞬间就忍不住在手腕内侧喷了一下试闻,柠檬的香味席卷。

青柠的酸涩与清香夹杂着柑橘的甜蜜。

于是会联想起那个潮湿的命题:关于夏天。

关于夏天,你会联想起什么呢?

夏天好像永远与青春相挂钩,而我也不免落俗地想起我那如柠檬般的青春的夏天。

我的青春是柠檬味的,抛去那虎头蛇尾的暗恋,再扔掉一波三折的升学,好像带给我龇牙咧嘴的酸涩的就只剩交友了。

我的交友是一路坎坷。

小时是街头小霸王一般的存在,呼朋唤友,今天去隔壁王爷爷家调皮,明天去后街孙奶奶那儿捣蛋。靠一套乱招式便成了打遍街头巷尾的无敌手。于是换来各家家长的小声叮嘱:"少找那个皮孩子玩。"

真无聊。

我撇撇嘴,不愿承认心中的失落,只恶狠狠地揪着地上无辜的狗尾巴草泄气。

小学时还转过一次学,没有拿得出手的才艺,没有顶呱呱的头脑,只有蹩脚的口音与贫穷带来的扭捏,于是我自然而然地又被剩了下来。

幸好我已经习惯。

初中时周围坐着的全是男生,更难展开友谊的发展,也没摘得几朵桃花。不过有段时间情况居然稍有改善,课间老有女孩子凑在我座位旁同我东扯西聊。

刚开始我还窃喜,以为是我的人格魅力终于掩盖不住了。可后来那些小女生捧着礼物拿着情书红着脸找到我,表明希望麻烦我帮忙把这些少女心事转交给我的后桌——学校风云人物兼无数少女的梦中情人。

我这才知道原来是我自作多情,原来她们是醉翁之意不在酒啊!

不过很可惜的是,我并没有接受这一任务,因为我实在是和我的后桌不熟,我也并不稀罕这样子的友谊,所以自然这些漂浮的友情也就无疾而终了。

一定程度上需要怪罪我的后座的,他也是我心酸交友故事中的重要人物。后桌实在指代不明,而他还需要出现很多次,那为了方便起见,就叫他守旧吧(不是谐音,没有特殊含义,顺口取的!请勿深究!)。

而初三时,我的交友故事达到高潮,因为我被孤立了。

其实我并不愿意承认我被孤立,我更喜欢说,我瞧不起他们所有人,更不屑与他们为友。而事情的导火索又是守旧。

由于一些偶然事件,班级里、年段里开始传起我与守旧的绯闻,这可引得爱慕他的无数少女咬碎了牙。

不过如果是我,当然也会不爽。怎么我高岭之花一般的白月光沾上你这个普普通通的牛皮糖啦!所以对我的敌视也就自然而然地开始。

上交作业时漏收我的作业是常态,小组合作无人同队是基础操作,卷子上不敢见人的成绩在分发时被不小心大声念出来也是频繁……

那一年我过得很是艰难，但我从未停止前进的步伐，更不愿为他们落一滴泪，只咬着牙，不太成熟地自我开解着：他们算是什么东西，也配让我伤心。

我在草稿本上写过不下一百句关于守旧的坏话。情绪守恒定律定义爱恨情仇需要转移，于是我的不开心只能转移到守旧身上。（实际上没有这个定律，是那个时候幼稚的我瞎编的。我这样做是不对的，我先道歉！请原谅十几岁的衡南！）

好不容易熬过初中，高中便成了转折点！

我终于交到朋友了！虽然只有一个，但也足够了，毕竟交友不在数量而在质量嘛！

我是一个情绪内敛的人，从未公然表达过我的所有正向情感。但是在这里，用文字，或许我能勇敢些。所以我敲下：LM同学，如果你能看见，那我想说——

我真的真的很爱你！

原来真的有人可以包容我一切坏脾气，可以爱我所有的模样，可以懂我的任何一个眼神；原来，友情也可以是甜的。

高一开学时你一句"你好！同学，我们可以一起去吃饭吗？"为我们八九年的故事写下注脚。而时至今日，我仍相信你我的故事还未结局。

年少时期的友情就像这瓶香水，是柠檬味的，酸涩不可避免，但不管多差劲的柠檬，你总能品到那份只有你能嗅到的甜味。

谨以此文，感谢所有爱我的朋友，我是一颗糟糕至极的酸柠檬，但感谢你们因为那一点点甜味而陪我走到今天。

或许，你也会喜欢这瓶香水，不论它关乎友情还是爱情，是酸涩还是甜蜜。你总可以在青柠柑橘中找到你的故事，找到你想喷上这个香水去见的人。

写到此处，我打开聊天软件，找到置顶的LM同学，认真输入：
明天见面吧！

我会喷祖玛珑·青柠罗勒与柑橘去见你的！

嘿，多巧，她的名字缩写与柠檬一样哎！

而你呢，关于这香水，关于这友谊，你有什么想分享的吗？

敲下最后一个问号，周绎北深呼出口气，将文档保存发送到产品推广合作群中审核。现已接近十一点，今晚等不到回答了，于是她愉快地关上电脑。终于结束一天的工作啦！

其实一起结束的或许还有关于友情的执念。

她心情轻松地哼着小曲儿，刚拿起手机就看到来自应洵的消息。

她心中默默评价着"黏人"，脸上却是带着笑，点开浏览的速度都快了些。

是一张照片。

拍的是一张机器宠物猫，摆脱了以往的机械金属风格，这只小猫毛茸茸的，很可爱。

周绎北忍住想摸一摸的冲动，咬着唇回复了个猫猫头疑问表情包。

应洵：喜欢吗？

周绎北无法抵抗这种可爱的小玩意儿，于是跳过日常嘴硬流程，干脆承认：喜欢。

应洵：那等我再完善一下系统，就送你。

周绎北：我可以自己买的。

毕竟无功不受禄。

应洵：买不到的。

应洵：因为这是作业本专属定制版。

应洵两句话就让周绎北红了脸，在沙发上来回打了好几个滚。

洗完澡护完肤懒洋洋地瘫在床上，周绎北捧起手机，又瞧见那个黑底白字涂鸦的头像，还是不知道怎么回复，索性就先放着。

周绎北最讨厌弯弯绕绕的事，残余的理科思维让她从一团乱麻似的关系中抽丝剥茧提炼出她纠结的核心问题。纠缠不清的一切其实只无非是：

Q1. 还喜欢应洵吗？
Q2. 应洵喜欢她吗？
Q3. 对这段感情的预期是什么呢？
Q4. 愿意接受这段感情所有的结果吗？

她捧着手机，屏幕光映在脸庞上，点缀着高光也细腻勾勒阴影。她习惯性地咬着唇上干涩的唇皮，询问自己，逼自己得出一个答案，不想再不明不白地纠缠。

A1：应该……还喜欢的吧。不然为什么还会心跳加速，为什么还会面红耳赤。虽然不排除多巴胺作祟与肾上腺素的捣蛋，但或许最简单的判断方法是，她仍有吻他的冲动。可以说吗，她很期待看到如此清冷自持的应洵为她意乱情迷的模样。

A2：喜欢的吧……她难得不确定。

心中三番五次跟自己强调着"不喜欢"的可能性，但是好像所有的细枝末节都在强调着"喜欢"。

A3：预期或许是，只要爱过就不算后悔。

A4：结果无非无疾而终或携手到老。如果与他在一起的每分每秒都能觉得有意义，那也不算浪费吧。

脑袋放空，周绎北回忆起前段时间一直纠缠她的那个梦。

梦中的她是十五岁的年纪，初三的学习生活又变成进行时，周绎北享受她的透明，而应洵一如既往的璀璨。

初三错失的关于他的一切好像开始鲜明。周绎北上课再不会歪七扭八地坐着，莫名绷直了背；发绳的样式越发丰富；回头在后黑板寻找当日作业的频率升高……

暗恋后遗症提前发作。

周绎北的反常自然引起了"不太熟"的后桌的注意。

于是某天，周绎北课间上完厕所回到位置，发现自己写得乱七八糟的数学作业本中夹着张字条，字是一如既往的潇洒。

"你是不是在偷偷看我？"

周绎北猛地回头，撞见应洵含笑的桃花眼。

另一种可能开始。

可惜这只是个梦。

手机屏幕变暗,手一软,于是便直直砸落在脸上。

她鼻子一酸,眼睛漾起生理性泪花,皱着脸。

而一切应该已有答案。

得到答案后,周绎北终于解开掩埋在胸膛深处那个超解的感情压轴题,将手机扔到一旁的床头,伴着并不明媚的月光闭上眸。

爱是螳螂捕蝉,先爱与更爱的人好像便成为赴汤蹈火的蝉。

唯一一次勇敢换得一个没有名分无疾而终的吻,周绎北不愿承认的是,她依旧胆小,依旧害怕受伤,依旧用冷漠掩盖自己的敏感。

睡一觉吧。

万一明天醒来就拥有了作业本牌私有完美爱人了呢?

周绎北最显著的优点就是容易放过自己,于是没心没肺地埋头大睡一场。

醒来又是新的一天,她刚掐灭叽叽喳喳的闹钟,还没来得及纠结昨夜未搞清楚的话题,就被七零八碎的消息轰炸。

先是客户发送来相关修改意见;再是黎蔓高效传输来返图,并顺便约了一顿晚餐;再是陆陆续续有应聘消息跳出。

再拖沓一会儿睡个懒觉的心情被打散,更别说伤春悲秋的小心思了,周绎北揉着眼睛艰难爬起,迷迷糊糊刷完牙洗完脸。动手能力基本为零的她更不可能开火做顿早餐,只从冰箱中掏出瓶酸奶,再从不知哪儿挖出袋冷冻莓果,顺手从零食架上拿下盒麦片,就这样捧了满怀去厨房组装她的"瞎凑合吃不死就好"版早餐。

她挖了勺酸奶送进口中,不出所料地被冻了个激灵,一张脸皱成一团,一下就清醒了,她捞过手机开始一一回复。

先是和客户敲定了最终修改方案;再接收了黎蔓发送过来的那1个G的庞大文件,美滋滋地欣赏着自己的漂亮照片,识趣地给黎蔓送上无数夸赞,并拍拍胸脯承诺晚上请客让她的亲亲宝宝漂亮蔓蔓随便点;不过来不及看下应聘消息了，因为她已经解决完这顿随随便便的早餐了。

于是，她在阳台光线倾泻处拖了一个懒人沙发抱着笔记本电脑慵懒地瘫下。

她开始今天的重头戏：筛选助理！

几轮筛选下来，也花了一早上时间，符合周绎北需求的也就不剩几个人了。

浑身晒得热烘烘的，周绎北合上电脑起身，刚想随便煮个泡面凑合一下，应洵的消息就"叮咚"进来。

她好奇打开一看，一句：中午吃了吗？

周绎北老老实实地回复：还没有。

应洵秒回：那打算吃什么？不要吃速食产品哦，不太健康。需要我帮你点外卖吗？

周绎北拎起方便面袋子的手一顿，莫名心虚，于是又放下，只含混回答：我自己会安排啦！应总最近不忙吗？怎么有空关心我有没有吃午餐呀，而且还能秒回！

回车键一点，消息便发送出去，周绎北越看越懊恼，明明一句关心话语，为什么总能被自己表达成这个阴阳怪气的样子呀！

刚想撤回，便看见"对方正在输入中"，于是她只能自己默默生闷气。明明就是喜欢他，为什么老是忍不住一身刺呀！

应洵：你想听真话还是假话？

应洵发送过来的消息打断了周绎北的思绪，于是她好奇地回复：不可以两个都说吗？

她又附带一个猫猫眨眼可爱表情包。于是引得消息对面的某人低头一笑，心甘情愿全都交代。

应洵：假话是，不忙。

应洵：真话是，很忙。

周绎北撇撇嘴，正想吐槽几句他回答得无趣，应洵就又发来几段话：公司刚搬到上海，很多事情要对接调整，要开一整天的会，要加班熬夜，很忙。但是有什么办法呢？老是会动不动就想起你，然后就忍不住走神，好几次都被路逞抓个正着。

应洵：可是还是会想你睡着了吗，有没有好好吃早餐，会不会乖乖吃午饭……关于你的这些在我脑袋里跑来跑去。我觉得，如果我现在不问你，下午又会想个不停。

应洵：很忙，但还是忍不住想你。这就是真话。

应洵这一番突如其来的剖白砸得周绎北晕乎乎的，她只能慌忙回复：我会好好吃午饭的！你也要认真吃！我先去点外卖啦！

不敢等他回复，她急忙跳转到外卖软件，脑袋有点眩晕，她漫无目的地浏览着菜品，心中还在回味刚才的聊天。

后知后觉地抿出点甜味，周绎北手忙脚乱地下单一份海鲜比萨。

在等待比萨配送的时间，周绎北便无聊地刷着社交软件，习惯性地去搜索自己的笔名"衡南"与公众号名字"回南天"。

看见一溜儿自来水推荐与读者们的"彩虹屁"放送，以及相关话题的讨论，周绎北越看越开心，越看越觉得自己头脑一热开始运营公众号的决定是如此正确。

其实只不过是大学某天在社交平台上偶然刷到林忱的动态，一张照片，是他和一个女生的合照，应该是在某个晚会上的留影，因为穿得很是正式，衬衫西裤与晚礼服，是纸醉金迷与青春的碰撞，矛盾的美好。应该是女朋友，周绎北揣测着，因为林忱搂的是腰。

于是莫名的遗憾袭来，当然不是因为林忱，只是因为自己。

周绎北一直很清晰地认识到她与林忱是不可能的，所以拒绝了他的很多邀约，也对他的好感视而不见。

他有新的感情周绎北自然是祝福的，只是也深深认识到，关于青春的一切好像都翻篇了。

可为什么好像只有她仍沉醉在其中，提到青春便会联想到那群稚嫩的脸庞，聊到少年脑海里久久徘徊的还是那个人。

多挫败，有一种被抛弃、被遗忘的感觉，她好像已成为青春的一件遗物。

于是，怀揣着这种说不清道不明的情感，她开始了她的第一次创作。

她写了一篇短篇小说，其实或许都称不上短篇，只有几万字而已，只是寥寥数语对青春的苍白勾勒而已。她连为回忆上色的笔力都还没掌握，又怎能抽离出来过好未来呢？

　　故事中也有打打闹闹的一群肆意少年，也在艰难地战胜高考战胜自己，也有那么一个嘈杂的夏天与不会下雪的冬天。

　　无处倾泻的情感在笔下流淌，凝为一篇自己都不敢多看的酸溜溜的文章，思来想去发表在哪儿都不合适，索性注册了个公众号"回南天"，是南城常见的天气，是潮湿的水汽弥漫，是她的念念不忘。笔名随便取的"衡南"倒是与"绎北"相衬。

　　就这样放飞一只鸽子。

　　却不料反响巨大，周绎北现在回想，只觉得自己运气实在好，撞上了毕业季的热点，于是怀念便成了纪念，又偶然得了大博主推荐，也算是磕磕绊绊创作成功了。

　　还是很感谢的。

　　周绎北一直都是这样想，感谢大家愿意听她絮絮叨叨地倾诉，感谢大家愿意看她矫情酸掉牙的文字，感谢一路有大家陪伴。

　　于是饱含真心地用小号给每一个夸过自己的人都点了赞，待周绎北差不多赞了个来回后，她的比萨也正好到了。

　　于是，她一手拿着比萨啃，一手拿着手机转战其他软件。她懒洋洋地浏览着相关热点，然后突然跳出来陈茵的消息。

　　看得出来陈茵是真的很急了，因为连着给她发了二三十条消息。

　　周绎北刚拿起一块比萨的手一顿，芝士拉丝摇摇欲坠，点开消息界面，发现是一连串照片，松下一口气，咬下比萨尖尖，点开图片细细欣赏。

　　陈茵笑得一脸春光灿烂，穿的衣服却不似她往日那么精致，只不过是普普通通的中老年服装。她喜气洋洋地搂着身旁人的手。

　　先确认了陈茵的状态，周绎北才把眼神分给照片中的另一个人，蛮漂亮的嘛！

　　哎……怎么长得那么像那个大明星温澄啊！

　　周绎北由默默欣赏到瞪大眼睛，接着退出图片给陈茵发了个视频请求。

陈茴乐滋滋地接起，笑得那叫一个春风得意，也不等周绎北问，自己就先忍不住全交代了。

"你妈妈我去做群演了！"

专业性使然，周绎北脑袋里马上跳出一个标题：《惊！昔日名媛夫人竟沦落到背爱马仕去当群演》。

只可惜陈茴并没有给周绎北继续遐想的空间，兴冲冲地展开描述。

"有一个电影不是在南城拍吗！我今天去逛街刚好遇见剧组找群演，"陈茴眉飞色舞，好心情完完全全摆在脸上，"你妈妈我天生丽质，路过都能被邀请去参演！而且还被安排了女主妈妈这个角色呢！就是演温澄的妈妈呀！还分到了一句台词！"

看着陈茴那副骄傲的模样，周绎北嘴角绻着抹笑，只嘴上故意吃醋道："嘿！有个那么那么完美的女儿你还贪心呀，怎么的，温澄会比你亲女儿好吗！"

周绎北这样一说，陈茴倒顺着怀念起来："你都不知道，温澄真的好漂亮哎！我凑那么近看都觉得好完美！就是火的命！而且人好得嘞！还跟我拍了那么多张照片！"

见周绎北故意搞怪挤眉弄眼表示不满，陈茴话锋一转，故意开始挑刺："嗨，你怎么能和温澄比，你也就能比上那么一点点！"说着还捏起两个手指比着手势示意道，"不过你哪天给我带个男朋友回家，那你就是无敌完美了！"

当妈的操心完学习就得跟着操心事业，然后就是人生大事，这是一个死循环。

又扯到这个熟悉的话题，眼一黑，周绎北刚想嘻嘻哈哈糊弄过去，马上又想到混乱的最近，最终扭扭捏捏开了口："妈，如果有一个很好很好的人突然追求我，要怎么办呀？"

陈茴敏锐地品到了一些情况，只不动声色地回应："那要看你喜不喜欢他喽！"

"大概……是喜欢的吧。"她莫名红了脸。于是她只低头吃着比萨，明明是咸蛋黄海鲜风味，怎么吃起来却是发甜。

"那有什么好犹豫的呀！你喜欢他，他喜欢你，这不是很好吗！"陈茵中气十足地回答。

周绎北难得纠结，垂着眸："可是，他太好了，好到我觉得自己配不上他……

"妈妈，在喜欢的人面前，我好像总是忍不住自卑。"

周绎北语气暗淡，是伴着雨声的低音大提琴声。

"北北，当你开始在一段感情中觉得自卑时，那你一定是爱惨了他。"陈茵似娓娓道来，"开始，爱哪有什么配不配。爱情是命定的偶然，既然喜欢便去追求，勇敢尝试才会有结局，无论好坏，至少不是烂尾的感情。"

"而且，我的宝贝女儿，你那么棒，那么漂亮又聪明。拜托，你配得上一切最好的爱！"陈茵理直气壮地陈述着，是为人母的没来由的骄傲与自信。

周绎北被这一句突如其来的夸赞惹得脸又红了几分，只是脑袋却渐渐清明了些，于是忍着羞匆忙扯了个理由结束这通视频。

十寸的比萨还剩大半，周绎北心不在焉地将其塞进冰箱，再收拾着桌面，也慢慢清理着自己的思绪。

在混混沌沌的情感中迷迷糊糊地捞住了什么。

像是水中捞月，虽然只是月影，触手便可能会破碎，但是手心冰凉湿润也证明了什么，说不定，还能捞尾小鱼呢。

睡过一通暖洋洋的午觉，还念着晚上与黎蔓的约会，于是，周绎北加快了审核助理的速度，最终敲定了一个合适的人选。

名字还蛮有意思的，叫许衿，看简历好像是一个兼职网络写手，还在某MCN中就职过好几年，学历资历都很不错，就是不知道为什么会看上小小一个"回南天"。

周绎北按照留下的联系方式向她发出面试邀约，好不容易把手头的事情忙完了，她终于舍得放下笔记本电脑，伸了个懒腰，久坐的筋骨酸涩，关节嘎吱嘎吱响，让她莫名联想到小时候吃字母磨牙饼干时口中嗡嗡的声音，只不过现在她变成了小饼干，在磨生活的牙。

刚起身，周绎北就又收到了品牌方给过来的反馈，只得郁闷地又坐下打开电脑做着最后的修改。幸而任务并不繁重，她很快便完成了，顺手丢到公众号后台，设了个定时群发，祈祷着这次也能小爆一下。

约在一家韩式餐厅见面，黎蔓下午还有拍摄任务，不巧的是遇见了难缠的艺人，对着生图提出好大一串修图意见，脸小一点，眼睛大一点，皮肤白一点……听得黎蔓白眼快翻到天上去了，但也只得笑盈盈地一一应下，快马加鞭地赶完手上的工作就飞奔来寻周绎北。

周绎北耐不住饿，先点了份鱼饼，等黎蔓紧赶慢赶到达时，她正咬着被烫红的舌尖嗞嗞哈着气，哀怨地看着罪魁祸首——滚烫的鱼饼先生。

像只炸毛的小猫，不过小猫怕烫是正常的嘛！

黎蔓忍不住一笑，坐下，先负荆请罪，拿出一瓶自己珍藏的果酒，不过看着周绎北狼狈的样子，忍不住又笑出声来，引得她娇媚一瞪，装模作样地龇牙咧嘴，毫无威慑力。

害怕真惹毛了大小姐，黎蔓忙正色，回归正题，两人看着菜单点了满满一桌，热气腾腾，又要了两杯冰，满上果酒。

秋天渐近，晚上气温已降低许多，风掠过黄浦江，是凉凉的吻，吻得人惬意又沉醉。

韩式部队锅咕噜咕噜冒着泡，两个人聊得热火朝天，一不注意就又开启了那个老生常谈的情感话题。

一起举杯喝了口果酒，黎蔓好奇地八卦着："哎，北北，你公众号里面提到的那个'他'是谁啊？"她心中已经把班级甚至年段里的人猜了个遍，都还没有具体思路，只模模糊糊抓了个大概，潜意识中还是不太敢相信。

刚塞进嘴巴里的年糕一下子就变得烫嘴，周绎北霎时又变得忸怩，垂下头看着盘上吱吱冒烟的烤肉，下意识想逃避话题，又忽地忆起陈茵中午说的话，抬起眼，略微害羞地道："哎呀，你也认识的啦……"只是声音越说越小。

黎蔓的兴致越发浓烈："让我猜猜！能让我们大小姐心甘情愿折服的好像就只可能是……"眼睛滴溜溜转，许多个名字在嘴边绕了个来回，又将排除法运用了个极致,不可置信地缓缓说出那个可能又很不可能的名字,"不会是……应洵吧!"

果酒催化的红红脸颊着色越发明显,草莓的甜蜜漾在嘴角,酒精残余在眼底,周绎北晕乎乎的,想着自己或许已经醉了,不然怎么会如此轻易地就承认了自己的心意呢?

"是他。"

这下轮到黎蔓以为自己醉了,瞪大了眼,张着嘴:"哇,不是吧。"

黎蔓脑袋宕机了片刻,待彻底接受了这个"死对头变成旧情人"的刺激设定后,就开始絮絮叨叨地探听细节了:"我的天!北北,你真的暗恋他吗!不是吧,你那年暑假不会真打错电话给应洵了吧!"

一些细节在复苏,黎蔓这才发现十八岁的自己是那么单纯,一切其实都有迹可循。

比如:周绎北忽上忽下的情绪,聊到情感话题的心不在焉,对应洵的别扭态度……

原来只有她才是彻头彻尾的大笨蛋!

黎蔓噘起嘴,对着一脸羞涩的周绎北开始秋后算账:"你为什么都不跟我讲呀!我好伤心呀!"二十多岁的成熟荡然无存,是十七八岁的幼稚占据上风。

"我那个时候好面子嘛!"觉察到黎蔓的不开心,周绎北忙撒娇解释道,"而且我不是之前一直都宣称很讨厌他吗,如果那个时候承认喜欢多落面子呀!"

好吧,眼前马上浮现起周绎北十七八岁时那自信无敌的青春模样。黎蔓一直都很好哄,马上就接受了她的解释,并继续追问着进度:"他现在不是来上海了吗?你们见面了吗?你还喜欢他吗?"

一个个问题一连串砸下来,周绎北脸红得像是枝头摇摇欲坠的成熟樱桃,睫毛扑闪扑闪,语气娇羞:"现在好像还蛮喜欢他的……"一字一句都拖长了音,错季的缠绵春风无声吹拂。

"然后呢?"黎蔓催促着。

"然后……最近有见面。"见黎蔓亮着眼等着刨问细节的认真模样,周绎北主动交代,"上周偶然遇见了,他表白了,还约了饭和电影,偶尔会聊天。"

几天的翻来覆去与心率失常好像就这样被三言两语所简单概括了。

好像,也就这样嘛!很正常的剧情与发展。

只不过因为那个人是他,所以一切变得格外不同。

冰块叮叮咚咚在粉红色果酒中沉沉浮浮,部队火锅还在不知疲倦地沸腾着,热气氤氲,蒸得人脸红红的,人是甜的、醉醺醺的。

黎蔓看着已经醉酒的周绎北,知道她酒量差但不知道这么差,一时无语,正思来想去不知如何把她扛回去,她的手机先响了。

周绎北只知道傻乐,黎蔓只得接过她的手机,一看,来电人:

应洵。

/ 第十八章 /
十四行诗
▼

　　看着醉醺醺的眼皮都快合上了的周绎北，黎蔓咬咬牙，为了大小姐的幸福，接起电话。
　　害怕听到些她不应该听到的东西，黎蔓在接起电话的第一秒，就先自报家门说明情况："喂，是应洵吧，我是黎蔓，绎北喝醉了，我替她接的电话。"
　　应洵的注意力只在那一句"喝醉"上，语气严肃了些，皱着眉询问："北北喝醉了？她现在还好吗？会不会难受？需不需要我去接她？"
　　这一连串问题砸得黎蔓头昏脑涨，先是愣了一会儿，感叹应洵高中时期的清冷男神人设遇上周绎北算是全部破灭了，咂咂嘴，有预感他是彻底栽大小姐身上了。
　　她也不敢让应总多等，急忙回答："呃，今天见面喝了一点酒，她酒量不太好，现在醉了想睡觉，应总能不能过来帮我将北北接回家啊？"
　　得到的答案自然是对地址的询问与一句"我马上到"。
　　黎蔓看着一旁迷迷糊糊的周绎北，心中默默祝福两人今天能牵手成功，轻声唤醒她："北北，我让应洵来接你好不好？"
　　听到熟悉的名字，周绎北清醒了一瞬，但很快就又被酒精淹没，点点头，一副很信任的模样。
　　黎蔓松了口气，减轻了些负罪感，要不是知道两个人的暧昧故事，以及对应洵光风霁月的人品的信任，她才不敢将周绎北扔给应洵。
　　但黎蔓仍是提醒道："北北，你回家还是要注意安全，如果感觉不舒服或者发生了什么事，记得给我打电话！还有到家了也记得给我发个消息！"然后黎蔓督促着周绎北提起些精神，并强制让她解锁手机，打开与自己的通话界面,确保她第一时间能联系到自己。

周绎北的酒意经这一遭已经散了几分了,只觉得脑袋沉沉的。她挺直身板,忽然清醒,向黎蔓再三保证着自己没事,自己没醉。

黎蔓只嫌弃地嘟囔:"喝醉的人都说自己没醉!"

两人还没说上几句,应洵便已赶到,微微喘着气,身上穿着的正装稍显凌乱,第一时间先走近周绎北,细心确认了她的状态。

黎蔓一边感慨这令人感动的速度,一边偷偷观察着两人,身处于八卦第一线。

"喝了很多吗?会不会头晕?"应洵皱着眉,担心地摸了摸周绎北通红的脸,轻声问道,近似于哄的语气。

周绎北噘着嘴,声音软绵绵的,撒着娇回答:"没有喝很多,但是好晕呀。"

黎蔓看着两人这互动,都快酸掉牙了,开始怀疑刚才信誓旦旦保证自己没事的人到底是谁。果然,活该他快要有女朋友,她快要有男朋友!

心疼地抚了抚周绎北的头,应洵这才回过神礼貌地与黎蔓打了个招呼,并主动交换了联系方式,让她可以随时确认周绎北的情况,并绅士询问需不需要他帮她叫辆车。

将头摇成拨浪鼓,黎蔓委婉地拒绝,她不是周绎北,哪敢随便麻烦人家应总,但心中也忍不住感慨果然应洵还是一如既往的温柔,难怪某人如此念念不忘。

目送着周绎北安稳上车,黎蔓这才收回望着窗外的目光,长呼一口气,将剩余的一点果酒一饮而尽,部队火锅已熄了火,脑袋却接力咕噜噜冒着泡。

她难免有些惆怅,自己的爱情又会什么时候到呢?

坐上车,应洵降下一点车窗让风涌入,驱散甜腻腻的草莓味与酒意,同时也让周绎北能喘喘气。

周绎北靠在窗边,一双眼朦朦胧胧望着飞逝的夜景。

江边风盛,一股脑涌进车中。

周绎北突然捂住脸,语气委屈,转过头瞪大眼睛看着应洵,可怜地告状道:"风在打我脸!好坏啊!"

应洵被逗笑了,忙升上车窗,明白周绎北算是彻底醉了,轻声哄着:"对,风坏,我们不跟它玩!马上就能回家了。"

周绎北哼哼几声,揉了揉自己的脸,好不容易降温的脸颊又开始染上樱桃红。脑袋昏沉沉的,她撑着下巴侧过头盯着应洵开车,眼神专注得让他也莫名耳热。

"怎么了?"应洵轻柔询问着。

"你真好看。"酒精让一切都坦诚多了,周绎北认真开口。

还没待应洵反应过来,下一秒,周绎北就又噘起嘴,闷闷不乐:"你干吗长这么好看!这样就有好多人和我抢你呀!"

应洵嘴角的酒窝又沉了下去,哄着说:"可是我只喜欢你呀。"

"真的吗?"周绎北语气先是不确定,然后又马上耍赖皮般的幼稚道,"假的也没用啦!反正我听到你说喜欢我啦!"摇头晃脑的,脸上是得意扬扬。

他宠溺地望了她一眼,语气是自己都不曾意识到的温柔:"真的喜欢你。"

得到满意的回答,周绎北甜甜笑着,傻乎乎地回应:"我也喜欢你!嘿嘿!"

应洵心跳莫名一滞,抿着唇,明明没有饮酒,却也莫名品到了草莓的甜味。他眼神慌乱,竟不知如何开口。

抛出的话石沉大海,爱意泛起涟漪,形成旋涡吞噬情绪。

周绎北不满地撇撇嘴,指挥着已开到小区门口的应洵往地下停车场开去,酒精挥发蒸腾上头,牵连着胸膛热意与孤注一掷的勇气一同跃动。

车稳稳停下,周绎北解开安全带,侧身凑近应洵,扯着他的领带引他低头贴近。

草莓的香气弥在唇边,应洵心跳复苏,在沉醉的夜里春意盎然。

"我想亲你。"周绎北轻轻开口,眼神软乎乎的。

应洵却突然开口:"等一下。"

周绎北一愣，咬着唇，后知后觉地清醒，一颗心悬在空中摇摇欲坠。

她刚想转回身落荒而逃，应洵却伸手摘下眼镜随手丢掷到一旁，伸手摩挲着周绎北细嫩的脖颈，声音喑哑低沉："摘下眼镜比较方便。我们，继续？"语气是疑问句，可动作却已给了答案。

应洵落下一吻。

耳畔是热烈的心跳，是春雷，分不清是谁的爱意在萌芽。

唇齿纠缠，草莓果酒在二次发酵。

呼吸被夺走，周绎北面红耳赤，不过不是因为醉酒。

她喘不上气，想开口想唤停，却方便了进一步发展，话语破碎，只剩嘤嘤嘤的近似撒娇的恳求，应洵无师自通地将其理解为：再亲一下。

好不容易红着脸脱离，周绎北的唇比涂了唇釉还要红艳，而应洵身上的衬衫全是凌乱的褶子。

突如其来的一吻，慢半拍地害羞，两个人眼神飘忽，不敢相遇，只是嘴角上扬的弧度都是如此的相似。

"那从现在开始你就是我男朋友了吧。"周绎北调整着气息，努力让自己显得不那么在乎，开口问道。

"如果你愿意的话，每时每刻都是你的男朋友。"应洵好心情地盯着她，看她唇上情迷意乱的痕迹，看她脸上浓烈的红，看她的每一个模样。

"哦。"周绎北没有应答，招架无力，于是逃似的冲下车飘飘然地走回家。

她打开冰箱拿出瓶冰沁柠水，拧开瓶盖就咕噜噜喝了大半，酒意已经消散，只剩迟钝的不好意思。

脸还红着，周绎北用冰凉的瓶身贴了贴发热的脸颊，唇舌还隐隐发麻，一静下来就开始莫名回忆起刚才应洵单手摘下眼镜，揽着她脖颈吻上来的模样。

脸颊温度又上升，降温没降成，反而带着那瓶沁柠水变得温热。

口干舌燥，不能再想，周绎北又拧开水，将剩下大半一饮而尽。

奇怪，明明是柠檬味的水，今天却无酸涩，只剩满嘴的甜。

匆匆忙忙泡了个澡冷静了一下，裹着浴巾从热气氤氲的浴室走出，手机响个不停,周绎北匆忙接起,是来自黎蔓的电话。

果然美色误人,她都忘记给黎蔓报平安了!

她心怀愧疚地接起,主动交代一切来堵上黎蔓肯定八卦问个不停的嘴。

"我很好,很安全!"周绎北莫名羞涩地顿了一下,还是老实分享,"然后……我和应洵正式在一起了……"

周绎北很有先见之明地把手机从耳畔移开,果不其然,下一秒便传来震耳欲聋的尖叫声,黎蔓急忙追问:"怎么在一起的!谁先表白的!我服了你们了,在一起还得我助攻!你们现在怎么样!"

"现在很好,就……在一起了呗!"具体细节周绎北不敢再忆起,只含含混混地回应着。

黎蔓从她含含糊糊的只言片语中已经能感觉到甜蜜了,无声尖叫着,絮絮叨叨说着什么要免了她的份子钱,她要做小孩干妈!

怎么这么快就扯到结婚生宝宝了啊!

周绎北扯开话题,不敢再提起某人。

今夜无人入眠。

周绎北闭上眼沉沉睡去,又陷入重回初三的梦境中。

"你是不是在偷偷看我"的字条伴着急促响起的上课铃被匆忙夹进语文书中,周绎北咬着下唇,抬手将别在耳后的碎发捋下遮住发烫的耳朵。

一整节语文课都挺直了背直直望着黑板,往常调皮晃动着的马尾意外安分,只是待到下课铃再响起,周绎北才后知后觉地回过神,一节课心不在焉,一节课呼吸急促,一节课心跳不受控。

应洵绻着嘴角的笑意,一节语文课与老师互动频繁,向后倚在椅背上,漫不经心地大声回答着老师不论难易的问题。

少年青春期微哑的声音在空气中轻振,却意外引发蝴蝶效应,牵连起某人心脏地震,一些埋藏在心底的东西一齐复苏。

看面前少女僵硬,看她遮掩不住红着的耳朵,应洵只莫名心情好。

课后,少女拿着水杯落荒而逃,连头也不敢回地走出教室,深呼吸,氧气涌入左心室，沸腾，激活因一句话而眩晕的脑袋。

一定是在逗人了。

真心话大冒险输了吧！

周绎北自欺欺人地认真说服着自己，又装了满满一杯冷水仓皇饮下，冷意从喉间渗透至脸颊，稍稍冷静了些。

做足了心理建设回到座位，周绎北却又看到一张新字条。

她下意识屏住呼吸。

  好吧，其实是我一直在偷看你。

她指尖发麻，慢半拍地猛地扭头看向身后那人。

应洵伸手摸了摸鼻尖，眼神是坚定的羞涩，轻轻启唇，说了四个字，是那四个字吗？她好像忽然看不清了。

在喧嚣的教室中，在晦涩的初三中，在柠檬黄之前。

有人开口，无声表达情感。

梦里的周绎北眼睛莫名湿润。

周绎北睁开眼，发现眼泪淌了一脸，伸手抹了抹泪，却弯起了唇。

是幸运的吧。

在今日，收获一个男友，也了结一个打成死结的执念，更了解到原来关于青春也有这种可能。

在这个寻常的夜里，所有关于"爱"的字眼谱成一首十四行诗。

年少一腔来历不明的喜欢蒸腾而上凝成水珠，伴着大气环流在无数海域与城市上空破碎，要感谢热带洋流不厌其烦地将其汇聚，在一场夜雨里，十五岁的周绎北与二十五岁的周绎北相遇。

在这个关于"喜欢"的命题中，不管书写了几页草稿纸，无论过程如何曲折离奇，不提数据如何繁杂，但感谢最终，她仍能寻得正确答案。

周绎北坐起身，窗外是墨汁一般的黑在渲染，雨滴拍打玻璃窗的声音窸窸窣窣，是温热的缠绵。

原来，下雨了。

无心再睡，周绎北起身，捧起电脑，打开办公软件，伴着淅淅沥沥的雨，将另一种可能写成文字，梦里留不住，那便用文字记录下来。

等将畅想的一切都记录下来后，天已昏昏沉沉地亮了，周绎北活动着生锈的腕关节，打了个大大的哈欠，又开始新的工作。

再关上笔记本已经是正午了，周绎北揉着发酸的眼睛走到厨房里自己精心安排的速食产品专区，刚拿起一袋泡面就又愣住，思考了一瞬，转过身打开冰箱，将昨天剩下的大半比萨放进微波炉中加热。

嗯，不管怎样，应该比泡面健康吧。

周绎北双手环着胸，看着转着圈的比萨，自欺欺人地想着。

她食不知味地咬下一口比萨，后知后觉地想起一个重要的事。

哎，她的新晋男朋友怎么今天一点声都没有呀！

周绎北蹙起眉，手机屏幕停留在与应洵的聊天界面，赌着气般地不肯先开口，心中幼稚地想着：什么呀！再不积极，晚上就让他下岗！

手机却突然"叮咚"一声跳出一条新信息，打断了周绎北构思的分手三十六计，是一个包裹取件码。

她摸不着头脑，三下五除二吃完噎人的比萨，随便套上外套，疑惑地下楼取件。

嘿！好大一个包裹！

周绎北气喘吁吁地将纸箱放在地上，心中的好奇越发浓烈，赶紧动手拆快递。

一只毛茸茸的机械小猫安静地躺在盒中。

脑袋串起先前应洵发来的照片，周绎北恍然大悟，但仍别扭地嫌弃着：什么呀！自己不来哄人，派猫猫狗狗来是什么意思呀！

只是这种想法在将机械猫拿出来启动的一瞬间便消失得无影无踪，周绎北忍不住伸手从猫猫头捋到猫猫尾，好好摸呀！

小猫笨笨地活动着脑袋，待熟悉完设定后聪明地抬起头迎合着周绎北的手，还撒娇似的蹭了蹭。

周绎北的心都化成一池春水了，心中无声尖叫，脑袋里冒出许多"好可爱"的彩色弹幕。

眼睛瞥到小猫脖子上晃来晃去却闷声不响的小铃铛，周绎北好奇地解下铃铛，查看失声缘由。

刚打开铃铛，一张反复折叠成小正方形的纸片掉出来。

周绎北好奇地从地上拾起纸片，板正的棱角藏着某人的忐忑心意。

是一张音乐会的门票。

时间是今天晚上。

小猫笨拙地撞上她的小腿，周绎北心软得一塌糊涂，目光在这张门票上流淌，忍不住埋怨应洵的闷葫芦性格。

如果她粗神经地没有发现，那他今夜不是要在那儿枯坐三个小时呀！

明明那么聪明的一个人，怎么遇见她就变笨了呀！

或许是因为爱让人矛盾吧。

无数次告诉自己，这不过是一个小小的约会罢了，可周绎北仍忍不住精心打扮。

黑色小礼裙搭配白色的玛丽珍鞋，珍珠发箍映衬精致又复古优雅的妆容，周绎北在落地镜前转来转去，照了一个又一个来回，荡漾开来的裙摆映照出此刻的雀跃心情。

在拿起手包出门前，周绎北又犹豫着折回房间，拿起一支口红，柠檬味的，她细细描摹了一遍唇形。

她忍不住自己伸出舌头舔了一下，嗯，甜甜的。

在门票上对应的位置落座，周绎北努力不将目光落在身旁那个男人身上，即使他望向她的眼神不容忽视。一心二用有点困难，她忍不住偷偷看他，努力克制着不让自己脸红。

可是一切在应洵牵上她手的那一瞬间就破功了，周绎北一刹那便红了耳尖。

珍珠耳环被衬得更白了些。

周绎北娇嗔地看了一眼应洵，还没来得及开口说话，音乐会便开始了，她将话语咽下肚子，也只好任凭自己被他握着手。

应洵的眼中是融化一片的愉悦，来回把玩着周绎北的手，每一个指节，每一道指纹的纹路，都反复临摹于心，仿佛她是他此生最珍贵的掌中至宝。

手心痒痒的,周绎北抿着唇藏着笑,手指在应洵掌心一笔一画勾勒着。

撇,竖,撇……

——你一定很喜欢我。

而应洵的回应是牵过她的手,落在她掌心的一个吻。

心中的小鹿撞倒第9828棵树,周绎北深呼吸,努力让自己重新沉醉于伟大古典音乐中。

可心跳是"哆",他作乱的手指是"来",甜甜的唇是"咪"……

另有一曲伟大的乐曲在她心中谱写。

好不容易挨到音乐会结束,周绎北刚想站起身,却又被应洵拖着坐下。她想开口问他缘由,却又莫名堵着一口气不愿先开口说话。

待音乐大厅里人都散得差不多了,应洵突然起身伸手摸摸周绎北的头,心中想到那只毛茸茸的小猫。

果然,是一样的触感呢。

"你乖乖等我一下,好吗?"

于是,周绎北又被莫名其妙哄好了。

应洵快步走上舞台,然后大厅的水晶吊灯忽地一灭。

周绎北慌乱四顾。

而后灯又亮起,应洵脱掉西装外套,露出内里的纯白衬衫,背着吉他坐在舞台上。应洵的声音是绷紧的弦,只有湿润的手掌心在见证他的紧张和心虚。

他说:"北北,我有一首歌想唱给你听,可以吗?"

周绎北心跳一滞,攥紧手中的包,慌乱点头,心脏是扑棱扑棱飞动的白鸽,眼睛里只装得下那个人。

应洵望了她一眼,莫名红了耳朵,难得手足无措地垂下头,轻声开口弹唱:

"说不上为什么,我变得很主动。若爱上一个人,什么都会值得去做……"

那个夜里的对话又冒出脑海。

原来她随口一句要唱着周杰伦的歌跟她表白的无厘头话语被他一笔

一画认真记在了心里。

应洵落下最后一个音,在"爱"的回声中,看着周绎北,浅浅笑着:

"北北,你愿意做我女朋友吗?"

泪盈满眼眶,周绎北慌乱点着头,提起裙摆飞奔上前紧紧拥住他,酸甜味的吻在明亮灯光下交换。

情迷意乱的允诺与吻不够正式,这才算得上是告白。

因为她是周绎北。

所以他爱她。

青春无疾而终的伤口早已结痂,新鲜的血肉生长掩盖疼痛,而有人总会低下头虔诚亲吻你的已不存在的伤。

在柠檬黄之前,是酸涩的青春。

而你说你爱我,于是柠檬变黄。

/ 第十九章 /
恋爱心事

▼

恋爱……是什么感觉呢?

周绛北撑着下巴,看着空白的不停歇地闪着光标的文档,皱着眉,想不出具体的形容词。

像是输入特定程序一样,一看到"恋爱"两哥字,脑袋里就会第一时间蹦出应洵,但并发症是一个接一个缠绵的吻。于是她又莫名红了脸。

白日里吻过,夜里也吻过。每一个面红耳赤的瞬间,每一个缠绵交融的呼吸,都构成吻后她慌乱无从着陆的眼神。

应洵很喜欢亲吻,或许应该表述为:应洵很喜欢吻周绛北。

没有来由的、忽如其来的吻是常态。

常常是周绛北胡言乱语,热情分享着不值一提的细碎小事,而应洵会在她开口的一瞬就停下手中事项,抬起头温柔又认真地看着她,倾听并回应。

一双桃花眼里满满的只有她。

话题讲尽,周绛北口干舌燥地静下来,在应洵带着温度的目光中,后知后觉地害羞,垂着眸,思来想去忧虑着:自己的话会不会太多啦,话题是不是太枯燥啦!

而应洵给的回应是——凑近在她唇上落下一吻,以及语气轻轻的一句"好可爱啊"。

周绛北脑袋宕机,反应迟钝,而应洵餍足地摸摸她的头,继续做着自己的事情。

周绛北皱着眉,总感觉有点熟悉的感觉,她恍然大悟,她逗Mini也是一模一样的动作与语气!

亲亲，蹭蹭，夸夸。

Mini 是那只小小机械猫，本名咪咪，周绎北本着走向国际化的想法给它取了个更响亮的名字：Mini。

应洵是唯周绎北主义者，除了举双手双脚支持，没有其他态度。

好嘛！原来她男朋友把她当小猫啦！

应洵大多数的吻是让人情迷意乱的，她常常仰着头急促呼吸，像搁浅的鱼。而他会慢条斯理地低下头，在她细白脖颈上耐心地落下一个个灼热的吻，又一轮热浪。

比如，上一个吻。

就在刚才楼下车中。

周绎北刚解开安全带，应洵就委屈开口："没有离别吻吗？"

周绎北扭头，最受不了应洵那双潋滟桃花眼，他身上清冷的气息撞上故意柔和的眉眼，她心知肚明他是故意的，但她却拒绝不了，只红着耳朵轻轻凑近，本想落下一吻糊弄糊弄。

可应洵却一手搂住她的后颈，加深这个吻，一手摘下眼镜。

鼻息是滚烫的，唇也是。应洵撬开她的齿关，唇舌交缠，而手移到她耳朵上，一下一下揉着她的耳垂。

痒痒的。

车内隐秘潮湿的声音勾得她耳朵的红漫到脸颊。

她脑袋缺氧，只得从他口中汲取氧气。应洵耐心引着周绎北主动，一双圆圆的眼睛眼尾晕染着红晕，手也在不自觉间搂上他宽阔的肩膀。

路边小狗不识趣地汪汪叫，打断了这个吻。

周绎北的脸滚烫得像红苹果，只好落荒而逃。

唇舌还在隐隐发麻，周绎北苦着脸，又想起这个吻，心中小鹿在撞树，终于知晓何为"男色误人"。

她暗下决心，不能再这样惯着应洵了。可是下一秒就又犹豫了。

好吧，她就是受不了应洵穿着衬衫，戴着银框眼镜认真亲她的样子！而且，虽然不太想承认，但她其实也蛮享受的……

她呼出口气，用手搓了搓发烫的脸，结束绯色遐想，重新回归正题，犹犹豫豫缓慢敲下不同于羞涩情绪的炽烈文字。

我恋爱啦！

看着这宋体五号的文字，氧气在左心室咕噜噜冒泡，模糊不明的欢快情绪快要涌出。

她眼睛里溢出笑意，忽然低下头抵在键盘上，在屏幕上敲出一串无意义的乱码。

恋爱就是这些混乱的字符，是他人看不出猜不透的意义，只有在恋人眼中才可破译解码，转换成关于爱的秘密。

她索性盖上电脑，不再写，躺倒在沙发上。她拿起手机，拨出个视频电话。

"嘟嘟"响了几声就被接起。

"怎么啦，北北？"应洵温柔的声音传出。

屏幕由黑转亮，映入眼的是应洵沾着水汽的脸，应该是刚洗浴完，头发也潮潮的。他抬起手，将手机拿远。周绎北这才看清楚他穿着件简单的黑T恤，而手上拿着毛巾。

锁骨明晃晃的，载满着周绎北游移又眷恋的目光。

"想你了不行吗！"周绎北用着理直气壮的话语来遮掩一些脑袋里关于躲在被窝里看的小说漫画的联想。

"当然可以啦，我也很想你呀，宝宝。"应洵随手将手机放在桌上立着，双手用毛巾擦拭着刚洗完的湿漉漉地耷拉在额前的柔软头发，速度明显加快了。

微微的仰角让周绎北更能好好欣赏，她撑着下巴，趁应洵忙着擦头，目光肆无忌惮地在他脖颈与肩背的线条处停留。

应洵有着恰到好处的精壮身材，骨肉均匀，身姿挺拔，是清瘦的，但肌肉流畅的线条也是舒展的。是周绎北最爱的那款穿衣显瘦，脱衣有肉的禁欲系斯文败类的风格。

而且周绎北根据亲吻时"不小心"的肢体接触猜测，应洵应该还有腹肌和人鱼线。

晕！

周绎北最喜欢看应洵穿衬衫。最好再折起一段衣袖，可以露出小臂的肌肉线条，倒三角身材也完全可以撑起衬衫的版型。衬衫在腰间忽地收束，隔着衬衫又朦朦胧胧可以猜测那一截腰是多细。衬衫最顶上的那颗扣子会解开，恰好可以露出一截脖颈与锁骨。

无所顾忌肆意欣赏着男色的可怜周绎北并不知道，后来的她会在每一个昏昏沉沉带着哭腔沾着泪花睡去的夜里，内心无数次咒骂着：

这该死的应洵！

"你要睡了吗？"好不容易将目光挪开，周绎北又开始好奇地盯着应洵唇边的酒窝，轻声问道。

应洵只将头发擦个半干就停下了，然后将毛巾搭到一旁椅背上，凑近了手机认真听周绎北讲话。

"还没有，还要审核一个策划案，明天开晨会时要用。"

"哇，那么忙吗！"做惯了自由职业者的周绎北小小吃惊，板起脸，认真嘱托，"还是要早睡的！早餐也要认真吃啊！"

扯开个笑，眼睛弯成月牙，应洵将这句话还给明显作息更加不规律的周绎北，并郑重提醒："我会叫 Mini 监督你的！"

"你就会欺负我！"周绎北不满地哼哼着，眉眼却是舒展的，很享受这种无营养又黏腻腻的情侣对话。

"我怎么会欺负你呀。"应洵一碰上周绎北，什么清冷自持全消失不见，恨不得满腔柔情全献给她，柔成春水的宠溺音调是面对她的常态，"明明是你欺负我才对。"

他说着将手机凑近了唇，将唇上的咬痕呈上作为证据。

周绎北下意识地咬着唇，自是极力否认："才不是我！嗯……是 Mini 咬的！"

"嗯嗯，都怪 Mini。"

应洵故意压低了声音，凑近了手机，微哑的声线与潮湿的细发相呼应，眨眨眼，直直望着周绎北："那明天下午要不要一起吃饭呀？"

才恋爱没多久,他已经彻底摸清怎么做周绎北会脸红,怎么做周绎北会害羞,怎么做周绎北会心跳加速……

当你喜欢上一个人,便会忍不住研究她所有喜怒哀乐,然后让她看见一个完美的自己,为她诚挚献上一份无瑕的爱。

周绎北自是受不了应洵这副模样,应约的话到了唇边,又突然清明,抱歉地拒绝:"啊!可能不行呢,我明天要和我的新助理签就职合同,应该还得请她吃顿饭。对不起,下次再陪你好不好?"

应洵的头发仍沾染着水汽,垂在额间,削弱了他矜贵的清冷感,显出几分少年气。配上他此刻失望又湿漉漉的眼,周绎北只觉得自己心里软软的,音调也跟着软塌塌的。

"你可以永远不跟我说对不起的,"应洵看着屏幕里周绎北卖乖讨好的笑,嘴角也跟着抿开个笑,温柔地说着,"那周末来我家里,我做饭给你吃,好不好呀?"

周绎北猛点头,暂时还没注意到"去家里"的重要性,只傻乎乎地点餐:"那我想吃盐焗虾可以吗?"

"当然可以,"应洵认真看着屏幕里周绎北的眼,"你想吃什么我都会学会的!

"因为,宝宝你是我最重要的一切。"

脑袋有点幸福的眩晕,周绎北躺在床上,复盘着这一天的相处,心里有甜滋滋的白巧克力在融化。

又忽地皱起眉,她终于捕捉到一些被甜蜜冲昏了头而没注意到的细节,比如"宝宝"!

应洵什么时候将"北北"这个称呼偷梁换柱成为那么腻歪的"宝宝"了,一点都不符合他高冷总裁的人设好不好!

不过……也蛮好听的。

睡不着,翻来覆去,一颗心还是乱糟糟的,周绎北索性仔细回忆起应洵对她的称呼。

小初高是僵硬生疏的"周绎北";高三在每天凑近讲题中不知不觉换

成了"绎北",但有时好像也会不小心脱口而出一句"北北",然后两人愣住,微微尴尬;重逢后他一口一个"北北"叫得自然,不知已在心中彩排演练过几百遍了;而恋爱后,应洵终于可以将他的"北北"光明正大地唤为"宝宝"。

图谋已久。

应洵声音是微哑的,再加之他那一份不愿启齿的小心思,总是将"北北"含混带过,像在唤着"宝宝"。

怪不得高三他偶尔唤着"北北"时,她就常幻听成"宝宝"。但那时的她只以为自己听力不好,揉揉发红的耳朵告诫自己不要多想,然后继续俯下身,认真看着他细长手指握着笔在草稿纸上快速又简明扼要地解题目。

没有人知晓,为了明目张胆地喊她一声"宝宝",应洵到底将那一份汹涌爱意深藏了多少年,在多少个静默的时刻祈祷一个好结果。

感谢天父,让这份感情可以重见天日,让他可以明晃晃地表达自己漫溢的爱意,也让一切有了最好的答案。

又翻了翻身,周绎北越想越睡不着,紧闭的眼里,闪烁的是每一个与应洵相处的瞬间。

他仓皇游移不敢对视的眼神,他攥紧了汗湿的手,他不自然地喉结滚动……他的爱意变得可视。

或许,他真的很爱我,很爱很爱。

不小心洞察了一个秘密,周绎北抿了抿唇,终于沉沉睡去,决定将这个秘密续写。

周绎北努力让自己适应着与流量伴生的繁忙工作,工作挤占了脑袋与生活的许多空间,与应洵的每一次见面与通话都显得更加珍贵。

两个人慢慢学会了不吝啬爱意表达,之前让人脸红的"喜欢你""爱你"成为了对话的必备要素,亲亲贴贴抱抱也是每次见面的常见流程。

感谢周绎北无用的观察力与好学精神,她现在已经知道,只要应洵一摘眼镜,那十有八九就要亲她了。她还捉摸透了,应洵喜欢故意勾她主动,喜欢捏她的脸颊肉，喜欢亲她亲到她缺氧只得挂在他身上的模样，而且还最爱偷偷亲她的眼睛！

周绎北忍不住埋怨他的心机，又忍不住轻轻踮脚去吻应洵的酒窝。

手忙脚乱地在周末前签订好助理合同，转交推广相关工作，并在"回南天"里开辟了一个新板块供许衿写作。

周绎北还是很欣赏新助理的才气的，第一眼见她，周绎北就确信自己会喜欢她。

但许衿好像不是很开心，从她附在简介里的文字可以窥探到一些，比如：

> 最近生活很糟心。酗酒，失眠，精神恍惚，心情不愉快，比起去年夏天多了很多痘印与色斑，其实还多了一些钱。但比起我所失去的，实在算不上什么。
>
> 但或许我不应该抱怨，所有我是罪有应得。我是罪人，而我的救世主已将我抛弃。

于是，周绎北总会忍不住对她好一点再好一点。或许是周绎北的热情让许衿有点惶恐，她也忍不住主动向她透露了一个秘密。

"其实，我蛮有钱的。"其实对于许衿来说这算不上什么秘密，而看着周绎北哄小孩一样不以为意的目光，许衿加重了语气，"我的银行卡余额有八位数。"

这下周绎北瞪大了眼睛，而她慢吞吞又补充了一句："但是这笔钱不属于我。"

交换秘密永远是一段友情的前奏。

为了表示自己对她的亲近，周绎北皱着眉想了想，也分享出一个秘密："我是个坏女孩，浪费了很多爱。"

没头没脑的一句话，但许衿若有所思，低下了头，低低笑了声，轻声道："在爱里，大家都是坏人。"

周绎北愣住片刻，然后忽然瞥见消息栏里不断跳出的工作信息，忙将两人扯回正确轨道上，又开始无止境的，与甲方的低效沟通与交流。

周绎北还在忙碌一件不太好意思说得出口的小小事情。

她的文字要登上杂志了。

文档里嘈杂的文字终于可以以一个新面貌呈现与保存。

虽然只是一篇才一万多字的青春小说，可周绎北也花了好几个日夜在认真书写，辛苦梦里的她一次又一次重返校园。夏天的风，少年校服的衣摆，少女迟迟不敢送出的那一瓶矿泉水……关于青春的细枝末节被勾勒成爱的模样。

十八岁的她拥有的是擦肩而过的整个夏天，而文字里的她紧握的是"春风得意马蹄疾"的爱与未来。

将终稿文档给编辑传送完毕，周绎北伸手揉了揉眼，湿漉漉的。

一定是看太久电脑了！

然后，她拿起手机，毫无理由地给应洵拨去电话，只为说上一句"好喜欢你啊"。

得到应洵温温柔柔的一句"我也爱你"后，周绎北悬在半空中的心终于落地。

好在，现在的她所有缺憾已被修补成十五的圆月，只剩圆满与明亮。

拥挤忙碌的工作日匆匆流逝，周末忽然到来，周绎北在慵懒的午后快乐观看攒了许久的综艺，在哈哈大笑时，忽然看到手机跳出应洵的消息。

"我打算做金汤肥牛、盐焗虾、蘑菇炖鸡，再来一些蔬菜，这样可以吗？需不需要我去接你？"

她这才迟钝地想起约定好的去应洵家吃饭的事情，慌忙从沙发上爬起，脑袋里都是糨糊，只匆匆回了个"我不挑食的！我自己去就好啦"。

看着自己邋里邋遢的居家模样，周绎北手忙脚乱地去洗了个澡。

脸被水汽蒸得红热，周绎北伸手擦去镜上的水雾，仔细看着自己脸上突然没有眼力见儿冒出来的痘，以及熬夜而导致的阴魂不散的黑眼圈，忍不住长吁短叹。

在一旁柜中拿出瓶不常用的身体乳，周绎北嫌弃它的厚重。购买时被它持久的自然香甜气味与独特的细闪闪的光泽感所诱惑，一时冲动买回来，却一直落灰，没想到现在正好可以派上用场。

她莫名耳热，认真涂抹好身体乳，在光下欣赏着自己奶油般柔软又香甜的皮肤，脑袋忽然冒出句最近黎蔓总是醋醋说出的那一句"真是便宜应洵那小子了"！

停！

周绎北忙止住自己脑袋里马上要打上马赛克的遐想，伸手拍拍红彤彤的脸，走出浴室，水汽跟着涌出。

嗯，都怪浴室里太热了！

拿出一堆衣服一件件在更衣室的落地镜前比画着，最后挑了一条新买的牛仔紧身连衣短裙，周绎北还算满意地看着镜中的自己，自恋地摆着各种姿势。

哎，她这么漂亮，应洵痴情于她这么久也是正常的嘛！

周绎北心情愉悦地转过身，看着堆在一旁乱七八糟的刚才试穿的衣服，后知后觉地头晕。

她深深叹气，耐心蹲下身来捡起衣服，又一件一件收拾好，腰酸背痛，直起身伸了个懒腰，一看时间，也没空再整理什么，便急匆匆地跑去化妆。

没有化得多隆重，周绎北只简简单单上了个粉底，搞了一下遮瑕，眼影随便弄，口红倒是精心挑选了一支桃色的。

反正天生丽质，怎么弄都漂亮。

周绎北抿了抿唇，让唇彩上得更均匀些，忍不住对着镜子里漂亮的自己挤眉弄眼。

精心打扮得漂漂亮亮，周绎北开心地哼着小曲，照着应洵发过来的定位出门。

站在门前，摁响门铃的时候，周绎北还是忍不住紧张，思绪分散，下意识抿着嘴。

门被打开，应洵一双桃花眼里是不加掩饰的惊艳与欣赏："快进来吧，菜快要做好了。"

周绎北伸手捋了捋耳旁垂落的长发，遮掩自己的略微不自在，好奇地打量着应洵家里的装修。

"饿不饿？"应洵领着周绎北在餐桌前坐下，桌上已摆了四五样菜了，他又走进厨房拿出米饭，贴心问道，目光总是匆匆掠过周绎北，不敢停留在她身上。

周绎北敏锐地觉察到他眼神的回避，直截了当地嘟囔着："干吗不看我呀？"

应洵放下米饭，伸手摸了摸鼻子，抬头望向周绎北，语气是笨拙的诚恳："你今天好漂亮……我害怕看着你，我会脸红。"

说会"脸红"的是应洵，可忽地脸红得堪比桌上盘中盐焗虾的却是周绎北。

"花言巧语。"周绎北低下头眼神在色香味俱全的饭菜间游移，小声嘟囔着。

应洵轻轻笑了一声，在她心头飘飘然地掠过，泛起微微的涟漪，痒痒的，于是她只好借埋头吃饭来遮掩她在感情中的生涩。

浸满了酸汤的肥牛一进到嘴巴里就误打误撞激起胃口。

周绎北眼睛一亮："好好吃！你做菜原来这么厉害呀！什么时候学的呀？"毫不遮掩地夸赞着。

应洵慢条斯理地给周绎北舀了碗汤，知道她喜欢吃蘑菇，特意多舀了些，他心情颇好地一边回应着："你喜欢吃就好，我是高三一个人住的时候才开始接触做饭的。"一边将盛得满满的碗放在周绎北面前。

"哎……你高三为什么突然一个人出去住啊？"周绎北思维发散，突然询问，又慢半拍地联想起应家复杂的家庭情况，只越说越小声，心里懊恼自己的话不经脑子，然后小心翼翼地观察着应洵的脸色。

他只脸色如常地夹起只虾开始剥壳，语气平淡："因为之前家里比较远，上学接送麻烦，搬到那儿后近些，我也可以步行去上学。"将完整虾仁剥出放进周绎北碗中，他继续解释，"而且那个时候我妈怀孕了，也不想麻烦她照顾我，影响她安胎，我还是搬出去一个人会好一点。"

"而且，我可以自己照顾好自己的。"应洵说着淡淡一笑，似已经完全释怀。

周绎北却莫名地心疼，鲜甜的鸡汤在口中都食之无味了，只狠狠咀嚼着嘴里的蘑菇，噘起嘴："早知道我那个时候对你好一点再好一点就好了！"

毕竟是别人的家事，她不过一个旁观者与外人，不好评价，只指代不明地含混表述着自己的心疼，说着又懊恼起自己来。

她真的好坏好坏呀！

"你已经对我很好了，不是还给我拉大提琴听，还请我喝冻柠七吗？"应洵故意笑着挑逗着，"或许真的需要感谢你，陪我度过了刚搬进去的那个夏夜。"

驱赶了所有令人难熬的静谧的夜与混乱的心绪，于是电话铃声与少女娇俏的声音是关于夏天的主旋律。

周绎北越发愧疚了，只豪情壮志地许下过期空头支票："要是知道电话那边是你，我肯定天天打电话陪你，给你拉一整天的大提琴，请你喝甜甜的冻柠七，还有鸳鸯奶茶、丝袜奶茶……所有好吃的都请你吃！"

看着不过几十厘米之隔的坐在面前的周绎北，应洵笑得温柔，眼睛弯成一道月牙，附和着她："好啊，不过如果我整天缠着你，你怎么还写得完暑假作业？"

周绎北瞪了他一眼，理直气壮道："那个时候你肯定会帮我写的吧？"

"作业还是自己做比较好。"应洵假正经道，眼底的笑意泄露了他的好心情。

望着他弯弯的眉眼，又想起高三记事簿中夹着的厚厚一沓藏头便利贴，周绎北一颗心满溢着幸福。

"高三那一年，你很辛苦吧？"周绎北试探地询问，思绪搁浅在关于他的海湾，怜惜心疼的浪潮接连拍涌。

要应对她忽如其来的情绪，有家庭的压力，对亲情的重塑，高三所有老师重视的目光，烦琐的学业细节……

周绎北苦着脸，扒拉着饭菜，心不在焉。

"会有一点吧。"应洵回忆着，"那个时候蛮矛盾的，一方面很渴求亲情，一方面又逼迫自己背离对亲情的渴求。不过幸好有你，看见你就开心，什么烦恼都被甩到脑后。"

他的语气坦坦荡荡，好像那些酸涩的日日夜夜不过一颗柠檬糖，在岁月中融化，就只记得住甜味。

"那你……会恨叔叔阿姨吗？"周绎北试探着问。

"恨过吧。不过实在太不成熟了。"应洵自嘲地摇摇头，"我爸是实实在在地错了，我恨过他，为什么他的不忠贞要牵连两个女性的不幸，并顺延到我身上。可惜我的生母已经去世，我也不知道真正的答案。但是曾偶然翻阅到她的日记，那段时光，对于她而言是人生中不可多得的被爱包围的时光。她是笨蛋，被男人花言巧语一哄就头昏脑热陷入爱中。其实在知道他的已婚身份后，她决意要分手，可惜，她又发现自己已经怀孕了。所有的一切又屈服于未知的母爱而不了了之。"

应洵平淡地讲述着，他灼热地恨过，但是现在已全部释怀。

拘泥于过往，不过只会加深痛苦，他心知肚明。

可就是如何也无法从对周绎北漫天的无由头的爱里挣脱。

没有理由的爱，又如何能解除呢？

她的存在本身就是爱意的来源。

"我的生母应该也曾找妈妈道歉过，应该是很卑微很诚恳的恳求，才会让妈妈愿意抚养我那么久。

"我曾纠结过很久为什么妈妈不太喜欢我，在知道谜底后，彻彻底底地伤心过。后来很迟钝地发现，妈妈并没有什么错，她不过也只是一个无辜的受害者。而且平心而论，她从未在物质上对我有过任何亏待，我也不能要求她给予我什么正向的情感，毕竟我是一段不忠的遗物。

"至于我爸，他或许是个精明商人，但绝对不是一个好丈夫与好爸爸。这好像也影响了我对父亲这个身份的理解。"

应洵一边说着，一边将剩下的饭菜尽量吃完。在他放下筷子的那一瞬，一切也有了终章。

"我拥有自己的人生与爱恨，不必纠结于这些前尘过往。于我而言，现在就只需要好好工作，以及，好好爱你。"

周绎北听得愁眉苦脸，但又在那句"好好爱你"落下后愣住，被爱意闷头打了一棍，甜蜜地眩晕。

见她呆呆的，碗里的饭菜也吃得干干净净而且没有再动筷子的意思，应洵笑着起身，伸手摸摸她的头，然后就开始收拾餐桌洗碗。

周绎北后知后觉地反应过来，只觉得刚才应洵顺手摸摸头的动作很熟悉。

哦！她对待Mini也是这样的，吃饱喝足就摸摸猫猫头。

好嘛，又被男朋友当小猫对待了。

周绎北开始好奇自己在应洵心中的设定了，于是跟屁虫一样追到厨房，拿起一个碗就打算帮忙洗。

手还没伸到水龙头下，碗就被应洵夺下，他认真地阻止："我洗就可以，洗碗对你皮肤不好。"

看他一副不会让她碰锅碗瓢盆的样子，周绎北故意逗道："那你把手套摘给我，这样我就可以帮忙洗碗啦。而且你准备的饭，我只负责吃那多不好，还是要做点事的！"

"不用了，我喜欢洗碗。"应洵为了不想让周绎北洗碗，什么鬼话都说得出来，"而且看着你吃好喝好开开心心就是我最大的幸福了。"

周绎北脸一热，碎碎念："你是不是把我当Mini养了，只要吃好喝好逗逗玩玩就好啦！"

"才不是，Mini没有你可爱！"他马上否定，"而且Mini才不会主动亲我。"

一下看透了他心底那些弯弯绕绕，耳朵上的热度蔓延到脸颊，周绎北不敢再纠缠，只扯开话题道："那以后你负责煮饭洗碗，我负责其他家务好了。"

刚想揽下所有家务，应洵又马上反应过来她这句话的将来时态，嘴角的酒窝深深陷下去，逗着她道："你负责开开心心吃喝玩乐就好了。"

"真把我当Mini啦！"周绎北嗔道。

"你是小猫，那我就是小狗。"他回答着，嘴角仍是扬着。

周绎北踮起脚，在应洵脸颊落下突如其来的一吻。

"哼，我才不是小猫呢！"娇嗔语气下掩藏的是爱恋中的羞涩。

一连串动作完成后，周绎北急忙跑出厨房，躲开应洵想深入的吻。

"我可以去你房间看一下吗？"周绎北躲在厨房门后，只伸出个脑袋询问着。

应洵自然无条件同意，也不担心自己随意摆放着的那一堆商业合同与合作机密。

于是，随意拧开一个门，周绎北走进应洵的书房，目光扫过四面装得满满的书柜，感叹着果然学霸不管什么时候都会保持学习状态的。

然后下一秒又被书桌上摆放的几个相框吸引，她俯下身认真去看。

是小初高毕业照，当然额外还附了一张高三某次年段前三十表彰合照。

周绎北蹙起眉，才不觉得应洵会这么恋旧，于是仔细研究起照片来。

果然发现了一些端倪，比如——

每一张毕业照都是应洵和周绎北的合照，因为他们从小都在一个班级。如果每一张表彰合照都要珍藏那应洵应该可以收集一大堆，可那张表彰合照是周绎北唯一一次登上表彰台留影。

每一张合照应洵都站在她身后。

每一张合照应洵都没有看镜头，而是在注视着她。

小学毕业照拍摄时，周绎北还留着当时最时髦的厚重齐刘海。三年都没有彻底融入这群少爷小姐，拍照时其他女生都三两成团争着跟好姐妹站在一起，于是她就只能选择剩下的边缘角落。但是她也不太在意，不过一张没什么用的照片而已。

恰巧有风吹过，抚起笨拙的刘海，露出一双清澈的眼，微微失神，于是有种虚焦的冷然的漂亮。

而本应该众星捧月站在中间的老师的宠儿兼同学们的好班长应洵却意外地选择了边边角角的位置，恰巧就正正好好站在周绎北身后。

他脸上是青涩未褪却又昂扬的笑，那时的他最大的烦恼可能只不过是补习班越来越烦，课外作业日渐增多；明明考了第一了可是妈妈还不表扬他；还有……周绎北又在听什么歌啊，会背大提琴谱了吗？

随着青春期增长而被刻意掩藏的酒窝与虎牙在六年级那个夏天的阳光下被曝光，而随着"三！二！一！茄子"的欢呼，应洵的目光如蝶一般轻轻落在站在身前的周绎北的发旋上。

是一个小小的旋涡，将他所有心绪席卷。

初高中毕业照是如出一辙的剧情，区别只不过是两人在照片上的位置由边缘变到更更边缘再转到稍微中间。

桌上摆放的这几张照片于周绎北而言或许是青春蜕变实记，由渴望被接纳到更追求自我接纳；而对于应洵，却是一场持久浩大却又无人知晓的恋恋记事本。

心像是一颗高高飞扬的氢气球忽然被戳破，啪的一声，是无数回忆翻涌成诗。

秘密被揭晓，周绎北恍惚。

原来真的有一个人爱了她这么这么久。

除了这几张照片，桌上堆叠的就是一些商业文件与毫无防备的屏幕常亮的电脑。

她唇间泛起酸酸甜甜又生涩的味道，又在书柜前溜达了一圈，只不过已无心欣赏那些珍贵的藏书，她脑袋已经放空。

于是，周绎北只转了个来回便走出书房，又无声地回到厨房。

倚靠在玻璃推拉门上静静地看着应洵熟练洗着碗筷收拾着料理台的身影，她的鼻尖忽然地一酸，走上前去，从背后搂住他的腰，头埋在他肩上，声音是遮掩过鼻音后的沉闷。

"应洵，我好喜欢你。"

手中加快了刷最后一个锅的速度，应洵敏感地觉察到周绎北的情绪，只轻声哄着："我也爱你呀，宝宝。"然后把锅晾在窗台上，洗净手，转过身，也顺着搂住周绎北，一下接一下亲吻着她的额头安抚着她忽如其来的情绪，语气宠溺，"怎么啦，宝宝？"

周绎北低着头用力摇了摇，吸吸鼻子，又搂紧了应洵，抬起头认真看着他。

看他温柔的眼,可爱的鼻尖痣,不常出现但面对她总是出场率提高的虎牙与酒窝。

她仰头,主动献上一吻。

唇齿间的温度,是无数个夏季累加的余温。

亲得脑袋晕乎乎的,舌根也稍稍发麻,眼睛沁出湿润的光,脸颊红扑扑的,暧昧的呼吸声沉重……情迷意乱不过如此。

幸好,刚才吃完饭就去补了个唇膏。

唇上的甜蜜蔓延至心底,周绎北忽然庆幸。

她还没来得及思考今天抹的身体乳物尽其用的概率,应洵就发现了她的走神,浅浅在她唇上咬了一口表示对她的小小不满与惩罚。

当周绎北腿一软,搂上他的脖颈想热情回应时,手机不识趣地忽然响起,两人恋恋不舍地分开。

她唇上湿漉漉的,脸上是供氧不足与恋爱眩晕共同辅助造成的红晕。

周绎北后知后觉地害羞,眼神躲闪,狼狈接起电话。

而应洵也没好到哪里去,喉结滚动,眼尾染上的色彩比桃花还浓上几分,只侧过身不自然地遮掩着什么。

是许衿的来电,通知周绎北,她们今晚预计要发的稿件忽然又被甲方打回,可合同上的最后期限就定在今晚,所以现在需要她们和甲方再协商并火速赶稿。

许衿只是个就职不久的小助理,对这种事情还是没有什么处理的权利与经验,自然只得及时转交给周绎北处理。

匆匆忙忙挂了电话,周绎北咬着唇,不得不承认所有关于今夜的遐想都就此暂停,不过她好像也确实还没做好准备啦。

"嗯,我工作上还有点事要处理,就先,回去啦?"周绎北转过身,不敢直视应洵,所以只能半是懊恼半是庆幸地盯着他的脖子,眼神又不自觉地在那一片嶙峋锁骨上流连。

好吧,周绎北不得不承认,或许是失望的情绪更多一些。

不过还有机会的嘛,反正都已经是她男朋友了。

应洵也已经冷静下来,站直了身,耳尖还在发烫,但仍关心地询问:

"我送你回家吧？"说着就去拿车钥匙。

周绎北连忙止住他："不用啦！我自己回去！饭后走走路有助于消化，而且正好顺路我还可以去采购点生活用品！"

如果应洵是个闲散少爷的话，周绎北可能就让他送了，路上或许还能打情骂俏培养培养感情。

可 Y&Y 正在上升期，各种新闻不用她特意留心都能偶尔从各种角落看到。应洵作为领导者有多忙且多有压力，他从不主动说并有意遮掩，但周绎北自然也是大概有了几分揣测。而书房里堆叠一沓的资料与他眼下因皮肤白而更明显的那一抹青也成了佐证。

而晚上这餐也是他在工作日压缩处理完繁杂的事务，特意挤出时间惊喜安排的，忙前忙后承包了一切。对比之下，好听点称为"自由工作者"，不好听点被当成"无业游民"看待的周绎北只需要来这儿吃上美美一餐便可以。

关于这一切，周绎北不过也就是胡思乱想，嘴上占点便宜。她心疼应洵都来不及，更希望他赶紧去休息，今晚能好好睡个觉。

于是，周绎北坚决拒绝："我可是 21 世纪独立女性，自己回家算什么问题！再说了我都自己过来了，怎么不能自己回去呢？应总，请您不要那么黏人哦，我可是事业型女强人的！"看着应洵皱着眉，一副"深夜女生一个人回去不安全"的样子，周绎北还插科打诨地糊弄撒娇着。

从她小学英语口语不好被嘲笑，她好面子死活不肯主动开口跟老师和同学沟通，硬是靠着每天都插着耳机认认真真听着心肝宝贝 MP3，两个学期就矫正出一副较为流利的口语这件事，应洵早就对周绎北的性子有多倔有所了解。

看着她扑闪扑闪的眼睛和讨好的笑，应洵从来都是拒绝不了她的，于是郑重强调着："到家要马上给我打电话，一个人不要走小路，有什么问题马上给我打电话……"

听着应洵絮絮叨叨的嘱咐话语，周绎北渐渐不耐烦，以一个吻封锁一切唠叨。

然后，她趁着应洵还没反应过来，忙拿起包急忙闪出门。

只徒留应洵意犹未尽地伸手摸摸唇，仍是不放心地嘱咐："要看路，注意安全！"

"好啦！我又不是小孩子！"周绛北调皮地冲应洵做了个鬼脸。

待修完稿伺候得甲方满意，后台发送推文成功，夜已经沉沉。周绛北一边叹气一边用力合上电脑，眼睛酸涩，肩颈僵硬，大脑已经接近宕机。

果然，钱都是不好赚的。

但是花自己赚来的钱才格外有成就感！

她大可以安心当她的富家大小姐，也可以倚靠应洵做一辈子受宠的富太太，可是那样她还是周绛北吗？她不就只能成为周家大小姐与所谓的某人的太太吗？

虽然很累，但是好像也在一点一滴成就着自己的人生价值。周绛北每当很累感觉熬不下去时，便又会想起自己在高三记事簿上写的那句话：

只有上坡路才会让你觉得累。

二十多岁的周绛北回过头才知道，她儿时不愿承认的自卑其实不过就是因为忽如其来的阶层跃升带来的与同龄人的知识水平上的差距……于是她只能狐假虎威地强撑着风光，内里还是破烂棉絮一团，也在过程中伤害了很多人。

但现在的周绛北敢光明正大地对应洵表达自己浓烈的爱意，不仅是因为心理上的成熟，更有物质上精神上的成熟。

你喜欢我是应该的嘛！毕竟我这么好！

我也完完全全可以配得上我喜欢的任何人。

或许"自爱"与"平等"才正是一段正常良性发展的感情的基础。

暗恋是酸涩的，是青春不曾挑明的那层纱。可爱情是势均力敌的，是为了爱你，我可以成为更好的我。

但是一切的前提是：我爱我自己。

如果能回到十七八岁，周绛北只想告诉那时的自己：

请好好爱自己吧！毕竟你那么棒，那么值得人去爱！

周绎北的脑袋稍微缓冲休息了一下，就又麻溜起身，赶紧去冲了个澡，然后赶紧去睡觉！

温水冲刷着一身的疲倦，周绎北低着头恋恋不舍地欣赏着皮肤上仍在闪烁的细碎彩片，甜蜜的奶油味道还顽强地停留着。

她默默叹口气，在手心里挤上几泵玫瑰味的沐浴露，搓出泡泡，细心洗去身体上过期的少女心思。

擦了擦镜子上蒙上的水雾，周绎北对镜子中的自己扯开一个笑，自恋地欣赏自己。

然后，她偷偷替小小周绎北羡慕自己。

真好啊，终于成为了没有让以前的自己失望的大人。

/ 第二十章 /
夏季阵雨

♥

周绎北是明显的狮子座：好强、爱面子、自尊心天下第一强，但又是很温暖的一个人，对待爱的人天下第一好。

之前黎蔓就以一个贴切的比喻来形容她：周绎北像一颗红毛丹，外表是张牙舞爪的刺，靠近了才知道都是狐假虎威的软刺，内里是柔软洁白的果肉。

周绎北忙反驳她才不是红毛丹，她更想做更好吃的荔枝！

于是笑着哄着，黎蔓连声道："对对对！我们北北肯定是甜甜的荔枝！而且还是最好吃的妃子笑！"

周绎北心知肚明地被哄得笑得皱皱巴巴的。

狮子座生日在夏天，燥热的天气与弥漫的绿荫也很符合周绎北的性子，但她总忘记自己的生日。

小时候生日那天会吃到一碗陈茵牌爱心鸡蛋生日面，然后得她松口又与寥寥几个不听家长劝阻仍来找她这个"皮孩子"玩的小朋友疯玩一天，很朴素但是又很开心的生日。

长大后，零点一到各种走心不走心的生日祝福涌入手机，叮叮当当只响得人不得安眠，礼物也是收到手软，但更多是等价交换的意味，扯着笑回应半真半假的"生日快乐"，生日一天过去只换得嘴角的肌肉酸涩。

可在上海，才没有人在乎周绎北是谁，生活也平静了下来，是一泓偶起涟漪的澄澈的水，于是她也开始慢慢忘记自己生日是哪一天。

都是看见爸妈或者朋友掐点的祝福才忽然地想起"啊！原来今天是我生日啊"，然后诚心谢过每一个祝福，提前订一个普通小蛋糕，如果遇见朋友就顺便邀请他们一起吃一餐简单的晚饭，如果没有一个人也可以去吃一顿相对好一点的。

在手机播放着的《生日快乐歌》中，在永远配不准数量的蜡烛焰火中，周绎北闭上眼，虔诚地许下一个个有可能实现的心愿，然后睁眼，吹灭蜡烛。

不用鲜花与美酒，不用灯红酒绿与人声鼎沸，不用虚情假意的祝福与名贵的礼物，在焰火中，又一岁过去。

但是周绎北现在对生日越来越有实感了，小时候的生日都是借生日的名义进行过家家式的玩闹，现在更像是对自己的汇总。只不过她仍旧记不住生日。

但今年的生日是不一样的，因为在今年过生日之前，周绎北先拥有了一段恋情与一个男朋友。

在生日那天零点，周绎北看完后台数据再拿起手机时，手机页面已挤满消息，莫名其妙地打开查看，通讯软件里已经被生日祝福淹没了。

陈茵和周进在家庭群里是一如既往地准点转账加送祝福，周绎北美美收下，然后回了个亲嘴的表情包。

黎蔓是一段小作文祝福再加一句实在的"礼物在我工作室里，明天给你！保证你喜欢"。

谷婷也每年都会准时发来祝福，虽然很简单，但是很真心，还说去北京的话一定要去找她玩。

奇怪的是，许衿也发来生日祝福，应该是在工作室信息里偶然看见周绎北生日了，不过没想到她居然能记住，祝福很简单，但也一如既往地有种文艺范，周绎北很喜欢也很羡慕她的文采。许衿还说礼物已经藏在工作室里了，让周绎北明天去找，难得脱离出以往的淡淡忧郁，显出应该符合这个年纪的俏皮。

…………

周绎北将每一条祝福都认认真真看了，并回以同样真心的感谢。

终于把社交软件上那些红色未读消息提示都给消灭后，周绎北后知后觉地觉察到不对劲。

哎，不对啊，她的男朋友怎么没有给她送生日祝福啊！

于是，她皱着脸滑回置顶消息，再三确认好几次后，疑惑地看着与应洵还停留在"宝宝要好好吃晚饭哦"的聊天界面。

怎么回事，她的完美男朋友怎么也会犯"不记得女朋友"生日这种重大错误呀！

可能是这几周的温柔乡与应洵堪称完美的男友表现让周绎北已经给这段恋爱设下了过高的 99 分的预判，所以现在一直都对生日仪式感并不是很在乎的她也难得小小地有点不开心。

但是又怪不了应洵。他很忙，忙到周绎北心疼都来不及。而且好像这样一对比，她的生日也不是什么大事，还是不要让他分神比较好。而且才刚谈恋爱不久，周绎北自己都不记得自己生日，又怎么能强求应洵记得呢……

周绎北瘫在床上，絮絮叨叨地为应洵想着合理的解释，每一个都万分说得通，好像她刚才的不开心很没有必要。可是怎么办呢，周绎北也不得不承认，她还是有一点点不开心，虽然就那么一点点！

停留在聊天页面的手机屏幕自然变暗锁屏，周绎北放下手机，闭上眼，索性还是先睡觉吧，什么都不要想了，反正明天是新的一天。

翻来覆去还是睡不着，耳朵里突然捕捉住一些细碎声音，咚咚咚的声响，像在砸什么东西一样，很柔软的沉闷。

周绎北睁开眼，卧室窗帘紧拉封锁住一屋子无处可逃的黑暗，忽地一身冷汗。

奇怪声响还在继续，是从门口方向传来的，周绎北小心翼翼地坐起身，不敢开灯，只蹑手蹑脚地拿着手机，屏着呼吸靠近门，在通话界面里先有备无患地输入 110，咽了咽口水，猛地打开门，然后小腿被一团毛茸茸轻轻撞上。

哎呀！是 Mini 啦！

周绎北终于松了口气，迟钝地发现自己四肢酸软，整个人倚在门框上，大口呼吸着，然后点亮卧室的灯。

看着脚旁小小一团还在蹭着她的小猫，周绎北真是束手无策，只蹲下身，嘴里一点威慑力都没有地无意义念叨着："坏 Mini！怎么吓妈咪呀！

哟哟，不要撒娇啦，我知道啦！肯定是我们 Mini 也想祝妈咪生日快乐是不是呀！"

她自娱自乐地对着摇摇头眨着眼睛卖着萌的 Mini 说着话，然后等撸完猫后才慢半拍地发现 Mini 的铃铛怎么好像又不响了。

咦？是又被卡住了吗？

于是，周绛北熟能生巧地拆开铃铛，掉出一张小纸片。

周绛北皱着眉，疑惑地捡起，心中有无数种猜测一闪而过：是应洵吧？是今天晚上还是昨天晚上过来的时候塞的吗？还是其他什么时候呀？她怎么完全没发现啊？

一张折得棱角分明的字条终于重见天日。

一个链接。

周绛北拿着手机好奇地在浏览器输入地址跳转页面，素净的脸上满是好奇，而 Mini 完成任务后便乖乖窝在她怀中，撒娇地又蹭了蹭她的手。

空白的页面里突然出现一行手写大字，是应洵的字体。

《猫猫驯养手册》。

下面有一行小字提示点击继续。

周绛北咬着唇，心脏没有预警地怦怦加速，乖乖按照提示轻点屏幕。

于是页面下滑，又显示出一段新的文字：

1. 猫猫是只纸老虎，看起来是山大王，其实是一只无害小猫，黏人爱撒娇，但是很可爱不是吗？

2. 猫猫喜欢柠檬，可以一口气喝好几瓶各种口味的柠檬水。

3. 猫猫最喜欢亮晶晶的东西，钻石和玻璃在她看来都一样，都可以玩上一整天。

4. 猫猫很会编故事，有很多人喜欢猫猫。

5. 猫猫喜欢看电影，好看的电影会泪眼汪汪重温好几遍，一会儿哭一会儿笑，好可爱啊。

6. 猫猫喜欢亲亲摸摸抱抱，每次都假装嫌弃和不愿意，但是一会儿又喜欢得"喵喵"叫，都说了她是只纸老虎啦！

7. 猫猫很可爱，生气地皱着脸也可爱，开心得笑得眼睛都不见了也可爱，猫猫是天底下最可爱的猫猫！

8. 猫猫很棒很棒，是热血小笨蛋，会为了一个个小目标而用尽全力冲刺，摔倒也不哭，重新站起来跑。

9. 猫猫其实很喜欢人类，是一只心软的小猫猫，永远学不会狐假虎威，只会善良地心软。

10. 猫猫饮食不规律，要批评；作息不规律，要批评。但是请温柔一点哦，怎么可能舍得对这只小猫这么凶呀！

11. 今天是猫猫的生日。

最后跳转出来的大字是"生日快乐"。

于是有一只小猫哭花了脸。

周绎北哭得狼狈，眼睛是一泓清泉，眼睑都透着股红，鼻涕泡泡也出来了，上气不接下气地喘息着，脑袋卡壳。

突如其来的情绪，周绎北才不承认是被感动的，好吧，确实有那么一点点感动的因素在的，但更多的是被爱的惶恐。

都怪应洵，干吗搞这些呀！一点心理准备都没有！

周绎北用手背揉揉眼睛，终于把模糊的视线擦得清晰一点了，然后这才瞥见"生日快乐"下还有一行小小的字：所以，我的猫猫，要不要下楼兑换一个拥抱呢？

呀！

周绎北忙起身，也顾不得笨拙爬不起来的 Mini 了，只慌慌张张拉开窗帘，向下看去。

果然看见一个身影。

这个应洵！如果她没有发现，那他是不是要在下面干站一晚啊！

心里碎碎念叨着，周绎北噘着嘴，加快了速度随便套上件外套，穿上双拖鞋就匆匆向楼下奔去，刚干涸的眼睛又要涌起泉，只不过是甜味的。

电梯由"23"慢吞吞跳到"1"，周绎北下意识跺着脚，看着镜面电梯里狼狈的哭得乱七八糟的自己，开始慢半拍地后悔。

早知道至少先涂一个润唇膏了！

只不过也来不及想这些了，电梯门打开，周绛北就小步跑起来。

平平无奇的仲夏夜，她生日的这一天，有人站在晦暗的月明中，冲她张开双臂。

一个只属于猫猫的拥抱。

紧紧相拥，他的怀抱沾着深夜的冷气，他的笑是清风朗月般不带情色的温柔，可这个拥抱却超越一切亲吻的心动。

周绛北埋着头，声音里又沾上了哭腔："你好坏啊！干吗惹我哭……"

比起埋怨，更像是撒娇。

应洵自然是只能哄着，轻轻拍拍她的头，给"小猫"顺毛："都是我不好，害我们猫猫哭啦，原谅我好不好呀？"低着头去寻她的眼。

看见因为哭与揉而泛着红的眼，他又忍不住心疼，小心翼翼地抚上她的眼，语气轻轻："不可以再哭啦，哭成小花猫啦！"

周绛北忍不住哼了声，碎碎念着："都怪你！干吗搞这种煽情的呀，明天眼睛肿了就不好看了！"

"可是明明某只猫猫就是很喜欢这种惊喜呀！"看着周绛北不好意思又习惯性嘴硬的样子，应洵忍不住故意逗着她。

"才不是！不准再说了！"周绛北抬起头瞪着应洵警告，只可惜楚楚可怜的圆圆眼睛一点威慑力都没有。

直勾得应洵心痒痒，他故意学着周绛北的语气继续道："坏小猫都是嘴这么硬的吗！明明就是很喜欢这种的嘛！"

"不喜欢不喜欢！"周绛北跳脚，"小猫"炸毛。

"真的吗？我才不信。"应洵带着笑说着，"我倒要看看'猫猫'的嘴是不是真的这么硬。"说着，他低头轻轻在她唇上啄了一下，然后又直起身，话中笑意更加明显，"咦，明明是软的呀！"

刚才哭成的大花脸一下又变得通红，不是小花猫，是红苹果，周绛北下意识地抿了抿唇："应洵你好讨厌啊！就爱看我笑话！"

"我错啦！"应洵搂紧了周绛北的腰，"都是我嘴硬！要不然你亲一下看是不是这样!"

"真不要脸!"周绎北红着脸一句话都还没说完,应洵就又亲下来。

温度是一种秘密,不同于颜色与气味的可感,温度没有红黄蓝绿,更没有酸甜苦辣,只有自己才能感知的冷与热。

温度是矛盾的,周绎北想,明明深夜的风这么冷,可她整个人却是热腾腾的,血液快要沸腾了。只有肌肤相贴才能感知到关于爱情的温度。

吻得眩晕,吻得迷蒙,吻得腿软,在这个关于夏天的夜晚中,周绎北在面红耳赤里终于听见一句近似于耳语的谜底。

"北北,我很爱很爱你。"

关于夏天的秘密被揭晓。

于是顺其自然的一切莫名其妙地发生。

因为晚上风冷所以邀请上楼,因为其实很喜欢那个礼物所以接了个吻,因为脸红心跳而衣衫凌乱。

最后 Mini 只听得懂两句还算完整的虎头蛇尾的对话。

一句是喘着气含含混混的"到床上去"。

一句是低哑的"我有带,不用下去买"。

然后 Mini 就什么都听不懂了,只是心里奇怪着,爸比妈咪是在吵架吗?怎么妈咪带着哭腔说着些让它这只纯洁可爱的小猫摸不着头脑的话。

可是好像又不是在吵架哎!明明就是感情很好的样子嘛!

真是搞不懂他们人类。

Mini 又撞了撞门,好奇地寻找正确答案,却等不到门开。

哎呀,真让人操心!不过 Mini 可管不了这些,它们小猫可是熬不得夜的。

Summer is for falling in love. (夏天就是一场爱恋)

看着镜子中清清楚楚映照出来的脖子上斑驳的吻痕,周绎北深深叹了口气,又揉了揉发酸的腰肢,再一次感叹男色误人。

昨晚的画面又忽地跳出在眼前,周绎北咬着唇,努力将自己昨晚一时冲动而说出的羞人话语从脑袋记忆文件袋里拖到垃圾桶中,只是脸还是红着。

于是，他拧开水龙头，俯下身掬起一捧水泼湿脸，顺便带走一些温度。她慢吞吞地在卫生间中刷牙洗脸收拾着，就是不太愿意现在出去，更不知道要如何对待应洵。

她最后拍了拍脸，对着镜中眉目含春，莫名羞涩的自己扯开个笑，呼出口气，拉开卫生间门走了出去。

先是看见一桌早餐，应洵脱下周绎北的可爱的粉色 Hello Kitty 围裙，招呼着周绎北上桌吃早餐。

"我看冰箱里还剩蛮多酸奶，给你做了个酸奶碗，冷冻贝果还有几个就给加热了一下，煎了枚溏心蛋，还有一些培根和芝士，冰箱里没什么东西就先给你简单组装了个芝士培根贝果。"

周绎北自然是知道自己冰箱里那空荡的状态，听着莫名不好意思，只用勺子一圈又一圈地搅拌着酸奶碗，等着应洵坐下一起吃。

她的一句"谢谢你，辛苦啦"跟着勺子在嘴边转着圈圈，快要说出口时却被应洵一句"还有没有不舒服"给噎了回去。

周绎北抬起头瞪了应洵一眼，却毫无威慑力，嘴上是干巴巴故作凶狠的"没事了"。

"那，不然晚上再试试看？"应洵有心逗她，只故意挑逗。

"纵欲伤身。"周绎北一脸认真，一本正经地说，"年轻人不要老想这种情情爱爱的，都二十多岁了还是要专注事业的，也要顾好身体。特别是程序员这种作息不规律的职业，看起来身体还不错，其实不知道内里多虚呢！还是得好好调一调，不要沉迷声色啊！"

应洵看着演得一脸痛心疾首的周绎北，眯了眯眼，只是笑笑，没有再逗她什么。

只是晚上房间里又荡漾起让 Mini 听不懂的声响证明了一切。

"虚吗？"

声音支离破碎："不……不虚了！"

不过这是后话了。

应洵给周绎北准备的礼物自然不可能就那么简单的一个链接，他的北北无论如何都要有最好的。

于是一整天在工作室里，周绎北就陆陆续续收到了一大束白山茶夹白玫瑰，一大堆完全符合周绎北口味的下午茶，几套高定……

整个工作室堆满了关于爱的一切，周绎北自然而然地以为晚上的烛光晚餐就是生日的结束。

然而，晚餐结束后，几位管弦乐演奏者突然开始弹奏《听见下雨的声音》。

> 终于听见下雨的声音
> 于是我的世界被吵醒
> 发现你始终很靠近
> 默默的陪在我身边
> 态度坚定

应洵笑着望向她，不常见的虎牙与酒窝一瞬间将她带到十八岁。

> 我高三那一年的夏天都在等一场雨，
> 于是书包里总放着一把伞，
> 随时都准备在漫天大雨中撑开，
> 然后漫不经心地对你说一句：要不要一起走？
> 或者是：要不要在一起？
> 只可惜我没有等到那样一场大雨，
> 只等到柠檬变黄，酸透了的一切。
> 但是又怎么样呢？
> 幸好我现在已经等到了那一场雨，
> 也等到了你。
> 这次想说的在一起，
> 是Forever。

/ 番外一 /
春夏之交

▼

应泂决定在四月求婚,其实没有什么特别的意义,不是什么纪念日,也没有什么重要节点。

只是因为应泂没有来由地认为:四月是春夏之交,而春夏之交也很适合形容周绎北。

是缠绵的春风与活泼的夏日,是荡漾的春柳与盛开的夏花。四月没有讨人厌又无法避免的过敏与大汗淋漓猛灌冰汽水的矛盾,只有适合拥抱的体温与手牵手漫游城市角落的惬意。

周绎北对于应泂来说是矛盾的存在,是不敢唐突靠近却又忍不住眼神停留,四月像她,春夏之交像她,一切美好也都属于她。

而且四月有周绎北最喜欢的海棠花,生机勃勃的绿意与蓬勃清新的花香很衬她。

肯定很漂亮。

应泂想,是在说景色,也是在说周绎北。

张远潮吊儿郎当地躺在应泂办公室沙发上,看着对求婚这件事紧张万分的应泂忙前忙后,忍不住调侃道:"难得见我们万人迷应总重回青春懵懂少年时哦!"

而应泂举起手边的冰美式饮了口,不太适应咖啡的胃在这几年创业过程中已经被驯服。然后,他继续敲着键盘不停修改着求婚策划案中的细节,还得抽空回复一些公司事项,偶尔还有周绎北几条消息跳出,真算得上是忙得脚后跟打后脑勺了。

应泂实在见不得张远潮这闲适模样,将手头上一个公司新品策划案丢给他，让他帮忙去调研一下。

张远潮看着 A4 纸上密密麻麻的字就头晕，从沙发上爬起身，嘴上嘟嘟囔囔着应洵这准已婚人士就只会压迫他这个单身贵族，可心里其实还是很感谢应洵给他这个不学无术的海外镀金富二代点项目做的，也算是让他看见点出人头地的苗头。

他们这群人私下聚餐闲聊时总会打趣大家都变了，但好像只有应洵是没怎么变。

他一如既往地天资聪颖得让人羡慕，身上那股淡然却又坚韧的劲儿还在，对周绎北的迷恋更是始终如一。

高考结束时，他们多多少少有听说应家的事，那时设想他会颓废会沮丧会痛苦，商量后瞒着各自家中偷偷溜去找他，安慰的草稿打了满肚子，可是一推开他家门，看见的却是他依旧矜贵清冷的脸，所有颓丧好像都是他们不切实际的想象。

而应洵将手中拿着的高数书折了个页脚算作书签，从冰箱中拿出几瓶冰矿泉水递给他们，满心疑惑地问他们怎么那么大张旗鼓地一起来找他了。

而他们你看看我，我看看你，显而易见地都大大松了口气，不熟练地扯了个谎圆回去。

待到傍晚，路逞戴上很明显不是他品位的花里胡哨的头盔，发动机车，轻轻落下一句："应洵，生来就是天之骄子。"这句话很淡很淡，轻轻消散在橙黄的落日中。

张远潮翻过一页策划书，忍不住偷偷偷一眼坐在桌前为着求婚而焦头烂额的应洵，忍不住扯开个笑。

他的洵哥对待所有事情好像都游刃有余，只有遇见那小魔女才知道什么叫一败涂地。

不过也挺好。

应洵搞不懂，明明他也算遇见过无数大风大浪了，好像上次这么紧张还是跟周绎北表白的时候。但是或许就是因为珍重，所以才无措。

策划案写了好几版，从她最爱的海边到方便她拍照的雨林，世界上一切美好的地方应洵都相看过一遍；与相中的场地方反复沟通确认，从饮品到甜点都是周绎北喜欢的口味；同周绎北的好友们一个一个联系，拉了数不清的群聊来沟通细节；现场布置的鲜花与手捧花也是他精挑细选后才敲定的，茉莉夹杂绣球，点缀马蹄莲，都是她街角撞见时会小声惊呼然后拍照保存的美丽的花……

求婚好像就是一道让他束手无策的文科简答题，答题卡空白一片，他即将书写上他对于周绎北的爱，平平仄仄，都是爱意的韵脚，而他捧着一颗心期待一个好成绩。

终于挨到求婚前夕，应洵明明累极了，身体瘫软在床上，可脑袋却兴奋地跳着踢踏舞，于是从背后搂紧了捧着手机刷着热点构思着下期推文的周绎北。

"宝宝。"应洵将脑袋埋在她的颈窝处，毫无理由地轻声唤她，温热的鼻息扑在她耳垂旁，泛起心底一点酥麻。

"怎么啦？"周绎北放下手机，柔声问，转过身与他对视，抬起手环住他的脖颈，眨着眼睛贴近看他。

周绎北忽然凑近，近得应洵可以看清她脸上的柔软绒毛，乌睫扑闪扑闪，明明夜晚如此静谧，却有风吹在他心坎上，软软痒痒的。

她闪亮亮的眼睛让他联想到甜津津的星星糖。

他低头在她额头上轻轻落下一吻，无尽虔诚与温柔。应洵搂紧了她，感受心跳的重合，低声说："我只是想说，我很爱很爱你。"

"我也爱你。"周绎北软声回答，虽然对于他忽如其来的情绪摸不着头脑，没有防备地被应洵灼热的爱意烫了一下指尖，可她愿意伸出双手深深拥抱他。

周绎北难得在工作日中隆重化了个妆，还精心按照谷娣的小小要求穿了件白色连衣裙，想着既然都打扮了，索性再变得漂亮一些，于是把发型与配饰都认真搞了一遍。

自从将产品对接与外出拍摄产品的任务推给许衿后,周绎北就只负责窝在小小的工作室中敲键盘码推文,穿着打扮也就随意多了,常常素面朝天,换件T恤与运动短裤,抬脚迈进洞洞鞋中,再套件防晒衣就出门了。

可今早刚起床,周绎北还迷迷糊糊时,忽然收到谷娣的消息,说她突然要来上海出差,下午没事,问能不能和周绎北见一面。

周绎北马上就精神了,她和谷娣已经好久没见了,虽然在网络上还经常聊天,但是因为城市不同,而且谷娣刚升合伙人,忙得两脚不沾地,好几次约好的见面都无疾而终,只能通过网络获知她的近况。这次终于能见面了,周绎北忍不住期待,马上就应下邀约。

谷娣消息也秒回,说她在网络上看到好多上海探店的视频,她一直都很想去一家叫Hz的咖啡店,问周绎北愿不愿意陪她去吃个下午茶。

周绎北一看就乐了,这家店她熟啊,这可是她在上海最爱的咖啡店呢。于是她拍着胸脯答应了,还开始推荐起这家的招牌开心果千层和特调莓果咖啡。

"哇,这可太巧啦!"谷娣回复,然后继续发来消息,"我们俩好不容易见面,可要多多拍照!我今天穿的是黑色裙子,你赶紧配条白色裙子来见我,这样我们拍照才协调好看!"

虽然心中跳出隐隐约约的奇怪感觉,但是周绎北并没有多想,只认为谷娣的时尚品位提高了,而且穿件白色裙子又不是什么难事,女孩子见面就是要漂漂亮亮赏心悦目的!

于是,周绎北兴致勃勃地约好这次姐妹约会,而且刚好今天许衿请了个假,本周的公众号推文也准备得差不多了,她索性连工作室也懒得去了,在家里一直舒舒服服窝到下午才出门。她出门前还不忘给应洵留条言,说今晚要陪谷娣出去玩,不和他吃饭了,顺便晚一点回家。

撑着精致太阳伞踱到咖啡店显眼的"Hz"招牌前,周绎北拨了拨店门口冒出来的绣球盆栽,还以为是店家夏季独特装饰创意,心中夸着好品位,然后给谷娣发消息:我到店门口啦!你在哪儿!我等你一起进去!

而谷娣马上回复说:我已经在店里了,你快进来吧。

满心都是即将与好友见面的雀跃，周绎北撩了撩耳边零散的发丝，勾到耳后，对着熄灭的反光手机屏幕照了照，确认了一下自己妆容的无瑕后就翩翩然地推开店门，在叮叮咚咚风铃响声中走进咖啡店。

因为经常光临而相熟的老板娘一边冲着她一直笑，一边转头向小店隔间扬了扬下巴，提醒道："你的朋友好像在里面等你。"然后看着她今天精致的装扮忍不住夸赞了句，"今天很漂亮哦！"

周绎北抿开个笑，对老板娘点点头，嘴甜地回了句："你今天也好美！"心中忍不住感慨女孩子就是全天下最美好的事物！然后拨开挂在咖啡店隔间前的彩色珠帘，向内走进去。

周绎北满心欣喜，好心情显露在弯弯的眉眼上。

可一走进，撞见满屋飘荡的彩色气球和粉紫色调的花团锦簇，周绎北忍不住一愣，然后有音乐忽然流淌，是《可爱女人》。

周绎北下意识咬着唇，还没反应过来，环顾四周，都是挂着笑容的好友们，是从北京匆匆赶来的谷娣，是骗她说请假可又出现的许衿，是明明说要出差一周的黎蔓，有明明昨天刚见面却什么都没提的宁绾南……还有张远潮和路逗他们一行人也都站在一旁，脸上挂着的是诚挚祝福的笑容。

而应洵穿着件白衬衫，手中捧着束花，口袋里鼓鼓囊囊装的是不言而喻，他有点不好意思地笑着深深望着她。

他什么都没说。他的耳朵红了，周绎北发现。

周绎北看着满屋关于浪漫的她所喜爱的元素，又望望一旁笑着鼓掌起哄的老友，再一联想应洵最近的繁忙与昨夜忽然的告白，小小一颗心脏忽然嘭的一声绽成一朵夏日烟火。

压根穿得跟黑色没有一点关联的谷娣上前拥抱她，然后为她戴上一个花环头纱，偷偷在她耳边轻声说了句："北北，你要永远闪耀，永远幸福哦！"

眼泪已经不受控制地溢满眼眶，周绎北一边吸吸鼻子压抑着感动流泪的冲动，一边认真拥抱着谷娣。

谷娣忙主动松开手，取笑她说："再这样抱下去，我害怕你家应洵都要吃我醋啦！"

稍稍用指节擦去眼角的潮意，周绎北望着温柔对她笑着的应洵，才没有错过他一双桃花眼中写不尽的十四行诗，她抿抿嘴，冲他歪了下头，主动开口："你没有什么要对我说吗？"

在人声鼎沸中，在欢声笑语中，应洵走近她，而她伸手接过花，是她喜欢的花与配色。

黎蔓举着相机的手一直没有放下，关于周绎北幸福的每一个瞬间她都不愿意错过，而眼泪不知道什么时候也偷偷淌了满脸，可笑容仍挂在脸上。林柏述不知从哪儿抽出一张纸巾递给她，黎蔓鼻音浓重地对他道了声谢，他只点了点头，如果不是动作太过僵硬的话或许会显得游刃有余一些。

宁绾南举着台拍立得，受应洵的邀请来为他们定格一些圆满画面，偷偷羡慕他们的浓情蜜意。而路逞倚靠在一旁的高脚椅上，眼神默默降落在温柔笑着的宁绾南脸上。

谷娣被挤得和张远潮站在一起，手臂贴着手臂，明明还没有步入夏季，却有灼灼的温度在交换。

看着人群中心的两人，张远潮忍不住感慨："哇，不知不觉他们俩都在一起四年了。"

谷娣看了张远潮一眼，流畅的肩颈线条充斥在视野中，别开眼："明明是三年，"轻声叹气，"看来你的数学还是一如既往的糟糕啊。"

闪光灯不停，应洵从口袋中摸出那一枚他亲自一点一点打磨设计的戒指，单膝下跪，膝盖叩下一个句点，或许是一个句点，但好像更像是一个引号，等待两人携手共同书写余生的篇章。

咖啡店玻璃窗反射出炫目的阳光，咖啡香味的空气在小小屋子中流窜，可能是太阳过于亮眼，也可能是周绎北过于璀璨，应洵只觉得她在发光。

"北北。"应洵开口，一颗心很潮湿，可声音却是干涩。

"嫁给我好吗？"

应洵举着戒指，仰头看她，在她的眼神中他闻到了柠檬利口酒的味道。

眼泪像是被拧干了吸饱水的柔软布料，滴滴答答地往下坠落。

什么话都没有说，周绎北用右手手背掩着脸，伸出左手算作答案。

应洵下意识屏着呼吸为她在无名指上戴上戒指，这个瞬间变成慢动作在播放，他发誓他会永远记住这个片段。

他用嘴唇去碰她的手背，周绎北忽然觉得自己很神圣，是全世界最珍贵的礼物。

"亲一个！亲一个！"的打趣声在屋子里飘荡，张远潮放响彩色礼花，彩色的碎纸在空气中摇摇晃晃，很有婚礼的氛围。

应洵站起身，紧紧抱住周绎北，又轻轻吻她，很矛盾的动作，可或许爱本身就是矛盾的。

心跳交织，周绎北闭上眼去吻他。

闪光灯绰绰约约，发自内心的祝福是故事的背景音。

应洵牵着周绎北的手，指着桌上堆满的拍立得相纸，对她说："今天的你那么漂亮，还有那么多朋友，快去拍照吧，相纸管够。"

周绎北顺着他的眼神望向桌子。

有堆满了一整条长桌的星黛露、达菲、雪梨玫等一系列小玩偶，她最爱的开心果千层和椰子杧果切块蛋糕，她最经常下单的莓果特调和青梅气泡咖啡。

周绎北突然感知到被宠爱的感觉，她随口的一句话会被认真对待，她的喜好会被牢记于心。

这种爱意像是一颗话梅，她愿意用一生去品味咂摸。

眼睛里下了一场亚热带暴雨，眼珠发胀发热，水珠缓慢冷却成形，掉落跃出，周绎北踮起脚，在他脸颊上落下一吻。

然后，她红着脸匆匆跑开，迎入黎蔓暖洋洋的怀抱。

和每一个好友亲密相拥与闪亮合照，周绎北脸上的笑就没掉落下来过，她好像笑已经通货膨胀了，上扬的嘴角已经无法表意了，她眷恋被毫无保留爱着的感觉。

就像是被浸泡在水中，爱让人松弛，有安全感。给了浮力，同时也提供阻力,这是刚刚好的境界。

明明早已哭红了眼,妆也狼狈地花了,可是每一张照片里的她都是那么夺目的美,每一张照片里应洵眼中的爱意也浓烈地流淌着。

闪光灯不停,快门的声音可媲美一支咏叹曲,爱意被锁定在一张张小小的相纸中,瞬间变成永恒。

两人牵着手,前后晃来晃去的。周绎北领着应洵踩着四月浅淡的树影漫步回家。

散步,走很长很长的路,是九十九秒红灯停那样久的手牵手,绿灯的出现好像显得不是那么急迫,周绎北更想能够就这样十指相扣地走下去。

即将西沉的阳光,从憧憧枝叶中投映下来,像橘子果酱一般涂抹在脸上、脖颈上、裸露的皮肤上。

整个人被浸入甜蜜的气息。

应洵看着走在身前的周绎北,她连随风晃呀晃的头发都出现幸福的表情,好像笑容的墨汁太浓,纷纷扰扰地蜿蜒着。

很罗曼蒂克的场景。

应洵握紧了周绎北的手,戒指在掌心留下坚硬又柔软的触感,让他有了点关于生活的真实感,不然他总怀疑他被喜悦冲昏了头脑。

周绎北没有询问应洵是如何准备这次求婚的,只是在夜晚用着不间断的吻来作为回馈。

她吻他脸颊旁的酒窝,吻他柔和的眉,吻他漂亮的桃花眼……

周绎北想,或许她也很爱很爱他。

婚纱照是在新西兰拍的。

在大片大片充斥着眼眶的翠绿中,在水洗一般的毛茸茸的蓝可以仰望中,周绎北的白纱是灵动的存在。

周绎北并不想要老派的影楼白色婚纱作为婚纱照的俗套主题,她与黎蔓敲定下拍照主题,除了蓬蓬的闪亮洁白公主裙外,还购置了一套柠檬色的活泼连衣裙与一套香槟色的真丝吊带裙。

柠檬色连衣裙的拍摄取景在当地一家农户的柠檬树林中;而香槟色吊

带裙则是取景在无人剧场中，大提琴是重要主角。

　　结束一天拍摄，周绎北一回到酒店就将脸上的妆卸得干干净净，隆重礼裙也换成松垮T恤，闪亮饰品叮叮咚咚砸进首饰盘中，然后闪现当地知名西餐店，一脸苦恼地举着刀叉与盘中坚韧的牛排做着斗争。

　　应洵见她苦大仇深的样子，忍不住笑，接过她的盘子，三下五除二帮她分解好牛排后再递还给她。

　　周绎北抬手将及腰长发随意在脑袋后盘起，到处跑了一天后肚子早就饿得咕咕叫，只认真将一块牛肉塞进嘴巴里，脸上出现幸福的表情，眼睛眯成一道月牙，含含混混地道谢。

　　应洵看着她素面朝天的样子，额前碎发不听话地翘起，脸颊上还有一颗伴随时差而冒出来的小痘，黑眼圈是无数熬过的黑夜留下的印记……

　　听闻他们的婚讯，好多人都若有似无地旁敲侧击，里里外外的意思是不般配不适合，总将"更好的"挂在嘴边。

　　可应洵就是没有来由地觉得周绎北就是全世界最最好的女孩，永远漂亮与可爱。

　　爱是没有理由的，爱让他自惭形秽，而爱人的眼是最动听的情诗。

　　婚礼定在十月底，南城的天气是刚刚好的温和，而前一晚睡不着的人很多。

　　周绎北在床上翻来覆去，一颗心是飘飘悠悠的彩色气球；应洵猛灌冰水来舒缓过快的心跳；而周进与陈茴红着眼相拥，将周绎北童年趣事来回竹筒倒豆地讲了个尽，还是不舍得，搞不懂在怀里软绵绵的小女孩怎么一下子长大嫁人了。

　　婚礼在草坪上举办，气球飘在枝叶间，白色的花墙与藤蔓拱门夹杂红粉飘带，喜糖是柠檬味夹心软糖混杂瑞士莲，花童小狗绑着漂亮的小领结迈着短腿吭哧乱窜，林间小道的入口处摆着一个照片板，贴纸粘着的是青春与爱情……

　　《婚礼进行曲》轻柔地飘荡，应洵抿着唇，紧紧望着花道那端，心跳加速，多巴胺分泌。

而周绎北挽着周进的臂弯在音乐的间奏中出现。

绸缎婚纱衬托她的纯洁与矜贵，世间一切声音都被剧烈心跳声掩盖，在这个瞬间，应洵眼中只装得下她。

接过周进递过来的周绎北的手，应洵隔着朦胧头纱都能看清她的笑。

唇边酒窝又出现，他虔诚地掀起她的头纱，在她唇上落下轻轻一吻。

"我愿意。"

是青春的后序。

"我愿意。"

是爱意的具象。

在一个柠檬掉落的夏天，她比一千零一夜还要安徒生，她比石英还要玻璃水钻，她心跳加速浮想联翩，她是有点酸又有点甜的存在。

而在绿色的十月，所有暗恋的奇迹都在实现。

《婚礼进行曲》会有休止符，而爱将会永远是进行时。

/ 番外二 /
酸酸日记

▼

"我叫应樾,小名叫酸酸!"
"我今年六岁啦!我在春天幼儿园读大班,我还是小小 ban(班)长!"
"我爸爸叫应洵,是大大大忙人,可是爸爸赚钱的样子真的很帅!"
"我妈妈叫周绎北,妈妈说她是写故事的人,可是从来不给我看她写的故事,我怀疑她在骗人,因为妈妈总是每天都舒舒服服窝在家里。"

周绎北气得好笑地念着应樾小朋友的名为《我是酸酸》的自我介绍小作文作业,她弯下腰,揉揉应樾小朋友的头,尽量维持着温柔妈妈的人设尝试轻声道:"酸酸小朋友,你是叫应樾还是应木越呢?是不是写得太开啦!"

酸酸噘噘嘴,抬起头,一双圆圆大眼睛略微有点不开心地偷偷瞥着周绎北,说:"我才不叫应樾呢!臭臭大坏蛋路杭天天叫我音乐!真的好讨厌呀!"

周绎北又摸摸她的头,温声哄着:"可是樾不是很好听吗?樾是树荫,爸爸妈妈是希望我们酸酸长成一棵大树呀!"

酸酸的大眼睛滴溜溜转着,还是噘着嘴不说话。

于是只能一个眼神丢向一旁光顾着看母女互动的应洵,周绎北眨着眼睛毫无威慑力地威胁着那忙着赚钱的"大大大忙人"来哄女儿。

应洵哪敢违背老婆大人的命令,也忙凑近,蹲下身直视应樾躲避的眼睛,轻声耐心哄着:"应樾不好听吗?不管是应樾还是音乐都是很好听的呀!再说了我们酸酸大树有大量,才不跟路杭计较呢?而且他昨天不是刚分给你一颗甜甜的大草莓吗?冲着草莓的面子也不要再跟他生气嘛!"

坐在书房椅子上,晃着够不着地的脚,酸酸还是有点忸怩地解开一小个可爱的心结:"哼!我才懒得跟他计较呢!我可是一棵超级超级大的柠檬树!"说着笑着咧开未长全牙齿的嘴,伸手指向书房窗户外绿茵茵的柠檬树。

两棵较大的依偎着,底下还有一棵小柠檬树苗苗壮生长着调皮地插在中间。

一棵是从应洵之前住的小庭院里移植过来的,一棵是移种的周绎北那时随手抛的半颗柠檬发芽长成的柠檬树,还有一棵是酸酸出生那年一家三口一起栽下的。

"而且酸酸小朋友,妈妈才没有骗人呢,更没有天天窝在家里呀,妈妈也是很忙的,好不好呀!"哄完了应樾,周绎北这才好笑地记起秋后算账来,伸出手指点着那只呵呵笑的小脑袋,"妈妈写了好多故事,还有关于酸酸的小故事!"

"那让爸爸晚上念给我听嘛!"酸酸小朋友顺杆儿爬,扯着应洵的手撒着娇。

"那可不行,这可是妈妈想要送给酸酸的生日礼物,可不能提前泄露!"周绎北才不敢说出她才在文档里敲了两行字的事实,于是只得打马虎眼含混过去。

"那酸酸的生日是什么时候呀!"应樾小朋友愁眉苦脸地回忆着,然后终于想起来了,骄傲地自问自答,"我想起来了,爸爸说了,柠檬黄的时候就是酸酸的生日!"

应洵抱起酸酸到窗边,指着半青半黄的柠檬:"你看,柠檬快黄了,酸酸的生日是不是也要到啦。"

"嗯嗯!"小朋友激动地点着头,直直看向窗外生涩的柠檬,咽咽口水,圆圆脑袋里已经浮现起大大的蛋糕和无尽的礼物了。

翻过一页,周绎北继续念着酸酸小朋友的幼稚作文:

我最喜欢的人是外公外婆。因为每次他们都会给我带好吃的东西。
我最讨厌的人是路杭!他老是扯我头发,要不是南南阿姨温柔又漂亮,而且还会给我带甜甜的水果,我才不跟他玩呢!

我想成为小学生！因为可以学习语文数学英语啦！而且写卷子好像很好玩！

我们家有六口人，外公外婆，爸爸妈妈，酸酸，还有 Mini！

Mini 是世界上最可爱最耳总（聪）明的漂亮小猫！

但是 Mini 不会掉毛，也不会变老，也不用吃饭，因为它是一只机械猫猫！是不是很酷啊！

爸爸说 Mini 是他送给妈妈的，他还会做一只机械小狗送给酸酸！肯定很棒！

我要把我的小狗带来春天幼儿园玩，哼，就是不借给路杭玩！

好吧，如果他诚心诚意地来跟我道歉我就原谅他。

因为小梨（黎）阿姨说了，会说对不起的小朋友才乖，如果他乖一点的话……我还是蛮愿意和他做朋友的！

周绎北费劲地念着，头晕眼花，实在看不懂这鬼画符的字，把作文本塞给应洵，忍不住叨着："酸酸小朋友，你要好好练字啦，而且看来晚上还得再背半小时拼音和笔画了！"

酸酸识趣地搂紧了温柔的爸爸，眨眨眼睛看着他，无声撒娇着，渴求超人爸爸来解救她。

只可惜家中周绎北最大，应洵更是老婆女儿奴，他刚清了清嗓子尝试开口为他的宝贝女儿求情，就被周绎北威胁地瞪了一眼，于是话又吞了回去，只假装看不见酸酸小朋友的撒娇求助，应洵低下头继续念着她的小作文：

我喜欢的水果是柠檬！

因为柠檬也是酸酸的！

我喜欢爸爸，也喜欢妈妈！

不过爸爸好像更喜欢妈妈一点，因为每次他回家都是先亲妈妈再亲酸酸！

妈妈更喜欢酸酸，因为她陪我睡觉，不陪爸爸睡觉。爸爸真讨厌，都那么大人了还要跟我抢妈妈！妈妈每次在我晚上闭上眼目青（睛）前还tang（躺）在我身边，早上我睁开眼就不见了！

他那么大了怎么还要人陪睡觉觉啊！但是酸酸是不会笑他的。

小梨（黎）阿姨说，酸酸是要当小学生的人，不要跟那么幼稚的大人计较。

而且小梨（黎）阿姨会魔法，她说酸酸不久就会有个弟弟妹妹啦！

所以酸酸要成熟一点，当个好姐姐！

应洵念着念着，周绎北先感觉到不对劲，明明已经结婚七八年了，可还是会忍不住脸红，她自以为凶狠地瞪了应洵一眼。

而应洵只接收到娇嗔的意味，他抬手摸了摸鼻子，嘱托应樾道："以后少和你黎蔓阿姨说话，她才不会魔法，都是骗你的。"

应樾小朋友的嘴一下子又噘起来了，伤心地追问："那酸酸就没有弟弟妹妹了吗？天上也没有会飞的鱼了吗？海底也没有彩色的云了吗？也没有牙仙要来捡我的牙齿了吗？"

这一串古灵精怪的问题把应洵堵得哑口无言，只从有了酸酸后便随时塞着糖果的兜里摸出一块草莓巧克力，拆开包装纸，甜甜地堵住小朋友好奇又孜孜不倦的嘴。

将问题踢给在一旁看热闹的周绎北，应洵又拿起作文本，回答着："这些问题妈妈会在给酸酸的小故事里回答，而第一个问题爸爸妈妈最近几天晚上讨论一下，酸酸不要来打扰可能就会得出答案。"

酸酸似懂非懂地点点头，眩晕在好久不见的草莓巧克力的甜蜜里，幸福地摆着脚。

我住在新浦东路267号D区1-4！

这里有我最喜欢的柠檬树，还有可爱小猫Mini，还有可爱的酸酸一家！欢迎老师来我家玩哦！

我有爱我的爸爸妈妈，我还有外公外婆和Mini，我还有一只未来的小狗！我是天底下最幸福的小朋友！

不过如果能早日变成小学生就好了！

　　酸酸小朋友的作文潦草又可爱地结束。
　　彩色蜡笔在空白处画了三个火柴人，两个大人一个小孩，边上还有一坨由四只小火柴组成的不明物质，还有一棵勉强看得出形状的树，最后一个大爱心圈起一切。
　　老师认真的评语留在底下"酸酸要快快长大，祝你早日成为棒棒的小学生^^"。
　　应洵合上作业本，亲了口酸酸小朋友因含着巧克力而嘟起的脸颊，眼底的爱意与温柔荡漾成窗外拂进的春风。
　　周绎北一颗心软塌塌的，笑着看向笑着闹着酒窝浅浅的父女俩，偷偷拿过酸酸小朋友的破破烂烂又乱七八糟的不正式作文本，决定晚上将它锁进书房保险箱。
　　保险箱里还有一本已干燥了的曾经淋了雨的琴谱，还有一张褪了色的留着鲜红混乱唇印的纸巾，以及结婚证与酸酸的出生证明。
　　看向窗外，柠檬树摇曳枝叶，风都是柠檬的味道，不是酸涩，而是甜蜜。
　　应樾小朋友出生在一个柠檬黄的日子。
　　一颗柠檬从枝头掉落，止不住的馋意驱动周绎北艰难弯腰拾起，忍不住咬了一口。
　　好酸。
　　酸得皱起脸的同一时刻，羊水濡湿裙摆。
　　两个小时后，世界上最可爱的小朋友诞生。
　　取名"应樾"。
　　小名"酸酸"。
　　酸的是名字，甜的是柠檬黄之后未知的一切。

/ 番外三 /
爱屋及乌

　　应樾小朋友天不怕地不怕，敢笑嘻嘻地拔外公胡子，敢闯进爸爸正在开会的会议室，敢乱洒外婆香水搞得房间香喷喷而她直打喷嚏，可就是不敢惹妈妈。

　　理由很简单，那就是全家只有周绎北不会溺爱她。

　　应樾小时候就已遗传了妈妈的几分鬼精灵，胡作非为乱搞一通后又能马上认清局势，瞪大眼睛，一双圆圆大眼睛里就瞬间泛起泪花，再扁扁嘴，眨巴眨巴眼睛，一副小可怜模样直愣愣望着人。

　　应洵叹气，气一下就没了，只得揉揉她的小脑袋，温声讲着道理。

　　而酸酸小朋友玩着手指摇头晃脑，道理左耳朵进右耳朵出，一顿饭的时间又忘了个精光，继续捣蛋搞怪。

　　而俗话都说"隔代亲"，在应樾小朋友身上更是体现得淋漓尽致。周进与陈茵可把酸酸当成掌中宝，心尖宠。

　　酸酸一来，他们两人脸上的笑就没掉下去过，目光紧紧黏在那活蹦乱跳的小身影上，拿着被周绎北严格管控的零食哄着她"亲亲外公""亲亲外婆"。

　　每次一回外婆家，酸酸就吃得肚子圆溜溜。心满意足回家后又忍不住烦恼，她纠结万分地询问爸爸妈妈——

　　"爸爸妈妈，外公外婆每次都问我：'酸酸更喜欢外公还是更喜欢外婆呀！'"酸酸模仿着两人的语气，愁眉苦脸却也严肃地求助着，"唉，大人怎么这么麻烦呀，我都不知道怎么回答！"

　　两人一看酸酸这故作成熟的模样，忍不住偷笑，周绎北不负责任地瞎出主意："外公外婆就是太喜欢我们酸酸啦！那酸酸一三五喜欢外公，二四六喜欢外婆，星期日休息一下两个人都不喜欢不就好啦！"

见单纯傻女儿被周绛北哄得直点头，一副恍然大悟且崇拜万分地看着周绛北的样子，应洵失笑，一边偷偷揉揉周绛北的手，一边认真解释："外公外婆是在逗我们酸酸而已啦。酸酸你喜欢外公外婆吗？"

"当然喜欢啦！"酸酸猛点头，"外公外婆对我可好啦！会给我巧克力吃，会给我小蛋糕吃，还会给我糖果吃！而且去外婆家我还可以看动画片和玩iPad！我最喜欢去外婆家啦！"

她兴高采烈地一一细数着，完全没有注意到周绛北隐隐发黑的脸。

应洵察觉到周绛北的生气前兆，再轻轻捏捏她的指节，先和酸酸讲好道理："所以外公外婆对你那么好，你喜欢他们是应该的嘛！下次他们问你，酸酸就把喜欢的原因说出来，外公外婆就能感觉到酸酸的爱啦！"

酸酸若有所思地想着，眼睛眨眨，长长的睫毛翩飞。应洵心软得一塌糊涂，抬手捏捏她的脸蛋，在酸酸小朋友的耳边温情提示一句："酸酸小朋友是不是去外婆家乱吃乱喝还玩iPad了？"

什么外公外婆一瞬间全被抛在脑后，酸酸做贼心虚地抬起头望向周绛北，抿抿嘴，看见妈妈阴沉沉的神色就知道事情败露，扑腾着小短腿从椅子上爬下，识趣地喊着"我去背背音标"就往卧室跑。

应洵直起身搂住周绛北的肩，轻声劝慰："酸酸还是小孩子嘛，不用那么严格控制她的口腹之欲。再说了周末放松一下也没什么不好的嘛。"

周绛北卸掉妈妈的角色，顺势窝进应洵怀里，还是小声嘟囔："我都无数次告诉爸妈了，不要给酸酸吃过甜的零食了，她的蛀牙都长得不能看了。而且最近她视力可是在下降呢，不能使用太多电子产品啦！"

应洵低头亲亲周绛北的额头，劝慰着："小朋友就是开开心心过每一天就好啦。"

"而且，你最近都老是忽视我。"应洵趁这机会顺着小声抱怨着，顺便手从肩膀下滑至腰部搂紧，声音扑在周绛北耳边，痒痒的，她莫名红了耳尖。

"哪有！"周绛北忍不住无力反驳着。

"已经连续三天没有主动给我打电话了，昨天还自己和酸酸先吃了晚饭,邀请你去香港过二人圣诞节你也拒绝我……"不知道攒了多久的陈年老醋被应洵一一细数,压低了声音蹭着周绎北发烫的耳朵,慢条斯理地算着帐。

周绎北耳朵痒,牵连着脸无理由地泛红,她微微侧过脸躲开应洵细密的吻:"那是因为我知道你最近在搞新项目很忙,不敢打扰你!昨天是酸酸在幼儿园玩闹一下午后饿了我才先陪她吃,而且后面不是又被你强拉着陪你吃了一顿吗!而且最近新书要出版,和编辑对接事情比较多,没空腾出时间去香港嘛……"耐下心一一回答着他的幼稚问题。

应洵没有再开口,只是落在脸颊的一个个吻就已是回应。

脸被闹得通红,周绎北只得微微仰头主动吻上去来熄灭某人半真半假的怨气。

氧气被夺走,脚也发软,于是攀上宽阔的肩,呼吸急促,唇齿纠缠,眼尾是暧昧的红晕。在残存的几缕理智即将消散时,周绎北忽然清醒,拍拍应洵的肩示意暂停。

应洵恋恋不舍地停了下来,伸手帮周绎北理着凌乱得不成样子的衣服,声音低哑:"怎么了?"

"酸酸还在呢!"周绎北轻喘着气,结婚多年仍是藏着几分羞意,眼神躲闪地小声提示着。

应洵只抬手摸摸鼻尖,笑着看看他害羞的老婆,起身去冰箱拿了瓶冰矿泉水,拧开瓶盖仰头灌了几口。

"酸酸和路杭又打架了,你知道吗?"周绎北喘着气,仍不敢看应洵,只先随便扯个话题给现在满是粉色泡泡的客厅换个氛围。

"嗯?"应洵皱眉,忙问,"酸酸有没有受伤?"

"其实就是你女儿单方面打架,她好好的,可把人家路杭手上咬了深深一口,都去医院了呢!"说起这个周绎北就来气。

"那是他活该,干吗惹我们酸酸,酸酸那么乖,肯定是他先欺负我女儿了,她才会生气。"应洵言之凿凿,心中仍是生着气,思来想去还是觉得,什么时候得再找路逞谈一谈了。

"是你女儿太霸道了!"周绎北听着应洵这心偏到南极洲的话只觉得

好笑,无奈解释原委,"酸酸头上落了只蝴蝶,人家路杭只是好心想帮她赶走,却被她误以为在拽她辫子,拽过他手就是猛地一咬。"

"那他没事干吗动手动脚!肯定是有前科我们酸酸才会认为他在拽辫子!"应洵越想越不对劲,恨不得直接冲去路逞家问个清楚,他儿子有没有偷偷欺负他女儿。

跟应洵这个唯老婆女儿主义者实在是不在同一个脑回路上,周绎北好笑道:"人家路杭怎么可能欺负你女儿,就是小朋友想吸引朋友注意,心口不一老是顶嘴什么的,惹酸酸逗她玩罢了。再说了你还说我偏心酸酸,我看不知道是哪个女儿奴把女儿宠成什么样了。"

"那不一样。"应洵一边理直气壮地说着,一边把蒙着水雾的矿泉水瓶贴上周绎北仍在发烫的脸颊,物理降温。

"我喜欢你是没有理由的,"他轻声说着,桃花眼里只映得出周绎北的身影,"而喜欢酸酸是有条件的。"

"什么条件?"

"因为酸酸是我们的女儿。"

周绎北生酸酸那天,应洵看着她苍白的脸和沁出的豆大汗珠以及破碎的呻吟,人也跟着苍白,浑身狼狈,揪心地疼。

他这一辈子,只要周绎北就好。

而酸酸是上天附带的礼物,是爱意结成的柠檬,是周绎北勇气的具象化。

所谓的父爱,更多的或许不过爱屋及乌。

酸酸小朋友最爱的节日是圣诞节。

因为喜欢红绿交织又闪亮亮的圣诞树,因为喜欢圣诞老人每年准时的礼物,因为喜欢红白条纹的拐杖糖……喜欢圣诞节的理由很多很多,不过其实她最喜欢圣诞节的原因还是:在那天她就可以穿上她最喜欢的红白黑格子裙和同款贝雷帽啦!

小朋友的喜欢就是这样的简单,像雪花水晶球般可爱剔透。

于是一起床,酸酸揉揉眼睛看看墙上挂着的日历上背着大大包裹的圣诞老人，忙扯开笑，小跑下床，先提前在床头挂上她的超大红色袜子，要大一点才方便圣诞老人给酸酸装多多的礼物嘛！

然后再按部就班地刷牙洗脸换衣服，酸酸臭美地转着圈，心满意足地看着打扮漂亮，戴着贝雷帽，围着红围巾的自己，虽然不一会儿贝雷帽和围巾就被妈妈以太热的理由摘下来了。

真奇怪，每年圣诞节家里不放《铃儿响叮当》却放"想吹风想自由想要一起手牵手"，而妈妈每年收到的礼物都会是三支闪亮亮的唇膏，酸酸摸不着头脑，但是又马上被香喷喷的胡萝卜蛋糕吸引。

可今年的圣诞老人真不识趣，怎么给她送了本音标练习册和《女子防身术72招》啊！

酸酸小朋友隔天起来从袜子里摸出两本书，愁眉苦脸。

/ 后记 /
清醒梦
▼

  这是一个在冬春交接的时节记述的关于夏天的故事，站在此刻回望，无数的文字编织成一场只属于我的清醒梦，他们在我关于文字的梦中生动着。

  时至今日，我好像已经无法说清书写下这个故事的初衷，或许只是单纯地讲述一个故事，也或许是赶在青春的尾章郑重为它落下注脚，还或许可能只想留住一个柠檬味的夏天，就像回忆一阵生长痛。

  我中学读书的时候是住宿生，学校统一发放了电话号码与只供通讯的手机，所有学生的号码是统一排序，所以常常有记错号码打错电话的事发生。我记得很清楚，有一段时间我经常与一个号码只与我差一个数的男生毫无意义地打电话，刚开始是误打，后面是因为他的手机铃声是那时很流行的《小幸运》，等待漫长接通电话的过程只为听一首慢情歌。

  但打电话总需要理由，于是刚开始一直胡扯说是因为打错电话了，他应该是一个很温暾的人，明明我的理由蹩脚得好笑，可他总是默默给我留下一段听完歌曲的时间。后面也会随意聊天，聊聊枯燥的学习，聊聊看了什么书，聊聊听了什么歌，他会温柔地接通我无厘头的电话，然后那首《小幸运》成为我夜晚梦中的伴奏。可成长需要告别，在更换过手机号码后，这一段小小的插曲也就被搁置在一旁。

  文字的书写发生在十八岁的间隙，我偶然翻阅起落灰的学生时代的日记本，记忆回温，那一个个夏夜，那一段段未待完续的手机铃声也成为我书写的基调。而我在学业繁重的课间偷偷在纸上誊写那一颗柠檬的色彩与气味，关于文字的梦在纸笔的摩擦中演绎，一句句没头没脑的语句构成了我一片狼藉的青春，现实生活中是忙忙碌碌的永远进行时的学习生活，而在笔下我却可以自由自在地创造出一个有可能的世界。

脱离灰扑扑的学生时代，我迈步走入万花筒般的大人世界，在某一个没有飘雪的冬日，我在一个空闲的周末终于提起笔，回忆起我柠檬般酸涩的十七八岁，慢吞吞地写下这个完整的故事，关于青春，关于柠檬，关于那一串阴错阳差的电话号码的故事。

故事发生在被卷子压垮的中学时代，应洵和周绎北是我们，他们有着和我们一样的烦恼，有应接不暇的考试，有幼稚的人际关系，有懵懂发芽的心思；应洵和周绎北也不是我们，他们勇敢，他们幸福，他们拥有无比光明的结局，他们永远年轻永远闪亮，他们是属于柠檬味的夏天的，酸涩又明亮。

在无数个书写的瞬间，我总会无可救药地反复爱上他们，爱周绎北的纯粹，爱应洵的温柔。比起是我在构造他们的故事，我总更愿意表述为是他们的故事在我的文字中演绎。没有存稿，没有大纲，我只拥有几个柠檬味的片段和青春剪影，头脑发热地开始书写，写青春的苦恼，写成长的生长痛，感谢他们对我的爱，让我能够完成这个故事，并以纸张与文字的方式在此与你见面。

这或许并不是一个特别好的故事，但于我而言已经足够完美，那些偷偷摸摸在十八岁记录下的只言片语终于成文，我青涩的清醒梦终于完整，关于青春的生长痛还在接连上演，但我始终希望，这个故事可以成为一粒布洛芬，成为一颗柠檬糖，成为一张动听的青春CD。我的文字很笨拙，这本书对于我而言是一场关于青春的清醒梦，但感谢你们愿意陪我一起做梦，也感谢你们喜爱与支持，永远爱你们。

青春是一件累人的事，我们不断在长大的道路上奔跑，偶尔做梦，偶尔疼痛，偶尔跌倒，但更多的，会是爱与被爱。在柠檬黄之前，青春有无数种可能性，祝愿我们都能成为让自己喜爱的大人。

Yespear
于盛夏